最後の
モナ・リザ

THE LAST MONA LISA

Jonathan Santlofer

ジョナサン・サントロファー　高山祥子 訳

アストラハウス

最後のモナ・リザ

THE LAST MONA LISA
by
Jonathan Santlofer

装幀◎藤田知子
装画◎M!DOR!

この作品を最初から愛していたジョイに
彼女がここにいてこれが形になったのを見られないことへの
深い悲しみとともに

実話に基づく物語

主な登場人物

〈現　代〉

ルーク・ペローネ……………………主人公。画家・美術史家

ビアンキ……………………………フィレンツェの古書店店主

アントニオ・ガグリエルモ………引退した大学教授

クアトロッキ………………………大学教授

フランチェスコ……………………サン・ロレンツォ聖堂の修道士

ジョン・スミス……………………国際刑事警察機構《インターポール》の犯罪情報分析官

アレクサンドラ・グリーン………図書館で出会った女性

エティエンヌ・ショードロン……イヴ・ショードロンの又甥

ジャンジャンブル…………………ルーヴル美術館のキュレーター

カベナル……国際刑事警察機構の視察官
タイフェル……美術品コレクター
ベイン……美術品コレクター

〈1910年代〉

ヴィンチェンツォ(ヴァンサン)・ペルージャ……主人公の曽祖父。〈モナ・リザ〉窃盗犯
シモーヌ……ヴァンサンの妻
ティコラ……ヴァンサンの上司
マルゲリート……シモーヌの母親
シモン……ヴァンサンの息子
ヴァルフィエロ侯爵……美術商
イヴ・ショードロン……美術品贋作者
フルニエ……美術品コレクター。銀行頭取

《模造……それは二重の殺しだ、
コピーとオリジナルの両方から、　根本的な存在を奪うものだから》
——スタール夫人

《オリジナルなどというものはない》
——ジム・ジャームッシュ

一九一一年八月二十一日
フランス、パリ

彼は一晩中、暗闇の中にうずくまっていた。心の中には、恐ろしい怪物や炎の中でもだえ苦しむ人々といったボスの絵のような、強烈な地獄の光景があった。今後の日々を暗闇で過ごすと承知しながら、彼は薄暗がりの中を見詰める。

〝われわれは、充分に尊重しないものを失う〟

唯一、この思いだけを抱いて、彼は外出着の上に作業用チュニックを着てボタンをとめ、クローゼットのドアを開ける。

美術館の照明は消えているが、彼は苦労することなく長い廊下を進む。中の配置は完璧に知っているし、罪悪感が燃料となって、気持ちは強まっている。無風でむっとするように暑いのに、サモトラケのニケが獲物を狙うような影を投げかけているのを見て、彼は震える。

ニケの顔が亡霊のように現れる。その美しい唇はひび割れ、肌は灰色に染まっている。どこかで赤ん坊の泣き声がする。泣き声は耳障《みみざわ》りな悲鳴に膨れあがる。彼は耳を塞《ふさ》ぎ、すすり泣きをもらし、あちらこちらへジグザグに進み、暗闇の中で失った愛と我が子を探しながら、その名前をつぶやき、周囲の壁が迫ってきて部屋が傾き、胃のあたりの虚ろな感覚が全身に広がる。彼は空虚な男となる。今彼は、長いこと感じていた空虚な感覚は兆候、彼の残りの人生の予告編だった、彼は死者となる練習をしていたのだと理解する。

足音?

早すぎる。それに月曜日は、美術館は閉まっているはずだ。

彼は立ち止まって薄暗い廊下を覗《のぞ》きこむが、何も見えない。空耳だろうか。もはや何が現実で何が現実でないのかはっきりしない。手袋をした手を当てて耳を澄ますが、あたりは静かで、聞こえるのは彼自身の重い呼吸と激しい鼓動だけだ。

さらに数歩進み、アーチをくぐってクール・ヴィスコンティ・ギャラリーに入る。壁画のような大きさの絵も収容できる、天井の高い広い部屋だ。暗闇の中、カンバスは真っ黒な長方形にしか見えないが、彼にはそこにある絵を思い描くことができる。コローの風景画、有名なドラクロワの戦闘場面、ジャック゠ルイ・ダヴィッドの〈ナポレオン一世の戴冠式〉。非常に美しい毛皮のケープをまとった独裁者が、月桂樹の冠をかぶり、勝ち誇った表情を浮かべている。

ナポレオンを思い描いたそのとき、彼の熱を帯びた頭に、のちに彼が口にする説明が浮かんだ。新聞に印刷されるものだ。〝わたしはその絵を、それに相応《ふさわ》しい場所に戻すために盗んだ〟

彼は愛国者、英雄になる、もはや移住者ではない、家のない男ではない。

少し落ち着いて、彼は顔を伏せて別の狭い廊下へ向かう。心は集中し、目的意識で胸がいっぱいだ。自分がひとかどの存在であることを彼らに見せつけてやる。

少し小さなサロン・カレ・ギャラリーで、絵画の形だけが見える。ティツィアーノ、コレッジョ、そしてそのあいだで輝いている目的の絵――岩場の婦人、眠らない吸血鬼、世界でもっとも有名な女性。モナ・リザだ。

心臓が激しく鳴り、全身の神経が研《と》ぎ澄まされ、頭の中でいくつもの思いが交錯する中、彼は小さな木製の板を鉄のボルトからはずす。この取りつかれた男には、先週彼自身が取りつけたガラスに歪《ゆが》んで映る、自分の顔の影は見えていない。

かかった時間は五分ほど。

それから彼は動き出す。胸に絵画を抱えた人影が、一つの戸口から飛び出し、もう一つの戸口を通り抜け、廊下を進んで階段の吹き抜けへ。そこで彼は足を止めて、絵画から重い額縁と板ガラスを取って、それらをそこに放置する。ふたたび動き始め、大理石の彫像の並ぶ狭い廊下を進み、歩調を速め、息切れして汗ばみながら、アーチの下を通り抜けて、ついに脇の出入口、ポルト・デ・ザールに行きつく。すべてが計画どおり、完璧な夢の実現だ。ところがドアノブが回らない。

彼は取っ手を引き、ひねり、押してはまたぐいと引っ張るが、まったく動かない。動いているのは、焦《あせ》っている彼の頭の中だけだ。

深呼吸をし、もう一度深呼吸をして思いつく。そうだ、ねじまわしだ！　ついさっきボルトに使ったのと同じ道具でねじをゆるめ、ドアノブをはずし、それを作業用チュニックのポケットにつっこみ、チュニックを脱いで丸め、ベルトの背中側にしっかりと挟みこむ。

彼はパネルをシャツの下へ入れる。その上から上着のボタンをとめると、古い絵が皮膚にこすれる。心臓が、謎めいた四百歳の美女に対して激しく打つ。この美女はナポレオンの寝室の壁で数知れない密会を目撃し、何百万もの視線や凝視に耐え、今や疲弊して飽き飽きし、休息を渇望している――だが彼女の物語は、まだまだ終わらない。

1

二〇一九年十二月
イタリア、フィレンツェ

カルロ・ビアンキは鼻がむずがゆくて、ハンカチーフを押しつけた。ポンテ・ヴェッキオから遠くないヴィア・トスカネッラにある彼の店は、小さくて狭苦しく、本が棚や彼の机の上に積まれ、床にもマヤ語系種族の村よろしく山ができ、何もかもが埃《ほこり》をかぶり、カビと湿気に満ちていた。

ビアンキはロココ様式の庭園デザインの本を探していた。このあたりにあるはずだった。高く積み重なった山の下のほうに、ようやくそれが見つかった。横向きに寝転がり、髭《ひげ》に糸くずをつけて、その本を少しずつ動かしていたとき、彼は男のスニーカーの厚底を見た。

ビアンキは首をひねって斜めに見上げた。「ご用ですか《ポッソアイウタルラ》？」

男は彼をじっと見下ろした。「英語は話すかな？」

「ええ」ビアンキは立ち上がり、ズボンと上着から埃を払いながら言った。「本を扱っていると、たくさんの言語が身につくものです」

「日記を探している。最近おたくが、ペルティエというフランス人書籍商から買ったというものだ」

「ペルティエ？　さて、最近買い入れたものについての一覧があったはずだ」ビアンキは机の上の、大量の受領証をこれ見よがしにめくってみせた。彼は自分が売り買いした本をすべて承知していた。このフランス人書籍商との取引も例外ではなかったが、彼は取引先の個人的な情報をけっして外に出さなかった。

「その日記は百年以上前に書かれたという」男は言った。ペルティエはその日記をビアンキに売ったと明言した。指を一本失い、さらにもう一本失うぞと脅《おど》されている人間は、めったに嘘をつかない。「そのような本を買ったのなら、当然覚えているだろう」男はビアンキの手に自分の手を重ね、木製の机に押しつけた。

「ええ《シ》、ええ《シ》、覚えています」ビアンキは言った。「手書きで、イタリア語でした！」

男は態度をやわらげた。ビアンキは手を引き抜き、一歩下がった。お辞儀しながら、言った。「申し訳ありません……あの……日記は……もう売ってしまいました」

「誰に？」

「そのようなものを蒐集しているお年寄りです。有名な方ではありません」

「名前は？」

「覚えていません――」

男はビアンキの胸倉をつかみ、床から持ち上げた。「名前だ。今すぐ」

両手をばたつかせ、床から数センチ上で足を振りながら、ビアンキはあえぐように言った。「ガ——ガグリエルモ！」

男は手を放し、ビアンキはふらふらと床に足をついて、その拍子に本の山を崩した。

「そのガグリエルモには、どこで会える？」

「彼、彼は……」——ビアンキは息を整えようとした——「大学の教授で——フィレンツェの——でも、確かもう引退したような」彼は外に誰かいないか、誰か通りかかって助けを求められないかと期待して、窓のほうを見たが、男が体を動かして見えなくしてしまった。

「住所をよこせ」

「ええと——大学に問い合わせればきっと——」

男がビアンキを射貫《いぬ》くように見た。ビアンキは慌《あわ》てて、震える手で回転式カードファイルを繰った。該当のカードを見つけて読み始めたが、男がそれを、ビアンキの手から奪い取った。「日記を読まなかっただろうな？」

「わたしですか？　いいえ、いいえ」ビアンキは頭を横に振った。

「それなのに、手書きでイタリア語で書かれていると知っているのか？」

「ペルティエから聞いたか……あるいは……一ページだけ見たかもしれない」

「なるほど」男は言った。唇がめくれて、煙草の染みのついた歯がむき出しになった。彼はカードをポケットに入れた。「わたしが来たことを、このガグリエルモにも、誰にも言わないな」

「言いません、シニョーレ。言いません。ペルティエにもね。一言も漏らしません」

「もちろんだ」男は言った。

ビアンキがまだ呼吸と体のバランスを取り戻そうと苦労しているとき、男は彼の胸を拳で打った。

ビアンキは両腕を振りながら後ろによろめき、また別の本の山を崩して倒れた。

男はビアンキを持ち上げ、その首に両手を回して締めつけた。

ビアンキは何か嘆願する言葉を言おうとしたが、出てきたのは苦し気な音だけで、目の前の室内の焦点が合ったりぼやけたりした。

「そうだ。一言もだ」男は言い、指先で古書店店主の喉頭が折れるのを感じた。

2

二ヵ月後

電子メールが届いてからまだ二週間経っていないが、わたしはここに来た。ほかに何も考えられず、とりあえず思い立って、自分の日常から飛び出してきた。

不安な気持ちを抑えつけ、立ち止まってこわばった体を伸ばし、長い通路を一つ、また一つと、スーツケースを転がして進んだ。ニューヨークからの八時間の飛行中は、緊張のあまり眠れず、胸の中には疲労と興奮が渦巻いていた。

レオナルド・ダ・ヴィンチ国際空港は大半の空港と同じだった。人間味がなく、混雑していて、目障《めざわ》りな照明が施されている。レオナルド・ダ・ヴィンチの名前がついているのは予言的なような気がしたが、もちろんわたしのためにそう名づけられたわけではない。時間を見ると、午前六時だった。市内へ行く電車を探し、それを見つけた自分を誇りに思いつつ、座席に座りこんで目を閉じた。いくつもの思いが、頭の中でブユのようにうるさく騒いでいた。

三十二分後、わたしはローマのテルミニ駅にいた。とても大きな駅で、やはり混みあっていて、旅行者たちの落ち着かない避難所という様子だが、ロマンスの要素もあった。切符売り場のすぐ向こうに列車が何台も止まっていて、冬の空気の中に白煙を上げている。

わたしは人ごみを縫って——「すみません《スクザミ》、すみません《スクザミ》」——這《は》い這いができるようになったころから母国語で話しかけてくれた両親に感謝しつつ、時間が刻々と過ぎていく中、フィレンツェまでの切符を握りしめ、大きな掲示板を見ながら、一つの電車からもう一つの電車へと歩いていった。電車をもう少しで逃すところだった。掲示板には最終目的地のヴェネツィアしか書かれていなかった。ぜひとも行ってみたい場所だが、今のわたしにはほかに使命がある。

フィレンツェへ向かう電車は清潔で新しそうで、座席は座り心地がよかった。わたしはスーツケースを頭上の棚に上げ、バックパックを下ろした。二度ほどうとうとして、紙片が宙をひらひらと舞い、それを捕まえようとして失敗するという夢を見た。

目を覚ましておくためにコークを飲み、窓外を見た。平らな土地に起伏が生まれ、遠くの丘陵地に中世の街が点在している。そのすべてが、どこか非現実的だった。ようやく百年越しの謎、我が家のもっとも恥ずべき犯罪者を追う、二十年にわたる調査に答えをもたらしてくれるはずのものを発見しようとしているのではなく、映画の中にいるようだった。

一時間半後、わたしはフィレンツェの街の中心にある賑《にぎ》やかな駅、サンタマリア・ノヴェッラの外にいて、すがすがしい冷たい空気の中、低い雲間に見え隠れする太陽の日を浴びて、丸石の敷かれた通りでスーツケースを引きずっていた。この二週間の出来事を思い返した。電子メールを受け取り、オープン・チケットを買って、イタリア領事館へ行き、そこの若い女性におべっかを使って文化許可証とわたしが大学の美術の教授であるとの手紙を用意させ、イタリアの文化施設に出入りできるようにしてもらった。それからサンタフェにいるいとこ――常にニューヨークの美術界で一旗揚げたいと意気ごんでいる彫刻家――に電話をしたところ、バワリーのわたしのロフトを喜んで転借してくれた。一週間後、自分の作品を発泡ビニールシートで包み、大学の講義を学部卒業生のアシスタントに任せ、学期間休暇の始まる一週間前に旅立った。終身在職権《テニュア》取得を希望する助教授にとっては、軽率な行動だった。

わたしは絶えず情報を更新し続ける携帯電話のGPSについていこうとして、駅前の広い道を渡り、もっと細い道の入り組んだ地域に入った。二度、方向転換したあげく、十分ほど経ったころ、赤煉瓦《れんが》の円蓋《えんがい》のある赤茶色の礼拝堂がそびえたつ広大な四角い広場、マドンナ広場に出ることができた。そこにホテルがあり、パラッツォ・スプレンドウルという名前が古い電飾で描かれていた。

ホテルのロビーは狭苦しいマンハッタンのキッチンぐらいの広さで、壁はペンキを塗りなおす必要があり、白っぽい色調の大理石の床はひび割れがひどく、唯一の装飾はミケランジェロのダビデ像の白黒写真だ。

「ルーク・ペローネだ」わたしは机の向こうにいる男性に言った――比較的若く、筋張った両腕にインクのにじんだ刺青《いれずみ》をしていて、麻薬常用者らしくはあるがハンサムで、煙草をふかし、耳と肩で携帯電話を挟《はさ》んでいる。

「パスポート《パッサポルト》」男性は顔を上げもせずに言った。わたしが精いっぱいのイタリア語で、スーツケースを預けて外出してもいいかと訊《き》いたとき、彼は電話の邪魔だというように、指を一本上げてみせた。ホテルの客を〝おまえ《ミオ・アモーレ》〟と呼ぶことはあるまいし、明らかに私用電話だ。わたしは彼の答えを待たず、スーツケースをその場において外に出た。

グーグル・マップによると、サン・ロレンツォ聖堂まで歩いて五分ほどとのことで、楽勝だと思ったが、地図を上下逆さに見ていたのに気づくまでに、まちがった道をかなり歩いてしまった。今来た道を引き返し、マドンナ広場の円蓋のある礼拝堂をもう一度回って、道案内に従い、筋骨隆々とした黄土色の彫像の列に沿って進み、見通しのきかないアーチ門へと続く階段のあるごつごつした石壁を通り過ぎ、角まで行きついた。サン・ロレンツォ広場は広々としていて、ほとんど人気がなく、数人の観光客と、丈の長い茶色いスモックを着た修道士が二人いるだけだった。

わたしは自分が通り過ぎてきたものや、今立っている場所が、すべて一つの広大な複合施設の一部であることに気づき、それを理解しようとした。

正面の砂色の聖堂《バシリカ》は未完成で仕上げがされていないかのように見え、三つのアーチのある出入口には重そうな木製のドアがついていて、すべてが閉まっている。教会の左手に、もう少し小ぶりなアーチのついた暗い通路があり、そこを通ると有名なサン・ロレンツォ聖堂の回廊へ行けた。写真でしか見たことのなかった場所だ。

何歩か入ると、まるで夢の中に入りこんだようだった。六角形の生け垣と二階建ての柱廊《ロッジア》のある四角い庭は、古典的で調和がとれていた。そのすべてがわたしの好きなルネサンス時代の建築家、ブルネレスキによるデザインだ。つかのま、自分が生活費のために美術史を教えながら、名前を売ろうと奮闘しているニューヨークの画家ではなく、ルネサンス盛期の芸術家だと想像してみた。

わたしはため息をついた。朝遅い時間の冷気の中で息がくもった。中庭の何もかもが、銀色の霜で覆《おお》われていた。長いウールのスモックを着た修道士たちが植物に黄麻布をかぶせている傍《かたわ》らで、わたしは薄手の革の上着姿で震えていた。フィレンツェがこんなに寒いとは思わなかった。正直言って、電子メールをもらったあと、ほかのことはたいして考えなかった。

ミスター・ペローネ
アントニオ・ガグリエルモ教授の最後の希望の一つが、あなたの曾祖父の日記だったかもしれないものについて、あなたに連絡を取るということでした。教授はその日記についてなんらかの発表を考えていて、それが〝すごい新事実の暴露〟になると言っていました。残念ながら突然の死に見舞われて、教授はそれを書くことができませんでした。

日記は教授の本や書類とともに、イタリアはフィレンツェのラウレンツィアーナ図書館に寄贈されました。わたしの手で、彼の仕事の目録を作り、日記を〝ルネサンス盛期の巨匠たち〟というラベルのついた箱に入れました。

ガグリエルモ教授の資料を見るためには、文化許可証を持っている必要がありますが、それを取得するのは難しいことではないでしょう。

書類を請求するさいは、日記については何も言及せず、わたしの名前も出さないほうがいいと思われます。

敬具

ルイジ・クアトロッキ
Quattrocchi@italia.university.org

わたしはすぐにクアトロッキに連絡し、彼からは深刻で筋の通った電子メールが返ってきた。日記が本物かどうかは保証できないが、まちがいなく存在するとのことだった。

何年にもわたって、わたしは曾祖父についての情報を求めて手紙や電子メールを書いてきた。大半は、返事がなかった。返事のあったものは例外なく金を要求するもので、一つとしていい結果は出なかった。今回、情報は無料でもたらされ、秘めた思惑もないようだ——少なくとも、わたしの知るかぎりでは。

「すみません、シニョーレ《スクージ》」修道士の一人、茶褐色の髭《ひげ》を生やし、はっとするような青い目をした若い男性が言った。「図書館が開くのを待っているのですか?」

「ええ」わたしは噛《か》みつかんばかりの勢いで言い、謝るようにつけたした。「英語を話すんですね」

「少しです」修道士は言った。

わたしはイタリア語が話せると彼に言った。

「イル・ビブリオテカリオ・エ・スペッソ・イン・リタルド」彼は言った。司書は、しょっちゅう遅刻する。

わたしは腕時計を見た。ちょうど十時だった。図書館が開くはずの時間だ。

修道士はわたしがどこから来たのか訊いた。わたしは答えた。「ニューヨークからです、でも家族はラグーザ出身です」とはいえわたしは、このシシリア島にある町に行ったことはなかったし、家族がどこの出身かなど話すつもりもなかった。何も言うつもりではなかった。

修道士は手を差し出してきた。「ブラザー・フランチェスコです」

「ルーク・ペローネです」わたしは言って、図書館へ続くドアのほうを振り向いてみた。

「まもなく開くでしょう」彼は言った。「パッツィエンツァ」

そう、忍耐強く待て。これが得意だったためしはなくて、直感のまま日常生活を飛び出してきた今は、なおのことだった。

ブラザー・フランチェスコが庭にいるほかの修道士たちに合流するのを見ていると、彼が何か言い、冷たい冬の光の中で、三人の修道士たちが目を細くしてわたしのほうを見るのがわかった。わたしは彼らの視線を避けるためにアーチ門の陰に入り、柱に寄りかかって、バワリーのロフトと、ニュージャージー州ベイヨンの寝室で子どものころに始めた無計画なコレクションを思い浮かべた。それは今や、わたしのアトリエの一隅を占拠している。百年前の新聞記事のコピー、曾祖父の脱出ルートが赤いマーカーで記されている美術館の間取り図、窃盗《せっとう》や、それに関するさまざまな仮説が詳しく述べられている記事が詰まった金属製のファイル・キャビネット。その引き出しの一つは、わたしが十代のころ犯罪や曾祖父について何か知っているかもしれない人物に誰彼かまわず書いた手紙や電子メール――そしてめったに来ず、もし来ても、ほとんど意味のあることはわからなかった返事で占められている。

冷たい風が回廊を吹き抜け、わたしは身を震わせた。腕を叩かれて、びくりとした。

また、あの若い修道士だった。「失礼《ミ・スクージ》、図書館《マ・ラ・ビブリオテカ・》開きました《アペルタ》」

わたしは彼に軽く会釈して、アーチの下の小道を、今や開いている木製のドアに向かって歩いていった。

3

国際刑事警察機構本部《インターポール》
フランス、リヨン

ジョン・ワシントン・スミスは、もう一度電子メールを読んだ。インターポールの美術品盗難部門の誰もがそうであるように、目に入る公式発表やウェブサイトをすべて見るのが彼の仕事だった――古美術品ディーラー、画廊、盗まれた美術品や工芸品の密輸あるいは売買の疑いのある者――そうした情報のすべてが、三台あるコンピュータの画面の一つで常に更新されている。彼が特に興味を持っている――何年ものあいだ、取りつかれたように追ってきた――ものは、一九一一年に起きたレオナルド・ダ・ヴィンチのもっとも有名な絵画の盗難事件、絵の行方のわからなかった二年間の動向や、今日《こんにち》ルーヴル美術館にある〈モナ・リザ〉はオリジナルではないとする説などだった。長いこと、窃盗《せっとう》犯のヴィンチェンツォ・ペルージャが刑務所内で日記をつけていたという噂があったが、これは確認されていなかった。だが、今ここに窃盗犯の曾孫のルーク・ペローネ、アメリカ人の画家であり美術史家――彼が何年ものあいだその通信内容を監視してきた人物――がいて、まさにその日記についてイタリア人の教授と電子メールをやりとりしていた。

スミスは眼鏡をはずして鼻梁《びりょう》をつまんだ。眉間のあたりが痛かった。机の上に大きなUの字を描くようにおかれた、ちらちらと光を放つコンピュータの画面を、あまりにも長時間見ていたせいだ。机というのは白いフォーマイカ製の板で、ETを思わせるような細い金属製の脚の上で微妙なバランスを取っていて、コンピュータがその大半を占めている。ワイヤレスのキーボードとマウスも白で、ユニットの反対側を形成している箱型のファイル・キャビネットもまた白い。白い天井。白い壁。床の淡い灰色のタイルには、絨毯《じゅうたん》のように見せかけるための〝でこぼこした《ナビー》〟模様がある。そのタイルには少し弾力性があり、スミスは頻繁《ひんぱん》に、それはインターポールの職員の脚を気遣ってのことなのか、それとも事実上無音の空間を作り出すためだろうかと考えたが、調査員たちはスニーカーやウォーキング・シューズを履いていたので、後者の意味はほとんどなさそうだった。スミスが履いているのは靴底の厚い白いナイキで、彼はそれを洗剤をつけた歯ブラシで洗ってきれいに保っていた。

スミスはまた電子メールを読み、興奮を抑えこみながら、選択肢を考えた。地元当局に連絡をして、ペローネとイタリア人教授を見張らせるか、インターポールが疑われる犯罪の程度を示すのに使う八つの色による通知書――最高レベルは赤――の一つを発令してもいいが、今はまだ犯罪どころか、道徳に欠ける悪行の証拠さえない。事務総局にそのような通知書を出させる手立てはない。

スミスは左手にあるコンピュータ画面を見た。そこには現在行方不明か盗難にあった国際的な美術品と、それらが消えた日付が出ている。美術品盗難と偽造は深刻な犯罪であり、それに関わる人々――コレクター、窃盗犯、そして仲介者――は悪辣《あくらつ》なだけでなく、しばしば危険な存在でもある。インターポールの統計によると、美術品盗難はこの組織にとって、優先性でも重要性でも、三位と四位のあいだを行き来している。薬物取引、武器密輸とマネーロンダリングの下あたりだ。スミスはこれを深刻に受け止めていた。彼は何にせよ深刻に受け止め、例えば日々の柔軟体操やウェイトリフティングなども手を抜かず、おかげで百八十センチ近い体格にかなりの筋肉がついていた。弱かったり、弱いと思われたりすること、それはマンハッタンのバルーク・ハウス出身の黒人の子どもが、早い時期にあってはいけないと学んだものだった。スミスは父親のことを知らないが、ありきたりに聞こえる名前を印象深くするため、父親の名前をミドルネームにした。

時間を見ると、昼近かった。頭痛とともに、背中も痛み始めていた。毎日二度ずつやっていることだが、リヨン郊外の寝室が一つあるだけのアパートメントからインターポールの国際本部である金属とガラスでできた巨大な建物へと、街の往来を車で走り抜けたのち、四時間も座っていたせいだ。休憩と考える時間と、煙草が必要だった。

円筒形のエレベーターで、建物の中央にある八角形の中庭に下りた。そこには数人がいたが、ひんやりした狭い空間のせいで非現実的に見え、アンドロイドのようだった。スミスは自分もロボットのように見えているのだろうかと考えたが、ロボットがマールボロ・ライトを吸うとは思えなかった。インターポールの方針に反すると承知しつつ煙草を深く吸いこみながら、彼は自分が考えていることのいい点と悪い点を検討した。

中庭の角ばった囲い地を見ると、バルーク・ハウスの壁を思い出した。どちらの空間も刑務所のようだが、こちらには落書きがなく、誰かが陰に潜んでマリファナやメスやヘロインを売ったりもしていない。一つの刑務所からまた別の刑務所へ移るとは皮肉なものだと思ったが、こちらなら外への出口だけでなく、成功と栄光を手にする可能性もあるかもしれないと思ったのだった。それを望むには遅すぎるだろうか？　また煙草を吸うと、肺の中、あるいは頭の中で、煙が文字を描くように考えが浮かんだ。〝成功をおさめ、名を上げたいのなら、これをする必要がある〟スミスはその場にいる人々を見て、自分の考えが読まれていやしないかと考えた。これまでの人生で、自慢できないことをやってきた。誰にも打ち明けられないようなこともだ。だが、これはできるだろうか？

煙草を吸い終わったとき、彼はまだそれを検討していて、エレベーターの中でも検討し続け、分析官たちのいる静かなフロアを横切るさいもまだ検討中だった。開放的な作業区画にいる調査員たちを通り過ぎ、小さな詰め物入りの壁の独房を思わせる、三方の壁に消音のための灰色の素材が貼ってあり、内密に話し合う必要のあるときに使う小部屋にいる調査員たちも通り過ぎた。自分は呼ばれなかった会合がおこなわれている、ガラスで囲まれた会議室で歩調をゆるめた。両手を拳に握り、肩をそびやかせてその空間を急いで通り抜け、机の向こうの人間工学に基づく椅子に座りこんだ。

四十七歳で、犯罪情報分析官であり、まだあまたいるインターポールの美術品盗難部門の職員の一人にすぎない。毎年、彼は見過ごされ、彼ほど熱心でない分析官がインターポールの管理的組織である総会《ジェネラル・アセンブリー》に昇格するのを見てきた。データや調査結果を記録してきた二十年。ニューヨークのジョン・ジェイ・カレッジ・オブ・クリミナル・ジャスティスでデータ科学と暗号解読法の学位を取ってから二十年が経った今、彼は何をしている？　一日に十時間、コンピュータに向き合って座っている。

スミスはため息をついて椅子の背にもたれ、長くて平らな温かい白熱灯を見上げた。何かをしなければならない。何か大きくて唯一無二な、人々の語り草になるような、上層部の男女に彼が特別な存在だと見せつけるような何かを。

彼は身を乗り出し、二人の男性のあいだで交わされた電子メールを読みなおし、それらをメッセージや電話とともに、自分個人のパソコンと携帯電話に転送した。誰にも疑問視されないはずのところ――こうしておけば、誰も見ないはずだ。彼はカーソルを、何年も集めてきたドキュメントやファイルに沿ってドラッグしていった。すべてが、悪名高い美術品盗難に関係するものだ。ペローネという名前のファイルを開いた。中央のコンピュータの画面いっぱいに、その男性についてわかっている事実のすべてが出た。約二十年間にルーク・ペローネがさまざまな人間と交わした、彼の曾祖父に関する書状。彼の展覧会と教職、高校の停学処分（これは四回あった。男子部屋での喫煙で一回、教室での殴り合いで二回、ギャングへの関与で一回）。ペローネが六ヵ月以上つきあっていた女性たちの一覧――たくさんいた――そのそれぞれにサブドキュメントがある。十六歳のときに酩酊運転、住居侵入で逮捕。これはペローネが小物だったので抹消されていた。インターポールで働いていれば、ベイヨンの警察の記録からコピーを取るのは容易なことだった。ペローネの両親や親戚についての資料も同様だった。

スミスは最近の電子メールをファイルに加えた。フィレンツェのカラビニエリ・コマンド・プロヴィンキアーレの電話番号を調べた。インターポールで物事を進めるさいの通常の手続きとして、イタリアの地元警察に連絡をするためだ。彼はその番号を自分の携帯電話に入れ始めたが、途中でやめた——一瞬、その先の成り行きを考えた——そしてリヨンの空港に電話をし、フィレンツェ行きのフライトを予約した。

4

イタリア、フィレンツェ

回廊のはずれで、わたしは開いているドアをくぐり抜け、壁で囲まれた階段を、側廊のある階までのぼった。胸の中に鬱積しているエネルギーが、わたしを押し進めた。最上階で色褪《あ》せた受胎告知のフレスコ画が目に入ったが、わたしは足を止めなかった。図書館の出入口に座っている警備員、私服姿の女性が、わたしのバックパックの中を調べ、手を振って中に入れた。

ラウレンツィアーナ図書館の築五百年のエントランス・ロビーは想像していたより狭かったが、どうでもいいことだった。わたしの目はミケランジェロの大きな自立構造の階段に引きつけられた。それはまるで生きている、呼吸しているもののように部屋を満たしていた。液体状の石が溶岩のように流れていき、動きを封じこめたまま階段の形を取ったところを想像した。

中央の階段は飾り紐《ひも》で立入禁止になっていたので、わたしはその横の小さな階段へ行き、単に上階へ行くのではなく過去へ踏みこむかのように、ゆっくり一段ずつのぼっていった。

わたしの目の前に、長い長方形の、畏怖すべき堂々たる図書館の空間が広がっていた。繊細なモザイクの床を保護する絨毯《じゅうたん》からはみ出さないように注意しつつ、わたしは通路を進み、格間《ごうま》を施した木製の天井を見上げ、室内を温かな自然光で満たすステンドグラスの窓を見た。光は信徒席のような木製のベンチの上にも当たっていた。子どものころの記憶。父親と母親に挟まれて信徒席に座っていて、父親が祈りを唱えると、彼が朝食の席でチェーサーとして飲んだビールの残り香が息に混じって漂い、外に出たくてたまらなかった。

そのときベンチも飾り紐で仕切られていて、わたしは独りぼっちで、室内に学者や利用者は一人もいないことに気づいた。困惑した気持ちはパニックに変化した。日記は本当にここ、この大きな建物にあるのだろうか？　ここで誰かが読んだのだろうか？　すべてがクアトロッキのでっち上げたことではないのか？

わたしは引き返し、出入口の陰に隠れていた小さな机にいる若い女性の横で足を止め、身を乗り出した。「すみません《スクザミ》……」言葉が増幅されたように、あたりに大きく響いた。「ええと……本の請求をするには……何かに書きこむのでしょうか？」

「ここでですか？」彼女は顔をしかめた。「それはできません。ここは歴史的建造物で、もう図書館としては機能していません」

「え？　いつからですか？」

「かなり前からです。わたしの母はここで勉強しましたが、それは三十年前のことです」

「いや、それはありえない。わざわざここまで来て……」わたしは必死に考えて、バックパックを下ろし、許可証と手紙を探し出した。「でも……これがあります」

若い女性はその書類を見た。「いいでしょう」

「いい？　どうして？　図書館が閉まっているなら――」

「デヴィ・カルマティ、シニョーレ。落ち着いてください」女性は手を伸ばして、わたしの腕を叩いた。「あなたが言っているのは研究図書館ですね。隣です。ここを出てすぐです。正面にいる警備員に訊《き》いてください」

わたしは大きく息を吸い、彼女の言葉を理解するのに一分ほどかかり、それから礼を言って踵《きびす》を返し、今回は走るようにしてミケランジェロの大階段へ向かった。

外にいた警備員はわたしの手紙を読み、大きな銃弾のような釘の頭で装飾された、重そうな木製のドアを指さした。その横に古びた金属製の飾り板があり、メディチェア・ラウレンツィアーナ・ストゥディオと書いてあって、暗証番号を入れるボタンと呼び鈴のボタンのついた近代的な箱もあり、その呼び鈴をわたしは押した。

応答した女性は陽気な花柄のワンピースを着ていたが、本人はまったく陽気ではなかった。四十代半ばで、髪は短くて、きゅっと口を引き結び、首から眼鏡をチェーンでぶら下げていて、その眼鏡を持ち上げてわたしの手紙を読んだ。何も言わずに、手紙をわたしに返した。中に入るとわたしのバックパックを取り、全身スキャナーを通らせた。

警報音が鳴ると、わたしはポケットを空にし、鍵や小銭を、彼女がこちらへ突き出している手の上においた。わたしはもう一度スキャナーを通った。二度目に警報音が鳴ったとき、彼女は片手を上げて待てと合図し、どこかへ消えて、ぶかぶかのウールのチョッキを着た、灰色の髭《ひげ》を生やした男性を連れてきて、その男性はわたしの上半身から脇を軽く叩き、両脚と、一瞬股間で手を止めながら内腿《うちもも》も探り、その間ずっとわたしと目を合わせることは避けていた。

唇を引き結んだ女性はわたしのバックパックから携帯電話を出し、それを持ち上げて、壁の張り紙を指さした。〝電話使用禁止《ニエンテ・テレフォノ》〟〝写真撮影禁止《ニエンテ・フォトズ》〟「預かります」女性は言った。「退出のときに返します」女性は携帯電話を机の上の針金を編んだ籠に入れ、さらにバックパックの中をかき回し、飴《あめ》玉《だま》の小さな箱を見つけた。それが爆弾でもあるかのように見ている。

「キャラメッラ」わたしは言った。「ほら、キャンディーです」

「図書館内での飲食は禁止《マンジャレ・ネッラ・ビブリオテカ・エ・ヴィエタート》です！」女性はがみがみと言った。

わたしは絶対に食べないと約束して十字を切った。厳格なカトリック教会育ちの名残だ。女性は目をすがめてわたしを見た。わたしは髪を耳の後ろになでつけ、髪の毛を切ってくればよかった、髭を剃《そ》ってくればよかったと考えた。高校の校長に停学を言い渡されるのを待っている気分だった。

女性はバックパックからわたしのラップトップ・コンピュータを出し、脇におき、ジョリー・ランチャーの小袋を見つけた。「飲食禁止《マンジャーレ・ヴィエタート》！」また言って、それを針金製の籠に放りこんだ。ラップトップをバックパックに戻してわたしに返してよこしてから、わたしを体腔捜査した男性に向かってイタリア語で何か言いながら、じっとわたしを見詰めた。まるでわたしはイタリア語がわからないかのように。女性が言ったのは、「彼を研究室に案内して、でもずっと見張ってるのよ」だった。

灰色の髭のある男性はわたしを先導して、壁一面がカード式目録の箱になっていて、ガラス天板の木製のテーブルに本が山積みになり、大きなヒーターが音を立てている部屋を通り抜けた。それからようやく研究室へ。そこは中ぐらいの広さで、照明が明るく、三方の壁に本が並び、端から端まで届く長いテーブルがある。両方とも女性の、二人の司書がそれぞれ小さな机についていて、わたしが入っていくと顔を上げた。リカルドだと自己紹介をした髭面の男性もまた司書であることがわかり、表《おもて》の司令官から離れるとはるかに感じがよくなった。彼は抑えた口調で、長いテーブルはわたしのような学者が本を読むためのもので、どんな本でも書類でも、部屋の正面にいる司書長に請求すればいいと言って、彼女にわたしを紹介してくれた。

その女性は読書用眼鏡を上げ、恥ずかしそうにも媚びているようにも取れる表情で会釈をし、鮮やかな赤紫色に爪を塗った手を差し出した。五十代だろうか、豊満で魅力的で、体にぴったりのセーターを着ていて、低い小声でどこから来たのかと訊き、ニューヨーク市からだと答えると、彼女は行ったことはないが一度行ってみたい場所だと言った。わたしは精いっぱいのイタリア語で、もし来るようなことがあったら喜んで案内すると答えた。彼女は微笑《ほほえ》み、表の部屋のほうを見やって、〝ムッソリーニ〟が感じが悪かったのではないかと謝った。自分はキアラだと名乗り、どんなことでも力を貸すと言い、横の机のほうに顎《あご》をしゃくってみせて、「ベアトリーチェよ」と言った。「わたしの助手です《イル・ミオ・アシステンテ》」二十代の、分厚い眼鏡をかけてゆったりしたセーターを着ている女性が顔を上げ、神経質そうにちらりと笑い、すぐに手元の仕事に戻った。

キアラから請求用紙を渡されて、わたしはすぐにクアトロッキの指示どおりに記入した。〝ガグリエルモ、ルネサンス盛期の巨匠たち〟キアラはそれを一瞬見詰め、リカルドに手渡した。リカルドはキアラの机の横にあった金属製の台車をつかみ、奥の部屋へ消えた。そのあいだ、キアラはわたしに質問をした。これまでにもイタリアに来たことはあるのか？　ここに友人や家族がいるのか？　どれくらいの期間滞在するつもりか？　それからわたしに、長いテーブルの席に座るように――どこでも好きな場所に――と言い、わたしが彼女のほうを向いた側の、もっとも遠い端の席を選ぶのを見ていた。自分でも理由はわからないが、できるだけプライバシーが欲しかった。

落ち着こうと思ったが、本当に日記が存在するかどうかが気になって、リラックスできなかった。

二人の男性が入ってきて、テーブルの逆側の端に座った。二人とも三十代半ばぐらいで、眼鏡をかけていて、一人は短く刈った髭を生やし、もう一人は山羊のような顎髭があり、髪をポニーテールにしている。

待っているあいだに、わたしはラップトップ・コンピュータを出して、天板についているコンセントに充電器をつないだ。座りなおし、指先で机をたたき、すぐにやめた。その音が響いて、部屋中の人間がわたしを見詰めていた。わたしは謝るように微笑み、それから目を閉じ、バワリーのアトリエの祭壇を思い浮かべた。何年ものあいだに集まった、曾祖父の窃盗《せっとう》についての質問、結論のない仮説、答えのない疑問の数々。

本を運ぶ台車の金属製の車輪の音がして、目を開けると、長くて平らな白いボール箱が見えて、リカルドが台車をわたしのほうへ運んでいた。彼は箱を机の上におき、台車を転がしていった。

わたしは一瞬、それを見詰めた。それが現実にあるのかどうか確かめるように、そっと触れた。それから蓋《ふた》を開けた。

中にはマニラ紙でできた紙ばさみが何冊もあり、それぞれにきちんとした手書きで表題が書かれていた。〝フィレンツェのルネサンス盛期〟〝シエナのルネサンス初期〟〝マンネリズムについてのメモ〟。明らかに、ガグリエルモはとても几帳面《きちょうめん》な人間だった。わたしは一つを取り出し、二つ、三つを、そして四つを取り出し、山が高くなった。さらにいくつか取り出したとき、それが見えた。包み隠され、雑な撚糸で結ばれている青いノート。

わたしは息をのみ、正面の机を盗み見た。キアラは書類をめくっており、ベアトリーチェはインデックス・カードを揃えている。二人の男たちは前に本を開いて、ラップトップ・コンピュータに何かを打ちこんでいる。

わたしは図書館が提供してくれた木製の書見台の一つに箱の蓋をおき、それを目隠しにして、そのまわりに、あまりわざとらしくならないように注意しながら、紙ばさみの山で小さな要塞を作った。それから、箱からノートを取り出し、紐をほどいた。表紙は古びており、わたしはそれを慎重に持ち上げた。紙には罫線がなくて、かすかに黄ばんでいる。

最初のページのいちばん下に、鉛筆でサインがしてある。小さな、丁寧な文字だ。〝ヴィンチェンツォ・ペルージャ〟。

わたしはバックパックに手を入れ、顔写真《マグショット》の裏をコピーして持ってきたサンプルを取り出した。それを日記のページと並べ、字を比較した。同じだった。

ペルージャのサインの下に、同じ小さな文字で一行書かれていた。〝わたしの物語《ラ・ミア・ストーリア》〟

5

一九一四年十二月二十一日
イタリア、フィレンツェ、ムラーテ刑務所

ノン・オ・ドルミート・イン・モルテ・ノッティ……

幾晩も寝ていない。

マットレスは薄い。寝返りを打つたびに、下が石の床であることを感じる。監房は寒い。漆喰《しっくい》の壁は湿っている。暖房のない刑務所。毛布は擦《す》り切れていて、チクチクする。体を温めておくために歩き回る。歩数を数える。一歩、また一歩。一方向に六歩。逆方向に九歩。

洗面台はない。トイレはない。一週間に一度、冷水のシャワーを浴びるのが許される。一つだけ、柵つきの窓がある。だが本当は、窓などではない。その向こうは狭い廊下で、そこから看守がこちらの様子を見ているのだ。唯一の救いは、毎日の中庭での運動だ。日が差すことのない場所だ。

裁判のことを考えると、恥ずかしくなる。裁判官と検察官と、自分の弁護士と議論した。頭のおかしい男を演じた。犠牲者。いわゆる愛国者。でもわたしは愛国者ではない。

判決はまっとうなものだった。一年と三ヵ月。もっと重くてもよかった。

毎日、贈り物を受け取る。煙草。ワイン。食料。わたしを愛しているという女性たちからの手紙！　だが唯一の価値ある贈り物は、わたしに同情した看守がくれたノートと鉛筆だ。もしシモーヌが今のわたしを見たら、愚か者だと思うだろうか？　わたしは刑務所にいて、二人の悪党どもは自由の身。日夜、あいつらのことを考えている。貸しを返してもらうこと。仕返しをしてやること。

書きながら、震えないように努力する。力をこめて鉛筆を握る。

目をつぶり、ランポノー通りのアパルトマンを思い出す。古い木の階段をのぼっていって、正面のドアを開ける。シモーヌが迎えてくれる。悲しみと切なさに圧倒されて、目に涙が溢《あふ》れる。

だが、どうやって始めるかを考える必要がある。わたしの人生の何もかもが悪い方向へ向かった、その経緯をどうやって説明しようか。

それはいい知らせから始まったと言っていいだろう。

6

一九一〇年
パリ

「ああ、ヴァンサン、ヴァンサン、すごく幸せよ」シモーヌはベッドのまわりをくるくると回った。床に直接おいたマットレスには、破れたウールの毛布がかぶせてあって、その上に刺繍のある枕が三つ乗っている。レアールにある市場でシモーヌが安く買ってきたものだ。うまい具合だった。シモーヌは目が利いて、侘《わび》しい二人の住まいを金をかけずに明るくする方法を常に探している。非の打ちどころのない楕円形の顔のまわりに豊かな金髪が躍《おど》り、目が輝いている。

　ヴァンサンは彼女が回転するのを見ていて、胸の中で何かが生まれるのを感じた。パリのどの男でも選べたはずなのに、この知的で繊細な美しさを持つ女性が彼のもとに身を落ち着けてくれたのは、常に驚きだった。現在の状況を鑑みての唯一の譲歩である黒いスモック・ドレスが膨らんで、白いペティコートの裾が数センチ上がり、靴紐《くつひも》で締めて履いているアンクル・ブーツが見えた。ブーツは三年も履いているものだが、シモーヌが身に着ければなんでもおしゃれに見えた。脚には、家の中でも外でも分厚いレギンスをはいていた。七階の部屋は寒くて、パリの十二月はシベリアの辺境ほども寒々しくて陰鬱《いんうつ》だった。

シモーヌはふざけてヴァンサンの上着を引っ張った。「あなただって幸せでしょう！」彼女は言ってまた回転し、それから息を切らして動きを止めた。

ヴァンサンは彼女の腰に腕を回したが、彼女は彼の胸に片手を押しつけ、〝支えてくれなくていいのよ、倒れたりしない〟と言いたげに一歩引いたが、彼は手を放さなかった。

「大丈夫よ」彼女は言った。

「落ち着いて、シモーヌ、頼むよ」

「いいえ」彼女は元々赤い唇を尖《とが》らせた。「大丈夫なんだってば」それから無理に笑みを浮かべて言った。「この展覧会は、ずっと参加したがっていた、夢見ていた会でしょう」

「そうだ」彼は言って、一生懸命に自分も興奮しようとするが、消えていいはずの胸の中のつかえがまだ取れない。

「ル・サロン・ル・ド・ラ・ナショナル！」シモーヌの声は誇りに満ちている。「二十周年記念、これまでより大きくて重要な会、パリの美術界の最高峰！　ロダンも作品を出すと聞いたわ。想像して、ヴァンサン、あなたの絵がロダンのすばらしいブロンズ像の横に並ぶのよ！」

彼はうなずき、ほんの少し自慢に思うことを自分に許す。

「ああ、ヴァンサン、すごいことだわ！」彼女は言う。まだ呼吸が少し苦しげだ。

「座ってくれ、シモーヌ、頼むよ」

「ばかみたいにくるくる回ったからよ。まったく大丈夫」

ヴァンサンはシモーヌを見たまま、ラ・パズのブリキ缶を開け、煙草のいくらかを紙に振り出し、親指と人差し指で巻いて細い円筒を作った。その煙草を見ると、自然の中に円錐形や球体や円筒形を見出すことについてのポール・セザンヌの言葉を思い出した。ピカソやブラック、ヴァンサンの古い友人のマックス・ジャコブでさえ心に留めた言葉だ。ヴァンサンは眉をひそめながら、煙草を口にくわえた。「立体派《キュビスト》ってやつは――」彼は吐き出すように言った。

「ああ、お願い、ヴァンサン、今はやめて」シモーヌは怖い目をしてみせた。「今は幸せでなくっちゃ。そこは譲らない！」

彼はため息をついて、彼の作品が二枚、パリのシーズン最大の展覧会に出品されるという事実を理解しようとした。「火が消えてるんじゃないか？」彼は話題を変えて言い、あと一つだけある別室へ急いだ。床から天井まで中国の巻物の様式で緑色のツタやつる植物を描いて、シモーヌが別世界へと変容させた部屋だ。ミス・スタインはお茶に来たとき、ここをとても愉快だと言ったが、ヴァンサンが描いたものだと思いこんだ。彼女はシモーヌにはほとんど話しかけず、前回フルールス通り二十七のミス・スタインのサロンに行ったときにも、彼女を恐ろし気な鉤鼻《かぎばな》のパートナー、妻たちの相手担当のミス・トクラスに任せきりにした。あの訪問は、一年近くも前だ。普段、画廊やアトリエに二人で出かけることは、ヴァンサンが無口で不機嫌になるにつれて回数が減っていたが、この展覧会でそれが変わればいいとシモーヌは願っていた。

シモーヌは、ヴァンサンがストーブに薪《まき》を足そうとするのを止めた。「薪を無駄にしないで」彼女は言った。「どこかに行きましょう。お祝いしなきゃ！」シモーヌは両腕でヴァンサンの首に抱きつき、彼の頬《ほお》にキスをした。

彼は、〝そんな金がどこにある？〟と言いたかった。彼の乏しい給料は本や画材に費やされ、残りは赤ん坊のための心ばかりの貯えにしている。

シモーヌは足を踏み鳴らした。「お祝いをすると言ったら、するの！　今日は反対しないでちょうだい、ムッシュー・ペルージャ！」

「反対なんかしてないさ」彼は言った。反対など、できるはずがない。シモーヌはけっして不満を漏らさない。寒さにも、廊下にある共同のバスルームについても、金がないことにもだ。ヴァンサンは彼女にたいしたことをしてやれていない。どうしてささやかなお祝いを否定することができようか？

ヴァンサンは妊娠しているせいでいつもよりふっくらしている彼女の可愛らしい顔を見て、笑みを浮かべた。彼は父親になる。想像もしていなかったことだ。それでも彼は心配だった。シモーヌは病弱で、肺を襲った病気のあとで寒気と咳がしつこく続いた。この前の冬、肺炎を起こしたときのことだ。でも今は、彼女は顔を輝かせていた。

「わかった」彼は言い、本の山のあいだに入った。本の多くは端が折ってあったり、メモが書きこまれたりしている。正規の教育を受けていないことを克服しようとする、彼の一生をかけての闘いだ。「今日ルーヴルで何をしていたか、話したいことがある」

「聞かせて」彼女は言った。

「まだだよ」彼はからかうように言った。「食事のときにね」

まもなく、シモーヌは髪の毛をピンで留めてクローシェ・ハットの中にたくしこみ、厚手のセーターを羽織った。体が大きくなりつつあって、ウール地が引っ張られた。

「行きましょう」彼女は言って、華奢《きゃしゃ》な手を差し出した。


外に出ると、ヴァンサンはシモーヌの肩を抱き、シモーヌは彼の横に寄り添った。ヴァンサンは誇らしかった。そして少し、希望を感じていた。もしかしたら今回の展覧会で、彼らが切望している売り上げ金がもたらされるかもしれない。そう、物事は好転するだろうと、ヴァンサンは独りごちた。シモーヌが両手をセーターの中に入れて、膨らんだお腹に当ててるのを見た。自分たちにもうすぐ赤ん坊が生まれるだなんて、信じられなかった。


二人はサン＝マルタン運河を渡った。「ナポレオンが作ったものだ」彼は言った。彼の頭の中は、読書によって得た事実でいっぱいだった。それから起伏のあるベルヴィル通りに沿って進み、足を止めて眼下の街を眺《なが》めた。ガス灯と、白熱性のホタルのような新しい電灯が交じっている。

「いつ見てもきれいね」シモーヌは言った。話すと、息が白い雲になった。

ヴァンサンは何も言わなかった。パリは彼の故郷でも、彼の街でもない。ここで歓迎されたと感じたことは一度もないし、シモーヌと一緒でなければいつも部外者だった。

二人の住む貧しくて奔放《ほんぽう》な地区を出ると、どこか酸《す》っぱい山羊の乳とごみのにおいは、街角で小さな紙袋に入れて売られている栗の香りのする、清潔でひんやりした空気に変わる。ヴァンサンはときどき栗を買って帰り、冷たい白ワインで胃に流しこんで夕食にした。

シモーヌが疲れたところで、二人は新しい電動化されたバスに乗り、立派な家や邸宅のあるヴォージュ広場まで行った。ヴァンサンは、それらの建物にはかつてリシュリュー枢機卿、ヴィクトル・ユゴー、高級売春婦や女王たちが住んでいたのだと説明した。いつか、このような大きな家を買いたいものだと、彼は考えた。シモーヌには、それが相応《ふさわ》しい。彼が言葉にできないほど愛しているこの女性には。

リヴォリ通りには車の行き来があった——新しい自動車やタクシーが、馬に引かせる馬車を駆逐した——二人はバスを降りて、もっと静かな川沿いを歩いた。木々は葉を落とし、灰色の幹や細い枝が見えている。川ではタグボートが平底船を引き、頭上で海鳥の群れがうるさく鳴いている。風が立ち、ヴァンサンの豊かな黒髪を乱し、シモーヌの幅の広いスカートを持ち上げて、彼女はそれをなんとか押さえようとした。

「寒くないかい、シモーヌ?」ヴァンサンは訊《き》いた。いつも、彼女の微妙な体調が気がかりだった。

「ええ」彼女は言った。「大丈夫よ!」シモーヌはスカートを元に戻し、笑顔で彼を見上げた。

シモーヌは寒いと認めて二人の時間を台無しにしたりはしないと、ヴァンサンにはわかっていた。彼はめったにしない笑みを浮かべて、彼女の額にキスをした。

二人はどこで食べようかと相談しながら歩き続けた。シモーヌが一つのカフェを提案した。ヴァンサンは、もう少し安い、別のカフェを挙げた。そこで突然、彼は言った。「ラ・ペーシュ・ミラキュルーズに行こう！」

「ええ？」シモーヌは立ち止まり、ヴァンサンと向き合った。「わたしったら本当に、朝起きた瞬間から夜寝る瞬間まで、お金がないって文句を言ってる、ヴィンチェンツォ・ペルージャと一緒にいるのかしら？」

「ぼくは眠らない」彼は言った。これは本当だったが、彼は笑って、シモーヌも笑った。「お祝いだろう、ぱっと散財しよう！」ヴァンサンはさらにしっかりとシモーヌの肩を抱き、二人でシテ島の尖った先端にあるアンリ四世の像を通り過ぎ、川端の小さな公園に入った。すぐそこで、タグボートが空に煙を噴き出し、何もかもが灰色と黒と白で、シモーヌが大好きで、画風を真似さえしているエドゥアール・マネの絵のようだった。

公園の向こうに、セーヌ川を見晴らせるレストランがあった。

店内は食器のぶつかる音やお喋《しゃべ》りで賑《にぎ》やかで、シーフードと煙草のにおいが入り交じっていた。

「牡蠣《かき》を」ヴァンサンはぜひにと言い張って窓際のテーブルにつき、すぐさま注文した。「それと、いちばんいいミュスカデを一本」

ウェイターは眉を上げた。

「何か問題でもあるかね？」ヴァンサンは擦《す》り切れた上着の皺《しわ》を伸ばしながら、ウェイターを睨《にら》みつけて訊いた。

「いいえ、ムッシュー」ウェイターは言って、そそくさと立ち去った。

「あいつがぼくを見る目を見たか？　ここにいてはいけないよそ者か、犯罪者を見るようだった」

「しっ」シモーヌは言った。「台無しにしないで。なんでもないことよ」

「なんでもない？　あいつはぼくを、あいつのすてきな店を略奪しにきた物乞《ものご》いか何かのように見た」

「ヴァンサン、お願い、今はやめて」

ヴァンサンは恥ずかしそうにうなだれた。

シモーヌは細い指先で、彼の顎《あご》を上げさせた。「わたしは店内でいちばん頭がよくて、いちばんハンサムな男性と座っているのよ」

「いちばん頭がいい？」

「あなた以上に本を読んで勉強するひとがいる？」彼女は訊いた。「いちばんハンサムという点については、何も言わないのね！　それに、もうすぐいちばん成功した男性ということになるわ」

ヴァンサンはこらえきれずに微笑んだ。

牡蠣が来て、ヴァンサンとシモーヌはレモンを搾ってゆっくりと食べ、殻からしょっぱい汁を飲んだ。ワインを飲んでしまうと、ヴァンサンは少し酔っていたせいか、ポム・ド・テール・アルイユと一緒に二本目のワインを注文した。温かいパリパリのパンとともに食べる、油で調理したジャガイモだ。

「話したかったことって何かしら」シモーヌが訊いた。「今日のあなたのお仕事のことね？」

「ああ、ガストン・ティコラを知ってるだろう。ぼくのいる管理課を暴君のように仕切っていて、ぼくのことを〝移住者〟と呼んで威張り散らし、あれをしろこれをしろと命令して――」彼は深く息を吸いこんだ。「それは気にしないでくれ。きみに話したいのは、彼に割り当てられた仕事だ、絵にガラスをはめろっていうんだ」

「絵にガラスをかぶせるの？　だけど、それじゃあ見えなくなるんじゃない、ガラスが光ってしまって——」

「そうかもしれない、でも美術館は、傑作を守らなければならないと決めたんだ。でも、それを言いたいんじゃない。言いたいのは、今後どの絵にガラスがはめられるか、ちょうど今日は、どの絵の仕事をしていたかだ」

シモーヌはテーブルに身を乗り出した。蝋燭《ろうそく》の光が反射して、目が金色に輝いた。「どの絵だったの？」

ヴァンサンは即答しなかった。愛する女性の顔に浮かんだ、期待するような表情を楽しんだ。「当ててごらん」ヴァンサンはにやりと笑って言った。そんな顔をするのは珍しかったので、シモーヌも調子を合わせ、唇を指先で叩いた。

「クールベの寓意画？」

「ちがう、ちがう、あの絵はガラスをかぶせるには大きすぎる、知ってるだろう」ヴァンサンは言った。笑顔は消えた。顔をしかめると、たるんだ右目がさらに小さく見えた。

「もう、そんな顔しないでよ」シモーヌは言った。

このすばらしい女性に対してあまりにも短気だったことは悪いと思ったが、自分の感じたスリルに見合った話をしたかったし、彼女を感心させたかった。「もう一つ、言ってみなよ」

「サロン・カレの、あの恐ろしいティツィアーノ？」

「はずれだ、でも近づいてきた」

「教えて！」シモーヌはテーブル越しに手を伸ばして、彼の腕をふざけて叩いた。

「ほかならぬ、レオナルドのご婦人だ」

「まさか！」シモーヌは目を見開いた。「ありえない！」

「そうなんだよ！　ぼくは、この手で彼女を抱いた」

「〈モナ・リザ〉を？　嘘でしょう？」

「彼女を顔のこんなに近くに持ったんだ」ヴァンサンは指で二・五センチほどを示した。「細部まで全部見えた――山々や小道、髪の毛の細かい筆遣い、釉《うわぐすり》をかけた表面のひび割れまでね」

シモーヌの目はさらに大きくなった。「どんなだった、ヴァンサン？　どんな気持ちだった？」

その質問に、彼は不意をつかれた。どんな気持ちだったか？　ぞくぞくした？　そうだ。興奮した？　もちろんだ。とはいえ何ヵ月もあとになって、彼は自分自身に対して、あのとき感じたのは羨望だったと言うはずだ――レオナルドは彼にはけっしてできない何かを創作した、あらゆる意味で完璧な何かを――そして彼はそれを永遠に世界から消し去ってしまいたかったと。

「わたしも見られるかしら？」シモーヌは訊いた。

「もちろんだよ。いつだって、あの忌まわしい芸術の墓場に来て、みんなと同じようにあの絵に見とれればいい」

「ああ、ヴァンサンたら、なんてことを言うの。いつの日か、あなたの作品が、もしかしたらわたしの作品だって、あのような墓場におさめられるかもしれない。でもわたしが言ってるのは、この次あなたがあの絵を持つとき、あなたが持っているところをわたしが見にいってもいいかしらってことよ？」

「それは、ティコラが許さないだろうな」

「それじゃあ、もっといいことを思いついたわ」彼女は言った。「あの絵をうちに持ち帰って、ベッドから見えるところに飾りましょう！」シモーヌは笑った。ヴァンサンも笑った。だが彼は、できることなら彼女のためにあの絵を持ち帰りたい、彼女のためならなんでもすると考えていた。どんなことでもだ。

食事が終わり、甘いカフェ・クレームを飲みながら、シモーヌは言った。「ああ、ヴァンサン。完璧だったわ」彼も同意したが、料理や飲み物にかかわらず、彼は胸の中に空虚さを抱えていた。

夕食後、ふたりはチュイルリー公園を抜けて、水の止まっている噴水と何も咲いていない四角い花壇を通り過ぎた。ヴァンサンはずっとシモーヌに腕を回していて、シモーヌは寒くないふりをし、ヴァンサンは満ち足りて満足だというふりをしたが、それでも彼は虚しかった。

シモーヌが震えているのに気づき、ヴァンサンはもう一度バスの乗車料金を払おうと言い張り、そののち、二人で愛を交わしたあとでマットレスの上に横たわり、彼女の膨らんだお腹に手を乗せ、眠っている彼女を見詰め、ウールの毛布を首元になじませてやり、それでもなお、彼のものであるこの女性の繊細な美しさに感心しながらも、彼は虚しかった。その後、眠れなくて起き出し、シモーヌが緑色のツタやつる植物を描いた部屋で行ったり来たりして、窓から月の光に照らされた新しいサクレクール寺院の建築中の円蓋《えんがい》を見詰めるあいだも、彼の気持ちは変わらなかった。

山積みになっている本の中から、ボードレールの詩集『悪の華』を取り出し、死と腐敗についての連《スタンザ》を読んだ。両手が震え、急いで本を戻したが、詩人の言葉は響き、その場にとどまっていた。

朝、シモーヌは風邪を引いていて、気分が悪くて毛織物店の仕事に行けなかった。ヴァンサンはポットにお茶を用意し、彼が美術館の仕事に行っているあいだ、彼女が温かくしていられるように、ストーブにたくさん薪をくべた。出かける前に、彼は彼女にキスをし、また虚しさを感じた。今回は以前より強かったが、それでもその空虚な感覚を、はっきり何なのか確認することはできなかった。

それが何かわかるまでには何ヵ月かを要するが、そのころには、もう手遅れなのだった。

7

ラウレンツィアーナ図書館
イタリア、フィレンツェ

意識の集中を、足音で乱された。踵《かかと》の高いブーツを履いた金髪女性が、硬材の床に音を響かせて歩いていた。わたしはその女性がキアラの机へ向かい、演劇の中のように大げさな仕草で長い革手袋をはずすのを見た。女性と目が合った。女性はわたしを見ているとも、わたしを探っているとも、何も見ていないとも取れる表情をして、それから顔をそむけ、身をかがめて請求用紙に記入し、本が来るのを待っているあいだ部屋に背を向けていて、片手に手袋を持ち、それを手のひらに繰り返し打ちつけていた。眠りを誘う動きだった。女性のウールのコートは、フィレンツェで目にした建物の多くと同じような黄土色で、街に溶けこむのを目的に買ったのかもしれないが、見るからに高価そうで目を引いた。

リカルドが本を持って戻ってきて、女性が満面の笑みを見せると、彼は顔を赤らめた。女性は本を受け取り、女学生のように胸元に抱えてテーブルに向かった。女性がテーブルの遠いほうの端、ほかの誰からも離れた席を選んだとき、わたしはほかの男たちも手を止めて彼女を見ているのに気づいた。女性はコートを脱いで椅子の背にかけ、時間をかけて椅子に座り、さらに時間をかけて一冊の本を見て、次の本を見て、その間ずっと、ぞんざいに編んである髪からほどけた何本かの金髪を手でいじっていた。わたしは読んでいるふりをしていたが、彼女の長い首のラインから目を離せなかった。女性がわたしのほうをちらりと見た。わたしは日記に目を落とし、自分がなぜここにいるのかを思い出し、たった今読んだことについて考えようとした。

何年も曾祖父に関する情報収集をしてきたが、曾祖父がサロン・ド・ラ・ナショナルの出品者の一人だったなどという記述は見たことがなかった。何かがあって、展覧会に参加できなかったのだろうか。だがそれを言うなら、曾祖父が画家だったという記述も見たことがなかった。奇妙に心が癒やされ、納得できる話だった――両親はどちらも芸術に興味がなかったし、わたしの知るかぎり祖父母も同じだった――少なくとも先祖の一人くらいは、芸術家であっていい。曾祖父はどんな絵を描いたのだろうと想像し、できれば見たいと思った。官展を調べることとメモしてから、腕時計を見た。何時間も読んでいて、もうすぐ一時になると知って驚いた。このまま続けたかった。できればそうしたのだが、図書館は昼休みに閉まるはずだったし、ルイジ・クアトロッキとの約束があった。この男性の電子メールで、わたしはここに来たのだ。

日記を箱に戻し、慎重にガグリエルモ教授の紙ばさみで隠すようにしてから、正面の机に持っていった。すでに、所有者のような気分になっていた――これまでの年月ずっと、日記はわたしだけを待っていたかのような気がした。

自分が座っていた側からテーブルを回って行ったほうが早かったが、わたしはわざと遠回りして、金髪女性の座っているほうの端まで歩いていった。わたしが通り過ぎるとき、女性は顔を上げ、また一瞬目が合った。女性は最初に思った以上に美しく、その顔は内側から輝いているようで、教養《フィニッシング》学校《・スクール》の雰囲気があった。住む世界がちがうと、わたしは思ったが、それでももう一度見ずにはいられず、また目が合って、女性は悪いことをしたのを見つかったかのように、すぐに目を伏せて本に顔を埋めた。

外の部屋で、〝ムッソリーニ〟がわたしのバックパックを取り、中を調べ、携帯電話と一緒に返してよこした。わたしがキャンディーや菓子のことを訊《き》くと、針金製の籠から、毒か何かで触りたくないとでもいうように指先でつまみあげ、けっして弱いとは言えない力で全身スキャナーのほうへわたしを押した。

外に出て、あらためて下の庭を見下ろした。上から見ると六角形がはっきりわかる。それから上階の回廊の反対側を見たとき、何か人影らしきものが動くのが見えたような気がした。修道士ではない、平服を着た男性だが、確信はない。屋根つきの回廊は闇の中だった。

8

レストランのクリーム色の壁には、白黒のイタリア映画のスティール写真が額に入れて飾ってあった。常連客たちは若く、学生のようだった。学生というものは世界中同じに見える——だがここではほかよりもおしゃれで、男子は首にスカーフを巻き、女子はVネックのセーターに細いジーンズだ。まわりより三十歳か四十歳も上と見られる体格のいい男性が、わたしに手を振った。混みあったテーブルのあいだを進んだ。店内の喧騒《けんそう》に、ありふれたテクノ・ポップの音楽が電子的リズムを加え、誰もがお喋《しゃべ》りをし、煙草を吸っていて、わたしはすでに目が痛かった。

クアトロッキは近づいていくわたしに会釈をし、わたしたちは握手をした。彼の手は柔らかくて温かかった。

「どうしてわたしがわかったんですか?」

「グーグルで調べました」彼は言った。「写真がありました。言わせてもらえば、直接見たほうが、はるかにハンサムですね。困らせてたら申し訳ない。着いたばかりだ。疲れているでしょう」

「じつをいうと、絶好調です」わたしは言った。これは本当だった。時差があるうえ、何時間も日記を読んでいたにもかかわらず、わたしはここ何年も感じていなかったほど元気だった。

クアトロッキはブロケードのチョッキとペーズリー柄のネクタイを身に着けて、エドヴァルド七世時代の紳士のようで、学生たちの中では場違いだったが、彼に気づく者が何人かいて、親し気に会釈したり、通り過ぎざまに微笑《ほほえ》んだりしていった。

「好かれているようですね」わたしは言った。

「わたしも彼らが好きですよ——ときどき、教えるというのは地獄のようなこともありますがね」

「賛成します」わたしは言った。「あなたはイギリス人ですか？　イタリア人ではなくて？」

「いやいや、イギリス人じゃない、でもオックスフォードに行きました。アクセントや言葉遣いを変えるのは難しい。正直言うと、変えようとしたこともない」クアトロッキは言った。「わたしが眼鏡をかけているだろうと思っていたでしょう」

「なぜです？　ああ……あなたの名前。なるほど。クアトロッキ——イタリア語で四《クアトロ》つの目《オッキ》だ。思いつきませんでした」

「自分で眼鏡を使っていたら、思いついたはずですよ！」クアトロッキはカラフェを持ち上げた。「ワインでいいかな？」

わたしはガス入りの水にすると言い、彼は眉をひそめて、ワインを一杯飲んだら気分がよくなると言い張った。

「よくなりすぎるんです」わたしは、記憶が定かでない日々や失われた夜を思い出しながら答えた。

クアトロッキはウェイターを呼び、わたしのための注文をしたいと言った。ミネストローネ・スープと、ペレグリノの瓶《びん》。「この店の名物料理で、メニューに載っている最高の料理です」彼は身を乗り出し、チョッキのボタンが弾《はじ》けそうになった。低い声で言った。「日記を見ましたか？」

「ええ。箱の奥底に、ファイルの下に隠してあった」

「そうでしたか？　いちばん上においたような気がしたけれど。歳を取ったんですね。まあ、年寄りですからね」彼は、禿《は》げかけている頭を隠そうとして前方に梳《と》かしてあるが、あまり効果の上がっていない髪の毛に手を触れた。「忘れたにちがいない。大変な時期だったんです、トニオが死んで……おもしろかったですか、その日記は？」

トニオというのが、日記を手に入れた教授、アントニオ・ガグリエルモの呼び名だと気づくのに、少し時間を要した。

わたしは彼にとてもおもしろかったと言い、あなたも読んだのかと訊《き》いた。彼はその質問に驚いたようだった。

「一語も読んでいません。トニオが生きていたら読んだかもしれない、でも……ようやく独りぼっちでいることに慣れてきました」クアトロッキの声がしわがれ、その目に涙が浮かんだ。

「お気の毒に」どうやらクアトロッキは、ガグリエルモ教授の資料の目録を作る以上の存在だったらしいと気づき、わたしは言った。

「いやいや」彼は涙を払って言った。「わたしは幸運でした。とても若いときに、愛を見つけられました。トニオは大学で、わたしの担当教授でした。わたしは二十一歳。彼は四十二歳。レオナルドとサライのようだった」

「でも、さすがに十歳ではなかったでしょう」わたしは言った。レオナルドと若い愛人についてはなんでも知っていた。長年、美術史を教えていたからだけではなく、レオナルドにまつわることのすべてに執着があったからだ。

「わたしが読んだものによると、レオナルドはバラ色のチュニックと紫色のストッキングを身に着けてフィレンツェの通りを歩くのが好きな、美しい青年だった――でも彼は、彼の時代が来る前に歳を取った」

「みんなそうでしょう」クアトロッキは指輪をたくさんはめた手で、撫《な》でつけた髪に触れた。「サライが正式にレオナルドの養子になっていたのはご存じですね」

「彼はレオナルドの作品を偽造して、オリジナルだとして売ろうとしたんじゃなかったかな？」

「証明されてはいませんが、ありうることです。とはいえ彼はレオナルドを愛していたにちがいない――レオナルドが死ぬまで、一緒にいました」クアトロッキは遠くを見た。また涙ぐんでいる。「すみません。最近、涙もろくて。トニオが死んでから、まだ一ヵ月です。九十歳になる誕生日の前日でした」彼はそっと涙を拭《ふ》き、気持ちを鎮《しず》めてから、いかに同性愛の芸術家たちがルネサンスを支配したかについて話し始めた。「その中にミケランジェロとドナテッロがいました――もっとも、勇敢だったレオナルドだけがその事実を認め、ほかの者たちは隠しました。たぶんそれが賢明だったんです、十五世紀のフィレンツェでは、同性愛は違法でした」

「たぶん、あの時代にしては認めすぎた」わたしは言った。「彼は男娼との性行為で逮捕されました。男性器についての彼の論文はご存じですよね――〝ペニスについて〟です――その中で彼は、ペニスは本人の意志なく行動すると主張し、隠すより飾り立てるべきだとしました。学生にはとても人気のある話です」

「あなたの美術史の講義は、わたしのよりずっとおもしろそうですね！」

「そのように努力しています」わたしは微笑んだ。「ガグリエルモ教授から、わたしに連絡するように頼まれたとおっしゃいましたね。どうして教授はそうするべきだと考えたんでしょう？」

「ああ、おそらくトニオは、あなたがヴィンチェンツォ・ペルージャの曾孫だと知ったんです。あなたを見つけるのは難しくない――フェイスブック、ツイッター、大学の職員紹介。トニオは熱心に調査する人間で、年齢に似合わず頭が切れました」クアトロッキは会計を頼み、伝票が来ると自分が支払うと言い張った。

外は空気が冷たくて、広い通りに黄褐色や赤茶色の古い建物が立ち並んでいる。クアトロッキは大学に戻るというので、わたしは疑問に対するさらなる答えを期待して、彼と一緒に歩いた。

「教授は日記について何を発表したかったのか、ご存じですか？」

「いいえ。彼にはそのチャンスはなかった。彼の死は」――クアトロッキは大きく息を吸いこんだ――「とてもショックでした。あの年齢での死は驚きではないと思うにちがいありませんが、トニオは普通の九十歳ではなかった。一日に数キロも平気で歩いて、健康の鑑《かがみ》のようだった。事故がなければ、きっと今でも元気でここにいます」

「事故というと？」

「轢《ひ》き逃げです。想像できますか、年寄りを通りに放置して死なせるなんて？」クアトロッキはかぶりを振った。「それだけじゃなく、トニオが死んだ日の翌日、どこかのごろつきか麻薬常用者が、わたしたちのアパートメントを荒らした。普通の生活を取り戻すのに、何週間もかかりました」

「何が盗られたんですか？」

「それが奇妙なんです。何も盗られなかった。何かを探していたのかもしれませんが、警察はただの不良たちの仕業《しわざ》だと推測しています。うちにある骨董品を持ち出さない程度の分別はあったのか、いくつか壊していきましたがね！」

「日記は持っていかなかったんですね」

「ええ。それは大学のトニオの部屋においてありました」

あることを思いつき、ひどく落ち着かない気分になった。わたしが日記や、百年前からの謎の答えを二十年間も探してきたのなら、ほかにも探している人間がいるのかもしれない。「アントニオが日記を手元においていたのは、どれくらいの期間ですか？」

「二週間ばかりです。でも強烈な印象を残しました。彼は一度ならず、本当にすごいものを読んでいると言いました――〈モナ・リザ〉を盗んだ男の日記ですからね！」

「ああ。じゃあ、あなたも内容は知っている」

「ここまでです」

わたしは彼に、誰かほかの者と日記について話したかと訊き、彼は侮辱されたと感じたようだった。

「いいえ。なぜそんなことをすると思うんですか？」

「ガグリエルモ教授はどうでしょう？」

「なんらかの形で発表しようとしていたんですから、この大発見は自分だけの秘密にしていたと思いますよ」

「どこでそれを手に入れたのか、ご存じですか？」

「稀少本のディーラーだと思います。トニオは多くのディーラーと仕事をしていました。大半がフィレンツェで、パリとドイツのところもいくつか」

「そのようなディーラーの一覧があるでしょうか、日記を買ったさいの領収書とか？」

「彼の残した書類を調べましたが、そのようなものは記憶にありません。トニオはとても几帳面《きちょうめん》な人間でした」彼は何かを思い起こすかのように、いったん言葉を切った。「でも、最近まで彼の机には手をつけなかった。事故直後の週は、面と向かうことができなかったんですよ、わかるでしょう」

「ええ、もちろん。彼の電話帳か、手帳のようなものはありましたか？」

「それこそ、トニオの持ち物で唯一混乱していたものです。何年も使っていて、替えようとしなかった。考えたら、あれを見た覚えがないな」

「携帯電話はどうですか？」

「トニオはそれが大嫌いで、自分では持っていませんでした」

クアトロッキの歩調はひどくゆっくりだった。彼はトップコートの前を開き、革のジャケットで凍《こご》えているわたしとはちがい、汗をかいていた。通りは変化し続けた——広い通りから狭い小路へ、カーブを描き、角があり——やがてわたしたちは、高級店が並び、動きはしないようだが凝《こ》った装飾の古い回転木馬が中央にある、大きな四角い広場に入った。

「レプブリカ広場、古いフォロ・ロマーノの遺跡です」クアトロッキは言って、凱旋門を指さし、わたしたちはその下をくぐり、不規則な通りに沿って進んだ。クアトロッキは腕をわたしの腕に絡《から》ませた。数分ごとに、彼は立ち止まって息を整え、またわたしの腕を取って、古い黄褐色の建物のあいだの小路へと歩き始めた。ときどきため息をついたり息をのんだりする以外、ほとんど口を利かなかったが、急に立ち止まってわたしを見た。

「そういえば、稀少文書のコレクターから電話がありました。その人はそう言いました、稀少文書のコレクターだとね。ガグリエルモ教授の古い友人から日記のことを聞いたと言って、友人の名前は明らかにしませんでしたが、もし言ったとしてもわたしには意味のないことだった。彼はそれがどこにあるか知っているかと訊いて、お礼に金を出すと言いました」

「なんて答えたんですか？」

「何の話かわからないと。もうすでに、トニオの要請を実行に移していました――あなたに日記のことで連絡をするというね――だから、それで金を得ることには興味がなかった。トニオの年金とわたしの給料で、充分すぎる金があります」

「相手はその説明で納得しましたか？」

「だと思います。それ以来、何も言ってきていない」

通りに風が吹いて、わたしは震えた。寒さより、わたし以外の誰かがペルージャの日記を探していると考えたせいだった。わたしはもう一度、ほかに誰か日記のことを知っている人間はいるだろうかと訊いた。頭の中で、押し入りや稀少文書のコレクターのことを考えていた。

「わたし以外にいるとしたら、わたしの秘書ですね。わたしの講義や電子メール、その他の書状などをタイプする。でもこの女性は七十八歳で、大学に五十年近くいて、完全に信用できる」

「その女性と話してもかまいませんか？」わたしは訊いた。

「シニョーレ・ペル、オウ、ネー」彼はわたしの名前を、音節ごとに区切って発音した。「シニョーラ・モレッティは慎み深い女性です。それでも、どうしてもとおっしゃるならかまいませんが、それで何があっても知りませんよ」

9

彼はレストランから、二人の男たちをつけていた。かなりの距離を取ったが、見失うことはなかった。太った男の歩調はとても遅くて、彼は立ち止まったり路地に入ったり、とまっている車の陰に隠れたりしなければならなかった。彼らに気づかれることはないはずだ。だが彼のほうは彼らを知っている。コンピュータ画面で二人の写真を見た。ペローネは二次元で見るより長身で魅力的で、クアトロッキのほうは太っていて、今は柵にもたれ、水から出た魚のようにぜいぜいあえいでいる。

彼が見ていると、二人は大学のほうへ向かい、自転車やオートバイの並んでいる横で立ち止まって煙草に火をつけ、談笑しながら行ったり来たりする学生たちを見ている。こんなに呑気《のんき》な気分になったのは、いつ以来かわからない。

とある記憶。倒れている兄。彼はそれを揉《も》み消すように、手で両目をこする。でもそれは消えずに残る。何年も前に捨て去ったはずの感情を思い出させる残像だ。

彼はぎゅっと目を閉じ、太ったイタリア人が少女のような笑い声を立てるのを聞いて目を開ける。きっと悲鳴を上げるときも少女のようだろうと想像する。彼はペローネを観察する。力強くて傲慢な風貌で、引きずり落としたくなるタイプの男だ。

10

わたしはなんとか迷わずにパラッツォ・スプレンドウルまで戻り、フロントにいた同じ男性から鍵を受け取った。男性はまた電話中だったが、もしかしたら一度も切っていないのかもしれない。エレベーターはなく、わたしの部屋は三階で、男性は鞄《かばん》を運ぶのを手伝おうともしなかった。

一週間百二十ユーロの宿賃だからたいして期待もしていなかったが、正しかった。ワンルームのその部屋は、小さなバスルーム（洗面台、トイレ、カーテンのついていないシャワー）と簡易キッチン（小型冷蔵庫、電熱器、流し）、むき出しの戸棚がある使えない暖炉、古びたチンツ地のカバーのかかっているツイン・ベッド、木枠のついた鏡の乗っている戸棚、三本のハンガーを斜めに入れざるをえないほど狭いたんすから成っていた。たった一つある窓にはカーテンがなかったが、暗い小道に面しているので問題なかった。

スーツケースをベッドの上において開け、ようやく荷ほどきをし始めて、わたしは長い一日の興奮が薄れていくのを感じた。あとに残してきたもの――仕事、ロフト、友人たち――が、チェルシーのアート・ディーラーとの会話とともに一気に思い出された。あれからまだ、一週間経っていない。

〝画廊を閉めなければならないんだ、ルーク。これ以上続けられない〟

〝今後はどうするんだ？〟

〝少し休んで、旅行でもする。ここ十年で、美術業界にすっかり疲れたよ〟

〝お互いにな〟

〝心配するな、ルーク。代わりの画廊が見つかるさ〟

わたしは確信が持てなかった。最後に個展をしたのは四年前で、あまりうまくいかず、コレクターが列をなしてわたしの作品を見にくることはなく、ほかの芸術家たちについて、取引のあった画廊が閉まり、実績がなかった場合にどうなるかをさんざん見てきた。料金の安い狭苦しい画廊を使うようになり、芸術家同士はしのぎを削るが、コレクターや批評家が展覧会を見にくることはなく、ほとんど問題にされない。

わたしは下着と靴下を戸棚のいちばん上の引き出しに入れ、自分の作品については考えないようにしたが、すでに別の会話を思い出していた。学科長との会話だ――十八世紀フランスのロココ様式の絵画を専門とし、ブランコに乗った女の子たちや、庭で眠っているカップルたちのふわふわしたピンクの絵を描いた、ワトーやフラゴナールのような画家を好む美術史家だ。

〝終身在職権《テニュア》が欲しければ、展覧会を開く必要がある〟

展覧会？　画廊がないのに？　容易なことではない。だが彼には、つきあいのあった画廊が閉まったことは話さなかった。

わたしは荷物の整理をやめ、ベッドの端に座りこみ、ここに来たことによって何かに向かっているのか、それとも逃げているのだろうかと考えた。

疲れていた。目を閉じたが、体は弱っているのに、頭は動き続けていた。クアトロッキとの昼食は、答えよりも多くの疑問をもたらした。大学への訪問は、苛立《いらだ》ちをあおるものだった。クアトロッキの秘書、わたしのようなアメリカ人など朝食に食べられてしまいそうな皺《しわ》くちゃの老婦人は、わたしに電子メールを書いたのは認めたが、ほかの誰かが読んだ可能性を聞くと、わたしを睨《にら》みつけ、何も言わずに部屋を出ていった。

わたしは寝転がり、その部屋で唯一の美しい部分である天井の装飾的な漆喰《しっくい》仕上げを見上げた。でも一分後に起き上がり、とてもじっとしていられず、持参した新聞記事と、唯一わたしが持っているヴィンチェンツォ・ペルージャの写真、彼の顔写真《マグショット》を取り出した。その写真を見つけた日のことは、二十年前ではなく、何時間か前であるかのように鮮明に覚えていた。

埃《ほこり》とクモの巣。泥とネズミの糞。屋根裏部屋の低い天井は、そこにこもった熱気と同じくらい重苦しかった。ニュージャージー州ベイヨンの真夏。これ以上嫌なものはない、少なくとも十四歳で、ここに閉じこめられているわたしにとっては。夏期講習で九学年の代数をやりなおす。XイコールYならば……それがどうしたっていうんだよ。教師にそう言ってやったら、教師から校長のもとへ行かされ、そこから家に帰された。それで今回の罰として、いろいろある中の一つが、〝屋根裏部屋を片づけろ！〟だった。誰も使っていなかった部屋だ。よくもこんな雑用を思いついたものだ。

最初の一時間は座りこんで、煙草とマリファナを交互に吸っていて、それから隅に押しつけられているスティーマー・トランクを見た。たいしたものじゃないだろうと思ったが、表面の埃を払ってみたら、イニシャルが見えた。ＳＰ。祖父のシモン・ペローネのものにちがいないと思いつくまでに、一分ほどを要した。祖父はイタリアに住んでいて、わたしが生まれる前に亡くなった。

それを開くのにねじ回しが必要だった。中には、いちばん上にライフル銃があって、わたしはそれを手に取って観察した。傷のある銃床、金属製の銃身、錆びた引き金。仲間たちにそれを見せびらかすところを想像し、のちに実際にそうした。

ライフル銃の下には写真があった。マグショットで、正面からの顔と横顔があり、その下に〝囚人《イル・カルテェラート》　３７８６９９〟とある。囚人。裏には小さな、きちんとした文字でサインがあった。〝ヴィンチェンツォ・ペルージャ〟

曾祖父だろうか？

もはや屋根裏部屋の暑さや、頭の周囲を飛び回る虫などは気にならなかった。この男、この既決囚の写真を見詰めるのをやめられなかった。

その夜、夕食の最中に、わたしはその写真をテーブルにおき、父親が何かを噛もうとして途中で口の動きを止めるのを見た。

「父さんのお祖父さんだよね？　ぼくの曾祖父のヴィンチェンツォだ」

「それは……誰でもない」父は言った。すでに少し酔っていて、言葉が不明瞭だった。「おまえは自分が何を言ってるか……わかっていない」

わたしは立ち上がって、駆け出した。ミートローフも缶詰の豆も食べたくなかった。父親がわたしに向かって叫んだ。「戻りなさい！」母親は泣きそうな様子でわたしを見ていた。母親はよく泣いた——母親が悪いのではない、母親は乱暴な夫や非行に走った息子に見合うような者ではなかった。その後、キル・ヴァン・クルの仲間たちと会い、古いライフル銃を見せびらかして何杯かビールを飲んだ。でも写真は見せなかった。あれはわたしのもの——わたし一人のものだ。

その後何週間か、両親に曾祖父の話を持ち出したが、いつも同じだった。両親は彼が存在しないかのように、わたしが誰のことを話しているのかわからないかのように、わたしの頭がおかしいかのように振舞った。たいした調査をするまでもなく、家族が名字を変えたのがわかった。これまた両親からは聞いていなかったことだった。これが深夜のインターネットで調査し、手紙や電子メールで情報を集める日々の始まりだった。何週間、何ヵ月間、何年間かをかけて、ヴィンチェンツォ・ペルージャについてどんなことでも、ありとあらゆることを見つけ出すのがわたしの目標となった。

〈モナ・リザ〉を盗んだ男だ！

なんということだ！　この人物、この犯罪者がわたしの曾祖父だという事実。なぜ両親はあんなに恥じていたのかわからなかった。わたしは世間に発表したかった。その考えは刺激的で危険でもあり、わたしはこの人物についてすべてを知らなければならなかった。

わたしは努力した。だが二十年間、その人物は謎のままだった。今日《こんにち》まで。

日記を少し読んだだけで、マグショットに命が宿った。思ったとおりだった。わたしには冴《さ》えない公務員の父親よりも、曾祖父のほうと、共通項があった。

わたしは写真を脇におき、持ってきた記事を広げた。まず、遠い昔にラミネート加工して、内容を熟知している一九一一年の〈ニューヨーク・トリビューン〉の記事。

パリでダ・ヴィンチの絵が盗まれる

パリ、八月二十二日――レオナルドの〈モナ・リザ〉、〈ラ・ジョコンド〉という名でも知られている絵が、不思議なことにルーヴル美術館から消えたという発表があり、美術界を困惑させた。

それを盗んだ人物あるいは人物たちの痕跡は何もない。屋根から天井、建物の隅々まで調べたが、裏の階段に貴重な額縁と、絵を覆《おお》っていたガラスが残されていただけだった。

この事件でもっとも特筆すべき点は、二日近く、絵がないのが問題にされなかったことだ。写真撮影か清掃のためにはずされていると思われていたという。

わたしはその記事を戸棚の上におき、持参したほかの記事も見た。ここフィレンツェでなら、これまで見えなかった何かに気づくかもしれない。ある記事では、〈モナ・リザ〉はフランス政府を脅迫しようともくろむ人物に盗まれたのではないかと書かれていた。別の記事では、フランスを困らせようとするドイツによる犯行だと。犯罪のあった日から二週間後の記事に、三人もの人物が〈モナ・リザ〉をオランダへ向かう列車の中で見たと記されているが、この手がかりの後追い調査はなく、目撃者の名前も明らかにされていない。別の記事には、裕福なアメリカ人、〝ウェスターナー〟なる人物がこの絵を盗み出し、絵とともに大西洋横断船カイザー・ヴィルヘルム二世号に乗ったが、船がニューヨークに着いたとき、ウェスターナーも絵もどこにも見当たらず、まさに謎だと書かれていた。

さらに三つの記事——一つはルーヴル美術館の警備不備を責めるもの、もう一つはお粗末な捜査をおこなう警察署を嘲笑《あざわら》うもの、そしてもう一つは、この窃盗《せっとう》は悪ふざけにすぎないと考えるものだった。もちろん、ルーヴル美術館は手薄だった。絵がなくなった日、館長は旅行中だったという事実に加えて、美術館が閉館であっても〈モナ・リザ〉のあったサロン・カレにいるはずだった警備員は、病気の子どもの世話のために家にいて、内部犯罪や陰謀を疑う理由は山ほどあった。

もう一つ記事の切り抜きがあって、わたしは常に、これをいちばん重要なものだと考えていた。一九一一年の盗難より一年と一ヵ月前に、小さなパリの新聞〈ル・クリ・ド・パリ〉に出た記事だ。

〈モナ・リザ〉がアメリカ人に売られる

パリ、七月二十四日——信頼筋によると、六月のある晩に〈モナ・リザ〉がルーヴル美術館職員の手引きによって秘かに美術館から盗み出され、複製が額の中に代わりに収められたとのこと。オリジナルはニューヨークに持ち出され、そこでアメリカ人コレクターに売られたという。

立証されてはいないが、この話が基になって、今現在ルーヴル美術館にある〈モナ・リザ〉は贋《がん》作《さく》だとする説が一つならず生まれた。十代のときに初めてこの記事を読んで以来、わたしもこの説にずっと悩まされていて、それがここにいる理由でもある——ペルージャの日記にその答えがあり、ついに真実を知ることができるといいのだが。

わたしは戸棚の上にある鏡の木枠に、マグショットを挟《はさ》みこんだ。囚人番号３７８６９９、正面の顔と横顔、黒っぽい上着、縞のネクタイ、糊のきいた襟《えり》、濃い黒髪を分けて、広い額を横切るようにきちんと梳《と》かしている。大きな頬《ほお》骨が目立ち、下唇が太くて、往来かバーで喧嘩《けんか》でもしたのか鼻が腫れているにもかかわらず、ハンサムだった。わたしはこの写真を見詰めて何時間も過ごしたものだ。最初にわたしが魅了された理由があり、それはまだ色褪《あ》せていなかった。ペルージャのカイゼル髭《ひげ》と、右目が僅《わず》かに小さくて瞼《まぶた》が垂れているのを除けば、わたしたちは兄弟で通っただろうということだ。何年ものあいだ、わたしは彼の警戒した表情の奥を見ようとしてきた。今、日記をほんの少し読んだあとで、わたしは彼が必要とし欲していたこと、認知されることへの切望を思った。わたしにも充分すぎるほど理解できた。

「逃がしはしない」わたしは写真に対してだけでなく、自分自身に対しても言った。なんとか逃げ出して、ひとかどの人間になった。後戻りするつもりなどはない。失われたベイヨンの少年は放っておこう、あいつを復活させたりはしない。「真実をつかむ」わたしは言って、初めてそれを確信して、写真にうなずいた。「何があろうともだ！」

11

ジョン・スミスは自分の携帯電話に転送した書類を見た。アメリカ人について一つ、イタリア人教授たち——故アントニオ・ガグリエルモとその若い愛人ルイジ・クアトロッキ——について一つ、そしてクアトロッキとペローネのあいだを行き来した電子メールもあった。彼は携帯電話をおいて椅子の背に寄りかかり、寝室と、一時的な作戦基地として使おうと考えている小さな居間を眺《なが》めた。ホテルはおよそ豪華とは言えないものだったが、彼は贅沢《ぜいたく》を好まず、そんなものは不必要でばかげているとさえ思っていた。リヨンのアパートメントを思い出した。最低限の家具があり、染み一つなくて清潔だった。子どものころ、計画住宅群の外の刺激的な暮らしを夢想したものだ。それを手に入れ、そこそこの手柄を立てたが、興奮は薄れていた。今までは。

疲れていたが気持ちは高ぶっていて、床に伏せて、腕一本の腕立て伏せを何度か繰り返し、決意を改めた。息切れしながら、素早く起き上がった。禁煙の標示を無視して煙草に火をつけ、窓を開け、筋骨たくましい上半身を傾けて、体半分が外に出るように乗り出した。

〝おまえはよく働く、スミス、でも、もう一頭張りというものをしない、犠牲を払わない〟

ほんの一週間前に偉そうなデンマーク人管理官のアンデルセンから受けた評価だ。この仕事に就いてまだ三年も経っていない男で、目下の者や自分の話に耳を貸す者なら誰にでも、この名前は英語のアンドリューに由来していて、男らしく力強いという意味だと説明するのが大好きなやつだ。スミスにはそう思えたことはなかったが。

犠牲だって？　仕事に費やした長い夜や週末は数に入らないらしい。この仕事は彼の人生だ。アンデルセンはそれを知らないのだろうか？

彼は煙草を深く吸いこみ、煙が散って消えていくのを眺めた。

もちろん、管理官が言いたいことはわかる──彼は事件を解決するのに有効な働きはしていなかった。失われた美術品の追跡だけでなく、そのデータが実際の逮捕や美術品の返却に寄与したことのある分析官とはちがった。

〝それにほかの職員とうまくつきあえない〟

これには頭に来た。スミスはあの男を殴り、白っぽい金髪の髭《ひげ》や細い顎《あご》に血が滴るのを想像した。管理官やほかの者たちに見せつけてやる。彼だって充分以上の働きをして、必要とされるどんなことでもできると証明しよう。犯罪情報分析者として二十年働いてきて、何かがあると察知する直感を身につけているはずで、今まさにそれを感じていた。

もう一度煙を深く吸いこみ、肺が痛くなるまでためておいた。

インターポール側の知るかぎりでは、彼は病欠中で（たいしたことではない小さな手術で、回復するのに一週間ぐらい必要）、仕事に就いてから一日も病欠したことがなかったため、同僚たちは驚いていた。失敗は許されないと、彼は考えた。今失敗したら、職歴の終わりを意味する。それはあってはいけない。彼は決意した。もう戻れなかった。

煙草を窓の外に投げ、それが火花を散らして落ちていくのを見守った。暗くなったマドンナ広場の向こうの、灰色の石造りの建物と、インターポールの赤い通知書のように夜の中で瞬いている、〝パラッツォ・スプレンドウル〟という電飾を見やった。

12

ニューヨーク市

彼の妻はすでに化粧を落とし、手術のせいで突っ張った皮膚の上にばかばかしいほど高価なクリームをたっぷりと塗りつけて、てかてかと放射性を帯びたような顔になっていた。

「いいパーティーだった――うまくやってくれたな」彼は言った。実際は仕出し業者と給仕人を呼んだので、彼女の仕事でも手間でもなかった。そのうえ、費用を出したのは彼だ。

妻は顔を上げず、答えもせずに、第一帝政様式の寝椅子にシルクの着物をおき、それは床に滑り落ちて山になった。それを拾おうともせず、ベッドに入り、ランプをつけてナイト・テーブルからペーパーバックを取った。真っ赤な爪で表紙を叩く。何やら、〝殺し〟という文字のあるタイトルだ。

「あんまり読むと疲れるぞ」彼は言った。

「ギャングの話よ」彼女は言った。「あなたにも関係があるんじゃないの」

彼は彼女のほうへ一歩踏み出した。昔の記憶がいくつも頭の中をよぎり、体の両脇で手をひくつかせる。煙でもうもうとしていて、混みあっている賭け屋の奥。まったく無言のこともあれば、口出しも許されず説教されることもあった、父親との深夜のドライブ。頬《ほお》の平手打ち、そしてもっとひどい所業。

「しなさいよ」妻は顎《あご》を突き出して言った。「ぶちなさい。ぶちたいんでしょう」

でもしない。彼は妻に、自制心を失うところを見せたりしないし、法廷で彼に不利になるようなものを提供したりもしない。彼よりずっと若い男から奪い取った、かつては美しく若かった女性、その美しさは今や事実ではなく思い出になった。この女性をどうやって殺そうか、死体にゴヤかヴェラスケスの絵のようなポーズを取らせようかと考える。でも自分の手を汚して、そんなことをしたりはしない。とはいえ六十四歳になって、彼のことを称賛してくれる三人目の妻を持ってはいけない理由は見当たらない。

「長いこと読むつもりか？」彼は訊《き》いた。

「どうして？　廊下の向こうにいるあなたの邪魔になる？」

二人は何年も、同じ部屋で寝ていなかった。

彼は彼女に背を向け、結婚生活を終わりにしても婚姻前に交わした財産についての合意を免れる方法があるはずだと考えた。事故はどうだろう？　手配するのはわけないことだが、ここ最近、彼にはもっと大事な考えるべきことがあった。

彼は絨毯《じゅうたん》の敷かれた廊下を進み、螺旋《らせん》階段を下りてタウンハウスの一階へ行った。踊り場にある絵には目もくれなかった。ルノワールの肉感的なピンクの裸体は、彼の好みには甘すぎる。上階にいる三十九歳のおぞましい女が飾ったものだ。一瞬、彼はその絵を切り裂いてやろうかと考えた。

さらに階段を下りて、彼の自宅内オフィスである、洗練された地下室に行った。机の上には二冊の本だけがあった。ドストエフスキーの『罪と罰』、彼の大好きな小説だ――前半、主人公のラスコルニコフは殺人を犯し、自分のことを法を超越した超人だと考える。だが後半の、罪悪感と後悔に駆られる部分は理解ができなかった。ひとは単純に望むものを追い求める。それが机の上にある二冊目の本のメッセージだ。マキアヴェリの『君主論』。

机の後ろに背の高い本棚があり、美術の本が数冊、オークションの目録が一列並んでいて、ほかの部分は空いている。彼は机のいちばん上の引き出しからリモコンを取り出し、いくつかボタンを押した。本棚にはキャスターがついていて、横に滑らせると、その向こうの壁が露《あら》わになった。また別の暗証番号で、壁そのものが開いた。その向こうには金属製のドアがあった。素早く指を動かしてさらに暗証番号を入れ、ドアが開き、彼は保管室の中へ入った。もう一度リモコンを操作すると、彼があとにしたものはすべて閉まった――壁や本棚は元の位置におさまった。

いつでも、この瞬間がいちばん好きだった。暗闇の中で、立って待っている。彼はこの時間を我慢できなくなるまで味わい、それからスイッチを入れた。部屋が光で満たされた。

十八枚の絵画。十一枚の素描。十三枚の版画。それぞれにスポットライトが当たっていた。三十年前に、青の時代のピカソの小さな作品から、合法的に始まった。保管室にあるものの中で、ピカソ以外に唯一、合法的に手に入れた作品はレンブラントのエッチングで、現在は五十万ドルの価値がある――室内のほかの作品に比べたら些細《ささい》なものだ。彼は頻繁《ひんぱん》にこれら二枚の作品を美術館の展覧会に貸し出し、彼自身が合法なだけでなく寛大でもあることを示してきた。

警報をオフにし、自動温度調節器《サーモスタット》が摂氏二十度の室温を保っていることを確認し、除湿器も確かめた。この二つには小さな発電機のバックアップがついている。それからいよいよ、コレクションを見始めた。モネの海の風景の前で立ち止まり、空と海の豊かな青色と紫色を眺《なが》めた。それから、教会を出る信徒たちを描いた小さなヴァン・ゴッホ。彼は時間をかけて見た。時おり絵に指先を走らせた。いけないことだ――繊細な顔料に、脂じみた皮膚が触れる――だが彼は好きなようにできる。ゴーギャンの裸婦の胸の先に舌で触れたってかまわない。タヒチで芸術家のポール・ゴーギャンがこの名もない美しく若い女性とともに生きた日々、その歴史とともに、汗と塩っぽさを想像しながら。

彼は身を震わせた。一歩下がり、彼の宝物、彼の子どもたちを見詰め、この芸術作品は自分一人だけのものだという想いを噛《か》みしめた。

自分勝手だろうか？

彼はそうは思わなかった。けっきょく、これらを盗み出してきた不用心な美術館や画廊よりも、きちんと保管しているではないか？

これは彼の天職だった。謎めいて神がかり、宗教的でさえある。美術館や画廊で作品を見たとする、すると何かはっきりとした霊気のようなものを感じ、これを自分のものにしなければならない、救い出さなければならないと知る――まるでその考えを、神さまに囁《ささや》かれたかのように。

彼はゴーギャンのタヒチの風景から、ノルウェーの画家エドヴァルド・ムンクによるマドンナの絵へと足を運んだ。驚くほど誘惑的に、暗い赤色の唇を少し開いている。彼は自分の唇を舐《な》め、非常に高価なウォレン・プラートナーの椅子に座りこみ、その曲線を描く背もたれに身を預けて浮いているような感覚を味わった。椅子を何センチか引きずって、絵のほうに近づけた。金属の基部が大理石の床にこすれて、軋《きし》むような音が室内に響いた。彼は両耳を塞《ふさ》いだが、遅かった。幽霊はすでにここにいた。

車庫のコンクリートの床に、椅子がこすれた。その男は真夜中にベッドから引きずり出されてきた。目を恐怖に見開き、ガムテープを貼られた口から出る嘆願する声はくぐもっていて、ほとんど聞き取れない。少年は、片目で父親を見ながら、男を見ていた。父親は消音装置をつけ、それをはずし、少年のそばに立ち、長く生きたら死因となったはずの肺気腫のせいで息を乱しながら、その行為を少年にやらせた。十四歳の少年はそれをうまくこなした。器用な手さばきで消音装置をつけ、はずした。椅子に座っている男の喉奥から出る音は、無視しようとした。

「そいつの口にもっとテープを貼れ」父親は言った。

少年はテープを千切り、すでに貼ってあるテープの上から押しつけた。男の唇が、指の下で虫のように蠢《うごめ》くのが感じられた。においもだ。熱と汗と、何か酸《す》っぱいもの。のちになって初めて彼は、それが恐怖のにおいだったと知った。視線を下げると、男のパジャマのズボンに染みが広がっているのが見えた。

「誰かが家に帰ってきたらどうするの？」少年は訊いた。

「誰も帰ってこない。妻は遠くに行ってる。子どもたちは——どこか知らないが——誰も気にしやしない。この男の人生の話など聞いてない、ただ、いつどこでやるかだけだ」

「誰かに聞かれたら？」

「だから銃に消音装置がついてるんだ、ばかめ。まったく音がしないわけじゃないが、隣人を起こすほどの音はしない——それに、いつ質問をしていいと許可した？」父親は銃を彼の手に押しつけた。

「これをつけろ」父親は言って、プラスティック製の眼鏡を渡し、少年の耳に発泡プラスティックの耳栓を押しこんだ。「耳が聞こえなくなったり目が見えなくなったりしてほしくない。そんなことになったら、おまえになんの価値があるっていうんだ？」父親はゼイゼイ言いながら笑った。

「もっと近寄れ」父親は言った。「ここは射撃場じゃないんだぞ」

少年はおずおずと一歩踏み出した。

「近寄れと言っただろう！」父親は少年のうなじをつかみ、前に押し出した。

男は椅子の上でびくりと動き、頭を勢いよく横に振った。

「やれ」父親は言い、少年の手と銃を男の胸に向けた。「早く引き金を引け」

男は何度も瞬《まばた》きをして、テープの下の唇が歪《ゆが》んでいた。

「早く！　クソ！　今すぐだ！」

少年は撃った。銃が手の中で撥《は》ね、抑えられたポンという音がした。

「クソ！　肩なんか撃ちやがって」父親は少年の手を自分の手でつかみ、銃の狙いを男の胸に定め、少年の指を握りしめた。またポンという音がして、男のTシャツの中央に赤い点が現われ、輪郭がぼやけ、父親はもう一度少年の指を握って、もう一つ赤い点ができた。

「念のためだ」父親は言った。

少年は男が横にくずおれて、椅子もろともガレージの床に倒れるのを見た。

その場面、その瞬間のすべてが頭の中に刻みこまれたが、のちに思い返すとき、自分が何も感じなかったことに気づいた。

「よくやった」父親は少年の肩を叩きながら言った。めったにない愛情の言葉。


ムンクの誘惑的なマドンナの赤ワインのような色の唇にふたたび焦点が合い、彼は落ち着きを取り戻した。

それから貴重なお宝、その柔らかい唇と謎めいた微笑《ほほえ》みに視線を移した。この保管室で唯一、専用の壁のある作品だ。彼はいっぽうに体を傾け、反対側にも傾けて、彼女の視線が追いかけてくるのを確かめ、それから近づき、指先で女性の頬のひび割れた絵の具をこすった。ありもしない皮膚の感触と温もりが感じられると信じた。身を乗り出し、唇をマドンナまで数センチのところへ近づけた。描かれた人物はぼやけた。彼女が放つ魅力に、眩暈《めまい》を覚えた。彼は一歩下がり、喉を詰まらせた。

だが、これは本当に彼女なのか?

知らなければならない。

彼は証明を求めて動き出し、あとに引くことなど考えられなかった。

「何が必要であろうと、あなたを知らなければならない」彼は彼女に囁いた。「何が必要であろうともだ」

13

ラウレンツィアーナ図書館
イタリア、フィレンツェ

「どうしてわたしが入ってくるとわかったんですか？」わたしはリカルドの台車の上にすでに白い箱が乗っているのを見て、慎重に笑みを保ち、責めるような口調にならないように注意した。

「向こうの部屋で警備員と話しているのが聞こえました」リカルドは言った。

わたしはうなずいたが、それだけで箱を取りに奥の部屋へ行ってくるのに充分な時間があったかどうか、確信を持てなかった。でもなぜ、疑わなければならないのだろう？　この曰く言い難い日記を何年もかけて探してきたせいで、被害妄想的になっているのだろうか？

キアラが身を乗り出した。「どうかしましたか、シニョーレ・ペローネ？」

「ルークと呼んでください」わたしは言った。「いや、なんでもないんです」あることを思いついた。

「もしかして、その……」わたしは言い淀んでから、ある名前を思い出した。「……ドゥッチョについて、何かありますか？」

「シエナ派の画家についてはたくさんありますよ、シニョーレ」――彼女は微笑《ほほえ》んで――「ルーク。稀少本や、もっと最近の、そうですね、論文のようなものも」

「見せてもらえるかな？」

「数箱ありますが」

「論文がいい」わたしは言って、微笑み返した。

「少し待って《ウノ・モメント》」彼女は言い、リカルドにイタリア語で話をした。その間、わたしはクアトロッキのアパートメントへの押し入りと、稀少文書のコレクターからの問い合わせについて考えていた。キアラはまた、どうかしたのかと問い、わたしはなんでもない、疲れているだけだと答え、彼女はわたしが働きすぎだと言って、赤紫色の爪の手でわたしの手を叩いた。リカルドが〝ドゥッチョⅡ〟というラベルのある箱を持って戻ってきて、わたしはキアラの手の下から自分の手を抜き、〝ルネサンス盛期の巨匠たち〟の箱の上にドゥッチョの箱を乗せ、長いテーブルへと部屋を横切っていき、端の同じ座席についた。

　先日いた二人の学者たちもいて、決まっているわけではないのに、同じ座席に座っていた。ポニーテールのほうが顔を上げ、読書用眼鏡の上からじっと、わたしのほうを見ていた。わたしは彼が視線をはずすまで見返した。それからドゥッチョの箱を開くと、それは大半が紙ばさみやバラの書類で、ちょうどわたしが必要なものだった。わたしはそれを脇におき、時間をかけてガグリエルモの紙ばさみで間に合わせの要塞を作り、それから日記を出して、前回読み終えた場所を見つけて読み始めた。

14

ピカソの仕事場に行きたくなかった。でもシモーヌが、もっとほかの芸術家たちとつきあったほうがいいと言い張った。彼女に嫌だと言うのは難しかった。

オデオン広場からバスに乗り、丘の上で下りた。パン屋やレストランが並び、甘いペストリーのにおいのする通りを登った。胃が空っぽで、腹ペコだった。何時間も、何も食べていなかった。それも最後に食べたのは、シモーヌがブーローニュの森で摘んできた実で作った、イチゴジャムを塗ったパン一切れだった。

わたしは煙草を巻いた。煙で肺を満たした。ラヴィニャン通りを通って、ラ・リューシュへ向かった。小さな木造の建物だ。何人かの芸術家がそこにアトリエを持っていた。その中にピカソもいた。

わたしは躊躇《ためら》った。まだ、引き返す時間はあった。あの小柄なスペイン人には以前も会ったことがあり、あまり好きではなかった。でもシモーヌの言葉に後押しされた。

ピカソは絵の具の染みのついたつなぎを着て、出入口まで出てきた。描いているあいだ、座っていろと言った。手を休めて来客の相手をするような時間はないということだ。

アトリエは亜麻仁油とテレビン油のにおいがした。それと犬だ。醜い老犬が、ピカソの足元で眠っていた。あちこちにカンバスがあった。みんな、新しい立体派の画風だった。バラバラに分断されていて、醜い。棚の上の、見覚えのある二つの小さな彫刻を盗み見た。イベリア風の、素朴なものだった。パリで大流行していたものだ。わたしはすぐに、それらをどこで見たのかを思い出した。仕事場でだ。ルーヴル美術館だ！

なにげない口調で、それらをどこで手に入れたのか、ピカソに尋ねた。

美術評論家のギヨーム・アポリネールからもらったと聞いたとき、わたしは激しい怒りを感じた。最近、アポリネールはわたしの作品を、ある画廊での展示から除外したのだ。わたしの作品を、古臭くてつまらないと評した。まだその言葉に、はらわたが煮えくり返っていた。

ピカソは、それらが盗まれたものだと知っていたのだろうか？　もしかしたら、加担していたかもしれない。わからない。でも、わたしはそれらがここにあることを心に書き留めた。

ピカソは絵を描きながら歌った。人気のあるダンスホールの小曲だ。

おお、マノン、かわいい娘
ぼくの心は、おまえにボンジュールと言う
かわいい娘、かわいい娘、かわいこちゃん

彼はこのばかげた歌を、何度も繰り返し歌った。それからわたしに、芸術と、芸術家としてのわたしの責任について説教をした。わたしは何も言わずに聞いていたが、彼の説教に腹が立った。彼はわたしの友人であり、やはり立体派の画家であるジョルジュ・ブラックについて語った。自分たちを、絵画の分野のウィルバーとオーヴィルのライト兄弟だと言った。自惚《うぬぼ》れたことを！ 彼はだらだらと、古臭い芸術家たちと、彼らの美に対する懸念《けねん》について話した。その話がわたしに向けられているのは、わかっていた。アポリネールがわたしの作品を批判したのに使ったのと同じ言葉を口にした。

ピカソは絵筆をおいた。わたしを見た。絵の向きを変えて、わたしに見えるようにした。彼はかなりの時間をかけて、平面に三次元の形を再現しているのだと説明した。

わたしには粉砕された混乱状態にしか見えなかった。でも何も言わなかった。

彼は、彼の言っていることが理解できたかと訊《き》いてきた。胸に怒りが湧き上がるのを感じた。でもわたしは静かに答えた。完璧に理解できたと言い、わたしからの質問をした。なぜ、できるだけ美しい絵を描こうと思わないのか？

ピカソは吐き出すように答えた。なぜならそんなことはすでになされていて、おまえやわたしがそれ以上のものを描くことはできないからだ！

わたしは彼に、自分の望みはできるだけ美しい絵を描くことだと言った。

彼はわたしを、愚か者を見るような目で見た。美は過去のものだと言った。

わたしたちはこのように、行ったり来たりした。どちらも相手の主張を認めようとしなかった。

ピカソはようやくコーヒーを淹《い》れようと言った。でも遅すぎた。わたしは彼の説教に飽き飽きしていた。侮辱されるのは、もうたくさんだった。

わたしは失礼して、そこを去った。

外は寒かった。木々に霜がついていた。カフェ・ド・アブスの前で立ち止まり、湯気で曇った窓越しに中を覗《のぞ》いた。店内に古い友人のマックス・ジャコブがいた。可愛らしい若い女性のために宙に絵を描いていて、女性は彼をうっとりと見詰めている。マックスとは、何ヵ月も会っていなかった。彼がピカソやブラック、そしてあのアポリネールのやつの仲間になって以来だ。マックスと可愛らしい女性と、相席したかった。コーヒーを飲みたかった。彼らの楽しげな会話に加わりたかった。だが、だめだ。わたしは踵《きびす》を返し、この場所には二度と来ないと誓った。わたしは部外者だった。いつでも、そうなのだ。

わたしは丘を下り、オデオン広場へ足早に向かった。バスを無視した。動き続ける必要があった。丘を登り、できるかぎりの速さで走り始めた。このときわたしは、自分が未来から、過去という安全な場所へ逃げているのだとわかっていた。でも走っているあいだじゅう、ピカソのアトリエにあった彫刻のことを考えていた。あれをどうやって、彼に不利なように使ってやろうかと。

15

わたしはページのいちばん下、ペルージャが太い鉛筆の線を引いたところで読むのをやめた。これは以前にもあったものだった、ペルージャにとっての、一節を区切る境界線のようなものだ。わたしはピカソのアトリエにいる彼を考えた。どれほど悔しくて苛立《いらだ》ったことだろう、それは理解できた――芸術家同士の競争心だ。わたしは立ち上がり、体を伸ばした。長い時間座っていたせいで、背中がこわばっていた。ポニーテールの男が顔を上げて会釈し、わたしも同じようにしたとき、金髪の女性がテーブルの端にいることに気づいて、そちらに気を取られた。日記に夢中になっていて、彼女が入ってきたのに気づかなかった。

キアラは持ち場を離れ、リカルドを追って奥の部屋へ行ったところで、ベアトリーチェはいつものように机の上にかがみこんでいた。ポニーテールの学者は部屋を横切って、本の山を見にいった。わたしはこの機に乗じて、さっき考えた計画を実行に移した――ドゥッチョの箱の中身の半分を出し、中に日記を入れ、その上に紙ばさみや書類を入れて隠した。もし誰かが日記を探していても――クアトロッキの話では、稀少文書のコレクターは探している――その人物はここを探そうとは思わないだろう。司書が確認するという危険はあった。わたしが盗んだと考えるだろうか？　クアトロッキは、誰もその存在を知らないと言っていたが、図書館側はガグリエルモの書類すべてに目を通し、それを見ているのではないか？　わからないが、危険を冒す価値はある。

わたしは両方の箱をキアラの机に持っていった。キアラは、ドゥッチョの書類の中に探していたものが見つかったかどうか訊《き》いた。わたしは見つかったが、もっと読む必要があり、また請求するつもりだと答えた。

「もちろんよ《チェルト》」彼女は言い、いつもの明るい笑みを見せた。

わたしは自分のラップトップ・コンピュータとバックパックのところへ戻ろうとしたが、そのさいまた、わざと大回りをするようにして、金髪女性の横を通り過ぎるときに微笑《ほほえ》み、今回彼女のほうも笑みを浮かべたので、足を止め、生きてきた三十七年間でもっとも大胆な行為の一つだと思えることをした。精いっぱいのイタリア語で、コーヒーでも飲みにいかないかと言ったのだ。

「本を読まなければならないの」彼女は言った。

「アメリカ人なんだね」わたしは言った。

「ええ」彼女は言った。「あなたもなのね。イタリア人かスペイン人かと思っていたわ」

まちがってはいても、彼女がわたしの出自を想像していたのは嬉しかった。わたしは顔を傾け、彼女の本のタイトルを呼んだ。『黒死病後のフィレンツェの絵画』。「すごくおもしろい。読んだよ」

「嘘でしょう！」

「誓ってもいい」わたしは十字を切ってみせた。「腺ペストについて、いい本があったら教えてほしい、喜んで読むよ」

彼女は笑った。豊かな唇のあいだから、よく揃った白い歯がのぞいた。

キアラがわたしたちのほうを指さした。

「あなたのせいで、困ったことになりそう」金髪女性が囁《ささや》いた。

「ごめん」わたしは囁きかえした。「その本はペーパーバックで、英語で出てるだろう。ここで読む必要はない」

「あら、ここが好きなのよ」

「わたしもだ。だけど、疫病が芸術家たちに与えた影響については、どこででも読める」わたしはちょっと知識をひけらかして言った。

「もう」彼女はふくれた顔をした。「結末をばらさないで」

わたしは笑った。キアラが、またわたしたちを睨《にら》んだ。

「コーヒーを一杯」わたしは囁いた。「ここから追い出される前に」


研究室には窓がなかったので、天気はわからなかった。今朝来たときは雲が多く、雨が降りそうだった。今、サン・ロレンツォ聖堂の上空は水色で、綿のような雲が浮いていたが、寒さはあいかわらずだった。

「それは本物?」わたしは彼女が首に毛皮のマフラーをするのを見て尋ねた。

「ウサギを本物と考えるならね」

「たいていのウサギは本物だろう」

「動物愛護団体《PETA》に通報するつもり？」

わたしは笑い、広場から四方に伸びている通りの一つを進んだ。その通りは狭くて曲がっていて、店が並んでいる――高級靴店、アイスクリーム・スタンド、流行の最先端を行く男性用衣類店の〈フット・ロッカー〉さえあった。そのすぐ向こうに小さなカフェがあり、わたしはそこに入ろうと提案した。

「でも、すごく気持ちのいい天気よ。少し歩きましょう」

「いいよ」わたしは言った。

「ずいぶん気安いのね」彼女は言った。

「そう思いたいな」わたしは言い、にやりと笑ってみせた。

「あら、イタリア人の男たちより悪い。ここに長くいるの、それともいつもそんななの？」

「ごめん」わたしは言った。「まだ数日だ。ところで、ぼくはルーク・ペローネだよ」

「じゃあ、イタリア人なのね」

「イタリア系アメリカ人だ。まずいかな？」

彼女の答えは、眉を上げてうっすらと微笑むことだった。またもや、わたしは彼女に検分されているか、探られているかのような感覚を覚えた。「ルークという名前には、決まったあだ名はあるの？」

「ないな」わたしは答え、過去を思い返した。ベイヨンの仲間たちには〝ラッキー〟と呼ばれていたが、あそこを出てきた日に、ニュージャージー州のアクセントや、その他あの場所に関連のあるすべてのものと一緒に捨てた。

「じゃあ、ルークね。あなたに合ってる」彼女は言った。手袋をしたままで、手を差し出した。その革は柔らかくて、高価そうだった。「アレクサンドラ・グリーンよ」彼女は言った。「グリーンのスペルは、最後にEがつくの」

「アレックスかな、アリかな？」

「場合によるわ」

「というと？」

「わたしが相手を好きかどうか」彼女はわたしの全身を眺《なが》めた。「まだ決められない」

わたしたちは歩き続けた。通りは、両側の建物が迫ってきて空の大半を隠し、ほとんど影の中だった。わたしは彼女にどこで生まれ育ったのかと訊き、マンハッタンのアッパー・イースト・サイドだと聞いても驚かなかった。彼女には、マンハッタンっ子が生まれながらに持っているクールで洗練された雰囲気があった。きっと私立学校の出身だろう。

「フレンズよ」わたしが尋ねると、彼女は答えた。

ナイティンゲールやブリアリーのような、上流階級の学校を予想していた。「マンハッタンにフレンズがあるのかい？ ぼくが知っているのはブルックリンだけだ」

「ブルックリンよ」彼女は言った。

「ご両親は、アッパー・イースト・サイドから通うのを心配しなかった？」

「両親は離婚したの」彼女は、それで説明がつくとでもいうように言った。「たいていの両親はそうでしょう？」

「ぼくのところはちがう」わたしは言った。「うちは終身刑をくらってるみたいだな、近い将来に仮釈放もない」

「幸せじゃない？」

「その言葉は彼らの語彙《ごい》にはないみたいだ。それに、離婚するだけの金もないんだろうな」

「あら」彼女は言った。それから一分ほど、彼女はそれまでとはちがった目でわたしを見ていた。貧困の印でも探しているかのように、観察していた。彼女はわたしに出身地を訊き、わたしはニュージャージー州だと正直に答え、それから話題を変えて、なぜフィレンツェに来たのかと尋ねた。

「博士号を取ろうとしていて……テーマが中世史で……」

「だから疫病の本を」

「ただのお楽しみよ」彼女は言い、微笑んだ。

「どこで勉強してるんだい？」

「バーナード。知ってるかしら——コロンビアと提携してる女子大よ」

アイヴィー・リーグの大学にいると聞いても、意外ではなかった。わたしは二年制のコミュニティー・カレッジに通い、そこで苦労して成績評価用のポートフォリオを作り、美術大学に進んだなどと、話すわけにはいかなかった。「じゃあ、きみは頭もいいわけだ」

「も、というのは？」

「頭がよくて、美しくもある」

「イタリア人の血が黙っていないのね」彼女は言った。「またもや、ね」

「悪いね。男というものは、何を言うにしても、いつでも困ったことになる」

「何を言うかだけじゃなくて、どのように言うかもよ。でもあなたは困ったことになっていないわ。まだね」彼女はうっすら笑って言った。「ところで、あの疫病についての本は合衆国でも手に入るのは知っているわ。あれはここに来るための一つの口実、だけど、そんな口実、本当に必要かしら?」

彼女は踵《かかと》を立ててくるりと半周回った。「だって、ここはこんなに美しいでしょう」

「確かにね」わたしは言い、彼女がバレエを習っていたかのように、優雅に回るのを見た。実際、習っていたのだろう。明らかに裕福な階級の女性、若き日のわたしにはデートするなど想像もできなかったような女性だ。ましてや、一緒にフィレンツェの通りをそぞろ歩くなど。

「オルサンミケーレよ」彼女は、石造りの要塞のような建物を指して言った。「中に入ってみましょうか」

中はほかの教会とはちがっていて、おそらく四角いが、中心をはずれた場所に祭壇があり、光を取り入れる背の高い窓はないので薄暗い。歩き回っている何人かの人々は影の中で見えなかった。

「昔は穀物倉だったのよ」アレクサンドラが言い、わたしは教室で、穀類の市場が教会になったと話したのを思い出した。華麗な聖櫃《せいひつ》は直接見るとさらに華やかで、小型のゴシック様式の教会のようで、白い大理石製でラピスラズリと金の象眼が施されており、鮮やかな色彩の聖母マリアの絵を取り囲んでいた。

「アンドレア・オルカーニャ」わたしは言った。「偉大なるルネサンスの画家であり彫刻家だ」わたしは細部までよく見ようとして近づいた。アレクサンドラは、その横にある礼拝堂に入っていったが、すぐに出てきて、わたしの腕にしがみついた。

「行きましょう」

わたしは階上にある彫刻室のことを訊いたが、アレクサンドラはまた今度にしようと言い、すぐに出たがった。

「どうしたんだ？」わたしは外に出てから訊いた。

「男のひとがぶつかってきたの――勢いよくね――わざとみたいだった」

どんな風貌だったかと訊いたが、彼女は肩をすくめた。「よくわからない、暗かったから。でも大柄で、気をつけろと小声で言った。注意するのではなく――警告するみたいだった」

わたしは教会を振り返り、戻ってみようと提案したが、アレクサンドラは嫌だと言った。

「英語で言ったのか？」わたしは言った。

彼女はまた肩をすくめた。もう、何も確信を持てないようだった。彼女はわたしの腕をつかみ、知っているカフェがあるからと言って小道に引っ張っていった。

店内は静かで、赤い革張りの長椅子があり、テーブルの上には金色の燭台《しょくだい》が下がっていた。

アレクサンドラはボックス席に座り、コートを脱いだ。クリーム色のVネックのセーターを着ていて、カシミアだろうと思われた。長い首に細い金のチェーンのネックレスをしていて、鎖骨のあいだに楕円形のロケットが見えた。彼女はカフェ・アメリカーノを注文した。わたしはダブル・エスプレッソを頼んだ。

彼女はなぜわたしが図書館で過ごしているのかと訊き、わたしはちょっとした研究をしているのだと答えた。

「なんについて?」

「よくわからない」わたしは言った。まだ日記について話す気にはなれなかった。

彼女がまた訊いてきたとき、わたしは話題を変え、わたしは芸術家で、画家だと言ったが、すぐにそれを後悔した。どこで個展をするのかと訊かれて、つきあいのあった画廊が閉まったばかりだと話さざるをえなかったからだ。

「別のところが決まるでしょう」彼女は言った。

「どうしてわかる? きみは魔法使いか何かなのかな?」

「かもしれないわ」彼女は言った。「あなたには感じるものがあるの」

わたしも、彼女に感じるものがあった。

わたしたちはニューヨークのことを話した――厄介だが安易な場所、常に騒音と汚物にまみれているが、ほかのどこともちがう興奮がある――そして学校、彼女の勉強のこと、わたしの教職のこと――彼女は必ず会話をわたしに向けるようにして、本気で興味があるようだった。あっというまに時間が経ち、わたしは昔から彼女を知っているかのように居心地がよかった。終わらせたくなかったが、二人ともコーヒーを飲み終わると、彼女の様子が変わった。

彼女は急に立ち上がり、アパートメントに戻らなければならない、まだ荷物の整理ができていないと言い、その口調にはただならぬ性急さが感じられた。手伝おうと言ったが断わられ、部屋まで送ろうと言ったが拒否された。残念賞として頬《ほお》にキスをもらい、香水の香りが残る中、わたしは彼女がウールのコートを翻《ひるがえ》して立ち去り、ブーツの踵の音が遠くなり、カフェのドアが閉まるのを見守った。

16

彼は窓ごしに、〝アメリカ人〟と呼ぶようになった人物を見詰める。こうして一種の暗号にしておけば、個人的にならずに済む。アメリカ人と金髪女性が微笑《ほほえ》む様子を見ていて、一瞬何か漠然としたものを感じ、それが気に入らない。感情は、厄介ごとを招くだけだ。彼は煙草を勢いよく吸いこみ、何も感じなくなるまで、感じ始めたものを抑えこむ。

携帯電話が震える。電話番号を見たが、応答はしない。顧客たちの相手はあとでしよう。彼はガラスの向こうを覗《のぞ》き続ける。カフェに入り、二人のあいだに割りこんで、金髪女性の太腿《ふともも》に手をおき、アメリカ人の喉に腕を回して締め上げてやりたいという衝動に駆られるが、それは計画には入っていない――まだだ。彼の顔は血の気を帯びて脈打つ。

金髪女性が立ち上がる。彼の目は彼女の脚に、彼女の歩き方に引きつけられる。競走馬か、ランウェイを歩くモデルのようだ。彼は彼女をつけようかと考え、淫《みだ》らな考えに夢中になって、アメリカ人が支払いを済ませるのを見逃したため、アメリカ人が出てきたとき、三十センチほどしか離れていないところで回れ右をしなければならない。

少し待ってから後をつけ、アメリカ人が回廊に入っていくのを見て、図書館に行くものと読み、路地を出たところの階段に腰を下ろす。そこなら都合よく、人目につかずに座って煙草を吸い、これからどうしようか考えることができる。

17

エ・イニツィアト・コメ・クアルシアジ・アルトロ・ゴルノ・アル・ムゼオ。

その日は、ありふれた美術館の一日のように始まった。

新しい額縁を作り、古い額縁を修繕するのに忙しかった。その絵を作業机のいっぽうの端から反対側へ何度も動かした。レオナルドのご婦人の容赦《ようしゃ》ない視線を避けるようにした。彼女に見られているような気がした。とうとう彼女に布をかぶせ、できるだけ早く作業をするようにした。早く帰宅する必要があった。シモーヌのお茶に入れる蜂蜜を買う必要があった。寒いフラットに火を燃やす必要があった。

数フランしか残っていなかった。その週生活するのに、足りるかどうか。シモーヌは、赤ん坊のために取ってある金には、手を触れさせてくれないだろう。わたしはプライドをのみこんだ。上司に、賃金を少し前払いしてほしいと頼んだ。断わられた。あいつに面と向かって怒鳴りたかった。首を絞めてやりたかった。でも仕事が必要なので、自分を抑えた。これまで以上に仕事は必要だった。

昼休みに外に出た。寒かったが、外の空気を吸いたかった。シモーヌが持たせてくれたパンとジャムを食べた。でもまだ、空腹だった。

そのとき彼に気づいた。前日にも見かけた男だ。ケープをまとい、帽子をかぶった、派手な男だ。気障な男《ウオモ・エフェミナーテ》。

わたしは男に背を向けた。顔を伏せていた。でも彼が近づいてくるのがわかった。銀色の杖《つえ》を、路面に突いてきた。影が、わたしにかかるところまで来た。

わたしは顔を上げて、しかめ面をした。小さいほうの目を閉じた。人を近づけたくないときに使う表情で、普段は有効だ。でも今回はちがった。

男はわたしの前に立った。でも、見覚えのない男だった。男はクモのような長い指の手を、差し出した。わたしはそれを無視した。

男は話し始めた。アクセントでわかるような気がした。教養を感じさせる、とても滑らかな口調だった。自分のイタリア語風のアクセントを消すのに苦労したから、こういうことには敏感だった。彼はウルグアイ出身だと言った。南アメリカだ。笑うと長い黄ばんだ歯がむき出しになった。歯茎が後退していた。

わたしはそっぽを向いたが、彼は引き下がらなかった。

彼は、ヴァルフィエロという名前だと言った。エデュアルド・ドゥ・ヴァルフィエロ侯爵。彼はその名前を数回繰り返した。それからわたしの横に座りこんだ。鞄《かばん》を開いて、リンゴとパン・オ・ショコラを出し、自分は腹が減ってないと言ってわたしに差し出した。

わたしは我慢しようとしたが、腹が鳴った。それらを受け取り、勢いよく食べた。彼は自分の高貴な生まれと、友人たちについて話した。彼らは今日《こんにち》もっとも成功した美術商たちだと言った。そしてパリに、美術品を売り買いしにきたのだと言った。わたしは興味を惹《ひ》かれたが、そんな様子を見せまいとした。

彼は、わたしが美術館で働いているのかどうか訊《き》いた。見ればわかるはずだった。美術館のエンブレムのついている作業員の上着を着ていたからだ。わたしはうなずいた。でも非常勤だとは話さなかった。首になる心配があることも。

彼は、おもしろい仕事かと訊いた。そんなことはあなたには関係ないだろうと、わたしは答えた。わたしは立ち上がったが、彼はクモのような手でわたしの腕をつかんで引き留めた。

提案があると言った。うまい儲け話だと。わたしは彼につかまれた腕を引き抜いた。仕事に戻らなければならないと言った。でも彼は話し続けた。仕事のあとで会えないかと言った。わたしは無理だと言った。寒い部屋にいるシモーヌのことしか考えられなかった。暖炉に薪《まき》を足さなければならない。わたしは早足でそこを離れた。彼はついてきた。ずっと質問をし続けた。美術館ではいくらもらっている？　仕事は楽しいか？

わたしは答えなかった。

彼は後ろから呼びかけてきた。一杯やろうと言った。もっと食べ物はいらないかと。自分の提案を聞けと言い張った。

わたしは足を止めた。彼のほうを向いた。

彼はわたしを見て、微笑《ほほえ》んだ。一生かけて美術館で稼げるよりも多額の金をやると言った。

わたしは彼を見詰めた。何も言わなかった。

彼はコートの中に手を入れた。小さな銀色のケースを出した。厚手のクリーム色の紙でできた名刺を、わたしに手渡した。それからあちらを向いた。わたしは彼が歩き去るのを見送った。道路に杖の当たる音を響かせながら。ケープが翻《ひるがえ》って、黒インクの染みのように見えた。

わたしは名刺を見た。彼の名前と住所が、凝《こ》った筆記体で書かれていた。小さく破いてしまおうかと思った。でもそれを、上着のポケットに入れた。彼とまた会う日があるとは思わなかった。

18

そのレストランは、昼食時よりもさらに賑《にぎ》やかで煙が充満していた——そしてクアトロッキは遅かった。わたしは電子メールを調べた。彼からは来ていなかった。大学の学科長から、わたしが欠席した会合について一通。わたしは言い訳をでっち上げた。〝フィレンツェで、来期に教えるはずの作品を見ています。メモを取り、いずれ論文にしたいと思っています。あなたの専門的な目で見ていただくのが楽しみです〟ちょっとゴマをすっておくのも悪くない。

わたしはまたミネストローネを頼み、ついさっき読んだことを思い返した。ヴァルフィエロ。過去の調査からも、知っていた名前だった——〈モナ・リザ〉窃盗《せっとう》の黒幕と考える者のいる、謎の詐《さ》欺《ぎ》師だ。鋭利な目鼻立ちの、足を引きずって歩く男が、儲け話で曾祖父を誘惑する様子を、想像することができた。彼は何を提案したのか、もっと知りたかった。図書館が閉まらなければ読み続けていただろう。

時間を見ると、八時半になろうとしていた。失敗しただろうか。前回、クアトロッキに質問をしすぎただろうか？　友好的な雰囲気で別れたし、もう一度会おうというのは彼が言い出したことだった。

室内を見回した。隣のテーブルにいた女性、前回のときもいた学生が、わたしを見返してきた。

「すみません《マ・スクジ》、以前もあなたはここに……《スタヴォ・クイ・ラルトロ・ジョルノ・エ》」

「ええ《シ》、ええ《シ》、覚えてるわ」女性は言った。

「ちょっといいですか《ポッソ・キエデーレ》？」

「英語が話せるのよ」彼女は言った。

「それは助かる。あの日一緒にいた人物――」

「クアトロッキ教授ね」

「そう。今夜、彼と待ち合わせをしていたんだ。彼のことを見かけたかな？」

「いいえ」彼女は言った。「だけど、彼の講座は明日までないから」

女性の隣にいた青年が入ってきた。「その教授は、今日、講座を休んだよ」

「病気か何かかな？」

青年は肩をすくめた。

わたしはもう一度、電子メールを調べた。クアトロッキからのものはない。

わたしはスープを飲み終え、とてもおいしいオリーブオイル・ケーキを一切れ注文し、時間をかけて食べ、それからエスプレッソに移行して、アレクサンドラ・グリーンのことを考えた。とてもいい雰囲気になった、少なくともわたしはそう思ったのに、突然彼女は立ち去った。荷物の整理をしなければならないというのは、本当だったのかもしれない。あるいは、わたしたちの仲が早く進みすぎると感じて、離れる口実を作ったのだろうか？　この説明は気に入った。いずれにしても、まだ諦《あきら》める気にはなれなかった。

外は暗くて、寒さにもかかわらず多くのひとが歩いていたが、わたしは疲れていて、もう休みたかった。これで二度目、クアトロッキに電話をかけてみたが、またもやボイスメールにつながった。携帯電話をしまっていたとき、男にぶつかった。あるいはあっちからぶつかってきたのか？

「失礼」わたしは男の黒いサングラスに映った自分の顔を見ながら言った。唇に煙草をくわえている。男は何も言わずに向こうを向いた。「おい、失礼と言ったんだぞ」わたしは呼びかけたが、男はすでに人ごみの中に消え、煙草の煙はあたりにたちこめる排気ガスにまぎれてしまった。

19

長い階段が二つ、それから短い階段をさらに二つ、アレクサンドラはエレベーターを使わず、歩こうと言い張った。わたしは日々のトレーニングを欠かしていたせいか、軽く息を切らした。踊り場に着くと、ウフィツィ美術館の三階の廊下が、宝箱のように広がっていた——長い長方形の空間に人物の彫像が並び、壁の窓から光が入って、曲線を描く木製の天井に華麗な絵が描かれ、すべてが組み合わさって眩暈《めまい》を起こしそうだった——あるいは、階段を四組ものぼったせいだろうか？

三十分前、わたしは日記を読みたくてたまらず、図書館に行ったが、ストライキで閉まっていた——研究室のドアには、九時から十六時までと時間を記した手書きの張り紙があった。きちんとしているが、奇妙でもある。いつもの二人とわたしを含め、何人かの学者たちはそれぞれの苛立《いらだ》ちを抱えて近くに立っていた。そこへアレクサンドラが現われ、ウフィツィ美術館に行こうと言った。意外な誘いだったが、嬉しかった。

「ウフィツィ」わたしは言った。「イタリア語で〝事務所〟を指す言葉だ」

「気づかなかったわ」彼女は言った。

「メディチ家の事務所にするために、芸術家のヴァザーリが設計した」

「そういうことに詳しいところ、大好きよ」アレクサンドラは言い、わたしより先に立って、二枚の大きな聖母像のある部屋へ向かった。わたしはそれらの絵について教えたことがあり、部屋の反対側から作者を言い当てるのを聞いて、アレクサンドラは感心した。

「チマブエとドゥッチョだ」わたしは言い、日記をドゥッチョの箱の中に隠したことを考えた。まだ誰かに見つかるのではないかと心配だった。

「どうかしたの？」彼女は訊《き》いた。

「作品に圧倒されてるだけだ」わたしは言った。実際、そのとおりだった。中世の絵画は明らかに教会から持ち出されたもので、板の端がぎざぎざになっているものもあれば、見るからにほかに使われていたような額縁に入っているものもあった。窃盗《せっとう》という言葉が頭に浮かび、曾祖父がシャツの下に〈モナ・リザ〉を隠している姿を想像した。

アレクサンドラは初期キリスト教の絵はもう充分に見たと言い、廊下の先に進んだ。わたしは彼女の後について、ルネサンス期の巨匠サンドロ・ボッティチェリの絵が並んでいる部屋に行った。

「すごい」わたしは壁一面を覆《おお》う大きさの絵を、日本人観光客のグループの頭越しに眺《なが》めた。その先導者はヘッドホンをつけていて、三十人ほどの同行者たちもみなヘッドホンをつけ、そこからコオロギの鳴き声のような音が漏れていた。

わたしは腰をかがめて前方に行き、アレクサンドラもついてきた。

「〈ラ・プリマヴェラ〉だ」わたしは言った。

「春ね」彼女が言った。

「ボッティチェリは古代ギリシャとローマ神話から、異教のテーマを持ちこんだ――ヴィーナスがその庭にぼくたちを招いている」

「わたし、入るわ！」アレクサンドラは言った。わたしは彼女ならば、たやすくその絵の中に入りこみ、三人のカリスたちの横に並び、一緒に踊るのではないかと考えた。今日は彼女は金髪を肩まで垂らしていて、まさにボッティチェリにぴったりの様子だった。

「三人の横にいるのはマルス？」彼女は訊いた。

「いや、あれはマーキュリーだ。春の神で、冬の雲を晴らしている」

アレクサンドラはわたしをちらりと見てから、次の部屋へ向かった――さらにボッティチェリがある。彼のもっとも有名な作品、〈ヴィーナスの誕生〉だ。二枚貝の殻の一枚に乗った女神は美術史のどの女性にも負けず劣らずの美しさだが、わたしはアレクサンドラも、いい勝負だと思った。

そこから立ち去りがたかったが、次の部屋に行くと、また歓びがあった。そこの照明は薄暗く、レオナルドの未完成の傑作〈東方三博士の礼拝〉が、中央の壁にかかっていた。その作品を印刷物で見たことはあったが、実物を見る心の準備はできていなかった。絵の半分がまさにカンバスに描かれる途中で、レオナルドの手が見えるようだ。中央の聖母マリアは線描画に少し描き足した程度で、美しい幽霊であり、彼女を取り巻く人物たちもさまざまな仕上がり具合で、まったく描けていないものもあり、その組み合わせが魅力的だった。レオナルドが考え、判断を下しながら仕事をしている様子が見えるようだった。背景は一本の木だけがしっかり描かれており、その周囲の風景や活動――壁、馬、丘など――は素描にすぎない。

「どう思う？」アレクサンドラが訊いた。

「これまで見た中で、もっとも美しい絵かもしれない」わたしは言った。木炭や絵筆の動きを目で追い、未完の顔に表われている情動を感じ取った。まるでレオナルドが時間を超えて語りかけてきて、彼の世界へ、彼の過去へと引きこまれるようだった。

「完成しなかったのは残念ね」アレクサンドラは言った。

「いや、それでよかったんだよ」わたしは言った。心の一部で、わざとではないかと思った。レオナルドは賢明にも、物事がこれから統合されようとするすばらしい瞬間に絵筆を止めた。頭の中に日記が蘇った。ヴァンサンがルーヴル美術館の作業台で、〈モナ・リザ〉のための額縁を作っている。わたしは初めて、その感覚を本当に想像できた――レオナルドが持っていた、見る者を引きこみ、生きて呼吸している美術品の一部にするような力。「仕事中の芸術家の手を見るのは好きだ」

「芸術家の手」アレクサンドラは繰り返して、わたしの手を握った。衝動的にか、無意識にか、どちらでもかまわない。彼女に触れられて、わたしは興奮を覚えた。

彼女はわたしを導いて階段を下りていったが、どこへ行くにしてもわたしは彼女についていっただろう。

階段の下で、わたしは何かを感じ、足を止め、振り向いた。

「どうしたの？」彼女は訊いた。

一瞬、誰かにつけられているような気がしたのだが、もちろん、そこではいたるところにひとがいた。「なんでもない」

　マニエリスムの画家たちの部屋を通り抜けた——ポントルモとブロンジーノ——誇張と装飾で知られた画家たちだ。パルミジャニーノの誇張された〈長い首の聖母〉で足を止めてもよかったのだが、アレクサンドラはすでにちがう部屋へ向かっていて、そこでようやく彼女は立ち止まり、わたしは彼女と合流した。

　二人の女性が将軍を組み伏せている。一人が彼の首を剣で切り、ベッドの脇に血が流れている。

「好きな絵よ」彼女は言った。「好きな画家の一人の作品なの」

「アルテミジア・ジェンティレスキの〈ホロフェルネスの首を斬るユディト〉だね」

「ラベルを読んだの、それとも見ただけでわかったの？」

「すごく有名な絵だ」わたしは言ったが、教科書以外で見るのは初めてだった。「アルテミジアについては、全部のクラスで教える」

「そうなの？　わたしの美術史の先生は誰も、彼女にはほとんど触れなかった。すごいと思わない、この躍動感。映画みたいで、今にも動き出しそう。それに将軍の顔——実際に彼の悲鳴が聞こえてくるわ！」

「ルネサンス期の、偉大な女性画家の一人だね」わたしは言った。

「知られている中のね」アレクサンドラは言った。

「彼女に絵を教えたのは父親だった」

　アレクサンドラはわたしのほうを向いた。「彼の功績だというの——父親の？」

「事実を言ったまでだ」

「彼女に才能があったか、なかったかの問題でしょう！」アレクサンドラは激しい口調で言った。「彼女は、ルネサンス期の男性画家の誰にも劣らなかった」

「異議はないよ」わたしは身を守るように両手を上げて言った。

わたしたちは一瞬、その場に立ち尽くした。彼女の怒りが感じられた。

「ごめんなさい」彼女は言ったが、まだ激しい怒りが発散されているのがわかった。彼女は体の向きを変え、別の絵と向き合った。「もし神さまを信じていたら、この絵は、その存在に疑問を生じさせたでしょうね」

それはカラヴァッジオの〈イサクの犠牲〉だった。アブラハムが一人息子を犠牲にしようとしていて、息子を岩に押しつけてナイフを上げ、息子の顔は恐怖に歪《ゆが》んでいる。

「父親に一人息子を殺せと命じるなんて、なんて残虐好みな神さまなの？」彼女は言った。「そんなことをするなんて、どんな父親なの？」彼女はその考えを押しのけようとするようにかぶりを振った。わたしはまた、美術や、この瞬間には不釣り合いなほどの激しい怒りを感じた。

「カラヴァッジオのようにうまく描ける画家はいないな」わたしは言い、話題を絵に戻そうとした。カラヴァッジオの大胆な構図、見る者の目をカンバスを横切るように動かし、新しいものと古いもの、美しいものと醜いものをうまく組み合わせている。これは何世紀にもわたって芸術家たちが成し遂げようとしてきたことであり、わたしはピカソのアトリエにいるヴァンサンを思った。

アレクサンドラはわたしの腕を取り、進ませようとした。でも、急ぐ必要はないと思った。時間はたくさんある、わたしはそう言った。

「あなたの研究がはかどらないのを、わたしのせいにされたくないの——なんの研究であれね」彼女は皮肉っぽい口調で言った。わたしはそれを無視することにした。

次の展示室は壁が深い赤色に塗られていて、初めて、そこは観光客でいっぱいだった。

「またカラヴァッジオだわ。いつでも人気がある」アレクサンドラは言った。

わたしたちは体を横向きにして人ごみを縫い、人物画の〈バッカス〉を近くで見ようとした。なんとも官能的な絵で、絵の中の少年は男性的でもあり女性的でもある。

「時代に先んじていたんだな」わたしは言い、カラヴァッジオの苦悩の人生の詳細をつけくわえた——両性愛者であったこと、顔に傷を負った喧嘩《けんか》、殺人で告訴されてナポリを逃げ出さざるをえなくなったこと、三十八歳で亡くなったという事実、死因について熱病か、殺されたのか疑問があったこと。

「すごい!」アレックスは言った。「わたしの美術史の先生たちは、事実を挙げるばかりよ。あなたの講座はずっとおもしろそう」

わたしは彼女に、帰国したら出てみるように勧めたが、そのころには教えていないかもしれないと心配になった。カラヴァッジオの〈メドゥーサ〉に気持ちが逸《そ》らされたのが、ありがたかった。首を斬られ、驚いて口を開けて叫び、恐怖に目を見開き、首から血が流れ出している、まったく恐ろしい絵だ。

「自画像なんだよ、知っているかな」

「そうなの？」アレクサンドラは驚いた顔をした。「なぜ、自分をメドゥーサとして描いたりしたのかしら——それも、首を斬られた状態で？」

「わからない」わたしは言った。「死ぬべき運命についての瞑想《めいそう》だったのかもしれないな」よく見ようとして動いたが、プレキシグラスの保護ケースに光が反射した。「このケースは嫌いだな」わたしは言い、ルーヴル美術館のもっとも価値ある作品を保護するためのガラスの箱を作っていたヴァンサンを思った。

「ぞっとするわ」アレクサンドラは言った。「蛇が本物みたいで、くねくねと動いてるように見える」

20

彼は蛇の皮の金属的な輝きや、斬首された頭、いくつかの首から噴出している赤い血、メドゥーサの死にゆく目の輝きを見詰める。その絵の何もかもが強烈で現実的で、手がむずむずするほど触りたいと思う。保護ケースに入っていなかったら、実際触っていたかもしれない――彼はあまりにも長い時間、それに気を取られすぎていた。

彼らはどこだ？

廊下を見回し、ようやく遠くの端のほうで出口に向かっているのを見つけ、なにげなく、あいだに何人かおくように用心しながらそちらへ急いで行き、彼らを追って書店に入る。彼らはそこで、美術館の収蔵品が印刷されているノートや鉛筆、パズルやゲームなどを見てしばらく過ごす。アメリカ人はあの絵――貝殻の上に裸婦が立っている――のついたスマートフォンのカバーを手にして、金髪女性に見せる。金髪女性は眉を上げて彼を睨《にら》み、それから笑う。

なぜ彼らが楽しそうにしているのを見ると苛立《いらだ》つのだろう。ある考えが、写真が現像されるかのように頭の中に浮かび上がる。不鮮明で、詳細はまだわからないが、たった今見たメドゥーサの複製画のように、生々しく血まみれに、その細部を埋める。彼はメドゥーサの複製画を買おうかと考えるが、もう遅い。アメリカ人と金髪女性はすでに店を出ようとしている。

21

出口の外はなんの変哲もない中庭のような場所だった。いや、中庭とも言えない、半分だけ建物に囲まれた空間で、いくつか木製ベンチが追加しておかれていて、公営住宅群の遊び場のような雰囲気で、親たちがガイドブックを見ている傍《かたわ》らで、子どもが二人、ぶらぶらしていた。

「なんだ、ひどい場所だな」わたしは言った。「誰か、壁を塗るとかスプレー・ペンキで落書きするとか、ここにも何かしらの芸術作品をおいて、ウフィツィから現実世界への〝移行《セグエ》〟を用意できなかったのかな？」

アレクサンドラは不可解な微笑《ほほえ》みを浮かべてわたしを見て、身を寄せてきて、わたしの口にしっかりとキスをし、舌先を絡《から》め合わせてから、身を引いた。

きっとわたしの顔には驚き――そして歓び――の表情が浮かんでいただろうが、アレクサンドラは後ろめたいような顔をして、幼い女の子のように下唇を噛《か》んだ。「ごめんなさい……」

「謝ることはない」

「しちゃいけなかった……アルテミジアについての話や、ここでの芸術の世界からの移行《セグエ》のことを聞いて……」彼女はかぶりを振った。「忘れて」

それはできそうにないと思ったが、口には出さなかった。自分の口元がゆるんでいるのがわかった。

「もう図書館は開いてるわ」彼女は言った。「行ったほうがいい」

「ぼくを追い払おうとしてる？」

「いいえ」彼女は言った。態度がやわらいだ。

「よし、じゃあ一緒に図書館に戻ろう」

「だめよ。ちょっと……やらなければならないことが……」

「おい、もしキスのせいなら――」

「わたしったら、どうしちゃったのかしら。なかったことにできない？」

「きみはできるのかもしれないな」わたしは言って、微笑んだ。

「また会いましょう」彼女は言って、足早に傾斜路を下りていった。いつかと訊《き》く時間はなかった。

22

アレクサンドラは急いで出口の傾斜路を下りた。何を考えていたのだろう、彼にキスするだなんて！

明らかに、何も考えていなかった。そうではないか？

彼女は指で唇に触れた。まだそれを感じられるかのように、キスが残っているかのように。

ばかなことだった。手に余る。早すぎる。戻って何か言うべきだ。でも何を？　そんなことをしても事態を悪くするだけだ、彼女をさらに愚かで無謀に見せるだけ。そんなことはめったにないし、今そんなふうになるのは耐えられなかった。

彼女は二区画ほど離れたところで思い切って振り向いてみた。ルークが追いかけてくるのを期待したわけではなく、誰かにつけられているような気がしたからだ。ばかばかしい、もちろん、そんなことはわからない。まわりじゅうにひとがいた――観光客の団体、買い物袋を持ったイタリア人、地図や小物を売る商人。彼女は素早く広小路を横切り、古い礼拝堂のある小さな広場まで、小道を進んだ。衝動的に、彼女は礼拝堂に入った――今日、彼女はずっと衝動的に行動していた。

教会の中は漆喰《しっくい》が塗られていて飾り気がなく、アーチには一連の美しいフレスコ画があった。アレクサンドラは足を止めて、ここがオラトリオ・デイ・ブオノミニ・ディ・サン・マルティノという礼拝堂だという銘板を読んだ。この礼拝堂を持っていた修道会がおこなった慈善行為を描いた、十五世紀のフレスコ画だ。フレスコ画は頭上高くにあったが、彼女は背を伸ばしてそれらを見た。一つの絵では、修道女たちがベッドに横たわる女性の世話をしている。柔らかい色使いで、修道女たちの表情は優しく、患者の顔は青白くて病的だ。

突然、彼女は泣いていた。熱い涙があっというまに溢《あふ》れ出た。しっかりしろと自分に言い聞かせたが、なぜ泣いているのか理由はよく承知しており、涙を止められなかった。

肩に手をおかれて、倒れそうになるほど勢いよく振り向いた。

「失礼《スクージ》」全身白ずくめの、温和な顔をした年配の修道女が、優しい表情で言った。絵の中から出てきたかのようだった。「大丈夫ですか？《スタイ・ベーネ》」

「ああ、はい……大丈夫です……」アレクサンドラは詰まりながら言った。女性に礼を言い、急いで礼拝堂を出ようとした。もしかしたら、これは彼女もまた慈善行為をおこなうべきだと告げる予兆なのかもしれない。だが、考えようによっては、今もそれをしているのではないか？

23

わたしはホテルの部屋のドアを開けたところで、きつい煙草のにおいに気づいて足を止めた。ペルージャのマグショットと一緒に戸棚においておいた新聞記事が、床に落ちていた。わたしは一瞬その場に立ち尽くし、小さな室内をうかがった。隠れる場所など、たいしてない――バスルームか、ベッドの下か？　わたしは両方を確認し、記事を元の場所に戻し、写真を鏡の額に、前よりしっかりと挟《はさ》みこんだ。窓が閉まっているかどうか確認し、確かに閉まっていたので、記事や写真が風に吹かれて落ちたのではなかった。

誰かがここに入ったのか？　客室係だろうか？

だがベッドは整えられておらず、タオルは朝わたしが放置していったまま、浴槽にかけられている。わたしは窓辺に戻り、窓を開けて、暗くて静かな小道を覗《のぞ》きこんだ。スパイダーマンでもなければ、この壁をよじのぼれまい。十代のころは壁やチェーン・リンク・フェンスを乗り越えたりしたが、これほど急な場所を登ったことはなかった。わたしは窓を閉めて鍵をかけ、何者かの侵入を疑う不安な気持ちを紛《まぎ》らわせ、ものが落ちるのはよくあることだと自分に言い聞かせた。

ようやく少し落ち着いて、通りの売店で買ってきたピザを食べ、ぬるいペレグリノで飲み下し、図書館で過ごした三時間のことを考えた。自分の書いたメモを出した。集中できなかったので、内容を覚えていないかもしれないと心配だった。アレクサンドラのキスが頭の中にも唇にも鮮明に残っていて、気持ちが乱れていた。彼女はわたしを好きなのか、好きではないのか。いや好きにちがいない、キスをしたんだから！　だったらなぜ、急に立ち去ったのだろう？　これで二度目だ。後悔？　困惑？　わからないが、彼女のことを考えるのはやめなければならない。わたしはロマンスを求めてフィレンツェに来たわけではない。じつのところ、恋愛からは離れたいと思っていた。いちばん最近つきあったのは大学のオンブズマンをしていた、とても頭のいい赤毛の女性で、問題のある学生について相談をしたのがきっかけだった。そのさい彼女の電話番号をもらい、六ヵ月にわたってすてきなディナー、セックス、一泊旅行、会話を楽しんだ。彼女に同棲を考えようと提案されたとき、わたしは関係をお終いにした。六ヵ月でさようなら、わたしの通常のパターンだ。

わたしはメモに目を戻し、オンブズマンのキャシー、フード・ライターのアマンダ、詩人のテリ——そしてアレクサンドラのことを忘れようとした。意識を集中させなければならない。

・ティコラはペルージャの勤務時間を短くする。
・シモーヌは風邪が悪化し、働けない。
・貯えがなくなっていく。
・ペルージャはヴァルフィエロと会う。

窃盗《せっとう》までの時間の流れを把握しようとしたが、それぞれの出来事のあいだに、実際どれくらいの時間が経ったのかがわからなかった。

わたしは立ち上がってピザの油で汚れた手を洗い、Tシャツの袖のすぐ下にある真っ黒な〝キル・ヴァン・クル〟という見慣れた文字を見た。以前の暮らしの記念品であり、その上にベイヨン橋が刻まれている。あのときわたしたちの誰も、キル・ヴァン・クルがオランダ植民地に縁のあるものだなどとは考えず、十五歳のときに多くがそうであるように、威圧的でクールだからといってその名前を好んだ。五人のキル・ヴァン・クルの仲間とわたしが刺青《いれずみ》を入れた日のことを覚えていた。酒とマリファナに酔っていつもよりいい気になり、世間を見下した態度を、腕に消えない文字で刻印した。

わたしは腕に力を入れて、橋の交差したデザインが広がるのを見た。当時はかっこいいと思ったが、今は長袖で隠せてよかったと思う。もういっぽうの上腕の上部を囲んでいる鎖の模様は隠すのがもっと簡単で、たいした説明を必要ともしない。

あのころの自分がどんなだったか、ほとんど覚えていなかった。停学処分をくらい、盗んだ車を友だちと乗り回し、酒を飲んだ数々の夜。仲間たちが悪いばかりだったわけではない。自分たちが現代のロビン・フッドだと言い張り、罰を受けて当然の人間たちへの報復をくわだてる——自分たちでルールを作り、誰に何が相応《ふさわ》しいかを決めた。

わたしは持参したレオナルドの新しい伝記を数ページ読んだ。その著者はレオナルドが左利きだったという事実について詳細に述べていた。そのうちわたしは、レオナルドが絵をこすらないように右から左に絵を描いていったことについて考えながら眠りに落ち、ペルージャの日記を通りで血を流して倒れている老人の手から奪うという夢を見た。アレクサンドラが縁石から見ていて、わたしに呼びかけ、それから姿を消した。

朝、わたしは震えながら目覚めた。部屋は冷え切っていた。わたしは起き上がって、暖房機を叩いた――それは冷たかった。ノブをいじり、音を立てて蒸気が通るまで回した。だが、いつそれを消したのだろう？　ジーンズを乱暴にはいた。昨日この部屋に誰かがいたという感覚を振り払えなかった。煙草の饐《す》えたにおいが、まだ残っていた。

図書館はまだ開かないので、わたしは電子メールを見た。アシスタントからの電子メールに、学科長がわたしの講座を見にきたと書いてあった。アシスタントはうまく対応できたと思っていて、それを知らせておくとのこと。わたしは学科長が渋い顔をして、講座についてのメモを取っているところを想像した。わたしがそこにおらず、アシスタントのほうがうまく教えていると考えたかもしれない。わたしは学科長に、研究はうまくいっていると連絡しようかと考えたが、実際そうだろうか？　ここでの滞在が価値あるものだと言えるような収穫があっただろうか？　わたしのロフトに住んでいる彫刻家のいとこからも電子メールが来ていて、ニューヨークでの滞在を楽しんでいて、チェルシーの画廊にコネができて、そこで個展をやれそうだということだった。わたしは〝すごいな〟と返信して、ラップトップを閉じ、いとこを羨《うらや》ましく思うまいと努めた――彼はニューヨークで一週間も過ごしていない――その彼が個展を開き、わたしは自分の画廊を失ったばかりだ。

シャツのボタンをとめ、上着を着て、セーターを買うべきだろうかと考えた。アレクサンドラと一緒に前を通った、サン・ロレンツォ広場のはずれのおしゃれな店はどうだろう。それだけで彼女のことをまた考え始めるのに充分だった。とはいえ、キスや彼女の刺激的な感触を思い返すのをやめていたわけではない。彼女が図書館にいればいいと思った。中学校時代に好きな女の子に会いたいと思ったのと同じ、いやそれ以上だった。わたしは彼女に夢中になっていた。

ホテルのフロントに寄って、客室係が部屋に入ったかと訊《き》いた。

いつもと同じ男性がそこにいて、煙草をふかしていて、彼の周囲には有毒なニコチンの雲ができていた。彼は渋々イタリア語のタブロイド紙から目を離し、ゆっくりと顔を上げた。「客室係?」

「ラ・ドメスティカ」わたしはイタリア語で言った。

「なぜだ《ペルケ》? 問題でも?」

わたしはそうじゃなくて、ただ訊いただけだと言った。彼は会話するのも億劫《おっくう》だというようにため息をつき、客室係は病気で、ずっといないと言った。

あんたはしないのか? わたしは考えたが、この男性が部屋を掃除するという考え自体、ばかばかしかった。

まだ早かったので、わたしはあえてのんびりとマドンナ広場からサン・ロレンツォ聖堂の脇に沿って歩き、以前に入ったことのあるコーヒー・バーに入った。古い常連のように迎えられた。そこでエスプレッソを飲み、店員とお喋《しゃべ》りをした。天候の話、例年より寒いね、政治の話、これは雑談としてはまずい、そしてイタリアのサッカーの話、わたしは何も知らない。

カフェインの刺激と会話とで多少気分がよくなったが、広場に達したとき、また誰かにつけられているような感覚を覚えた。肩越しに後ろを見た。明らかに観光客だというひとが何人か、仕事に向かう書類鞄《かばん》を持ったイタリア人が何人かいるだけで、見える範囲に誰もわたしを追っていそうな人間はいなかったが、その感覚を振り払うことはできなかった。ベイヨンの時代に身につけた、研《と》ぎ澄まされたアンテナがある。わたしはまた周囲を見回したが、早く日記を読む作業に戻りたかったので足は止めず、回廊に続く暗い小道に入った。すぐ横に修道士が二人いた。防寒対策にフードをかぶっていて、正義の存在というよりも不吉なものに見えた。わたしたちは挨拶《あいさつ》を交わし、修道士たちは庭へ向かい、わたしは階段をのぼって図書館へ行ったが、そのあいだずっと、自分が一人ではないという感覚は消えなかった。

24

彼は携帯電話を見詰めている。アメリカ人がホテルからコーヒー・バーへ移動するのを示す赤い点が止まり、その場にとどまっている。

アメリカ人のラップトップと携帯電話から情報を集めるために、ホテルの部屋の隅にカメラと三平方ミリしかないセンサーを仕込むのは、難しいことではなかった。以前仕事で使っていたスパイ用具の会社、FFIソフトウェア・ソリューションズの最近の製品のおかげで、約九十メートルまでは有効だ。アメリカ人は、彼の電子メールやテキストのすべてが読まれ、電話が聞かれ、GPSですべての動きを追われているとは、思ってもいないだろう。

仕事のこの部分は簡単にできた。もういっぽうは、これほどうまくいかなかった。彼は部屋中を探した。すべての引き出しも小さなクローゼットの中も、ベッドの下も探し、ちょっと手を止めてアメリカ人が炉棚の上においた記事を読みもしたが、彼が探していたものは部屋になかった。図書館にあるにちがいない。自ら出向いて探さなければならない。でも、どうやって入ったらいいのだろう？　どうやって見咎《みとが》められずに持ち出すか、もし持ち出せても、疑いをかけられずに済ますにはどうしたらいい？　それこそが緊急の、彼の使命だ。

　赤い点がふたたび動き始め、彼は一区画ほど離れて追いかけていくが、慌《あわ》てる必要はない。スパイ用具が仕込んであるので、アメリカ人を見失うこともなく、突然の動きに驚くこともないはずだ。彼は親指と人差し指で携帯電話に出ている地図を大きくし、点が通りを進み、ラウレンツィアーナ図書館に入るのを見る。意外ではない。彼は時間をかけてアメリカ人を追い、コーヒー・バーに寄る。アメリカ人が立ち寄ったのと同じ場所だ。同じ店を気に入っているのはいいことだ。店長とお喋《しゃべ》りまでして、それからいつもの場所へ行き、石段に座って煙草に火をつける。今朝は広場は静かで、観光客はほとんどおらず、教会の正面にある革のベルトや靴を売っている店はまだ閉まっている。彼は突き当たりが回廊になっている暗い小道を覗《のぞ》きこむ。以前見かけたことのある修道士が角に立ち、こちらを見ている。彼は顔をそむけない。なぜそんなことをする必要がある？　公園に座って、朝のコーヒーと煙草を楽しんでいるだけだ。何も悪いことはしていない。

25

侯爵は小さなカフェで会おうと言った。

その店は薄暗かったが、ゴキブリが床や壁を這《は》っているのが見えないほど暗くはなかった。侯爵が頻繁《ひんぱん》に訪れるような場所とは思えなかった。でも彼はそこにいた。狼のような笑みでわたしを迎えた。お祝いをする必要があると言った。

わたしはなぜかと訊《き》いた。

彼は答える代わりに、ポケットから絹の布を取り出した。布には穴の開いたスプーンが包まれていた。彼はペルノーのボトルを注文した。角砂糖。水差し。ゴブレットを二つ。

彼はペルノーを注いだ。角砂糖を穴の開いたスプーンにおき、それぞれのゴブレットの縁に注意深くバランスを取って乗せた。ゆっくり角砂糖に水を垂らすと、下のエメラルド・グリーンのアブサンが白く濁った。

彼はゴブレットの一つをわたしに持たせ、飲み干せと言った。彼はひたすら喋《しゃべ》った。ずっとわたしのことを、〝ディア・ボーイ〟と呼び、それがわたしは気に入らなかった。でもわたしは飲んだ。アニスの香りが強く、甘い味がした。喉が焼けるようだった。でもかまわなかった。わたしたちは一杯飲んだ。お代わりをした。ヴァルフィエロはわたしのゴブレットに注ぎ足し続けた。多額の金で買っては売った絵のことを話した。世界中を旅した様子。知り合った重要人物。

わたしは聞いていたが、話さなかった。言うべきことは何もなかった。でももう一杯飲んだところで、口がゆるんだ。自分の作品のことを話した。どれほど偉大な美しい作品を作りたいと切望しているか。仕事や上司のティコラについて愚痴《ぐち》を言った。シモーヌの健康が心配だという話まで打ち明けた。ヴァルフィエロはずっと、古い友人が同情するようにうなずいていた。そしてわたしのゴブレットに酒を足し続けた。そして身を乗り出して囁《ささや》いた。わたしの運を一変させる方法があると言い、計画を説明した。

彼の話が終わり、わたしは笑った。彼が冗談を言っているんだと思った。

ヴァルフィエロは待っていた。それからもう一度説明をしたので、わたしは彼がまじめに言っているのだとわかった。

彼に、頭がおかしいと言った！　帰ろうと思って立ち上がった。でもアブサンに頭をやられて、足元がおぼつかなかった。

ヴァルフィエロはクモのような指でわたしの腕をつかみ、椅子に引き戻した。彼はどのようにすればいいか説明をした。とても詳しく。そしてどれほどの金になるかも。

わたしはそんなことは不可能だと言った。

わたしたちは何も言わず、数分その場に座っていた。わたしは彼が正気ではないと思った。彼の計画は頭のおかしな男の戯言《ざれごと》だ。

できるはずだと、彼は言った。彼はわたしの肩を叩いた。頬《ほお》を叩いた。彼を信じろと言った。繰り返し何度も、わたしを〝ディア・ボーイ〟と呼んだ。わたしは彼の顔に唾を吐きかけてやりたかった！

そこで彼は、シモーヌの風邪を治すのに使うようにと数フランを差し出した。彼の金は受け取りたくなかった。でも、もらった。

彼は、もっと大金を手にできると言った。はるかに多額の金だ。

このとき彼の金をもらったのは事実だ。でも今、神にかけて誓う、彼の提案を実行するつもりではなかった。

そして事態が変わらなければ、実行しなかったはずだ。

26

わたしはヴァルフィエロの計画についてもっと読めるのを期待してページをめくったが、ヴァンサンは話題を変え、中庭で拾って監房に持ちこみ、石の床で尖《とが》らせた棒を使って刑務所の壁に刻んでいる絵について、長々と書いていた——シモーヌへのオマージュである半裸の女性。そして馬に乗ったナポレオン、これはこの独裁者の宮廷付きの画家であったジャック＝ルイ・ダヴィッドの有名な絵をもとに、ヴァンサンが記憶を頼りに描いたものだった。サン・ロレンツォ聖堂の鐘が鳴って閉館時間だと告げたとき、わたしはまだ、ヴァルフィエロがいかにして世界でもっとも有名な絵を盗むようペルージャを説き伏せたのかわかっておらず、それを知りたくて、読み続けたくてたまらなかった。それまでも何度もしたように、写真を撮ろうとして反射的に携帯電話を探したが、それは手元にないのを思い出した。

日記を閉じて顔を上げた。キアラは机におらず、リカルドの姿も見えなかった。これをする決意をするのに、僅《わず》かな時間があった。でも、どうやって？　わたしはジーンズのいちばん上のボタンをはずし、日記をもういっぽうの手の上に乗せて、机からずらし始めた。

27

外から見ると、ホテルの隣のカフェは寂れた感じだったが、中に入ると賑《にぎ》やかに混みあっていて、壁の燭台《しょくだい》がフィルム・ノワールのような影を作り出していた。真っ黒な髪を撫《な》でつけた若いバーテンダーが笑みを浮かべ、無料の白ワインのグラスを出した。わたしはそれを飲みたかったが、ぐっとこらえた。ワインには手をつけず、ガス入りの水を頼み、メニューにある三種類のサンドイッチの説明を聞いた。

「ファルミ・ウナ・ソルプレサ」驚かせてくれと、わたしは言った。

数分後、バーテンダーはパルマの生ハムと山羊のチーズのサンドイッチを持ってきた。

それを一口食べたとき、一人の男が隣のスツールに座った。「寒いな」男は言った。「ここがこんなに冷えるなんて、思ってなかった」

わたしはうなずいた。お喋《しゃべ》りする気分ではなかった。

「アメリカ人か？」男は訊《き》いた。

わたしは男を見た。キャップを目深にかぶり、芝居がかった照明のあるバーの店内では滑稽《こっけい》に見える、色のついたサングラスをかけている。

わたしはまたうなずいた。

「わたしもだ！」男は言った。「シカゴだよ。あんたは？」

「ニューヨークだ」わたしは彼ほど嬉しくなさそうに言った。

「世界一の街じゃないか！」

「場合によってはな」わたしは言い、顔を伏せたままサンドイッチをかじった。こっちの気分を察してほしかった。

男は煙草に火をつけた。「イタリアではまだ煙草が吸えるのがありがたい！」彼はわたしに一本どうだと勧めてきた。わたしは何年も吸っていなかった。とうにやめた習慣の一つで、再開したくはなかった。

バーテンダーが無料の白ワインのグラスを出し、男はそれを飲み下して、お代わりを頼んだ。そしてわたしのサンドイッチを指して「アンケ・ペル・メ」と言い、わたしを見た。「同じものをという意味になってたらいいんだが。イタリア語は話せないが、ガイドブックに書いてあった」

わたしは言った。「彼の妹と寝させろと言ったんだぞ」

「え？」男は口を大きく開けた。

「冗談だ」わたしは言った。「ちゃんと言えてた」

「やられたな」男は言って、親しい学生同士のようにわたしの腕を小突いた。「フィレンツェには、何をしに？」

「観光だ」わたしは最低限の言葉で済ませるつもりで答えた。

「わたしは仕事だよ」男は、こちらが訊きもしないのに言った。「顧客のために、絵画やオブジェを買う」

わたしは興味を惹《ひ》かれた。「ディーラーなのか?」

「なんと呼んでくれてもいい、とにかく、美術品を買って売る」

「アート・ディーラーは、何も恥ずかしいことじゃないだろう」

「ああ、でもときどき、もっと別のことをするべきだと思う。ほら、もっとやりがいのあることをね」

「美術品の売り買いはやりがいのあることじゃないと?」

「そうだな、人類の改善には、たいして役に立たない」

「役立つものなど、そうそうないだろう」わたしは言いながら、自分がここでしていることはどうだろうと考えた——人類の改善のためか、それとも自分自身のためか?

「あんたは何をしてるんだ?」彼は肘《ひじ》でわたしの腕を突いた。

わたしはサンドイッチをおき、ため息をのみこんだ。「教えてる」これで会話が終わればいいと思った。

「へえ。何を教えてるんだ?」

わたしの答えでさらに会話が弾みそうだと察し、嘘をでっち上げようかと思ったが、何も思いつかなかった。「美術史だ」

「嘘だろう」彼は言った。「なあ、話し合うことがたくさんありそうだな」

そういうわけで、彼のレオナルドを強調した美術史の話が始まった。彼にとってレオナルドは〝人生最高の画家〟だと言い、それが再度、わたしの興味を惹いた。レオナルドのすばらしい油絵の様式から、新しいフレスコの技法を用いた残念な実験まで、そればかりが語られた。「誤解しないでほしい」彼は言った。「わたしはこの男が好きだが、もし伝統的なフレスコの規則に従っていたら、〈最後の晩餐〉はあれほどひどい状態にはなっていなかったはずだ」

「芸術家は実験する必要がある」わたしは言った。会話に参加したいわけではなく、ヴァンサンと、ピカソがヴァンサンに言ったことを考えていた。

「そのとおりかもしれないが、レオナルドがもっと忍耐強ければよかったのにと思う」

そら、来た。「冗談だろう？　彼は〈モナ・リザ〉に十二年もかけたんだぞ！　フランスに移るときに持参して、死ぬまで描き続けた。なあ。彼は充分に忍耐強かった」

「そうかもしれないな」彼はまた煙草に火をつけた。「でも、もっとたくさん作品を作るか、少なくとも描き始めたものは全部完成させてほしかった」

「レオナルドの作品はすべてが——完成していようとなかろうと——すばらしい！」わたしはウフィツィ美術館の〈東方三博士の礼拝〉と、自分の横にいたアレクサンドラを思い起こし、今ここにいるのがこの男ではなく彼女であればいいのにと思った。「あんたはアート・ディーラーだ、それで、新しいレオナルド、〈サルヴァトール・ムンディ〉をどう思う？」

「つまり、本当にレオナルドかどうか、ということだな」

「本当かどうか、疑っているのか？」

「みんな、そうだろう？」彼は言った。

「わからないが、確か――三億で売れたんじゃなかったか？」

「正確には、四億五千万だ」

「誰が買ったのか、わかっているのか？」

「おそらくサウジアラビアの皇太子、ムハンマド・ビン・サルマンだと言われてる。今は行方がわからないか、隠しこまれているのか。ルーヴルの大規模なレオナルドの展覧会には出品されず、アブダビ美術館はそれを展示するのに怖《お》じ気づいた――失礼、ルーヴル・アブダビ美術館だな。名前の力だ。鋼鉄と煉瓦《れんが》の塊の前に〝ルーヴル〟という看板を出せば、偉大なる芸術品のある偉大なる美術館になる」彼はさも嫌そうに、鼻の奥を鳴らした。「サウジアラビアはあの絵を、フランスとの交渉の切り札にするかたとして保持しているという噂だ」

「どうしてそんなことを知ってるんだ？」

「小耳に挟んだ……どこかでね」彼は肩をすくめて言った。「ナポレオンは〈モナ・リザ〉を、寝室に飾るために持っていっただろう？」

「できることなら、あんただってそうするんじゃないか？」

「とんでもない。偉大なる芸術作品を世間から遠ざけて隠してしまおうとは思わない！」彼の声が高くなり、鼻から煙草の煙が龍のように噴き出した。

わたしは彼に落ち着けと、単なる冗談だと言った。

「すまない。個人コレクターのせいでわれわれが芸術作品を見られなくなるのには、本当に腹が立つものでね」彼は言葉を切った。「あんたはそんなことはしないんだろうね？」

「わたしか？　したくたって、そんな金はないよ」

「でも、できたらどうする？」

「なあ、冗談だったんだよ」

「もちろんだ」彼は言ってわたしを小突き、口元に笑みを浮かべた。彼の顔のその部分だけが、薄暗い店内で唯一はっきり見えた。目のあたりはサングラスがすっかり覆《おお》っていた。「それで、フィレンツェにはどれくらい滞在する予定だ？」

なんだか尋問のようになってきた。キル・ヴァン・クルのレーダーが、気に入らない気配を感じ取った。それでわたしは、そのまま返すことにした。「あんたのほうは、どれくらいなんだ？」

「仕事の進み具合によるな。あんたは何を調べているんだい？」

わたしは何かを調べていると言った覚えはなかった。いずれにしても、これで充分だった。「そろそろ行くよ」わたしは言った。

「こんなに早く？　まだ宵の口だろう」

わたしは疲れたから帰る、楽しい夜を過ごしてくれと言った。

「明日、早いのか？」

日記を読むのを再開したくて、早く起きようと思っていたが、彼には関係のないことだ。わたしは答えず、スツールから下り、店を出ようとした。ところが彼に腕をつかまれて、引き留められた。

「待てよ。お互い、自己紹介していなかった」

「そうだな。わたしはルーク・ペローネだ」
彼は手を差し出した。「ジョン・スミスだ。会えて嬉しいよ」彼は言い、またわたしの腕を叩いた。
わたしは彼を、叩かれたより強く叩き返したいと思った。室内でのサングラス、さまざまな質問、
彼の何かが好きになれず、信用できないと思った。でもわたしはただ、「おやすみ」と言っただけだった。

28

何日も書かなかった。書けなかった。これを紙に記すと思うと、辛《つら》すぎた。その代わり監房の壁に絵を描いた。気を紛《まぎ》らわせることなら、なんでもよかった。でも今日は、すべてを書き記さなければならないと決めた。起こったとおりを正確に。一語一語。

美術館で何日もが過ぎた。〈モナ・リザ〉のためのガラスの箱の仕事が終わったとき、ティコラは、もうわたしの勤めは必要ないと言った。わたしが何日も休みを取ったことを理由にした。それは本当のことだった。でも、シモーヌの世話をするために家にいなければならなかっただけだ。ティコラはそれを知りながら、まったく理解してくれなかった。

どうしたらいいかわからなかった。どうやって金を稼ごうか？　どうやって生きていけばいいのか？　眠れなかった。食べられなかった。シモーヌには、不安を隠そうとした。毎日、仕事に行くふりをした。大工の仕事を探した。でも何もなかった。貯えは乏しくなった。わたしは絶望した。

そこでヴァルフィエロに会った。彼の計画に乗ると言った。手付金として数フランが欲しいというと、彼はそれをくれた。わたしたちは握手をした。でも誓って言うが、計画を遂行するつもりはなかった。シモーヌの病状が悪化するまでは。

何日も、彼女は具合が悪かった。今では彼女は震えていた。顔が火照《ほて》っている。呼吸は苦しげだ。

わたしは彼女に、毛布を重ねてかけた。病院に行かなければならないと言った。でも彼女は嫌がった。彼女の声は弱々しかったが、意志は強固だった。彼女は、前回病院にかかったとき、放置されて死にかけたと言い張った。彼女は、きっとよくなると信じこんでいた。ただの風邪だと言った。

だが彼女の咳は悪化した。

わたしは病院に行こうと懇願《こんがん》した。やはり彼女は拒絶した。彼女はわたしにすがって、いかにあの場所が嫌いかを訴えた。あと数日で赤ん坊が生まれる、彼女もまた元気になる。わたしが薬屋で買ってきた薬を飲めば大丈夫だと言い張った。

彼女と争うのは不可能だった。

さらに一日が過ぎ、彼女の咳はあいかわらずだった。彼女のハンカチーフに血痕を見たとき、わたしはもう、彼女の抗議に耳を貸さなかった。わたしは両腕で彼女を抱き上げた。彼女は抗《あらが》う元気さえなく、華奢《きゃしゃ》な体をわたしに預けた。彼女の熱を帯びた息が、わたしの頬《ほお》にかかった。

彼女を抱いて、六組の階段を下りた。彼女は人生でもっとも貴重なものだった。わたしはずっと祈りながら、彼女の耳元で囁《ささや》いていた。しっかりするんだよ。大丈夫だから。約束だ。
とても寒いパリの夜だった。月はない。星もない。ヴァルフィエロからもらった僅《わず》かな金でタクシーを拾った。不慣れな贅沢《ぜいたく》だ。タクシーは路面の丸石でガタガタと揺れ、わたしは運転手に速度を落とせと怒鳴った。そのすぐ後に、もっと速く走ってくれと頼んだ。シモーヌを抱きしめた。彼女の肌は熱かった。通りの喧騒《けんそう》にもかかわらず、彼女の動悸が聞こえた。こんなに長く放っておいた自分を責めた。

何度も彼女に、もうすぐ病院に着くと言い、頑張ってくれと懇願した。彼女の濡れた髪を撫《な》でた。瞼《まぶた》にキスをした。通り過ぎる街灯の光を受けて、彼女の肌が赤から灰色へと変化するのが見えた。運転手に、もっと速くと頼んだ。シモーヌをきつく抱きしめた。聞いてもらえないかもしれないと心配だったが、遠い昔に祈ることをやめた神さまに祈った。

彼女はわたしの手を握り、わたしの名前を小声で呼んだ。わたしは偉大な画家だと言った。それを覚えておくように。そして幸せになるようにと言った。

わたしは彼女に、そんなことを話している時間はないと言った。あと何分かで病院に着く。でも彼女はやめなかった。それを覚えているのが大事だと言った。

わたしは彼女に静かにしろと言った。彼女の唇にそっと指を当てた。唇が冷たくなっているのを感じた。

彼女はわたしに、自分が死んでも幸せになると約束してくれと言った。

わたしは彼女がそんなことを言うのが耐えられなかった。そんな必要はないと繰り返した。

彼女は元気になると。でも彼女は聞かなかった。だからわたしは約束をした。覚えていると約束した。幸せになると約束した。力を無駄遣いするなと頼んだ。どれほどわたしが、彼女のことを必要としているか話した。そばにいてほしい。信じていてほしい。彼女がいなければ、わたしは無だ。わたしは彼女に、ずっと一緒にいると約束させた。

彼女は約束した。わたしの名前をつぶやいた。ずっとわたしと一緒にいると言った。影の中に、彼女を探すようにと言った。

わたしはそんなことを言わないでくれと懇願した。熱のせいで、そんなことを言っているのだ。きっとよくなる。健康で幸せになり、彼女自身が美しい絵を描くことだろう。頑張ってほしいとわたしは願った。わたしのために。

わたしは彼女の頬にキスをした。額に。唇に。タクシーがパリの通りをガタガタ走っていくあいだ、わたしはきつく彼女を抱いていた。

彼女は愛してると言った。わたしは彼女を愛してると言った。

わたしは彼女に、彼女はわたしにとって世界そのものだと言った。

涙が目に溢《あふ》れ、頬を流れるのを感じた。シモーヌは目を閉じ、わたしの首に頭をもたせかけた。彼女の涙も感じた。

そこで彼女は、歌を歌ってくれと言った。

何を歌うんだい？　わたしは訊《き》いた。そしてなぜ？

彼女は歌ってと言った。なんでもいいから歌ってと。

わたしは混乱した。思いつくのはピカソが歌っていたばかばかしい小曲だけで、だからそれを歌った。

「おお、マノン——かわいい娘——ぼくの心はおまえに言う——ボンジュール」

シモーヌは笑い始めて、血を吐いた。ブラウスに。毛布に。わたしは彼女を鎮《しず》めようとした。でも彼女はやめないでくれと言った。歌い続けてくれと。わたしの声を聞く必要があった。わたしがそばにいることを知る必要があった。

彼女はわたしの手を強く握った。わたしは目に涙が溢れて何も見えず、何度もばかばかしい歌を歌い、やがてシモーヌの手の力が弱まり、わたしが愛した唯一の女性はわたしの腕の中で死んだ。

29

わたしは顔に冷たい水をかけた。ヴァンサンに抱かれて死んでいくシモーヌの映像が、頭の奥にまだ残っていた。こんなふうに感じたのはいつ以来のことか、覚えていなかった。寂しさを怒りに変換するか、単純に封じこめるか、何も感じなかったふりをするかというのが、わたしの通常のやり方だった。一人以上の女友だちから、それを指摘された。わたしはなんらかの感情ではなく、事実を求めてここに来たのに、日記から想像もしなかった影響を受けていた。

昨日日記を盗まなかったのが残念だった。リカルドとキアラが、まさにわたしが日記を机から落とし、ジーンズの中に押しこもうとした瞬間に研究室に戻ってこなければ、盗み出していただろう。わたしは手を止めなければならなかった。ラウレンツィアーナ図書館からの窃盗《せっとう》にはかなりの罰金が科せられ、まちがいなくわたしは二度と図書館を利用できなくなり、もしかしたら逮捕されて訴追されるかもしれない。自分がイタリアの薄汚い刑務所にいて、アメリカ大使館に虚しく電話をかけるところを想像した。わたしの若いころの記録が調べられ、それで話はお終いだ。わたしは十代のころの仲間のようになるつもりはなかった。仲間のうちの二人は死に、一人は刑務所内にいて、ほかの連中は何をしているものやら？

たぶんこれは天の采配《さいはい》だ。日記が誰も手を出せない図書館にあるのが、何よりも安全なのだ。

わたしは化粧室の鏡を覗《のぞ》きこみ、縁が赤くなった目に、さらに冷水をかけた。


長いテーブルに戻り、二人が病院に着き、緊急治療室の医師がシモーヌの腹部を切開して、かろうじて赤ん坊を救うのに間に合った経緯を読んだ。ヴァンサンはその場面を、数ページにわたって鮮明かつ詳細に記していた。わたしはあまりにも真剣に読んでいて、誰かに腕を叩かれたとき、文字どおり飛び上がって慌《あわ》てて日記を閉じた。

「ごめんなさい、驚かせるつもりじゃなかったの」アレクサンドラは、わたしを見下ろして大丈夫かと訊《き》いた。

「ああ」わたしは言った。「大丈夫だ」

「そうは見えないけど」

キアラが、わたしたちに向けてシッと言った。

「彼女、わたしが嫌いなの」アレクサンドラは小声で言った。

「そうか？　ぼくのことは好きみたいだが」

「それだから、わたしを嫌いなのね」

わたしは無理に笑みを浮かべた。どれほど彼女のことを考えていたか、どれほど彼女に会いたかったかは言わないでおくことにした。「いつからここにいたんだい？」

「一時間くらい前よ。あなたは読むのに夢中で、わたしが入ってきたのに気づかなかった」彼女はもう一度わたしに大丈夫かと訊き、わたしは読みすぎたせいでちょっと頭痛がすると言い、彼女はもう切り上げたらと提案した。いずれにしてももうすぐ七時、閉館時間だった。彼女に食事に誘われたとき、わたしは気取って「ああ、いいね」と答えたが、心の中では〝やった！〟と叫んでいた。

前室にいる司書は、アレクサンドラにはスキャナーを通るように手を振ったが、わたしのことは足止めしてリカルドを呼んだ。わたしは両手を上げ、両脚を広げた。リカルドはわたしの全身を探ったが、明らかにわたしよりも気まずそうで、赤い顔をしていた。彼がわたしを調べているあいだに、〝ムッソリーニ〟はわたしのバックパックを調べた。何も見逃すまいという決意に満ちた生真面目《きまじめ》な顔つきだったが、見つかったのは鉛筆とメモ帳とキャンディーだけで、それらを全部、彼女は腹立たしそうにバックパックに戻した。なぜ彼女はわたしを目の敵にするのだろう？　わたしの考えを読めるのだろうか？　たった今、わたしは彼女を見て〝不愉快な女だ〟と思っているのを？　わたしは全身スキャナーを通って振り返り、自分にできる最高にわざとらしい笑顔を作り、「ありがとう《グラツィエ》」と言った。

日が沈み始め、サン・ロレンツォ聖堂のファサードに遅い時間の光の欠片が当たって、不気味に見えた。

「さっきのはなんだったのかしら？」アレクサンドラは訊いた。「グリセルダったら、あなたが何かを盗み出すとでも思っているの？」

「彼女はそういう名前なのか？　グリセルダというのは、シンデレラの意地悪な義理のお姉さんの一人だったんじゃないか？」

「それはドリゼラでしょう」アレックスは言った。

「かなり近かった」わたしは言った。「それで、どうしてぼくが何かを盗むというんだ？」わたしは精いっぱい、無邪気な少年のふりを装った。「リカルドがぼくを触りたくて、彼女に小銭を渡しているのかな」

「ああ、あなたって最低」

わたしはそう言われるのは初めてじゃないと言い、ジョリー・ランチャーの袋をポケットから出して一つを口に入れ、彼女に勧めた。

「まじめに？　あなたいくつ、十歳とか？」

「甘党なんだ」わたしは言い、彼女のしかめ面を見て、本当に十歳であるような気分になった。

「その上着じゃ、寒いでしょう。でもクールに見せたくて、それを着ているの？」

わたしはここがこれほど寒いとは思っていなかったのだと言い、彼女は広場を横切ってわたしを売店に連れていったが、そこには鞄《かばん》とベルトしかなかった。彼女はいつぞや二人で通りがかったおしゃれな男性用の衣料品店に行こうと言い、二人で同じ道を逆戻りして広場を後にした。

男性用衣料品店のウィンドーに並んでいるマネキンは、細いストライプのズボンとそれに合ったチョッキ、〈アラビアのロレンス〉から出てきたようなふわりとしたシャツを着ていて、どう見てもわたしのスタイルではなかったが、アレクサンドラはチョッキの一つが自分に似合いそうだと言い、わたしも同意した。

この二日どこにいたのかと訊くと、彼女は言った。「どうして？　会えなくて寂しかった？」

「少しな」わたしは言った。

「嘘つき」彼女は言った。

「本当だ」わたしは言った。「寂しかったよ」

「嘘なのは、少しってところよ」彼女は言って、にやりとした。

ずいぶん自信があるなと思ったが、彼女の言うとおりだった。

彼女はわたしの仕事の様子を訊き、わたしはわからないと答えた。そのとおりだった。わたしはまだ、日記から何がわかるのか、それをどうするつもりか、確信がなかった。彼女はわたしを信じられないような顔つきで見て、ひどく驚いたとき何を読んでいたのかと訊いた。

「日記だ」わたしはここまでは、彼女に言ってもいいと考えた。「大昔の、悲しい物語だ」

「誰の？」

「それを教えたら、きみを殺さなければならない」わたしは言って、笑った。「もっとわかったら、教えるよ。約束だ」わたしは十字を切った。

「その仕草を見るのは二度目だわ。子どものころ、教会で侍者でもしていたの？」

「いや。母の期待に反してね。ほかにもいろいろあった」

「お母さんを困らせたのね？」

「想像できないだろうな」

彼女は小首を傾げて、わたしを検分するように見た。「あら、想像できるわ」

「母にあんな思いをさせてはいけなかった」これは本当だった。母はいつも精いっぱいのことをし、わたしを愛してくれていた、それはわかっていた。「もうきみに会えないのかと思ったよ」わたしは言った。声に出して言うつもりのなかったことだった。

「姿を消すつもりじゃなかったの、ただ——」彼女は言葉を切り、言いかけていたことを振り払うように肩をすくめた。「ちょっとやらなくちゃいけないことがあって……家でね」

「ここの家でか、ニューヨークの家でか？」

「両方よ。たいしたことじゃないんだけど」彼女は言ったが、眉をひそめている。

これを信じるかどうか決めかねたが、彼女がわたしの腕に腕を絡《から》ませてきたとき、もうどうでもよくなった。彼女は自分の知っている店に向かって歩き始めた。地元の人たちに人気の店だということだった。


中に入ると、店の照明は薄暗く、テーブルに蝋燭《ろうそく》があるだけで、ほかの照明器具は見当たらなかった。

「しゃれているつもりか、それとも電気代をけちってるのかな？」ウェイターに窓際の小さなテーブルに案内されながら、わたしは小声で言った。レストランはほぼ満席で、賑《にぎ》やかだが、いい雰囲気だった。客たちは、それぞれ楽しんでいた。

アレクサンドラは上着を脱いだ。彼女は前身頃に男性用のフォーマル・シャツのようにプリーツのある白いブラウスを着ていた。半分ほどボタンをはずし、中のレースのキャミソールが見えていて、金のロケットが首元にのぞき、おしゃれでセクシーだった。

「すてきなロケットだ」

「母なの」彼女は言い、それを指で包むように持った。

「赤ん坊のときの髪の毛が入っているのかな？」

「やめてよ」彼女は言って笑ったが、口元は多少こわばっていた。

「何かまずかったか？　穿鑿《せんさく》しすぎたなら謝る」

「いいえ。いいのよ」彼女は蝋燭のほうに身を寄せて、ロケットを開いた。中には女性の小さな写真があった。疑う余地なく彼女の母親だ、驚くほど似ている。

「美人だな」わたしは言った。「仲がいいのかい？」

「ええ」彼女は囁くように言った。「いつもそばにいて、味方になってくれた」

「幸運なことだ」

「ええ」彼女はまた言った。彼女の手の中で、ロケットが少し震えていた。それから彼女はそれをパチリと閉じ、ウェイターを読んで、赤ワインのグラスを頼んだ。わたしはペレグリノを注文し、彼女はなぜかと訊いた。

「酒は飲まないんだ」わたしは言った。

「ずっと？」

「もう、飲まない」

「いつやめたの？」

「もうすぐ十回目の素面《しらふ》記念日だ。ジャジャーン！」わたしは指を宙で回して、笑ってみせた。批判や叱責のような表情を予想して彼女を見たが、彼女は謎めいた、無表情な顔つきだった。

「よかったわね」彼女は言った。「ついにやめる決心をした、きっかけは何？」

「そうだな……」わたしは思わせぶりに顎を叩いた。「起きたらごみ収集箱の中にいたことかな」

「嘘でしょう？」

「本当だ。お薦《すす》めはしない。どうやってそこに入ったのかわからないんだから、なおさらだ」

「記憶がないの？」

「まあね。それもこれも過去のことだ、恥じてはいない。いや、正直言うと、ちょっと恥ずかしいかな」

「恥じることはない。麻疹《はしか》や水ぼうそうのような病気でしょう。わたしにも禁酒会《AA》に参加してる友だちが、二人いるわ」

「なるほど。〝わたしの親友にも飲んだくれがいるわ〟、そういうことか？」

「そんな意味で言ったわけじゃない」彼女は言った。

わたしは謝って、もっと親しくなったらしようもない話を全部すると言い、それから、いっそのこと今すぐ話して、彼女が逃げ出すかどうか見ることにして――山場だけか、最悪の部分だけでも――両親は二人とも飲んだくれで、自分は十二歳のときに飲み始めて、十六歳で酩酊《めいてい》運転をしていたと打ち明けた。「すでにここフィレンツェでも、教会のＡＡミーティングの場所を調べた。たいていどこでも、教会か学校かコミュニティー・センターの地下室なんだ、まったく魅力的だよ」

「行ったの？」

「いいや」わたしは言い、あくまでも念のためのことであって、飲みたいという衝動に駆られないかぎり行かない、何年もそんな衝動はないと説明した。彼女に話したことでわたしは気分がよくなり、彼女のほうはまったく動じていない様子で、すぐにフィレンツェで転借している部屋のことや、この街が大好きだという話になった。優れた女優なのか、それとも本当にどうでもいいのか。わたしはオリーブをつまみながら、彼女が話すのを見ていた。自然な曲線を描く唇、髪の毛を耳にかける仕草、普通のことが、彼女がすると普通でなかった。彼女の何がそんなに特別なのかを理解しようとした。彼女の美しさ、物腰、話しやすさ、判断を下さない姿勢。ほかにも何か、言いようのないものがあった。一瞬だけとまり、すぐに飛んでいってしまう蝶のようだ。わたしはろくに喋《しゃべ》らず、彼女の話を聞いているのが楽しくて、ほとんど知らないこの女性にますます夢中になっていくのを感じた。彼女は手に入らないと思えるからだろうか。挑戦だ、過去に女性に対してよく感じたことだ——征服のような？　それとももう、彼女に征服されてしまったのか？

わたしは精いっぱいのイタリア語でウェイターと話して料理を注文した。アレクサンドラは感心したようだった。料理が来たとき、わたしは空腹だったが、アレクサンドラは自分の料理を突く程度だった。彼女はまたわたしの研究について訊き、わたしはわからないと答えた。

「わたしには話してくれないのね」

「いや、いずれ話す。まだまとまらないんだ」これは本当だった。日記によってどんな謎が明かされるのか、それが何を意味するのか、まだわかっていなかった。

会話は部屋の向こうのテーブルの騒ぎで遮《さえぎ》られた。影の中に隠れたテーブルで、蝋燭の光が下から当たって、ウェイターの顔が奇妙に見えた。ウェイターは大声で話していた。

「禁煙について何か言ってる」わたしは言った。「葉巻のことかな。変だな」

「何が？」

「男は帽子をかぶってる。室内でだぞ。ああ、やめた」

「帽子を？」

「いや、葉巻をだ」もう、葉巻の先に赤い火は見えず、ウェイターがテーブルを片づけていた。誰かが急ぎ足でわたしたちのテーブルの横を通り過ぎるのが、ぼやけて見えて、正面のドアが開き、冷たい空気とともにぴしゃりと閉まった。

アレクサンドラは大げさに寒そうにして、蝋燭で暖を取るように、テーブルに身を乗り出した。わたしは彼女の香水を感じた。知っている香りだった。

「ジョイだね？」

「あら」彼女は言った。「あなたの研究って、女性用の香水のことなの？」

わたしは銘柄を口にしたのを悔いた。当然説明を求められるだろうが、元恋人がそれを使っていたとは言いたくなかった。わたしはその女性を愛していると思っていたが、彼女は身を落ち着けて赤ん坊が欲しいといって離れていった。中産階級の恵まれた家庭や子どものために画家としての出世街道を諦《あきら》めるつもりはなかったから、わたしは彼女を行かせた。とはいえ今、画家人生は低速車線に入り、フルタイムの教職に頼るようになり、どちらがより中産階級の人生を送っているのかわからなかった。

「わたしはこれまで、香水を使ったことがなかったの」彼女は言った。「ほんの数週間前に、友だちに誕生日のプレゼントでもらったのよ」

わたしは彼女に誕生日おめでとうと言い、いくつになったのかと尋ねた。

「二十九歳よ」彼女は言った。「あなたは？」

「三十七歳だ。あと二ヵ月で、三十八歳になる」

「結婚は？」

わたしがしていないと言うと、彼女は目を細くした。「まさか、いわゆる〝不良独身者〟じゃないわよね？」

「ちがう」わたしは、キャシーとアマンダとテリを思いながら言った。これを言われるのは初めてではなかった。「つきあっていた女性はいる」わたしは言い訳がましくならないように気をつけた。「正しい相手に出会っていないんだ——まだね」

彼女はわたしを値踏みするように見たが、すぐに微笑《ほほえ》んだ。わたしは彼女の電話番号を訊き、わたしの携帯電話を渡して、それを打ちこんでくれと頼んだ。彼女はそれを無視し、ナプキンに番号を書き、一度引っこめてから、マタドールのような仕草でぶら下げた。「なぜわたしの香水がわかったか、理由を言えば教えよう」

「ぼくは優れた、世界的に知られた鼻利きなんだ」わたしは言い、横顔を見せた。

彼女は笑ってから、言った。「恋人が使っていたのね、そうでしょう？」

「有罪だ」わたしは言い、すぐさま彼女に質問をした――結婚の経験はあるか？――そして驚くことに、彼女の答えは〝ある〟だった。

「寂しい、悲しいお話よ――スピード離婚したわ。一年しか続かなかった。祭壇の前で、もうまちがいだったとわかった」

「じゃあ、どうしてしたんだい？」

「そうね……逃げたかったの」彼女は芝居がかった言い方をして冗談めかしたが、その裏に現実的なものがあるのが感じられた。わたしは無理に笑い、わたしにどれくらいフィレンツェにいるつもりかと訊いた。わたしはわからない、今はちょうど学期間の休暇なのだと答えた。

「それじゃあ、例えば一ヵ月でもいられるということ？」

「かもしれないな。まだわからない」

「謎めいた男を演じるのが好きなのね？」

「ぼくが？　ぼくが本なら、いつでも閲覧可能だよ」

「ただし、点字で書かれてる！」

「かんべんしてくれよ、アレクサンドラ」

「アレックスと呼んで」彼女は言った。

「あれ、じゃあぼくを好きなんだ」

「嫌いじゃないと言っておくわ」

伝票が来たとき、彼女がそれを取ろうとした。痛い出費だったが、わたしはあえて伝票をつかんだ。彼女はチップを出すと言い、わたしは電話番号を教えてくれればそれでいいと言った。彼女はまた、ナプキンをぶら下げてみせた。わたしはそちらへ手を伸ばし、彼女の手をつかんだ。見詰めあった。わたしは身を乗り出してキスをしようとした。彼女はナプキンとわたしの手を放し、座りなおして、早く帰らなければならないかのようにコートを着始めた。わたしはごめんと言ったが、彼女は手を振った。一分後、彼女は立ち去り、香水ジョイの香りが、困惑した気持ちそのままに漂った。

何かまずいことを言っただろうか？　心当たりはたくさんあった——家族、飲酒、元恋人。

彼女の影が窓をよぎった。ぼやけた人影。そのすぐあとを追うように、別の影と、煙草の先の火が見えた。いや、葉巻の先だろうか？

30

ホテルの部屋に戻って、いろいろ思い返した。自分の言ったこと、彼女の言ったこと、何がまずかったのか。キスしようとしたからか？　でもすでに、彼女はわたしにキスしている。普通は冷静でいられるのだが、今回はだめだった。彼女の電話番号の書いてあるナプキンを広げ、それを一瞬見詰めてから、電話をかけた。一度呼び出し音が鳴ったあと、すぐに切った。

数秒後、わたしの携帯電話が鳴った。

「今、電話した？」

「悪い。もう時間が遅すぎると思って――」

「いいえ、そんなことない。何かあったの？」

「それを、電話で訊《き》こうと思ったんだ」

沈黙。

それから。「急いで帰ってきてしまって、ごめんなさい」

「何か、気に障《さわ》ることを言ったかな？」

「いいえ。ただ……帰らなければならなかったの」

彼女の言うことを信じたわけではなかったが、それ以上押さなかった。「明日、図書館で会えるかな？」

「場合によるわ」

なんの場合だ？　彼女はなんの駆け引きをしているのだろう？　いずれにしても、おかげでこちらは調子を乱され——ますます彼女を欲しくなっていた。

「なるべく行くようにするわ」彼女は言った。「おやすみなさい」

わたしは携帯電話を見詰めた。なぜ、わざわざ電話をし返してきたのだろう？　それから電話をベッドの上に投げた。いいさ。彼女があああいう態度なら、忘れてしまえ、彼女を忘れてしまえ。こんなものは必要ない。彼女の携帯電話の番号が書いてあるナプキンを丸め、ごみ入れに放りこんだ。一秒後に、それを拾い上げた。ちくしょう。彼女のことを考えたくない、なぜフィレンツェに来たか、その目的以外、何も考えたくない。意識を集中させるんだと、自分に言い聞かせた。

十一時を過ぎていたが、すっかり目が覚めていた。わたしはラップトップを開き、文章を打ちこみ始めた。知っていること、読んだこと、窃盗《せっとう》に至るまでのさまざまな事柄。

一　ペルージャはヴァルフィエロと会う。

二　ヴァルフィエロは金を稼げると言うが、ペルージャはそれを断わる。

三　ペルージャはルーヴル美術館を解雇される。

四　シモーヌは死ぬ。
五　ペルージャは絵を盗む。
なぜシモーヌが死んだあと、絵を盗むのか？　それがわからなかった。
六　赤ん坊はどうなったのか？
これも答えがわからなかったが、そこで突然、この赤ん坊がわたしの祖父だということに気づいた。少なくともそう思えた。ヴァンサンに別の子どもができないかぎり。
七　ペルージャはヴァルフィエロからいくらもらったのか？
何年もの調査で、ペルージャは何も持たずに出所したことがわかっていた。彼はヴァルフィエロから得た金を隠しておいて、服役後に取り戻したのだろうか？　もしそうなら、どこでだろう？

わたしは立ち上がって歩き始めた。明日まで日記を読めないと考えると、とても耐えられなかった。今読みたい、この手で持ちたい、必要なだけ持っていたい。なぜあれを持っていてはいけないのか？　なぜあれを盗み出さないのか？

もう一度、わたしはこの疑問を考えた。

図書館へ行くのが好きだから。使命を帯びた学者であることが好きだから。上等な理由だが、じつのところ、実際的な理由が一つあった。戸口にいる司令官をいかに突破するかという問題だ。そして避けられない身体検査、スキャナー。それでも、まだその考えを諦《あきら》められなかった。もっと大きな困難を乗り越えてきたし、もっと悪いことをしてきた。わたしや仲間たちは、質入れできる物品を家から持ち出す術に通じていた。わたしは一度しか捕まらなかった。

でも今や、わたしは十五歳ではなく三十七歳で、修士号を持ち、名門大学でフルタイムの教職に就いている、立派な市民だ。今そんなことができるものだろうか？　もっと重要なことは、それで無罪で逃げおおせられるだろうか？

31

わたしは早く着いた。エスプレッソをすすりながら、サン・ロレンツォ聖堂の回廊を二度回ったとき、若い修道士が出てきて挨拶《あいさつ》をした。「シニョーレ・ペローネ、調子はどうですか《コメ・ヴァ》？」いつものとおり、ブラザー・フランチェスコは微笑《ほほえ》んでいた。

「いいですよ、あなたは《ベーネ・エ・レイ》？」わたしは言った。

彼は両手を空に向かって上げた。「気持ちのいい日です《ベッロ・ジョルナータ》。何も言うことはありません《ニエンテ・ダ・ディーレ》」

「シ、ベリッシモ」わたしは言った。「とてもいい日ですね」わたしは苛々《いらいら》していて、それまでそのことに気づかなかった。

「あなたは画家ですね？」彼は訊《き》いた。

彼にそんな話をしたかどうか思い出せず、曖昧《あいまい》にうなずいたが、最近、自分でもそうは思えなくなっていた。

「北礼拝堂の、フラ・フィリッポ・リッピによる〈受胎告知〉を見ましたか？」彼は回廊の壁とは反対側の教会のほうを指さした。わたしはいつも図書館に行くことばかり考えていて、そこへ入ったこともなかった。なんでもかんでも見学したがる観光客とはちがい、わたしは何も見ていないも同然だった。「とてもきれいですよ」彼は言った。「いや、わたしがそう思うのは、修道士による作品だからかもしれませんが」

「修道士は偉大な画家になります」わたしは言った。「フラ・アンジェリコのように」

彼はサン・マルコには行ったかと訊いた。わたしはかぶりを振った。まだ訪れていない場所が、また一つ。

「フィレンツェの宝の一つです」彼は言った。

わたしは彼に、修道会に入って何年かと訊いた。彼は十八歳のときから、十年になると答えた。

「満足していますか？」わたしは尋ねた。

「後悔したことはありません」

わたしは、誰もが自分の人生についてそのように感じるべきだと言った。彼はわたしに、あなたはそのように感じないのかと訊いた。彼にどのように答えたらいいかわからなかった。自分の人生についてどう感じているか、はっきりしなかった。自分の人生が遠く、不確かに感じられた。自分の出身地、克服してきたことなどを考えた。そして言った。「わたしは人生を何度も変えてきたんです」

彼は大きな青い目でわたしを見て、待っていた。

「不品行をしたとだけ、言っておきましょう。いい子どもではなかったんです。おわかりですか《カピーシェ》？」

「聖人になった罪人の例はたくさんあります」

「そこまで悪かったとは言いませんが、聖人であるとも言えない」懺悔《ざんげ》しているような気分だったが、修道士には優しさが感じられて、わたしは心を開く気になった。「十代のころ、グループに入っていました、ギャングです——いくつか悪いことをしました。盗みや……」

「聖ディスマスを知っていますか？　悔い改めた泥棒です。悪い過去を持つ聖人の一人です。彼はイエスの横で十字架に架けられました」

「わたしはもう少しいい結末を望めないかな？」

修道士は笑った。「おもしろいひとですね、シニョーレ・ペローネ。きっとあなたの人生は好転しますよ。そのまま続けなさい《コンティヌア・コジ》。そのまま進みなさい《アヴァンティ・コジ》」

「道筋をはずれるなと？」

「そう《シ》です。わたしの教師である、年上の賢いブラザーも、いつもそう言っています」

「道筋をはずれるな」わたしは繰り返して、ブラザー・フランチェスコと別れようとしたとき、彼に引き留められた。

「ア・ウン・アミコ・ア・フィレンツェ？」

「フィレンツェに友人がいるかって？　アレクサンドラ、アメリカ人の女性のことですか？」

「いいえ。男性です。彼はここに来る、毎日です《オグニ・ジョルノ》」

「毎日？　どういう意味ですか？」

「ルイ・アスペッタ」

「彼は待っている？」

「そうです《シ》。彼はあなたを待っているのだと思いました」

「どうして？」

「あなたが来るときここにいて、いなくなると去るからです」

「どこで？」

修道士はわたしを小道から連れ出し、入口に向かう広場の東側の壁沿いの場所を指さした。

「あそこです」彼は言って、古い木製の戸口へつながる低い石段を示した。「あそこは——なんと言ったらいいのか——宿舎の出入口です。修道士たちの住まいのね。わたしもあそこに住んでいます。でもわたしたちは、あの出入口は使いません。回廊から出入りします」

「その、待っている男というのは、どんな様子でしたか？」

「背が高い」彼は言って、その人物が太っているか筋骨隆々でもあるかのような仕草をした。でも彼は顔の描写はできなかった、なぜならその人物は「帽子《カペッロ》をかぶり、サングラスをかけていて——いつも吸っている《フマンド》」彼は煙草を吸う動作をしてみせた。

わたしはその人物が現われたら教えてほしいと頼み、彼は〝偶然《コインチデンツァ》〟だったのかもしれないと言った。

「そうですね」わたしは言った。「でももし見かけたら、教えてください。会ってみたい——知り合いかどうか確かめたい」

「教えましょう。あなたがたアメリカ人の言うように、うまく見張っておきますよ」彼は言った。

「よく見張っていてください」わたしは言い、微笑んだ。

32

何者かに見張られていると思うと落ち着かなかった。じっと座って読んでいる気分にはなれなかった。ブラザー・フランチェスコが教えてくれた石段を調べ、くるりと一回転してみて、公園を眺《なが》めた——人々が群れ集っている。写真を撮っている観光客が何人か、回廊へ向かう修道士が数人。わたしは数分ほどそこにいて様子を見た。帽子をかぶった男性——あまりにもたくさんいた——煙草を吸っている人物——もっとたくさんいた。そこで、わたしは諦《あきら》めた。ずっと気になっていたことのすべてが、頭の中で騒ぎ始めた——日記を盗み出すこと、アレクサンドラが近づいては身を引くこと、クアトロッキが奇妙にも姿を見せないこと。彼には何度かメッセージやテキストを送った。今また携帯電話に電話してみたが、すぐにボイスメールにつながった。今回、わたしはメッセージを残さなかった。その代わり、大学に向かった。

シニョーラ・モレッティが、クアトロッキの秘書室にいた。

「クアトロッキ教授はいますか？　話がしたい」

「いいえ」彼女は言い、タイプを再開した。

「いいえというのは？　彼はいないのか、それともわたしとは話ができないのか？」

彼女はちらりと目を上げ、すぐに視線を落とし、またタイプし始めた。

「クアトロッキ教授は夕食の約束に現われず、電話をしても返してきません。心配なんですよ。大学には連絡があったのかな？」

彼女は首を横に振った。今回は、少し懸念《けねん》がうかがえた。

「心配なんですよ」わたしはまた言った。「電話もなく、あなたに連絡もしないで大学を休むようなことを、普通にする人物なんですか？」

「教授にはいろいろなことがあって――悲しい想いをされた。あまり煩《わずら》わせたくないんです」

「それにしても電話もせずに授業をすっぽかして、放っておけますか？　とにかく、彼と会って無事を確認したい」

シニョーラ・モレッティは躊躇《ためら》い、ため息をつき、それからうなずいた。「教授の家は、サンタ・クローチェ教会の近くです」住所を紙に書き、わたしに手渡した。「教授の無事を、知らせてください」

わたしはクアトロッキの住所をグーグル・マップに入れて、携帯電話を占い棒のように前にかざしながら、経路をたどっていった。ドナテッロの若いダヴィデ像を見にいこうと思っていた、バルジェロ美術館を通り過ぎた。この彫刻は多くの美術史家がルネサンス期の始まりと考えるもので、わたしが教えはしても見たことのなかった美術品の一つだ。狭間《さま》のある建物が小さな広場にそびえたち、周囲の通りに影を投げかけている。GPSを正しく読んでいるとしたら、わたしは南東に向かっていて、街の歴史的な地区から人口の少ない区域へと、角をなす、あるいは曲線を描く通りから通りへと進み、建物は温かみのある灰色から黄褐色、赤茶色、バラ色にまで変化した。いくつかの世代の存在を感じることができた。石壁や剥《は》がれたペンキにその重みを、空気中にそのにおいや味まで、街の古さだけではなく歴史を感じ、わたしはそれを楽しんだ。

GPSが使えなくなるのとほぼ同時にその楽しさは消え、道は行きどまりになり、わたしはまた、何者かにつけられているような感覚を覚えた。被害妄想だろうかと考えながら今来た道を引き返したが、これまでレーダーのおかげで一度ならず命拾いをしていて、それを信用するべきだと学んでいた。苦労しながらもっと広くて人通りのある道に出て――常に肩越しに後ろを確認しながら――そこでグーグル・マップも息を吹き返した。

携帯電話の地図上の小さな青い点をひたすら見ていたため、わたしは近隣が乱雑で物騒な雰囲気になってきたのに気づかなかった。醜い古い建物に醜い新しい建物が交じり、この街のよそでは見たことがなかったほど、ごみや落書きが増えた。GPSに導かれて通り抜けのできる地区に入ったとき、わたしは嬉しかった。通りの片側に自転車が、反対側にオートバイが、何十台も完璧に同じ角度で並んでいる。さらに一区画歩くとクアトロッキの住んでいるヴィア・デイ・ペピが見つかった。深刻な水による損傷がうかがえる黄褐色の壁の高い位置に、その標示があった。

ヴィア・デイ・ペピは車が通るには狭すぎて、裏通りといった風情だが、それでも魅力的だった。いくつかの家の上階の窓にはペンキ塗りたてのような鎧戸《よろいど》があり、地上階の窓にはすてきな金属細工が施されていたが、それらは防犯のための柵の役割も果たしているのだろう。石の表面がひび割れ、水食がうかがえる家もあるが、明らかに塗りなおされたファサードやつややかな新しいドアなどで高級化されたものもあり、十五番――クアトロッキの家――はそうした建物の一つだった。黄色に近い黄土色に塗られた三階建ての建物で、鎧戸は深緑色で、ペンキが剥がれたり水食したりしている箇所はない。ドアも新しそうで、濃い色の木製で、石造りのアーチに合わせて曲線を描いており、その上に半月型の金属製の花の仕切りがついていた。その中央に金属製のノッカーがある。わたしはそれを持ち上げ、打ち下ろした。鋭い音が響いた。

答えはない。

そこで、新しそうなブロンズ製の飾り板のついたブザーと、インターコムらしい楕円形の格子があるのに気づいた。それを押して待ち、もう一度試した。何もない。

金属製のノッカーを持ち上げて、打ち下ろした。

やはり何もない。

クアトロッキの電話番号にかけてみた。家の中で呼び出し音が鳴るのが、くぐもって聞こえたような気がした。それからボイスメールにつながったので、わたしは名乗って、今ドアの外にいると吹きこんだ。

狭い道の反対側へ行き、建物を見上げた。鎧戸は閉まっていて、その場はすべてが静止し、静まり返っていた。筋が通らない、クアトロッキは大学にも誰にも何も言わずに姿を消した。悪い予感がした。

よく考えもせずに、近くの警察署の電話番号を調べて電話した。

「行方不明者《ペルソナ・スコンパルサ》です」わたしは言った。

警察官は、いつから行方がわからないのかと訊《き》いた。

「ポッキ・ジョルニ」わたしは言った。「数日です」

「ノン・アッバスタンツァ・テンポ」充分な日数じゃないと警察官は言って、電話を切った。

わたしはかけなおし、同じ警察官が出た。「せめて、家を調べてみてくれませんか?」

警察官はわたしに、親族なのかと訊いた。ちがうと答えると、通話は切れた。「くそったれ!」つながっていない電話に向かって言った。

わたしは過剰反応しているのだろうか? クアトロッキはちょっと遠くへ行っただけで、一人でそっとしておいてほしいと思っている可能性もある。彼にいろいろなことがあったのは事実だ――でも昼食をともにしたときは大丈夫そうで、友好的で、話をしたがっていた。何が変わったのだろう?

わたしは振り向いて彼の家を見た。鎧戸の閉まった窓、すべてが静かだ。わたしはいつでも自分の直感を信じているが、たった今それは、何かまずいことが起きていると告げていた。

33

灰色と白の大理石の部屋は四角くて飾り気がなく、写真で見た印象よりも小さかったが、天井は高くそびえたち、完璧な円や半円の円蓋《えんがい》をいただいていた。わたしは天国を覗《のぞ》きこむような気持ちで、それを見上げた。メディチ家礼拝堂を設計したとき、ミケランジェロが思い描いていたのは天国だったと思う。ここは二百年にわたってフィレンツェを支配し、街のそこここに形跡を残したイタリアの銀行家の一族のために作られた、世界でもっとも有名な墓地だ。

クアトロッキの捜索が無駄に終わったあとで、わたしは図書館に戻り、昼休みまで読んだ。この礼拝堂に行く予定はなかったのだが、キアラから角を曲がってすぐだと聞いてその気になった。それは正確ではなかった――フィレンツェに、本物の〝角〟はほとんどない――だが、そこからサン・ロレンツォ聖堂の長い壁に沿ってホテルに向かって歩いていけば、まさにホテルの向かい側にマドンナ広場があった。これまでに何度、そのすぐ前を通り過ぎ、何度、〝メディチ家礼拝堂〟という小さな目立たない表示板を見ても意識せず、何も考えなかったことか。

わたしは事実上たった一人で、礼拝堂の中央に立った――もう一人、遠くの隅に警備員がいて、携帯電話をいじっている――ゆっくりと三百六十度回転して彫像や建物や、出口がないと思わせるブラインド・ウィンドーを見て、ミケランジェロがそこに与えた記念碑的な力を味わった。実際の窓はなく、閉塞感が漂っており、ミケランジェロは人々にここで、煉獄《れんごく》に囚《とら》われたような思いをさせたかったのだろうか。実物以上の大きさのロレンツォ・デ・メディチの像を見上げた。顔は影の中に隠れていて、その引っこんだ陰鬱《いんうつ》な雰囲気のせいで、たった今読んできたものを思い出した――ヴァンサンは病院の新生児室で初めて息子と会って抱き、この子がシモーヌが残した唯一のもの、彼に残された唯一の存在だと考える。そこへシモーヌの母親、マルゲリートが激怒して現われ、娘を殺したといってヴァンサンを責める。ヴァンサンは読者と彼自身に対して容赦《ようしゃ》なく、その責めを負い、マルゲリートが赤ん坊を取り上げ、二度とこの男の子に会うなと言う様子を描いてみせた。

今、この葬儀をおこなう礼拝堂で生と死を思い、ヴァンサンについて考えるのは正しいことのように思えた。

わたしは全身を震わせ、偉大なるミケランジェロにしか作れなかった夜明けと夕暮れを表わす寓《ぐう》意《い》的な彫像に挟《はさ》まれた陰鬱なロレンツォ・デ・メディチを見返し、それから回れ右をしてロレンツォ・ジュリアーノを見た。これもまた大きいが、理想化されたハンサムな顔とありえないほど長い首、立ち上がりそうな姿勢、こちらは何もかもが生き生きとしていて、二体の彫像はまったく対照的だった。

わたしはヴァンサンのことを考えた。シモーヌの死後、何日も、何週間も自殺を考え、罪悪感に苛《さい》まれて眠れず、激しい痛みを一時的にしのぐため絶えず酒を飲んでいた男。わたしには、あまりにも馴染《なじ》みのある状態だった。

ジュリアーノの両脇にある寓意的彫像、夜と昼は、前者は女性と考えられ、何もかもが強調されていて、両腕と両脚は長すぎるし、男性である片割れよりも遥《はる》かに洗練された仕上げがなされている。男性のほうの昼は、ライオンのような頭が強大な肩に半分隠れている、野蛮な姿だ。荒々しく彫られた顔をよく見ようとして近づいた。それは未完のようで、墓全体が完成に至っていないことを思い出させた。ミケランジェロはここの建築家であり彫刻家であるだけでなく、キリストの復活のフレスコ画を描く計画もしていたが、実現しなかった。

わたしはまたヴァンサンのことを考えた、何週間も自殺を考え、それから生きる意味があることに気づく——息子だ！　彼は何ページも割《さ》いて詳細に書いていた。入念に身づくろいをして髭《ひげ》を剃《そ》り、最高の服を着て、シモーヌの母親に会いにパリのアパルトマンに行ったが、玄関払いを食らい、それでも引き下がらずにドアを叩き続けて、ついに母親は彼を中に入れざるをえなかった。彼は息子に会わせてくれと懇願《こんがん》し、母親もここで態度をやわらげた。ヴァンサンは赤ん坊のことを愛情たっぷりに描写していた。シモーヌによく似た柔らかい金髪と、青みがかった灰色の目。赤ん坊を抱き、キスし、マルゲリートにこの子を連れて帰らせてくれ、それが無理なら会いにこさせてほしいと頼んだ。マルゲリートはこれを拒んだ。ヴァンサンには何もない、金がないし、子どもの世話をする手立てもないだろうと主張し、ヴァンサンもそのとおりだとわかっていた。彼は打ちのめされてそのアパルトマンを後にした、ふたたび自らの命を断つ方法を考え、そのすべてが痛々しい調子で書かれていた。彼の言葉が聞こえるようだった。落胆し、自殺を考えながらパリの通りを歩く彼が見えた。知らなかった曾祖父が、両親よりも生き生きと感じられた。

堂々として活気に溢《あふ》れるジュリアーノを、それから部屋の向こうの暗く陰鬱なロレンツォを見た。そして、二人を取り巻く寓意的な彫像。そこでわたしは、部屋全体が変移を象徴しているのだと気づいた――夜明けから夕暮れへ、夜から昼へ、時間の流れ、われわれの人生の日々が、やがて死へと向かう。

だがヴァンサンは死を選ばなかった。まだだ。たった一つ、彼にとって唯一意味のあるもの――彼の息子――あの子を取り戻すために何をしなければならないか、彼は承知していた。

頭の中で日記のページを思い出しながら、わたしは図書館へ戻った――なぜ曽祖父はふたたびヴァルフィエロに連絡をする決心をしたのか。なぜ彼は、シモーヌの死後に窃盗《せっとう》を実行することにしたのか。簡単なことだ。彼には、息子の父親になれるとシモーヌの母親を納得させるだけの金が必要だった。そして別のこともわかっている。彼は絶望のどん底にいなければ、それをしなかったはずだ。わたしがいちばん最近読んだ部分では、ヴァンサンの決心についての苦悩だけでなく、計画も綴られていた――必要となる道具、どの日が最適か。

わたしは回廊の上階へ行く階段を一段抜かしでのぼった。わたしの読みが正しいかどうか、次のページには窃盗そのもののことがもっと書いてあるのかどうかを確かめに、図書館へ行かなければならなかった。

34

　スミスは暗証コードを打ちこんだ。いつものように、暗号化された電子メールだった。画面の上半分をインターポールの記章が占め、その下に管理官のアンデルセンからのメッセージがある。

おもしろい仕事がある。バーレーンを拠点とする美術品窃盗《せっとう》団の疑い。国家中央事務局と連絡を取り合う分析官が必要。現地で。十二〜十八ヵ月。絶好の機会。すべてを報告、戻る時期は未定。体調がよくなっていることを望む。

　バーレーン？　現地で、十二ヵ月から十八ヵ月？　とんでもない。これは〝絶好の機会〟などではない。罰だ。追放だ。なぜだ？　病気休暇を取ったから？　いや、アンデルセンは、自分で彼を解雇しなくてもいいように、辞めさせようとしているのだ。これだけ長く勤めてきて、基本的には解雇はありえない。それにしても、バーレーンだって？　シベリアとも言い出しかねなかった。

　スミスはグーグルに〝バーレーン〟と入れ、データを読み——ペルシャ湾の島……一九七一年にイギリスから独立……反政府運動と人権侵害――ラップトップの蓋《ふた》をぴしゃりと閉めた。あの男はどういう神経をしてるんだ、インターポールに入って――三年だろうか？　スミスは最近のインターポールの方針も承知していた。経費削減、無駄の削除だ。彼はそれになったのか、無駄な存在に？

スミスは窓枠が震えるほどの力をこめて、窓を開いた。彼らに見せつけてやる。彼はアンデルセンやその他の美術品分析官がしたこともないほど大きな案件に取り掛かっている。誰もしようとしなかったことを、しているのだ。

彼は広場の向こうのペローネのホテルを見詰め、次回は彼を震え上がらせてやろうと決めた。実際に見ると、ペローネは、スミスが資料から知っているつもりになっていた人物とはちがっていた。もっと慎重で賢くて、簡単に騙《だま》したり脅《おど》かしたりできないかもしれない。だが、どんなに強くて賢い男でも、怖がらせる方法はある。スミスはそれを知っていた。

そう考えると、気分が落ち着いた。自己満足し、怯《おび》えた男がいかにまずい選択をし、まちがいを犯すかを考えた。彼は背筋を伸ばし、体を震わせた。寒いからだけではなく、自分もまたまずい選択をしているのかもしれないと考えたからでもあった。

35

夜明けの最初の光の中、セーヌ川から湯気が上がっていた。わたしは歩調を遅くし、深く息をするように努めた。朝の早い漁師たちや、観光客に土産物を売る準備をしている商人たちを通り過ぎた。ずっと顔を伏せていた。絵は上着の中にあり、わたしはそれをぎゅっと胸に押しつけた。涙が頬《ほお》を熱くした。だが、わたしはやった。世界でもっとも有名な絵画を、息子のために盗んだ。

わたしは家に帰り、シモーヌに語りかけた。約束したとおり、絵を持ってきたよと言った。それを彼女のスカーフの一枚で包み、特別に偽の底をつけたトランクの中に入れた。トランクに布をかけ、ごく普通のテーブルにしか見えないように中央に花瓶《かびん》をおいた。

そうしてわたしは待った。

一日経った。そしてもう一日。新聞を読み漁《あさ》った。だが盗難についての言及は何もなかった。

こんなことがあるだろうか？

わたしは一度ならずトランクを開けて、絵がまだそこにあるのを確認した。自分が夢を見ていたのではないかと心配になった。

もう一日経った。まだ何もニュースはない。

わたしは歩き回った。酒を飲んだ。食べられないし、眠れなかった。

ようやく記事が出たのは、何日も経ってからだった。あらゆる新聞の見出しになった。あの有名な〈モナ・リザ〉が盗まれた！

わたしはすべての新聞を買い、一語残さず読んだ。何がわかっているのか、知らなければならなかった。

なんの手がかりもないようだった。

ルーヴル美術館は一週間閉館した。六十人の警察官が、約〇・二平方キロの隅々まで捜索した。何も見つからなかった。階段の吹き抜けの裏にわたしが残した、ガラスと額縁だけだった。

フランスの国境が閉鎖された。国を出入りする船と列車のすべてが捜査対象になった。問題の絵が飾られていた場所から一・六キロしか離れていないところで、トランクに入っていると知っていることに、歓びを覚えたのは認めざるをえない。

パリ市民たちが、あの絵を失って、まるで恋人を失ったかのように悲しんでいるという記事を読んだ。悲しみに暮れて、絵に宛てた手紙や花をおきにきた者たちのあいだに立ってみた。人々が泣くのを見た。自分も泣いた。でも、絵を悼《いた》んでのことではない。

ルーヴル美術館が再開すると、何千人もが、かつて絵が掛けてあった壁の、何もない空間を見に集まった。

懸賞金が発表された。ルーヴル美術館は二万五千フランを出すといった。ある新聞社は五千フラン。別の新聞社は四万フラン。

わたしは絵を返して自分で懸賞金をもらってもいいような気になった！

そこでわたしは、ルーヴル美術館で働く者全員が事情聴取されるという記事を目にした。いずれはわたしのところにも来るはずだ。そして実際に来た。四人だ。ラピーヌという名前の警部。その太った助手。そして巡査が二人。彼らはわたしのアパルトマンのあらゆる場所を捜索した。トランク以外の、あらゆる場所を。

ラピーヌはわたしをテーブルの前に座らせた。まさにあのトランクを、テーブルに偽装したものだ。彼はわたしに、ティコラに解雇された理由を訊《き》いた。

わたしはシモーヌの病気のことを話した。彼女の世話をするために、家にいたことを。ティコラが同情してくれなかったことを。わたしは泣いた。演技ではなかった。わたしがまじめに働いていたかどうか、ルーヴル美術館の誰に訊いてくれてもいいと言った。ティコラ以外の、誰にでもだ。

ラピーヌは、首になってから仕事はどうしていたのかと訊いた。わたしは給料を貯めていた金で暮らしてきたと話した。彼は疑わしそうにわたしを見た。でも、どうやって彼に、そうではないと証明できただろう？

彼はわたしに、なぜフランスに来たのかと訊いた。以前は何をやっていたのかと訊いた。ルーヴル美術館での仕事を、こと細かに訊いた。特に、〈モナ・リザ〉にまつわる仕事について。

わたしは時間をかけて、少しずつ木製の箱を組み立てた様子を描写した。ガラスを切り、すべてが合うように調整した。壁にねじ釘を刺すための準備をした様子。何もかもを細かく丁寧に説明した。何度も繰り返した。彼の目がどんよりして、瞼《まぶた》が下がってきた。わたしの希望どおりだった。

ラピーヌに疑われていることはわかっていた。でも、わたしは取り乱さなかった。階段の吹き抜けにあった額縁に指紋が発見されたと聞くまでは！　ルーヴル美術館のどの職員もそうであるように、わたしの指紋が記録にあるのはわかっていた。

ラピーヌはわたしの手にインクをつけて、新たに指紋を取った。

運はわたしに味方した。美術館は職員の右手の指紋しか取っていなかった。額縁にあったのはわたしの左手の親指のもので、合致しなかったのだ！

ラピーヌはわたしに、無実を主張する陳述書にサインをさせた。彼はその書類を、まさにトランクにかぶせてあるテーブルクロスの上に広げた。わたしは問題の絵が数センチほど下にあるのを想像しながら、書類にサインをした。

警察が帰ろうとしたとき、わたしはあることを思いついた。ラピーヌに、詩人のギョーム・アポリネールを知っているかと訊いた。わたしは彼がとても好きだと話した――この男がわたしの作品について書いた残酷な事柄を思い出しながら。わたしはラピーヌに、つい最近〈ラントランシジャン〉紙のアポリネールのコラムを読んだと話した。彼が、ルーヴル美術館を焼き払えと主張していたことを。わたしはすぐに、冗談にちがいないとつけくわえておいた。詩人が窃盗《せっとう》に関わっていると示唆していると思われたくなかった。もちろん、そうしようとしていたのだが。アポリネールが、芸術家のパブロ・ピカソに彫刻を売ったかもしれないとつけくわえておいた。それらの彫刻はルーヴル美術館にあったものかもしれないと。とても気軽な調子で、そんな話をした。

ラピーヌは目を見開いた。その情報をどこで得たのかと訊かれた。わたしは、誰かを厄介に巻きこみたくないと答えた。ラピーヌに答えろと言われるのを待った。そこで、ピカソのアトリエで彫刻を見たと話した。ラピーヌはすぐさま立ち去ろうとした。

その直後、アポリネールとピカソが逮捕されたと聞いた。高慢な詩人と自惚《うぬぼ》れ屋の小柄なスペイン人が、汗をかきながら警察で尋問されているところを想像した。愉快な気分だった。ティコラとルーヴル美術館の館長が解雇されたと聞き、これも愉快だった。

何日も経った。わたしは待った。ヴァルフィエロからの連絡を待った。計画の次の段階が始まるのを待った。

36

ピカソの逮捕とアポリネールが屈辱を味わったことは、知っていた。わたしは長々とした描写を読んだ――芸術家と詩人が留置され、裸にされ、丸々一週間も尋問を受け、裁判にかけられた。今ではこれが、ヴァンサンの仕返しだったとわかった。

わたしはちょっと休んで、今読んだもののすべてと、知りたいと思うものを整理した。日記を見下ろし、目を上げてキアラとベアトリーチェを見た。あの考えがふたたび浮かび、指先が実際にピリピリしたが、ただで済むはずはないとわかっていた。でも、携帯電話をこっそり持ちこんで、残りのページの写真を撮ることはできないだろうか？　どこにそれを隠したらいいのだろう、どうしたら見咎《みとが》められることなく写真を撮れるだろう？

アレクサンドラの席だと考えるようになった、テーブルの向こう端を見やった。席は空いていた。いつかの夜のことを思い出した――二人で交わした冗談、彼女の微笑《ほほえ》み、香水のにおい、ダンサーのようなポーズをした様子――そして土壇場で、レストランから出ていった。わたしはまだ、よくわからなかった。彼女がここにいなくてよかったかもしれない。駆け引きや困惑は要らない。嘘だ。

わたしは彼女に会いたくて、もしチャンスがあれば、駆け引きでももっとしたいとわかっていた。

わたしはノートに彼女の名前を書き、それを円で囲んだ。やれやれ、まるで恋に浮かれた十代の少年だ。少なくとも、ハートで囲んだりはしなかった。わたしは彼女の名前にバツ印をつけ、ふたたび、突然帰っていったのはなぜだろうと考えた。わたしの本心を見抜いたのだろうか？　クールに装っている裏の顔を？　もう図書館に来なかったらどうしよう？　もう会えなかったら？

わたしは大きな音を立ててため息をつき、テーブルの反対側にいる二人の学者たちが顔を上げた。わたしは気まずそうに笑い、肩をすくめて謝った。ばかばかしい。ほとんど知らない女性に夢中になるなんて、ばかばかしいことだ。これまでのデートの相手にしてきたことだろうか——女性を誘いこみ、駆け引きをし、手に入れたら姿を消すのではなかったか？　何か、因果応報の報いだろうか？　またため息をついた。そろそろ閉館時間で、疲れてもいた。わたしはラップトップを閉じ、鉛筆とノートとともに、バックパックに入れた。

キアラの机に身を乗り出した。彼女は微笑みながら目を上げ、指に髪の毛を巻きつけた。わたしは、例えば今朝、わたしがいないあいだなどに、シニョーラ・グリーンを見かけたかどうか尋ねた。

キアラは口元をこわばらせた。「見ていません」彼女は言って、髪をいじるのをやめた。「わたしは司書で、警察官《ポリツィア》じゃありません」

わたしは回廊と路地を通り抜けた。横にいる男性に、気づきさえしなかった。

「おい、ジョン・スミスだよ。覚えてるだろう？　いつぞやの夜会った——ホテルのバーで？」彼は煙草の煙を、肺の中に長くためておきすぎたかのように、ふわりと吐き出した。

わたしは横目で彼を見た。やはりサングラスをかけ、野球帽を目深にかぶっている。アート・ディーラーにはいろいろな姿や体格の者がいるのだろうが、彼はわたしの知っているタイプにはあてはまらなかった。プラダのスーツを着ていないし、ブランドものの靴やスニーカーを履いてもいない。町のこんなところで何をしているのかと、わたしは彼に訊《き》いた。

「いくつか離れた通りで仕事があって、ちょうど通りかかったら、あんたがいたんだ。すごい偶然じゃないか」

わたしはおじのトミーを思い出した。引退した警察官で、偶然などというものはないと、いつも言っていた。

「一杯どうだ？」スミスは言った。「疲れてるみたいだな。研究でくたびれたか？」

わたしが何かの研究をしていると、彼に話しただろうか？

「少しの時間だ——おごるよ」彼は言った。「また、あんたのホテルの脇のカフェでいいか？」

わたしは彼のたくましい体つき、帽子、口の端にくわえた煙草を見た。ブラザー・フランチェスコの描写に合致した。

わたしたちはカフェまで歩いていった。空は暗くなりつつあった。スミスはずっと口笛を吹いていて、それが癇《かん》に障《さわ》った。わたしたちはバーに席を見つけた。彼に何を飲むかと訊かれて、彼のおごりだと思い出した。わたしが「ペレグリノを」と言うと、彼は眉をひそめた。

彼はペローニという銘柄のビールを注文し、それがわたしの名前に似ているのを大げさに取り沙汰し、イタリアのビール醸造会社の跡継ぎなのではないかと冗談を言った。わたしはスペルがちがうと指摘したが、彼は手で振り払う仕草をしてジョークをやめず、それを愉快だと思っているようだったが、わたしは苛立《いらだ》った。

仕事の調子はどうだと訊かれたとき、わたしは質問の向きを変えて、あんたはどうなんだと訊き返した。彼はあまり進展がないと言い、なぜだと訊くと、もはや誰も古い巨匠の作品などは好まなくなった、ティツィアーノよりもアンディ・ウォーホルを買うのに十倍もかかるのだと話し始め、わたしは彼に話し続けさせておきたかったので、同情するふりをした。

「好きでもない作品を買う者もいる」彼は言った。「問題は名前なんだ、世間に知られた価値あるものを持っているという名誉だな」

わたしは自分の絵が二重に包装されてアトリエで埃《ほこり》をかぶっている様子を思い描きながら、それは何も新しいことではないと考えた。

「芸術作品が商品のように取引されるのは嫌だ」

「それこそ、あんたがしていることじゃないか？」

彼は初めて帽子を脱いで、頭をかいた。彼の髪は数センチに刈りこまれていて、頭に影がある程度だった。彼はサングラスをかけたままで、一瞬、何を言おうか考えるように手を止めた。「どっちが嫌なものかな、好きでもない美術品を売り買いしなければならないアート・ディーラーと、コレクターや批評家にへつらわなければならない芸術家とでは？」

わたしは誰かにへつらうのが得意だったためしはないと言い、すると彼は言った。「だが欲しいものを手に入れるには、何かを犠牲にしなければならない」

「場合によってはな」わたしは、ここに来るために犠牲にしたのかもしれないものについて考えた
――教職、画家としてのキャリア――そこで彼に注意を戻した。「あんたは何を犠牲にしたんだ？」

彼は答えを組み立てているような様子を見せ、それから言った。「中毒のようなものだと思わないか？」

どういう意味なのかわからなかったが、中毒という言葉が気になった。わたしの飲酒の問題に対するあてこすりだろうか。だが、なぜ？「中毒というのは、どういう意味だ？」

「芸術作品だよ――それを作るのも、蒐集《しゅうしゅう》するのも」

わたしは彼に、芸術作品の製作を中毒だと考えたことはないと答えた。

「ならば、作品の蒐集。手に入れること。いくら買っても、満足できない人間がいる」

「だとしたら、金を出し続ける。簡単なことだろう」

「そんなに簡単なものともかぎらない」彼は言い、ビールを一息に飲み干して、お代わりを頼んだ。

わたしは彼に、アルコールのほうの中毒は大丈夫かと訊きたくなった。「欲しい作品が売られていないものだったらどうする？」

「盗まれた芸術品ということか？」

「盗まれたものと知らずに、盗まれた作品を買うこともある」

わたしの考えすぎでなければ――それはおおいにありうることだが――会話は明らかにおかしな方向へ向かっていた。彼はわたしに、盗まれた作品を提供しようとしているのだろうか？

もっと情報を集めようとして、わたしは彼に、別のアート・ディーラーの下で働いているのか、それともフィレンツェにオフィスを構えているのかと訊いた。

「今どき、どうしてオフィスが要るんだ？」

「じゃあ、どうする？　仕事はコーヒー・ショップか図書館でもするのか――今日のように、ラウレンツィアーナ図書館でとか？」

「わたしは図書館にいたわけじゃない、通りかかっただけだ」彼は言った。「そう言っただろう」

「ああ、そうだった。忘れていた。あんたはこのあたりにはよく来るのか？」

「そうでもない」彼は言い、また煙草に火をつけた。「なあ、ときに人間というやつは、何かを欲しがるあまり、知らず知らずに危険な状況に足を踏み入れてしまうものだ」

なぜこんな話になるのだろう？「あんたも、そういうことがあったのか？」わたしは、またもや逆に質問をしてやろうとして尋ねた。「あんたは、危険な状況になったことがあるのか？」

「わたしが？」彼は言った。「いいや、ないね」

スミスがどんな駆け引きをしているつもりかわからなかったが、受けて立とうと思った。とりあえずだ。「じゃあ、誰の話だ？」わたしは訊いた。

彼はぐっとビールを飲んで、時間を稼いだ。「価値のあるものに関しては、ひとは冷酷になれる」彼は言った。「本当だ、仕事柄、そういうことをたくさん見てきた」

わたしは彼とテニスの試合でもしている気分になった。無関係な話を、互いにやりとりしている。

「それであんたは、日々何をしてるんだ？　正確にだ。つまり、オフィスもなしで？」

「ディーラーからディーラーへ、顧客から顧客へと歩き回っているんだ、言っただろう」

「そうか？　忘れたな」

「ずいぶん記憶力がないんだな、ルーク・ペローネ」

「じつは、記憶力はかなりいいほうだよ、ジョン・スミス」わたしはうっすらと笑いながらつけくわえた。「例えば、この前あんたがサン・ロレンツォ聖堂の前でぶらぶらしているのを見なかったかな？」

「なんだって？　それはない。まちがいにちがいない」

「ある修道士の説明が、あんたのようだった」

「わたしを見たのは修道士なのか、あんたなのか？」

わたしはわざわざ答えたりせず、黙っていて、静寂が続くに任せた。

しばらくして、スミスが訊いた。「どの修道士だ？」彼は煙草を深く吸い、ゆっくりと煙を吐き出した。わたしは彼の煙草の先が光るのを見詰めていた。

「サン・ロレンツォ聖堂の修道士の一人だよ」

「なるほど」彼は言った。「ふん、わたしは忙しくて、ぶらぶらしている暇などない」

「あんたは仕事はあまり進展がないと言っていたと思うが」

「そうか？」

「ああ。もしかして、記憶力がないのはあんたのほうかな」

彼は嘲《あざけ》るように笑った。「重要なことに関しては、ちがう。そういうときはすべてを覚えている。

細部までね」

「そいつはけっこうだ」わたしは言ったが、もうたくさんだった――これがなんにしろ。わたしはおやすみと言い、今回は、彼は引き留めようとしなかった。

カフェの出入口で振り向くと、ビールを飲み干すスミスが見えた。彼は乾杯するように空の瓶《びん》を挙げた。何も祝うべきことなどなかったのに。

37

暗い朝で、雲が低く垂れこめていた。マドンナ広場を出ようとしたとき、遠くにサイレンが聞こえた。マンハッタンではよく聞く音だが、ここフィレンツェでは聞き慣れないものだった。長く曲線を描くサン・ロレンツォ聖堂の壁の向こうへ回りこむと、警察の車が見えた。警光灯が光っていて、警察官《ポリツィア》や見物人が広場の周縁にいた。憲兵《カラビニエレ》が路地や聖堂や、奇妙な男が立っていた場所だとブラザー・フランチェスコが指摘した階段の近くに立っていた。階段の向こうのドアは開いていて、赤と白の斜めの縞模様の非常線が張られていた。

　わたしは警察官の一人にどうしたのかと訊《き》いたが、無視された。それからキアラを見つけた。芝居がかった様子で泣いていて、レースのハンカチーフで目や頬《ほお》を拭《ふ》いている。わたしは何があったのかと訊いた。彼女は泣いているばかりで答えなかった。腕を回すと、キアラはわたしの胸にもたれかかってすすり泣いた。

「何があったんですか？《コザ・エ・スチェッソ》」わたしは訊いた。

「悲劇よ！《ウナ・トラジェディア》」キアラは顔を上げて言った。涙のせいでマスカラが流れて、両頬が黒くなっている。

彼女はすぐに、またわたしの胸にもたれた。

　わたしたちの横で、年老いたレンブラントの肖像画のような顔をした年配の修道士が悲しそうに言った。「死んだんです《エ・モルト》！」

「え？　誰のことですか？」

「フランチェスコ修道士です」彼は言った。

　正しく聞こえたのだろうか？「え？《ケ・コザ》」

　修道士は暗い空を見上げて、もう一度言った。「フランチェスコ修道士が――死んだ――死んだんです《エ・モルト》！」

　まさか。ブラザー・フランチェスコが。死んだ？　ありえない。

　別の修道士がやってきて、修道士たち二人は一緒に泣き、何度も十字を切り、「フランチェスコ修道士」と繰り返した。

　キアラは、泣き腫《は》らした目でわたしを見上げた。「寝ていて窒息死したそうよ《ネル・ソンノ・エ・スッフォカーテ》」信じられなかった。あんな若い男性が睡眠中に窒息死するとは、ありえないことのように思えた。ドアと警察のテープについて訊いてみた。彼女はかぶりを振った。「古いドア、壊れていたのよ《エ・ロット》」

　わたしは彼女の背中を軽く叩きながら、その向こうに、イタリアで救急救命士《EMT》に相当する者たちが暗い路地をやってくるのを見た。シートに包まれた死体が担架《たんか》に括《くく》りつけられていた。

「祈らなきゃ」キアラは言った。

　わたしはうなずいた。祈るという行為を常に嫌っていたが、この時ばかりは、まさしく正しい行為のように思えた。

　回廊に続く路地は閉鎖されていたが、聖堂は開いていた。

内部に驚いた。飾り気のない粗雑なファサードの向こうに、広くて印象的な空間があった。何もかもが灰色と白で、大きかった。菱《ひし》形模様の床を歩き、長く続く幅の広い身廊を進んでいった。身廊に並ぶ高い円柱に沿って視線を上げると、華麗な天井が見えた。何百もの金に縁どられた白い正方形のそれぞれの中央に金色の花があり、いくつかにはメディチ家を表わす金色の盾《たて》と小さな赤い球形があった。これまでわたしの知っていた教会とはまるでちがう。聖メアリー・スター・オブ・ザ・シー教会、行きたくもないのに両親に引きずっていかれた赤煉瓦《れんが》の教会とはまったくちがう——十二歳になったとき、そこへは二度と行かないと拒絶した。

　身廊のいちばん奥には〝古い聖具室〟という標示と、これがブルネレスキによるデザインだと書かれた銘板があった。それは小ぶりの部屋で、大きな傘《かさ》を開いたような円蓋《えんがい》があり、円蓋は正確に十二等分されていて、その下の奥の壁に、簡素な十字架がある。椅子は飾り紐《ひも》の向こうで立入禁止だったので、わたしはとっさにその場に膝をつき、十字を切り、それから本体の教会へ入った。そこは空っぽ同然だった。信徒席に座り、後陣で老女が蝋燭《ろうそく》に火をつけるのを見た。それから目を閉じ、若い修道士の言葉を思い出した。

〝そのまま続けなさい《コンティヌア・コジ》。そのまま進みなさい《アヴァンティ・コジ》〟

〝道筋をはずれるな〟

　わたしは、自分がここフィレンツェでしていることは正しい道筋なのだろうかと訊きたかったが、今となってはもう遅い。

ブラザー・フランチェスコがわたしの助けを必要としているとは思えなかったが、わたしは祈りを暗唱した。覚えているのが驚きだった。

彼に永遠の眠りを与えてください、神よ、
彼の上に絶え間なく光が輝きますように。
忠実な故人たち全員の魂が、
神の御慈悲によって平和に眠れますように。

日曜学校の教師によると、祈りはまだ天国に達していない者を助け、煉獄《れんごく》での時間を短くするとのことだった。わたしはブラザー・フランチェスコは煉獄に引っかかってはいないと確信できた――そもそもわたしは、煉獄の存在を信じていない――それでもやはり、祈りを口にした。

外に出ると、サン・ロレンツォ広場はいつもと変わらず、何人かが歩き、売店が開いていて、観光客の団体が写真を撮っていた。悲劇が起きたにもかかわらず、人生は続いていくというのは、どんなものなのだろう？　回廊に続く路地はふたたび通行可能になり、何もかもが元どおりだった。

わたしは小道を通り抜け、回廊の庭の世話をしているブラザー・フランチェスコの姿を思い浮かべた。彼がここにいないのは、正しいこととは思えなかった。日記を読むのを再開するのも正しくないような気がしたが、ほかに何をすればいいのだろう？

〝そのまま続《コンティヌア・コジ》けなさい。そのまま進《アヴァンンティ・コジ》みなさい〟と、自分に言いきかせた。〝道筋をはずれるな、日記を読むことに戻るんだ〟

わたしは図書館の階段をのぼり始めて、そこで振り向いて、小道の向こうの低い石の階段と、宿舎への古いドアを見やった。そこはまだ非常線が張られて立入禁止になっていた。押しこみでもあったのだろうか。二つの事柄を一つにつないで考えるのは、わたしだけだろうか？　壊れたドア。修道士の死。

38

何週間も経った。ようやくその夜が来た。

トランクから絵を取り出した。それをシモーヌのスカーフできっちり包んだ。上着の下に隠した。そして出かけた。

遅い時間で、それまでに何日も雨が降り続いていた。下水溝は溢《あふ》れていた。通りにネズミがいた。あちこちにだ。足元で食料をあさっている。太っていて、不快だった。セーヌ川は恐ろしい様子だった。黄色い濁流が岸に当たる。今にも溢れだしそうだ。すでに地下室に浸水したという話があった。建物の基部が弱っているという。エッフェル塔でさえもだ！　ルーヴル美術館の下のほうの階にある木工品売り場を想像した。汚い川の水に美術品が浮いている様子を思い描いた。

待ち合わせ場所はペール・ラシェーズ墓地の向こう側だった。墓地や記念碑を通り過ぎて、ぬかるみを歩いていった。何もかもが、靄《もや》と霧に隠されていた。絵を守るために、上着の合わせを引っ張った。

ようやく端まで着いて、古い壁の残骸の下をくぐった。墓地の反対側に出た。寒くて震えたが、生きている者たちの中に入ってほっとした。

美術品偽造者の建物を見つけるのに、時間はかからなかった。ホワイエはじめじめしていて、カビくさかった。階段の吹き抜けはテレビン油のにおいがした。最上階まで、苦労してのぼっていった。ドアを四回叩いた。あいだを空けた。二回叩いた。前もって決めておいた合図だ。

イヴ・ショードロンがドアを開いた。彼と会うのは、これが初めてだった。中年で中背の男だが、容貌《ようぼう》はよかった。青い目は眼鏡で拡大されていて、疲れのせいか縁が赤い。

アパルトマンの表の部屋は散らかり放題だった。本や服が椅子の上に積まれ、床に落ちていた。皺《しわ》くちゃになった新聞もあった。テレビン油のにおいが強まり、さらに何か腐ったものと混じっていた。ショードロンのシャツは汚かった。上っ張りには絵の具がついていた。わたしはキッチンをちらりと見た。食べかすのついた皿が積んであった。そこここにゴキブリがいた。

ショードロンは問題の絵を手にしたがったが、わたしは待たせた。わたしたちは二人で待った。ヴァルフィエロをだ。彼は約束の時間に遅れた。

まもなく、贋作者《がんさく》は苛立《いらだ》ち始めた。これ以上待てないと言った。とにかく絵を見たくてたまらない様子だった。

わたしは負けた。

彼はテーブルの上の紙類を払い落とした。絵を立てかけるようにしておいた。長いあいだ、それを見詰めて立っていた。彼にとって最高の挑戦であり、最高の功績となるはずだと言った。

そして彼は絵を手に取り、アトリエに持っていった。

壁には、作業中の絵が数枚あった。コローによる、青空と灰色の雲のある田舎を描いた小さな風景画。わたしはショードロンに、それをどうやって描いたのかと訊《き》いた。彼は、行儀のいい学生がするように、美術館にイーゼルを立てて模写しただけだと言った。

ほかにも二枚、隣り合わせに掛けてある絵があった。一枚は完成していた。もう一枚は半分くらいまでの描きかけだった。この画家は、ジャン＝ドミニク・アングルだとわかった。オリジナルから、描きかけの模写へと視線を移した。すばらしかった。ショードロンは、コレクターはオリジナルを美術館に寄付するつもりで、複製品を手元に置いておきたいと思っていると言った。そこで笑った。もしかしたら逆にするかもしれないと言った。そんなことはどうでもいいと。

彼は才能を自慢した。彼のプライドが、べたべたしたスライムのように絡《から》まりついてくるのを感じた。称賛の言葉を待っているのがわかった。でも、わたしは何も言わなかった。わたしは彼の画家としての修業時代、指導者から何も学ぶことがなかったので美術学校をやめた経緯などを聞かされた。

彼は、常に才能があると言われてきたと言った。どんな芸術家にも負けないと。そういう彼の口調に、いくらかの落胆が聞き取れた。おそらく彼は、それが自分の持っているすべてだと承知していたのだ。彼はかつてヨーロッパ一の画家になることを夢見たと言い、わたしは彼が気の毒になった。でもそれから彼は、自分は本当はヨーロッパ一の画家なのだと主張した。

わたしは反論してもよかった。でもそこで、ヴァルフィエロが現われた。階段をのぼってきたせいで息を切らし、杖《つえ》に寄りかかっている。彼はその場に立ち、〈モナ・リザ〉をかなりの時間見ていた。貪欲《どんよく》な目つきだった。クモのような指をこすりあわせながら、計画を話した。ショードロンが複数枚の複製を描く。ヴァルフィエロがそれらを売る。とても単純なことだった。それらの絵で、一財産が築けるだろう。どの絵もオリジナルとして売るという！　われわれは金持ちになると、彼は言った。

だがわたしが欲しいのは、息子を取り戻すのに充分な金だけだった。わたしは二人の男の貪欲な顔を観察し、彼らは信用できないと思った。でも彼らに言われたとおりにし、彼らの計画の一部となった。調子を合わせるしかなかった。悪魔と契約してしまった。そのために、悪魔に代償を払うことになる。

39

ニューヨーク市

いつもより部屋が暖かく感じられて、一瞬、コレクターは不安になった。気温の変化はカンバスや木枠にとっては危険だ。素材の拡張や収縮につながり、絵の具のひび割れを生じる。彼は自動温度調節器《サーモスタット》を確認した。摂氏二十度、設定どおりだ。彼のほうかもしれない。最近、体温が上がりつつあるようなのだ。

彼は最近手に入れた作品を見ながら、稀少なルイ・ラトゥール・シャトー・コルトン・グランシー・グラン・クリュを飲んでいた。作品というのはフランスのリヴィエラにある小さな個人美術館から持ち出したマチスの素描で、この窃盗《せっとう》は大変なお手柄だとして、彼はよけいに支払った。携帯電話が震えて、彼は邪魔が入ったことに苛立《いらだ》ちながら通話に応えた。

「どうした?」

「アメリカ人を、イタリア人の家まで追跡しました」

「それは、もう聞いた」

「さらに追いかけますか？」

「どんなふうにだ？」

「あなたのお望みのように」

コレクターは考えた。いや、アメリカ人に気づかれたくはない。必要な情報を手に入れるまでは、だめだ。その後は、生かしておくことはない。今すぐは、何もしないほうがいいだろう。アメリカ人が何を発見したのかを知り、そこから求めている答えが導きだせればいいのだが。

「監視を続けろ」彼は言った。「誰と会うか。どこへ行くか」

「はい、もちろんです。ご心配なく」

これを聞いて、コレクターは愉快だと思った。心配などしたことはない。そこで彼は決めた。この仕事が終わったら、アメリカ人を消させよう。

彼は小さな肖像画を見詰めた。青の時代のピカソ、〈老いたギター弾き〉の小型のものだ。遠い昔に諦《あきら》めるべきだったのに、感情的な理由から手放さなかったものだ。マディソン・アヴェニューの画廊で初めてその絵を見て、どれほどすばらしいと思ったかを思い出した。タイミングは最高だった。彼自身の基金を設立したばかりで、みんなから、彼ほどの人物であれば本物の芸術作品を所有するべきだと言われていた時期だった。彼は芸術について何も知らず、まだ好みは洗練されず青臭かった。

だが驚くことに、彼はすぐさま芸術に夢中になった。強く惹《ひ》かれるものを感じ、高価なものを所有したいという欲求に駆られ、このピカソの作品は彼の最初の高額な買い物であり、百万ドルに少し欠けるくらいで、当時としてはかなりの額だったが、彼は躊躇《ためら》いもせずに小切手にサインした。

芸術作品を手に入れるのに、もっとおもしろい方法があると気づいたのは、かなり経ってからだった。

「もしもし？」携帯電話から、金属的に響く男の声がした。「どうかしましたか？」

「どうかしたかって？」コレクターは訊《き》いた。この男もまた、余計なことまで知ってしまったようだから消えてもらわなくてはならないだろうと考えた。「いいや」彼はなるべく軽い口調を心掛けて言った。「なんでもない」

40

ようやくショードロンの〈モナ・リザ〉の贋作《がんさく》を見たとき、すばらしいと認めざるをえなかった。

あの男は模倣について、比類なき邪悪な才能を持っていた。

彼はあらゆる方法を研究して再現した。亜麻仁油の濃縮度から、レオナルドが一五〇三年に使ったと思われるヴェニスのテレビン油まで。レオナルドが使ったのと同じ木材を買った。板ごとに寸法を合わせて切った。それらをケシの実油でこすって古びさせた。ウサギ膠《にかわ》を作り、腐敗を防ぐために木材に塗った。純粋な鉛白を一塗り。それから、十六世紀の有名でない画家の仕事場からオークションで買ったクリスタルで作ったダマール・ワニスを塗った。当時の画家がみんな使っていた技法だ。

ショードロンはうろんなルーヴル美術館の管理課の職員から、新しく発明されたエックス線画像を買うことまでした。わたしも知っていて、まったく疑うことのなかった男だ！

それらの画像で、レオナルドが完成された肖像画の下に何を描いていたかがはっきりわかった。誤った第一歩。幽霊たち。後悔《ペンティメンティ》。ショードロンは、彼の贋作が顕微鏡や、最新のエックス線で調べられるのを承知していた。この隠された画像によって、それぞれの贋作が真に本物だと見えることだろう。彼は、自分の描いた絵が、どんな科学的な検査も無事に通るように手を打った。

彼は誤った第一歩である幽霊たちを乾かした。それから可能なかぎり薄い層で、絵を描いた。上等なテンの毛のぼかし筆を使った。すり潰《つぶ》した純粋な顔料を油やニスで薄めて、ほんの少しずつ塗り重ねて、巨匠レオナルドの作品の、夢のような、柔らかくて曖昧《あいまい》な雰囲気を作り出した。

ショードロンは自慢げに、すべての印や汚れを再現してある板の裏を見せた。そして主要作品であることを示す、ルーヴル美術館そのもののスタンプまで再現していた!

だがそれだけではなかった。彼は描きあがった作品を回転する扇風機の前におき、火の近くに並べた。その表面に蝋燭《ろうそく》の芯を近づけ、古びた感じをつけた。意図的にひびをつけるため、ニスを塗り足した。こうした作業に数ヵ月を費やした。

だがわたしは二年近く待っていた。

こうして六枚の贋作が用意された。

それをヴァルフィエロが売る番になった。闇市場で売ることになる。パリの下水溝のように、入り組んで汚い網状組織だ。ヴァルフィエロはこの街の内外の不徳なアート・ディーラーやコレクターと顔なじみで、この組織のこともよく知っていた。彼は絵を一枚ずつ売り歩いた。どのコレクターも、自分が本物の〈モナ・リザ〉を買おうとしていると信じていた!

ヴァルフィエロは贋作を売り終えたとき、オリジナルをわたしに返してよこした。

――

彼はそれがわたしへの報酬だと言った。何百万もの価値があると。
わたしは彼を信じた。

41

何年も、この捉《とら》えどころのない二人組について読んできたが、今や現実となった。仮説——ショードロンが複製を作り、ヴァルフィエロが売った——を立てた者がいたが、証明はできなかった、そのとおりだった。ヴァンサンの言葉が、二人に命を与えた。だが、彼が書いたことが真実なのかどうか、確かめる必要があった。どこかに六枚の偽の〈モナ・リザ〉があるのだろうか？

一年前、イヴ・ショードロンの唯一の存命中の血縁者、彼の又甥に当たるエティエンヌ・ショードロンがパリに住んでいるのを突き止めた。いくらか探りを入れ、電子メールを送ったところ、そっけない返信があった。〝大おじについて話すことは何もありません、会ったこともないんですから〟

今、わたしは電話をかけた。

「エティエンヌ・ショードロンですか？」

「誰ですか《キ・エ・ス》？」

「ルーク・ペローネです」わたしは言って、以前のやりとりを思い出させた。

「あなたの大おじであるイヴのことで、通信のやりとりをしました《ヌザボン・ユ・アン・エシャンジュ・ド・クリエ・オ・スジェ・ド・ヴォートル・グラントンクル・イヴ》」

「英語でわかります」彼は言った。ぶっきらぼうで、そっけない口調だった。

「フィレンツェにいるんですが、パリに行く用事があります」わたしは嘘をついた。「会えると嬉しいと思いまして」

「前に、大おじのことは知らないと言ったでしょう」

「わかります、でもちょっと話し合いたいことがあるんです」

「話し合うことなどない」

彼の大おじであるイヴによって作られた贋作《がんさく》について、どのようにヴァンサンの日記に記録されているかを話そうとしたが、すでに通話は切れていた。

「ガグリエルモ教授の書類の箱はほかにもあるんですか？」その後わたしは図書館に行って、キアラに訊《き》いた。

ガグリエルモが日記について何か書こうとしていたのなら、それについてのメモがあるかもしれないと思いついたのだ。

「ディ・ケ・ティポ？」彼女は訊いた。

「どんな種類のかって？ ああ、覚書とか書類とか、そのようなものです」わたしは無頓着なふりを装った。

「箱が一つ……なんというか……いろいろな覚書《ノーテ・ヴァリエ》が入っていて、まだ分類していません。これを終えたあとで、探してきましょう」彼女はインデックス・カードの束を指して言った。

わたしは〝今すぐ、してくれ！〟と叫びたかったが、微笑《ほほえ》んで言った。「ありがとう《グラツィエ》」それから、苛立《いらだ》ちを紛《まぎ》らわせようとして、中庭に出た。

修道士の一人が焚火《たきび》をしていて、灰色の煙が渦を巻いて、雲を作り出しているように見えた。わたしは中庭の中を円を描いて歩きながら、ブラザー・フランチェスコは見るべきでない何か、あるいは誰かを見てしまったのだろうかと考えた。暗い路地を覗《のぞ》いた。もはや宿舎のドアに、警察の非常線はなかった——石の階段の側で待っている人物はいなかった。

キアラはガグリエルモ教授の〝ノーテ・ヴァリエ〟の箱を用意してくれていた。もう一つの箱の中と同じように、すべてがきちんと整理されていた。それぞれの紙ばさみに几帳面《きちょうめん》にラベルがついていた。〝エッセイのためのエッセイと覚書〟、〝大学の課題〟、〝本の売買〟。どの紙ばさみにも、さらに具体的な名目に分けられたバインダーが入っていた。

わたしは〝エッセイのためのエッセイと覚書〟から始めた。すべてが美術史に関わる内容で、日記についてのものは何もなかった。〝大学の課題〟にも、何もなかった。〝本の売買〟に何かあるとは思えなかったが、そこで考えを改め、一時間以上をかけて請求書と領収書に目を通し、アントニオ・ガグリエルモが定期的に連絡を取っていた約四十の稀少本ディーラーの一覧を作った。そこでもう一度領収書を見て、なんらかの形のノートや予定表、日記などの売買に関わるものを探した。可能性のあるものが九つあった。

近くのカフェに座り、ラップトップを開き、エスプレッソでエネルギー補給をしながら、九つの書籍ディーラーのウェブサイトを見つけ、そのすべてに全般的な電子メールを送った。数分のうちに、三通の返信を受け取った。それらのディーラーは、わたしの描写に合致するような日記や予定表を売ったことはないということだった——だが、わたしが買いたいのであれば、わたしが書いたような種類の日記を探すと申し出ていた。わたしは丁重に断わり、それらのディーラーを一覧から消した。さらに二通返信があり、どちらもわたしが問い合わせたような日記は売っていなかった。

わたしはエスプレッソのお代わりを頼み、それを飲み終わるころに、ベルリンのディーラーから、古い日記をガグリエルモに売ったという電子メールが届いた。わたしはそこに電話した。そのディーラーは、カバーは青で紙は黄褐色だったと言い、それは十九世紀のノートだったとわかり、未使用で、中には何も書かれていなかった。

わたしは気持ちが揺らぎ始めた。すばらしい思いつきはすばらしくなかったようだ。九人の書籍販売業者のうち、三人が、まだ返信してきていなかった。これ以上電子メールを待っている気になれず、わたしは最初の、パリのペルティティエ・エディシオンに電話をかけた。通話はつながらず、ボイスメールにもならなかった。二つ目のマントヴァのスクリプトリウムは、何やらホラー映画の中のような音がして、もうその番号は使われていなかった。最後のリブレリア・アンティクアリア・デ・フィレンツェはつながらなかったが、フィレンツェの住所をメモし、グーグル・マップに入れてみると、アルノー川の反対側であることがわかった。

もうすぐリポソ、つまり昼休みで、店は閉まっているかもしれないが、カフェインで勢いづき、わたしは賭けてみることにした。だって、何を失うというのか?

42

ポンテ・ヴェッキオは名前のとおりに古い橋で、宝石を売っている屋台や店の日除けが光や川の景観を遮《さえぎ》っているため、実際はそうではないが、まるで覆《おお》いがかぶせられているようだった。そこにはたくさんの観光客がいて、わたしの見るかぎり、大半はネックレスやブレスレットを吟味していた。屋台の陳列棚を見たり、店主と値段交渉をしていたりするカップル。腕を伸ばしてダイヤモンドの指輪を試している若い女性たち。どこもかしこも、カップルばかりだ。わたしは初めて、故郷の友人たちを懐かしく思い、これは初めてではなかったが、アレックスに会いたいと思った。彼女がわたしについて、わたしたちについてどう思っているのか、まだわからなかった。わたしたちの関係はどうなっていくのか――もしどうにかなるとしたら、の話だが。若いカップルが通り過ぎざま、足を止めてキスをするのを見て、わたしは顔をしかめそうになるのをなんとかこらえた。

橋の中央で、アルノー川の美しい景色を見ることができた。川の両側に控え目な色調の茶褐色の家々が並んでいた。空は暗くなり、わたしが橋を離れようとしたころには、雨が降り始めた。オルトラルノ、まさに〝アルノー川の反対側〟と呼ばれる、フィレンツェの南側の岸の地区は、ほかより奔放《ほんぽう》な土地柄だと聞いていた。雨が強くなり、わたしは店先の日除けの下に入って古書店の住所をGPSで調べてから、安い傘《かさ》を売っている店を見つけた。往来は川の反対側とはちがって、埃《ほこり》っぽくて労働者階級の雰囲気で、広い道も狭い道もあって、中世風の外観で、今はほとんど人気《ひとけ》がなかった。わたしは雨を避けようとして速足で移動し、やがて広場へ出た。広場の向こうに、大きな三階建ての石造りの建物があり、二階から下げられた赤い幟《のぼり》に展覧会の告知があった。パラッツォ・ピッティ、いわゆるピッティ宮殿は幅広い芸術作品のコレクションで有名だ。ほかのときだったら入っていただろうが、わたしには使命があった。

通りが小さく、狭くなっていく。このあたりでは再開発による高級化はないらしく、いくつかの建物は石に亀裂が入り、ひどくペンキが剥《は》がれていて、歩道などはなく、降り続く雨で水がたまり、わたしの履いている足首まであるブーツは濡れた。不揃いな丸石の敷かれた道は歩きづらく、滑りやすかった。そんな通りから、空っぽの広場に出たときはほっとした。

雨がさらに強まり、安物の傘はたいして役に立たなかった。わたしは最寄りの、ありふれた石造りのファサードのある建物に入り、犬のように体を振るった。そこがサンタ・マリア・デル・カルミネという教会だと気づくのに、少しの時間を要した。名前に聞き覚えがあったが、すぐにはぴんと来ず、ブランカッチ聖堂という標示を見てわかった——もっとも有名なルネサンス期の絵画グループの一つが収蔵されており、何年も教室で教え、愛してもいたものだ。フィレンツェで見たい芸術品の一覧の高い位置にあって、忘れていたものの一つだった。

十ユーロの入場料を払って、短い階段をのぼっていくと、天国としか描写しようのない場所に続いていた。フレスコ画が小さな聖堂中に溢《あふ》れ、遠くから見ても魅惑的だった。

数段のぼり、彫刻を施した灰色がかった白い大理石のゲートをくぐると、古い時代のシネマスコープのように絵画に取り巻かれる。聖ペテロの人生を描いた絵画が二列ある。話し出しそうなほど表情豊かな顔の人物像で満たされ、フィレンツェの光を反映した色合い、シエナとオークル、ペールローズや瑞々しいインド赤などが、エメラルド・グリーンや淡い青色に映え、フレスコ画のすべてが、想像以上に美しくて感動的だった。

これらを描いたのはマサッチオ、二十七歳で死んだルネサンス期のロック・スターだ。偉大なるロック・スターにとって危険な年齢だ。ここに並んでいる絵の中の数枚しか、彼が手掛けたものはないとわかっているが、それらはもっとも有名なもので、ほかより傑出している。

左手の上段にある〈貢ぎの銭〉では、キリストと使徒たちが収税吏と向き合っている――ただ一人、収税吏にだけは光輪がない！　これを見てわたしは、税金と、ないに等しい画家としてのキャリアのために控除していた出費額のことを考えた。曾祖父の金銭的な問題や、曾祖父がヴァルフィエロとショードロンのために絵を盗んだあと、この二人は贋作《がんさく》を売って大金を得たにちがいないが、二人は曾祖父にとってなんの利益にもならなかったという事実。ヴァンサンのように、名もなくコネもない男に、どうしてあんな有名な絵を売れただろう？　曾祖父にはすでにたくさんのことが起きた――シモーヌの死、息子を失い、ヴァルフィエロとショードロンに裏切られた。それでもなお、わたしは曾祖父のことを信じるようになった。曾祖父にはそれができたと信じた。

マサッチオの絵の右横を見た。聖ペテロが魚の口から金を取り出しているところが描かれている。

キリストが起こした奇跡の一つだ。曾祖父に必要なこと。奇跡。おそらくわたしもそれを求めていた。ドイツ人のカップルが、大声でお喋《しゃべ》りしながら写真を撮るなどして、静寂を破った。

わたしは聖堂の階段をいくつか下りた。離れた場所からフレスコ画を見てみたかった。雨がやんだにちがいない、教会の遠くの隅にある窓から、光が差しこんでいた。それ以外は、そこは暗くて、飾り紐《ひも》が設置されて立入禁止になっていた。それでもわたしは何か動くものを見た。男が、脇の部屋にスッと姿を消した。わたしは階段をまたのぼり、ドイツ人カップルが飽きて立ち去るのを待った。まもなく、また一人になって、わたしはマサッチオの〈アダムとイヴ〉を見詰めた。全裸のアダムは両手で顔を隠し、イヴは両手で体を隠しながら、悲嘆と恥辱とともに泣いている。苦悩する二人のすべてが、無条件の絶望を表わしている。これこそわたしの想像する、愛するシモーヌと息子を失って、打ち捨てられ罪にまみれたヴァンサンの姿だった。

その直後、わたしはそれを感じて振り向き、また男を見た。教会の奥で見かけた男だ。今は六メートルほど離れた場所にいて、窓からの光を背後から受けているためはっきり見ることはできず、大柄だということがわかっただけだった。もっとよく見ようとして階段を下りたが、男は走り去った。影。幽霊。

わたしは息を吸いこんだ。レーダーはまだ反応していた。あの男は脅威であるばかりでなく、どこか見覚えがあった。

外に出て、わたしは古書店のほうへ歩き始めた。雲の切れ間から太陽が顔を出し、教会の窓から差していたのと同じように、鋭く明るい光を放った。わたしは男についての不安な気持ちを振り払おうとしたが、ブラザー・フランチェスコの突然の死で動揺し、何もかもを疑いたくなっていた。数区画ほど歩いたあと、レストランや店が並ぶ賑《にぎ》やかな広場に着いた。サント・スピリト広場だ。教会は閉まっていたが、カフェは開いていた。わたしはそこに座り、コーヒーを飲み、曾祖父のことを考えた。周囲に溶けこむことのなかった男、真に愛し、彼を信じていたたった一人の人物を失った孤独な男。

サント・スピリト広場のまわりは、たくさんのレストランや、陶器や額縁、手作りのベルトや靴を売る職人の店があり、マンハッタンのノーホーやイースト・ヴィレッジを思わせる雰囲気だった。ブーツがまだ濡れていて、わたしは手作りのウィングチップに目を引かれたが、値札を見てやめた。ヴィア・トスカネッラはほんの数区画先だとわかった。その通りには製本店や古い書店が並んでいて、すべてが閉まっていて、リブレリア・アンティクアリア・デ・フィレンツェも例外ではなかった。大半の店には昼休みのあとで開店するという表示が出ていたが、リブレリア・アンティクアリア・デ・フィレンツェにはそれはなく、金属製のゲートが閉まって施錠されていた。柵越しに覗《のぞ》きこんだが、ほとんど何も見えなかった。諦《あきら》めようとしたとき、道の外れに点滅している看板に気づいた。

リストランテ・アメリカーノは床にピーナッツの殻が落ちていて、ジュークボックスでドリー・パートンがかかり、樽出しのバドワイザーがある——イタリア人が考えるアメリカ的なバーはこういうものなのだろう。

わたしはコークを注文し、バーテンダー――暗い色のくせっ毛に真っ赤な口紅――が笑顔で出してくれた。

「アメリカ人?」彼女は訊《き》いた。

「イタリア系アメリカ人だ」わたしは言った。「見た目でわかる?」

「昔デートしたすごくハンサムなイタリア人のチンピラにそっくり」

「ルーク・ペローネだ」わたしは言った。

「ビールの銘柄?」

「スペルがちがうし、うちの家族とは何も関係がない」

「残念」彼女は言った。「テレサ・フェラーラよ。ニューヨークのリトル・イタリーのパン屋とは、なんの関係もないわ」彼女は手を差し出した。全部の指に指輪をしていた。「ハッケンサック出身。ニュージャージー州のね」

「知ってるよ。わたしはベイヨンだ。どうしてここへ?」

「ボーイフレンドを追いかけてきたの。お薦《すす》めはしないわ」

「ボーイフレンドができたとき、その助言を思い出すよ」

テレサは笑った。「お腹空いてる?」彼女は答えを待たず、キッチンに消え、数分後に皿を持って戻ってきて、わたしの前においた。「手作りのカルツォーネ。おごりよ。わたしが作ったんだから、まずいと言っちゃだめ」

わたしは一口かじって、すごくおいしいと言った。実際、おいしかった。

彼女は礼を言い、どうしてフィレンツェに来たのかと訊いた。わたしは調べものをしてると答え、腕時計を見た。

「急いでるの？」

わたしはそんなことはないと答えた。図書館が再開するまでに三十分あった。でも、日記の続きを読みたくてたまらなかった。

「調べものって」と、テレサ。「このあたりで？」

「書店だ」わたしは言った。

彼女はうなずき、どの店かと訊いた。

「リブレリア・アンティクアリアだ」わたしが言うと、彼女の顔から笑みが消えた。

「あなた、警察官じゃないわよね？」

「わたしが？　ちがう――どうしてだ？」

「あのことがあったとき、たくさん来たから」

「何があったんだ？」

「リブレリア・アンティクアリアの店主、すごくいいひとだった、カルロ・ビアンキね。しょっちゅううちにも来てたのよ。彼が店で殺されたの」

「え。いつのことだ？」

「二ヵ月ぐらい前」

「強盗とか？」

「どうかしら。埃っぽい古い本ばかりの小さな店よ。少しばかりのユーロのために、誰がお年寄りを殺すというの？　何もわからなくて、今もわかっていないのよ」

43

まずい結末になると、わかっているべきだった。あの二人の悪党たちに裏切られるだろうと。わたしはショードロンの住んでいる建物の外に隠れた。配達人が出入りした。そのうちの何人かのあとをつけ、行き先のメモを取った。でも、この情報をどうしたらいいかわからなかった。まだまったく金がないし、金を手に入れる方法もなかった。何週間も経ち、そろそろ絶望しかけていた。どうやったら生き延びられるだろう？

そこで計画を立てた。〈モナ・リザ〉を解放してやろう！

あの八月の朝、ルーヴル美術館で、ナポレオンの絵の前に立ったときに思いついたことを思い出した。盗み出した絵をイタリア政府に提供しよう。そもそもの生まれ故郷に返してやるのだと言おう。

パリを離れ、絵をイタリアに持っていく計画を立てた。ヴァルフィエロとショードロンには、どうするつもりか話さなかった。旅立つことも言わなかった。だが彼らがわたしに話していないことがあった。ホテル・トリポリに行くまで、わたしはそれに気づかなかった。絵を売るために連絡をした二人の男たちと一緒にいたときだ――骨董品ディーラーのアルフレード・ジェーリと、ウフィツィ美術館の館長ジョヴァンニ・ポッジだ。わたしは絵にかけてあった布をはずしたところだった。二人の男は、驚いた顔をしてわたしの前に立っていた。

そのとき、最初の証拠となるものが現われた。ほんのかすかな油のにおいだ。それ以前は感じなかった。何ヵ月もショードロンのアトリエにかけてあったせいで、その場のにおいが残っているのにちがいないと考えた。だが、強すぎた。きっと男たちもにおいに気づくはずだと思った。だが彼らは気づかなかった。わたしが、目の前にある絵がレオナルドではなくショードロンの手によって描かれたものだという証拠を探しているあいだ、彼らは畏《おそ》れ入った様子で立っていた。絵を返されたときに、探しておくべきものだった。何ヵ月も前にショードロンが指摘したものだ。わたしが忘れていたもの。

わたしはその絵を調べた。見破れるかどうか、目を細くして見た。そして、見破った！

ショードロンとヴァルフィエロは、とことんわたしをばかにしてくれた。彼らはわたしに、贋作《がんさく》をよこしたのだ！

わたしは何も言わなかった。わたしが両手で持っている〈モナ・リザ〉が、どこからどう見ても確かに本物に見えるとわかっていた。もし絵をエックス線にかけたとしても、表面にある絵の下に埋もれている画像さえ本物と同じはずだ。だがわたしには、それがショードロンによる贋作の一枚だという確信があった。

においは最初の印にすぎなかった。

今、わたしには証拠が見えた。
本物はどうしたのだろう？　それはまだわからない。ただ、今わたしがジェーリとポッジに見せている絵は、わたしが盗み出した絵ではなかった。そして美術館に戻されるのは、この絵なのだ。
もし疑うというのなら、ルーヴル美術館に行ってみるといい。拡大鏡を持っていくことだ。それをゆっくり絵の表面に沿って動かして——

ついに来た、わたしが待ちわびていたもの、学者たちが百年以上も討論してきた問題だ。ルーヴル美術館の〈モナ・リザ〉、ヴァンサンが盗み、返却したものは、贋作なのか否か——もし贋作なら、どうやって確認できるのか。
わたしはページをめくった。

——ジェーリとポッジは警察に通報し、わたしは逮捕された。

わたしはめくりなおした。

——それをゆっくり絵の表面に沿って動かして、注意深くその——

やはり飛んでいる。

意味が通らない。

そこでわたしは、綴《と》じてある部分に、ぎざぎざになった紙の端を見つけた。

ちくしょう！　まさか！　破り取られた紙の残りを指でなぞった。頭がくらくらした。わたしは胃を打たれたような気分で、椅子に深く座りなおした。イタリアまで発見しにきたもの。それがなくなっていた。

44

欠けているページ。

わたしは頭を整理して、そのページについて、何かできることがあるだろうかと考えた。誰がそれを破り取ったのか——それは、いつ？

ガグリエルモが、日記を図書館に寄付する前に破ったのだろうか？　それともクアトロッキが？　だから彼は姿を消したのか？　あるいは、まったく別の誰かの仕業《しわざ》だろうか？　でも、誰だ？　いつなんだ？

知らなくてはならない、探し出さなければならない。簡単に諦《あきら》めるわけにはいかない。あまりにも多くを危険に晒《さら》してきた。ショードロンが贋作《がんさく》にしたことを調べ出す方法があるにちがいない。わたしは自分を鼓舞して、あえて欠けたページの先を読んだ——ヴァンサンは逮捕の様子を書いていた。興味深い内容だったが、贋作を見分ける手がかりはなかった。

何かを見落としただろうか？　たった今読んだページをもっと入念に読み解けば、何か手がかりがあるのかもしれない。

わたしは目を上げた。今日はわたしのほかに学者が一人だけいて、部屋の向こう側で定期刊行物を見ている。キアラは奥の部屋へ入ろうとしていた。ベアトリーチェは、人生がそれにかかっているかのような様子で、索引カードを並べ替えている。リカルドの姿は見えない。わたしは手を下に伸ばしてバックパックを開けた。決心するのに、数秒しかない。

やれ。

前室のほうをちらりと見た。やはり、どうしたらグリセルダの目を盗んで日記を持ち出せるだろうか？

無理だ。大きすぎる。

でも、一ページだけならどうだ？

わたしはわざと紙を動かして、ページを破る音を隠せる程度の物音を立てた。それは難しいことではなかった――綴《と》じが弱くて、すでにゆるんでいた。素早くそれを折り、バックパックの中に入れ、ラップトップの陰に挟《はさ》みこんだ。その上に黄色い法律用箋を乗せ、ふうっと息を吐いた。目を上げると、キアラが持ち場に戻っていた。

彼女に、今の行為を見られただろうか？

わたしは天井を見上げた。部屋の隅にあるカメラが見えた――それらを、わたしはすっかり忘れていた。カメラのほうには背中が向いているが、わたしの盗みは記録されただろうか？

できるだけ自然な態度で日記を閉じ、ドゥッチョの箱に入れ、その上に紙ばさみや書類を重ねて、ガグリエルモの箱と一緒に正面の机に持っていった。キアラに練習済みの笑顔を見せ、踵《きびす》を返して、バックパックを小脇に抱えて部屋を出た。いつもどおりの歩調で歩くようにしたが、心臓は激しく鳴っていた。

戸口で、いつものように意地悪な義姉グリセルダに足止めされた。わたしはバックパックを渡し、天気や最近のストライキや、頭に浮かんだことを適当にお喋《しゃべ》りし、その傍《かたわ》らで彼女はバックパックを開き、手を中に突っこんだ。わたしはずっと話し続けていたが、汗が背中を伝い落ちた。

彼女は永遠に調べているようだった。

もう一人の学者が、本の山を抱えてわたしの後ろに並び、じれったそうにあえいだりため息をついたりした。ようやくグリセルダはわたしのバックパックから手を出して、彼の本を調べ、手を振ってわたしたち二人に通るように合図した。

わたしは学者にキスしてもいい気分だった。手が震えないように気をつけながらバックパックを閉め、エックス線の機械を通ってドアの外に出た。

中庭には数人の修道士がいたが、わたしは足を止めてお喋りしたりしなかった。バックパックをしっかりと背負い、十代のとき万引きをしたあとの気分、あるいはもっと嫌な気分で、サン・ロレンツォ広場へ向かった。ゆっくり歩け、普通に振る舞えと、自分に言い聞かせた。

公園の東側で、わたしはドゥオモから離れる、あまり人通りのない暗い道を選んだ。そこを半分ほど歩いたところで、あることを思いついて携帯電話を取り出し、電話をかけた。

「ルーヴル美術館です」オペレーターが言った。

わたしはルネッサンス絵画担当のキュレーターと話したいと言った。キュレーターが出たとき、わたしは自分の権威の証し——学位、教職、助成金、受賞歴、記事などを、少なからず粉飾して大げさに挙げ、これは功を奏した。キュレーターは観光客を入れない日、明後日に美術館に入ることを許可してくれた。わたしはすぐにパリ行きの飛行機を予約した。

ついにやった。自分だけで研究するため、一ページを盗み出した。そして近々のうちに、問題の絵そのものを見ることになった。これまで読んできたものとつながる何かが見出せるかもしれない。わたしは建物に背をつけて寄りかかった。興奮がおさまってきた。何年も意識していなかった考えが浮かんだ。〝酒を飲みたい〟

わたしは半区画ほど歩き、立ち止まってバーを覗《のぞ》きこみ、前より速い歩調で歩き始めた。次に足を止めたのは煙草店の前で、ウィンドーの中に、曾祖父の愛用のブランド、ラ・パズの緑色のブリキ容器が見えた。ガラスにはわたしの姿も映っていて、その背後から別の人影が近づいてきた。

45

「捕まるといいと思っていたの」アレックスは、走ってきたように息を軽く切らしていた。

「捕まるって？」

「キアラから、あなたが出ていったばかりだと聞いたわ」彼女は一瞬わたしの様子を見た。「あなた、大丈夫？」

　わたしは大丈夫だと言い、コーヒーを飲むか、何か食べるかしないかと訊《き》いたが、もう少しで〝一杯やらないか〞と言いそうになった。今後、盗みを続けていたら、ミーティングに行かなければならないことになる。それもすぐに。

　アレックスは「いいわよ」と言い、腕を絡《から》ませてきた。わたしたちは反対側へ歩き始め、彼女は転借している部屋の整理について話した。太陽が薄れ始めた。数区画歩いたところで、シニョリーア広場に着いた。要塞のようなヴェッキオ宮殿がそびえたつ広大な広場で、人々は交代で、ミケランジェロによる大きすぎるダヴィデ像と一緒に写真を撮っている。

「あれが複製だってわかってるのかな？」贋作《がんさく》のことが、頭の大半を占めていた。

アレックスはどうでもいいというように肩をすくめ、ネプチューンの噴水のほうへ歩いていった。大理石の海の神が、天使や人魚に取り囲まれている。冬でも、噴水は勢いよく水を出していた。わたしのいる場所から見ると、ネプチューンが放尿しているようだった——わたしはそのように言った。

「お上品だこと」アレックスは言い、それでも笑った。飛沫《しぶき》で二人とも濡れてしまい、彼女はわたしを引っ張って噴水から離れた。足を止めて、小さな銘板にイタリア語で書かれた文章を読み、翻訳してくれと言った。ルネサンス期の修道士サヴォナローラについて書かれていた。中世のビリー・グラハムのように、悔い改めを説いた人物だ。彼がこの広場で絞首刑にされて焼かれたと説明されていた。人々の命を管理しようとし、本をはじめとして、不敬で無駄だと思うものならなんでも焼却した人間には相応《ふさわ》しい最期だと、わたしは言ってみた。たくさんの偉大なる絵画——ボッティチェリやミケランジェロの作品も焼かれた中にあった。

「もっとひどくてもよかったわ！」アレックスは激しい口調で言った。

「生きながら焼かれるよりひどいことって、なんだ？」

「そうね、例えば——」彼女は言葉を切り、両腕で自分の体を抱くようにして震えた。

わたしは彼女の肩に腕を回したが、彼女は、何かしらがわたしのせいで悪化したとでもいうように、わたしの腕を払いのけた。わたしは両手を上げて彼女から離れ、「済まない」と言った。ちょっと驚いていた。ちょっと傷ついた。

「いいえ、ごめんなさい」彼女は言った。「寒いだけ——噴水の飛沫のせいね——あなたが濡れてはいけないと思って」

「もう濡れてる」わたしは言い、彼女にかまわないと言った。でも、何が彼女を刺激したのだろう？　わたしはどんな悪いことをしたというのか？

広場の端で、またあの感覚を覚えた。〝ア・ウン・アミコ・ア・フィレンツェ？〟肩越しに後ろを見たが、近くに怪しい者はいなかった。

アレックスは機嫌を直し、わたしの手を取り、夜のドゥオモの広場を見たいと言った。この広場を出て別の広場へ行くのは大賛成だった。

そこは遠くなく、行くだけの価値はあった。すばらしい円蓋《えんがい》のある聖堂、ジョットの鐘楼、中世風の洗礼堂などの建物が照明を受け、濃紺の空を背景に浮かび上がっていた。フィレンツェに来てすぐに見にこなかったのが不思議だったが、こうして今アレックスと一緒に見ているのだし、彼女もわたしの横で、わたしと同じように興奮していた。周辺にほとんど人気がないのに驚いた。昼間、十五世紀のチュニックとレギンス姿の男性やきついコルセットのついたガウンを着て髪を結い上げた女性たちが、そぞろ歩いたり、明らかに人々を感心させようとして作られ、実際そのとおりに感心させている聖堂に向かったりしているところを想像してみた。

「期待を裏切らないでしょう？」アレックスは言った。

わたしは前にも来たことがあるかのように同意し、目の前にそびえたつ教会のファサードを見上げた。ピンクと緑色の大理石で、壁龕《へきがん》に彫像、くぼんだ部分にバラ窓があり、どこもかしこも巨大なウェディング・ケーキのように飾られている。その背後にブルネレスキの大きな赤煉瓦《れんが》の円蓋が見えていた。そのすべてが美しく壮観だったが、不気味でもあった。これらの建物が前方に傾いているように見え、角や割れ目や、小さな暗がりが目についた。

アレックスは近くにいた兵士たちのグループを指さした。迷彩模様の服を着て、重そうなブーツを履き、栗色のベレー帽をかぶっていて、それぞれが自動小銃を抱え、腰のホルスターには拳銃がある。わたしは彼らが少し怖いと思ったが、アレックスは〝すごくすてき〟だと言い、なぜイタリア人男性はみんな映画スターのようなのかしらと、声に出して言った。

わたしは彼女を洗礼堂のほうへ導いた――ハンサムな兵士たちと張り合う気分ではなかった――緑と白の縞模様の大理石による、背の低い八角形の建物で、わたしの記憶が正しければ、フィレンツェでもっとも古い建物だ。でもわたしが見たかったのは、ギベルティの有名なドアだった。天国の門には、アダムとイヴ、カインとアベル、アブラハムとイサクといった旧約聖書の物語を描いた十枚のブロンズと金によるレリーフ彫刻がある。

鉄製の柵があって、見物人は六十センチ以上は近づけないが、レリーフにはスポットライトが当たっていて、それらを完璧に見ることができたし、手を伸ばせば触れられそうだった。わたしは彫刻家ギベルティが二十四歳のときにドアの最初のセットを装飾するためのコンペティションに勝ち、それから二十五年かけてこの第二のセットを製作したのを知っていた。ミケランジェロは、それらが天国の門のように美しいと絶賛し、それでその名前がついたとのこと。わたしは鉄の柵のあいだから覗《のぞ》きこんで、芸術家の驚くべき作品をもっとよく見ようとした。人物像のいくつかは自立しているように見え、ルネサンス初期の特徴である空間や現実味や遠近法の幻想がうかがえた。

また別の知識を披露しようとしてアレックスのほうへ体を傾けて、彼女がいないのに気づいて驚いた。横にいたのは別人だった。彼女は数メートル離れたところで別の銘板を読んでいた。一九六六年の洪水で、ギベルティのレリーフが落ちて流されそうになった様子についてだった。わたしは実際のレリーフは聖堂の美術館の中にあり、これらは鋳造物だと言って彼女を安心させた。だがわたしは、見られているという感覚を払拭《ふっしょく》できずにいた。周囲を見回し、近くの人気のない広場を眺《なが》め、スポットライトが建物を照らしてはいるが、道路は暗いままである様子に気づいた。

「がらんとしているな」わたしは言った。

「ええ、冬だから」

わたしは腹が減ったと言い、アレックスは小さくて上品なホテルのレストランを選んだ。黒っぽい木材、ビロードに包まれた長椅子、薄暗い照明。わたしたちはブース席に座り、アレックスはワインを注文した。わたしはガス入りの水にした。わたしは彼女に、捕まえてくれてよかったと言った。彼女は、「捕まえたとき……何かもくろんでいたのかしら?」と言った。冗談だとわかっていたが、バックパックの中の盗み出したページを考えずにはいられなかった。

彼女は奇妙な顔をして、小首を傾げてわたしを見た。「顎《あご》ひげとか、口ひげを生やそうとしているの?」

「放ってあるだけだ」わたしは顎と頬《ほお》を撫《な》でた。「気に入らないなら剃《そ》るよ」それから、図書館で会えなくて残念だったと言った。

「わたしも、行けなくて残念だったわ」

行けなくて? 図書館のほうか? わたしではなく?

「研究はどう？」彼女は言った。

わたしは読んだ事柄と、まだわかっていない事柄を考えた。「まあまあだ」

「話すこともできないような最高機密なの？」

わたしはそのようなものではないと言い、教職のことで、終身在職権《テニュア》を確保するためにどうすればいいか、ちょっと悩んでいるのだと認めた。

「論文を書くか、死ぬか？」

「あるいは——個展を開くかだ」声に出して言ったことで、心配事が形を取り、具体的に感じられた。

わたしはブランカッチ聖堂とマサッチオのフレスコ画に話題を変えた。アレックスはそれらを直接見たことはない、見てみたいと言った。

「一緒に行けばよかったな」わたしは言い、彼女は肯定も否定もせずに微笑《ほほえ》んだ。

彼女はワインからグラッパに変えた。

わたしはガス入りの水のままだった。

彼女は寛《くつろ》いだ様子になり、わたしの私生活について質問をした。それはかまわなかった。彼女がもっとわたしのことを知りたがるのは嬉しかった。わたしは劣等生だったが、美術学校で〝自分を発見〟し、奨学金を払うためにカフェテリアで働いたと話した。「きみはそんなことはしなくてよかっただろう」

「え？　わたしは甘やかされた金持ちの子どもで、完璧な人生を送ってると思っているの？」

わたしが謝る前に、彼女は言った。「あなたにはわからない」そして一瞬口を尖《とが》らせたが、すぐに真顔に戻り、さらに美術学校についての質問をした。

本気で何かを好きになったのは初めてだったと、わたしは語った。それで、画家になるために必要なことばかりを考えるようになった――アトリエ訪問や画廊探し、さんざん断わられ、成功している画家のアトリエ助手として働きながら三ヵ所で臨時教員の仕事をこなしたが、そのすべてを、ここに来たことで失うかもしれない。

二人で一皿のパスタを分け合い、ほとんどをわたしが食べた。

アレックスはグラッパを飲み干したとき、もう行くと言い、今回はわたしは彼女の手を握って引き留めた。

「遅くなったわ」彼女は言い、その顔に不可解な感情がいくつも、動きの速い雲のようによぎった。

「明日は図書館があるし、まだアパートメントの整理が――」

わたしはテーブルに身を乗り出して、彼女にキスをして黙らせた。

彼女は身を引いた。怒られるか、平手打ちされるかと身構えた。

「髭《ひげ》がくすぐったい」彼女は言った。

「明日、剃る。約束だ」

「いいえ、いいの」彼女は言って、彼女のほうからあらためてキスをした。

46

人生で最も長く感じられた二十分間。席を立ち、フロントを探し、部屋を取る。だがホテルの部屋のドアが閉まった瞬間、わたしたちはしっかりとキスをした。わたしは枕とシーツを脇に除け、シャツを脱ぎ、アレックスがブラジャーとパンティを取り去るのを見て、唇を彼女の胸につけ、彼女が息をのむ音を聞いた。ベッドの上に転がって、両手や指や唇で肌を愛撫した。コンドームをいじった。

「待って――」彼女はわたしをベッドに押し倒し、その上に乗って身をかがめ、わたしの耳に唇を寄せて囁《ささや》いた。「秘密のプロジェクトについて教えて、さもないとお断わり」彼女は笑った。

わたしは笑わなかった。呪縛《じゅばく》が解けた。それが顔に表われたのがわかった。

「冗談を言ったのに」彼女は言った。叱られた女の子のように、困った顔をした。

「いいんだ」わたしは言い、気分を戻すのに時間はかからなかった。あらためてキスをした。

「ごめんなさい」彼女は言った。「わたしはただ――」

「シィィ、かまわない」わたしは言い、会話を終わらせようとして彼女の口の中に舌先を入れた。

のちに、アレックスの頬《ほお》が胸に乗っている状態で、わたしは初めて室内を眺《なが》め、レストランと同じ古風な魅力があるのに気づいた。フロック加工の壁紙、カットグラスのシャンデリア。磨かれた木の床にわたしたちの服が散らばっている。

「どうしよう」彼女は言った。「これはなかったことだと言って」

「これはなかったことだ」わたしは言って、笑った。

「こんなことはしないのよ。グラッパが恨めしい！」彼女はシーツを首まで引き寄せた。「あなたのことを、ほとんど知らないのに」

彼女は本当にそう思っているのだろうか？　わたしは自分について、めったに誰にも話さないことまで話した。むしろわたしのほうが彼女を知らないと思ったが、今この時点では、充分に知っているような気がした。残りはいずれ知ればいい。

わたしは彼女に腕を回し、彼女の唇に、そして額にキスをした。彼女はわたしの腕にある刺青《いれずみ》の文字を指でなぞった。〝キル・ヴァン・クル〟。わたしはそれを隠そうとしたが、彼女がわたしの手をどけて、その意味を訊《き》いた。十五歳のときに入れたものだと説明をした。「若いときに友だちと一緒にした、ばかなことの一つだよ。グループで、六人全員が同じ刺青を入れた」

「ギャングか何かだったの？」

遠い昔の話だと言い訳して、話題を変えようとしたが、アレックスは今度はもういっぽうの腕の上腕二頭筋を取り巻いている鎖の刺青をなぞっている。

「解剖学に興味でも？」

「あなたの体だからよ」彼女は言い、これがわたしは気に入った。「あなた、不良だったの？」

わたしはため息をついた。「自分たちはいいことをしてるつもりだった、よくいるロビン・フッドだ」

「お金持ちから盗んで、貧しいひとに与えてたの？」

「そういうこともあった。あるいは、ただ復讐《ふくしゅう》したかったってこともある」わたしは〝復讐〟という言葉を呻《うめ》くように言って冗談めかした。

「何に対して？」

「まちがっていると思うものやひと、なんでもよかった」

「よくいる正義の味方ってやつね」

「誰もが感心してくれたわけじゃなかった、特に気に入ってなかったのは両親や教師――警察もかな」

彼女に逮捕されたことはあるのかと訊かれて、わたしは、もう少しで逮捕されそうになったのは省き、一度あると認めた。

「何をしたの？　殺人じゃないわよね？」

「とんでもない、ちがうよ！」

「刑務所に入ったの？」

「いいや！　この話はやめないか？　きまりが悪い」

「誰にでも、きまりが悪いようなことはある」

「きみにもか？」

彼女は躊躇《ためら》った。いろいろ考えているようだった。「普通のことよ……ほら、うまくいかなかったデートとか、まちがった選択とか」

「少なくとも、きみは体に刺青をしていない」

「かっこいいわよ……あなたの刺青」

「冗談だろう？」

「いいえ。わたしはずっと……いい子だったの。感心しちゃうわ。そのギャング仲間で、ガソリンスタンドを襲ったりしたの？」

「頼む。やめてくれ。お願いだ」わたしはシーツを彼女の顔にかぶせた。

彼女はシーツを引き下げ、またわたしのキル・ヴァン・クルの刺青を見た。「上にあるのは何？」

「橋だ」

「それはわかるわ。なんの橋？」

わたしはこれ以上自分の過去を話したくなかったが、彼女はまだその話題から離れなかった。

「ベイヨン橋だ」わたしは答えた。「嬉しいか？」

「わからない。それでわたしは嬉しくなるべきなの？」

「どこにあるかも知らないだろう」

「ベイヨンなんでしょうね」

「そのとおり」わたしは言った。

「あなたの故郷なの?」

「まあな」わたしは言った。「ベイヨン生まれの男と貧しい暮らしをするってのはどうだ?」

「どういう意味?」アレックスは肩肘《ひじ》を突き、目を細くしてわたしを見た。「喧嘩《けんか》しようとしてるの?」

「ちがう。ごめん。その話はしたくない、それだけだ」

「あなたについて興味がある。それがそんなに悪いこと?」

「いいや」わたしは言って、彼女にキスした。「いつの日か、無駄に過ごした若い日々を全部話して聞かせるよ。ディケンズの小説そのものだ」彼女の何かが、心を開く気にさせた。周到に隠している弱さを晒《さら》しそうになった。

「これはどんなふうにできたの?」アレックスは、わたしの眉に交差するように残る傷跡に指を走らせた。

「殴り合いだ」わたしは言った。「見てのとおり、負けた。身体検査は終わりでしょうか、先生?」

「とりあえずはね」彼女は言った。

わたしは体を起こした。

「帰るんじゃないでしょうね?」

「トイレに行くだけだ」わたしは身をかがめて彼女に軽いキスをして、青味がかった灰色の目や、かろうじて見える頬の産毛《うぶげ》を見た。両手で彼女の顔を包みこんだ。「どこにも行かないよ。いずれにしても、今夜の宿代はもう払ってて、ここはけっこう高いぞ! ごめん——言うんじゃなかった」

「わたしもそう思うわ」

「泊まりたいと思う」わたしは言った。「でも、どうしてきみのところに行かなかったんだ?」

「部屋を取ったのはあなたよ」彼女は言った。「あなたはわたしのところに行こうとは言わなかった。言われたら、だめだと言ったでしょうけどね。ぐちゃぐちゃなのよ。スーツケースが開けっ放しで、服が散らばってる。きっと、ベッドが見つからなかったわ!」

「ぼくなら見つけたと思う」

「わたしだって、同じことを言えたのよ」

「ぼくのところに行こうって?」わたしは自分の泊まっている小さなホテルの部屋を思い出した。くたびれたチンツのベッドカバー、カーテンのないシャワー室。アレックスのような女性を、あんな星なしのホテルに連れていけるはずがない。「ぼくのところはもっとひどい状態だ、十代のガキの寝室みたいだよ」

「いやだ、かんべんして」彼女は顔をしかめた。

わたしはゆっくりと彼女の頬を撫《な》でてから、バスルームに向かった。「動くな。すぐに戻る」

「待って――」彼女は言った。「ちょっと。その背中……よく見せて!」

わたしは忘れかけていた、いや、忘れようとしていた、そのときは先見性があると感じたもう一つの過ち。わたしは体を回転させようとしたが、アレックスに止められた。彼女はすでに指で、わたしの背中の大半を占めている〈モナ・リザ〉の刺青をなぞっていた。

「いつこれを入れたの――それも、なぜ?」

「十八歳のとき、そのころは飲んでた」後者は真実で、最初の部分は嘘だった。わたしは二十五歳で、ヴァンサン・ペルージャと例の絵についての調査にどっぷりはまっていた。でも、まだ自分が取りつかれている事柄について話す準備はできていなかった。

「すごくよく描けてる」彼女は言った。

「そうか？　しょっちゅう見たりはしないんだ。運よく腕のいい刺青職人に当たったんだな。見終わったか？　小便がしたい」わたしはバスルームに行ったが、すぐにベッドに戻り、数日ここに滞在しようかと提案した。

アレックスは、宿代が高くつくと指摘した。そうする価値はあると言ったところで、わたしは約束を思い出した。「ちょっと待ってくれ……そうだった……友人に会いにパリに行くが、それは明後日のことだ」

「行ってしまうの？」

「消えるわけじゃない」きみとはちがうと、心の中で思っても口には出さなかった。「二日だけ、行ってくる」

彼女は誰に会いにいくのかと訊き、わたしは嘘をでっち上げた。「フランス人の友人で、画家なんだ。美術学校時代からの知り合いだ」彼女を両腕で抱き、永遠にこのままでいたいと思った。すでに電話をかけ、航空券を買っていなければ、本当にそうしていたかもしれない。

47

アレックスはルークの寝息が深くなり、落ち着くのを聞いていた。シーツが彼の腰のあたりに絡《から》まっていて、彼の胸が上下するのを見た。しばらく視線はそこにとどまっていた。彼女は彼の顔を眺《なが》めた。鋭角に飛び出している頬《ほお》骨は髭《ひげ》のせいで力強い印象になっていて、若干大きめの鼻と、豊かな唇。彼女は目を彼からはずせなかった。一人の男性にこれほど魅力を感じたのは、いつ以来のことだろう？　そっと彼の胸に片手をおいて、彼の体のぬくもりと、心臓の鼓動を感じた。ルークは身じろぎし、口元に笑みを浮かべた。それから横に寝返りを打ち、彼女は手を引っこめた。彼に触れるつもりではなかったのに、我慢できなかった。彼女は困惑し、葛藤していた。

〝こんなふうになるはずではなかった〟

何をしているのだろう、ろくに知らないこの男と寝るなんて？　自分に嘘はつけず、初めてのことのようなふりをしたが、〝こんなことはしないのよ〟と言ったのは嘘ではなかった。彼女は誰とでも寝るわけではない。とはいえ、それは彼女の意図することの半分でしかなかった。

彼女は数分、ルークの呼吸が安定するまで待ち、ベッドから出た。突然逃げたくなった――この部屋から、フィレンツェから。でも、もう遅いと思った。

カーペット敷きの床を裸足で歩き、床から服を拾い上げ、椅子にかけた。ルークの服も同じようにして、一瞬ジーンズに、それからシャツに頬ずりした。彼の革の上着の外ポケットに、サングラスと古風なブリキ缶入りの煙草を見つけた。驚きだった――彼が煙草を吸うのは見たことがなかった。財布には運転免許証とクレジット・カード、メトロ・カード、二十七アメリカ・ドル、三十二ユーロが入っていた。財布を閉め、上着に戻した。そのあいだずっと彼に目を配り、眠っているのを確認した。

彼の短い黒いブーツに気づいた。いっぽうは正面ドアの近く、もういっぽうはそこから数十センチ離れたところで上下逆さまに転がっている。ベッドの端にブーツを揃えておいたとき、彼女はベッドの下に彼のバックパックがあるのを見つけた。それを引っ張り出すのに一瞬、さらにもう一瞬かけてルークが起きていないのを確認した。バックパックを腕に抱え、爪先だってバスルームに行き、中に入ってドアを閉めた。

バックパックの中にはラップトップ・コンピュータとノートがあった。そのあいだに挟《はさ》まれて、少し黄ばんだ紙があり、それを彼女は取り出して開いた。

窓から差しこむ冷たい照明で、かろうじて手書きの文字を読むことができた。彼女のイタリア語は拙《つたな》いが、意味は充分にわかった。ずっと彼女の心臓は早鐘のように鳴っていた。

48

アレックスはもうベッドから出ていて、シーツで体を包んでいた。「チェックアウトは十二時よ」彼女は言った。「起きて。また一泊分追加されるのは嫌でしょう」

彼女はシャワーへ向かった。わたしは、一緒に入るから待ってくれと言った。

彼女の額に熱い湯を当てながら、わたしは彼女の首を揉《も》んだ。〝恨めしいグラッパ〟による二日酔い。彼女は髪をシャンプーで洗い、わたしは石鹸《せっけん》を流すのを手伝った。一日中でもシャワーを浴びていられたが、彼女はさっさと出て、タオルで体を拭《ふ》き、ひどい有様だろうから見ないでくれと言った。それは真実ではなかった。濡れた髪ですっぴんだと、彼女は十八歳に見えて美しかった。

わたしは身を乗り出して彼女にキスをし、彼女はわたしにタオルをよこして体を覆《おお》えと言った。わたしが見ていると、彼女は髪を梳《と》かし、唇にグロスを塗り、皺《しわ》になった服をつかむあいだ、終始急いでいた。わたしは彼女を止めようとし、ゆっくりさせようとし、ベッドに連れ戻そうとしたが、必ず彼女に押しのけられた。「図書館に行って、秘密の仕事をしなくていいの？」彼女は言い、その日初めての、意地悪そうな笑みを浮かべた。

「そうだった、最高機密のね」わたしは彼女を抱き寄せてキスしようとしたが、それを阻《はば》まれたとき、彼女に、こんなことになったのを後悔しているのかと訊《き》いた。

一瞬、居心地の悪い静けさがあったのち、彼女はまだ濡れている髪をポニーテールにまとめた。

「いいえ」ようやく、彼女は言った。「ただ……思ってもいなかったことだった。だから……慣れなくちゃね」

「慣れるために、今夜も会うのはどうだ?」

また躊躇《ためら》い、顔をそむけながら彼女は言った。「そうね」

わたしは彼女の肩をつかみ、自分のほうを向かせた。「大丈夫か?」

明るく輝く目でわたしを見て、彼女はうなずいた。「ほら、宿代が」

わたしは彼女に、それは問題ないと言った。彼女がいてくれるなら、少なくとも逃げ出したくてたまらないという様子でないなら、三倍でも喜んで支払っただろう。わたしは彼女に、今日は何をするのかと訊き、彼女はいつもどおり、用事があると言ってはぐらかしたが、わたしは穿鑿《せんさく》しなかった。わたしにも、彼女に話していない、やらなければならないことがあった。

49

「電話を待っていた」

「今電話したでしょう」

「フィレンツェはどうだ？　楽しんでるか？」

「どういう意味かしら？」

「無害な質問だろう」

「あなたの質問が無害だったことはないわ」

「おまえには楽しんでもらいたいんだ、気が散りすぎない範囲でな」

「フィレンツェは気が散る街よ」彼女は言った。「世界最高の芸術作品がある」

「ほんの一部だ」彼は言い、壁でスポットライトを浴びている絵を見た。

「もっとお金が必要なの」

「いいだろう」彼は十六世紀の板に描かれた油絵の表面を観察しながら言った。〈聖家族〉、細長い頭の赤ん坊のキリスト、聖母マリア、その背後にヨセフがいる。ヨセフの顔の部分の絵の具がひどくひび割れていて、それはたぶん、この絵につけられた千五百万ドルという値段に影響を及ぼしただろう。この絵は十年前に、マドンナのコンサート中にローマのサント・スピリト病院の壁から盗《と》られたものだ。この皮肉を、彼は忘れていない。彼は傷ついた〈聖家族〉から顔をそむけて、お宝を見た。「同じ口座だな？」

「ええ」

「同じ額か？」

「ええ」

彼はその絵に近づき、うっすらと笑みを浮かべている唇に指先を走らせ、現実の唇ではないかと考えた。

「もう切るわ」彼女は言った。「友だちと会うの」

「フィレンツェに友だちがいるとは、知らなかった」

「女性よ……学校で一緒だった」

「そうか？　いいことだ。待て。何か発見したかどうか、まだ聞いていないな」

アレックスはベッドから椅子に移動し、転借しているアパートメントのバルコニーを見て、時間を確認した。ルークと別れてから約二時間が経っていた。彼は何をしているのだろう、いったい自分は何をしているのだろうと考えた。

「聞いてるか？」

「ええ」彼女は言い、考えあぐね、迷い、話さなければならないと承知していて――そこで話した。

ルークのバックパックの中にあった紙片と、そこに書かれていたことを伝えた。

「よくやった！」彼は言った。「金をかけただけのことはある」

アレックスは挨拶《あいさつ》もせずに電話を切った。ホテルのシャワーを浴びたのに汚れている気がして、皺《しわ》になった服を脱ぎ、もう一度シャワーを浴びることにした。でもいくら熱い湯の下に立っていても、いくら石鹸《せっけん》を使っても、まだ不潔な気がして、それはルークとセックスしたこととは何も関係がなかった。彼が眠っている様子、上下する胸、ハンサムな顔、刺青《いれずみ》を思い出した。

刺青のように、彼は彼女の心に入りこみ、思いも寄らなかった何かに触れた。彼女が感じたくなかったもの。そのせいで何かがよくなることはなく、すべてが悪化した。

50

読んだものから、ページが欠けていることの説明や秘密がわかることはなかった。とにかく、発見するためには拡大鏡が必要だという事実が繰り返されているだけだった。拡大鏡を一つ買おうとメモをして、図書館へ向かった。もう一度日記を読み直す必要があった。

ほぼ毎日会っていた二人の学者のうちの一人、ポニーテールの男が中庭にいた。先に進もうとしたとき、彼に呼び止められた。「アメリカの画家で美術史家でもあるというのは、あなたですよね?」

わたしはお喋《しゃべ》りをする気分ではなかったが、どうして彼が知っているのか興味があった。

「キアラです」彼はわたしの質問に答えた。「彼女は、図書館にいるひとのことはなんでも知っているのが仕事だと思っています」

わたしについては、なんでも知っていてほしくないものだった。

「マルコ・ピサントです」彼は手を差し出しながら言った。「フィレンツェ芸術大学で美術史を教えています。イタリアのコンテンポラリー・アート、トランスアヴァンギャルディアが専門です」

「三人のC――クッキ、キア、クレメンテ」

「彼らの作品を知っているんですね」

「よく知っています。美術史のクラスで、アメリカで言う〝イタリアのトランスアヴァンギャルド〟を教えました。クレメンテの大ファンです」

「先月ここにいなくて、ムラーテ・プロゲッティ・アルテ・コンテンポラネアであった展覧会を見られなかったのは残念でしたね」

「ムラーテ？」その名前を聞いて、足を止めた。「古い刑務所の名前じゃありませんか？」

「古い刑務所です」彼は言い、低層部分は美術団体によって改装されたが、刑務所の大半がそのまま残っているとのことだった。

刑務所がまだ存在しているとは、思いもしなかった。


一時間も経たないうちに、マルコとわたしは囲われた中庭で、文字どおり刑務所の一部から作られた、しゃれたレストラン〝カッフェ・レッテラリオ〟のテーブルについていた。マルコに、わたしの研究の一部は刑務所に関わるものだと話すと、彼は美術団体の理事をしているという友人に電話をかけ、その女性が案内をしてくれることになった。わたしたちの横で、若者たちが大声で喋ったり笑ったりしながらピザを食べ、ビールを飲んでいたが、わたしはこの石壁の中に囚《とら》われていた曾祖父を想像しようとした。

ムラーテの美術監督であるヴァレンティナ・ジェンシーニは、黒髪でオリーブ色の肌をしていて、魅力的で興味深い人物でもあった。彼女はわたしの研究について訊《き》き、わたしは半分だけ真実を話した。自分の曾祖父がこの壁の中に収容されていたことがあり、彼の人生について書こうと考えていると。「本を書くなんて、すてきなことね！　完成したら、またここに来て、朗読をしてください」彼女は言った。驚くような提案だった。

わたしは、きれいで清潔に見える中庭の高い石壁を眺《なが》めた。ヴァレンティナは、この場所が一四二四年に、壁の中での生活を選んだベネディクト会の修道女の住まいとして建てられたと話した。「ムラーテという名前は、〝壁に囲まれた〟という意味なんです」男性の刑務所となったのは一八〇〇年代半ばで、一九八五年までそのように使われていた。「そのころには建物はぼろぼろで、在監者が増えすぎました」ヴァレンティナは言った。「六六年のアルノー川の大氾濫《はんらん》で、何人かの在監者が溺死《できし》して――暴動もありました！」彼女は美術団体が苦労して刑務所を、〝非人間的行為の証拠〟として歴史的建造物に指定させたのを誇りに思い、暗い歴史にまつわる展覧会を企画した。彼女は、中を案内してくれる青年を紹介してくれた。

ステファノはわたしとマルコを中に入れ、美術スペースを見せようとしたが、わたしはそれにはほとんど目もくれず、刑務所を見たくてたまらなくて、そのように言うと、彼はわたしたちを廊下へ導き、そこで重たげな鎖の錠をはずし、狭い階段をのぼっていった。

曾祖父の逮捕と裁判、そして刑務所に入るさいのことは読んでいた。服を脱がされて検査され、ほかの在監者たちと一緒に素裸で冷たいシャワーを浴びさせられて、震え、屈辱に耐えながら、監房へ連れていかれ、ドアが音を立てて閉まり、錠がかかるときの金属に金属が当たる音まで、すべてが苦しいほど詳しく書かれていた。今、ゆっくりと歩を進めながら、わたしはそれを見ることができた。閉ざされた狭苦しい空間、そこはすでに刑務所であり、唯一の光は高い位置にある窓から差すもので、あとは何もかもが暗闇に沈んでいる。マルコとステファノの歩き方は速くて、先へ進んで見えなくなり、わたしは年月まで消えたような気分になった。

二階の踊り場は、腐食の研究ができそうだった。ペンキを塗られた灰色の壁は、とうに塗料が剥《は》がれて石がむき出しになり、割れて水食し、赤っぽい斜線模様のある床はこすれて色褪《あ》せていた。

ステファノに呼びかけられて、わたしは驚いた――過去に我を忘れ、この廊下を連れていかれる在監者たち、その中に曾祖父がいるのを思い描いていた。

わたしたちはまた、もう一階分、階段を上がった。

ここでは踊り場からすぐに、おそらく長さ六メートル、幅二・五メートルほどの、丸い天井のある廊下が伸びていて、重そうな木のドアが並んでいた。その一つで足を止めた。石のモールディングはその一部が大きく欠け、厚い鉄製の蝶番が上下についていた。腐食した二十五センチ×三十センチの鉄製のブラケットには棒がついていて、それが横滑りして、もういっぽうの鉄製の受け口にはまって錠がかかる仕組みになっている。ドアの中央には小さな四角い窓があり、蝶番《ちょうつがい》があって錠がかかっていた。だがその隣は、同じ四角い窓が開いていた。目を細くして見たが、暗すぎて何も見えなかった。ステファノは廊下の先の、別の監房へと手招きをした。そこはドアが開いていた。

それは監房ではない。檻《おり》だった。

一瞬、わたしは身動きできず、それから中に入った。その場に立った。トイレはない。洗面台もない。

ヴァンサンが書いていた、週に一度の集団での冷水シャワーと〝小便空《あ》け〟と呼ばれる作業を思い出した。バケツを空ける不愉快な仕事のことだ。

ここは刑務所というより牢屋、『モンテ・クリスト伯』の中の監獄のようで、作り話でしかありえないと思われるほど過酷な現実だった。

わたしは自分を支えようとして、壁に手をついた。壁は湿っていて冷たかった。体が震えた。ステファノは、この刑務所には暖房がないことを指摘し、それでも今は、下の階の美術スペースのおかげで少しは温かいのだと言った。

ステファノとマルコは廊下に出たが、わたしは一人で監房内に残った。ヴァンサンの言葉が頭の中に響いた。〝歩数を数える。一歩一歩前に出す、いっぽうに六歩、別の方向に九歩〟わたしは踵《かかと》と爪先がつくようにして足を動かしてみた。彼の言うとおり、幅が六歩分で、長さが九歩分だった。彼になったつもりで、前後に行ったり来たりして歩いてみた。ヴァルフィエロとショードロンに対する復讐《ふくしゅう》計画を立てることで、わたしは、つまりは彼は、正気を保ったのだろうか。

石の床に座った。目を閉じた。このような監房内で曾祖父が過ごし、人生の記録をつけた何週間か、何ヵ月間かを思った。目を開け、柵のはまっている窓を眺め、廊下を覗《のぞ》いてみた。駆り立てられるように立ち上がり、柵をつかんだ。わたしの両手、ヴァンサンの両手だ。このような柵を、彼は何度握ったことだろう?

ステファノは壁や床が傷《いた》んでいる、トンネルのような廊下を見せてくれた。またヴァンサンの言葉を思い出した。〝一つだけ柵のはまった窓がある——だがそれは窓じゃない。狭い廊下に面していて、看守がわたしたちの様子を見るのだ〟

看守が巡回する様子を想像した。曾祖父に日記と鉛筆を与えた看守のことを考えた。この地獄のような場所での、ささやかな親切。

もう一つ、ドアの開いている監房があった。さっきのものと同じだが、ここには絵があった。わたしは震える指でそれに触れた。

一つの壁には、古風な制服を着た兵士の絵があった。もう一つには何本もの線が描かれていて、一瞬わからなかったが、よく見ると女性像が乱雑に刻みこまれていた。次の監房にも絵があった。現代的な風貌の女性の横顔の横に、中世風の建物が描かれている。こすれて色褪せ、見るからに古そうだが、まだ何かはわかる。そこでわたしは、落書きはさまざまなときに描かれたもので、何十年もの、へたをしたら何世紀もの幅があることに気づいた。これがヴァンサンの手によるものであることはありえないが、それでもわたしには、彼が壁際にうずくまり、どこかで拾って尖《とが》らせた木切れで絵を刻みこんでいる様子が想像できた。現実社会を忘れず、正気を保つ手段として。

わたしは座りなおし、両手を冷たい石の床について絵を見詰めた。曾祖父のことを、夢中で考えた。彼がこの檻のような監房で何ヵ月も過ごしたこと。なんとか生き延び、日記を書いたこと。今後どうなるのかは言うまでもなく、わたしはすべてを知りたかった。想像もしないほど気にかけるようになった人物、曾祖父に関することのすべてを。

51

夕食にアレックスと会った。ムラーテで過ごした時間のせいでまだ多少動揺していて、懲役を終えてきたばかりのような気分だった。レストランはアレックスが選んだもので、家族経営で、おしゃれでも高級でもなかった。彼女は機嫌がよさそうだった。わたしに、まだパリに行くつもりなのかと訊《き》き、わたしは行くと答えた。ルーヴル美術館での約束と、もう一つ予定している望まれていない訪問のことを考えた。

彼女は「そう」と答えたが、それについて彼女がどう思っているかわからなかった。すぐに戻るよと言うと、また彼女は「そう」と答え、パリにいる友人のことを訊き、わたしは友人を一人でっち上げた。

デザートとコーヒーは頼まなかった。わたしはすぐにでも店を出たくてたまらなかったが、二人一緒に帰るのが当然だと思いたくもなかった。でも彼女が、「あなたの部屋、それともわたしの？」と訊いたのでほっとした。

「きみの部屋だ」わたしは言った。「ぼくのところは安宿だから」

彼女はそれでもかまわないと言った。わたしは、自分はかまうと言った。

アレックスのアパートメントは、サン・ロレンツォ聖堂から遠くない、エレベーターのない古い建物の四階で、すてきだがすてきすぎず、わたしは気に入った。彼女は居間を見せ、キッチンの美しい青いタイルや、錬鉄《れんてつ》製の手すりのついた小さなバルコニーを指し示した。二人でバルコニーに出て、数分ほど景色を眺《なが》めた。照明されたドゥオモが暗い夜空に映えていた。わたしは彼女を引き寄せた。驚いたことに、彼女は性急な、必死とも思えるほどのキスをしてきて、わたしたちはそのまま離れられず、やがてアレックスがわたしを寝室に導いた。

愛を交わす行為も性急だった。ゆっくりしようとし続けたが、だめで、あっけなく終わった。そののち、わたしたちは何も言わずに、ベッドに寝ていた。彼女は起き上がってワインを取りにいき、わたしは彼女が遠のくのを見ながら、彼女が今にも逃げ出すのではないかと心配だった。

ベッド脇のテーブルには小さな額があり、アレックスと思《おぼ》しき少女とその母親の写真が入っていた。母親のことは、ロケットで見て知っていた。

「お母さんとの写真、いいね」わたしは戻ってきた彼女に言った。

彼女はうっすらと笑ってうなずいた。わたしは彼女が何かを言いたげなのを察して、話を促した。

「母は……具合がよくないの。いえ、大丈夫なんだけど……」いったん言葉を切って、かぶりを振った。「ただ……気にしないで」

わたしは、話したくないならそれでいいと言った。

しばらくしてから彼女は「話したい」と言い、ワインを一口飲んだ。グラスを持つ手が震えていた。それから、慌《あわ》てて話さなければ二度と話せないかのように、早口で言った。

「母はいつも虚弱だった。でも優しくてすてきだったわ。最初、医師たちも何がどうなっているのかわからなかった。鬱《うつ》病か、不安障害か？　それから診断が下ったわ——若年性認知症よ。よくなることはなくて、悪化するばかりだって」

「大変だな。お父さんはどうなんだ？」

「父は……いないも同然よ、離婚したから。話したと思うけど」彼女はふっと息を吐き出した。「母は、今はいい施設にいるの。お金がかかるけど、仕方ないわ。母は五十六歳で——具合が悪くて……どんどん悪くなった。しばらく、わたしのアパートメントに連れていってわたしが世話をしていたの。でも、手伝いを頼んでも手に余った。夜中、半分は起きていて、混乱して泣いたりしていた——わたしは一緒に起きていて、慰めようとしたけど、睡眠不足になって翌日はへとへとだった」

彼女の目に涙が浮かんでいた。

わたしは彼女に腕を回したが、何も言わず、彼女に話を続けさせた。

「二度目の自殺未遂のあと——最初は薬を飲んで、二度目は剃刀《かみそり》の刃で……」アレックスはあえぐように、息を吸いこんだ。「医師に、ずっと監視していられるような場所に入れたほうがいいと言われた。ただ……」また息を吸った。「ごめんなさい……」

「謝る必要はない」

彼女は脇のテーブルからティシューを取り、目を拭《ふ》いた。「謝らなくちゃ。こんな話をして、あなたには重荷でしょう？」

わたしはかまわない、なんでも話してほしいと言った。

「普段は泣いたりしないのよ」彼女は鼻をすすりながら言った。「恥ずかしいわ」

「おい、ぼくに〈バンビ〉を三分見せてごらん、赤ん坊のように泣きじゃくるぞ」

「そうでしょうね」彼女は無理やり笑顔を作り、指先でわたしの刺青《いれずみ》を撫《な》でた。「非情なミスター・キル・ヴァン・クル」

「さほどでもない」わたしは言った。本気だった。彼女を両腕で抱き寄せた。彼女を大事にして守りたいと思った。彼女の経験してきたこと、母親のことなどを聞いて胸が痛んだ。でも彼女が打ち明けてくれたのは嬉しかった。愛がどんなものかわからないが、生まれて初めてそのようなものを感じ、その感情を、彼女を失いたくないと思った。〝ニューヨークに戻ったらお母さんのことに手を貸す。なんでも手助けする〟と言いたかったが、彼女を脅《おど》かしたくもなかったので、ただ、「大丈夫だ」とだけ言った。

その夜、アレックスはわたしの腕の中で眠り、何度かびくりと動いたり寝言を言ったりして、わたしは目が覚めた。悪夢を見ていたようだ。「シィィ」わたしは言って、彼女の額を撫でた。彼女は眠りにつくが、また悪夢を見た。

朝、わたしは早く起き、彼女を起こさないようにベッドを出て、身支度《みじたく》をして出かける準備ができてから、彼女にキスをした。

「どこへ行くの？」彼女は枕から頭を起こして訊いた。

「パリだ、覚えてるだろう？　二日で帰ってくる」

「ああ……そうだったわね」彼女はわたしを引き寄せてあらためてキスをした。情熱的だが不安をはらんでもいた。それからわたしを押し離した。「行きなさい！」そう言うと、毛布を首まで引き寄せて、枕に顔を埋めた。

52

アレックスは手早く服を着て、ベッドを整え始め、枕カバーを鼻に近づけて、ルークのにおいを嗅《か》いだ。彼が行ってしまってよかった、行ってしまったことが耐えられなかった。なんてことだろう。こんなつもりではなかった。彼女は枕を離して額に入った写真を手にした。いつも持ち歩いている、母親と二人の写真。彼女が覚えていたい母親、彼女を覚えている母親。

なぜ昨晩、あんなに喋《しゃべ》ったのだろう？　救われたくて、同情や口実を求めたのだろうか？　ルーク・ペローネが白馬の騎士で、彼女は悩める乙女？　救いが必要な人間がいるとしたら、それはたぶん彼女ではなく、彼のほうだ。

彼女はベッド脇のテーブルに写真を戻した。ときに、ひとは愛するひとのために、どれほど大変でまちがった行為でもしてしまう。ほかにやりようがないからだ。

53

パリの朝の空は暗い灰色だったが、街は想像したとおりの美しさだった。空港からタクシーに乗り、できるだけ街を見たかったので、鞄《かばん》を投げ捨てるようにして、早くもフォーブル・サン゠ジェルマンを歩いていた。錬鉄《れんてつ》のバルコニーのある漆喰《しっくい》塗りの建物や、おしゃれなブティックや高級美術画廊のある、歴史的地区だ。

感じのいいレストランを見つけ、セコイア材のバーに座り、オムレツとフライドポテトを食べ、欲しくてたまらなかったコーヒーを飲んだ。夜通し寝返りを打つアレックスを見ていて、疲れて気持ちが落ち着かなかった。あんな悪夢を見るのは、母親の状態を話したせいだろうか――それとも、彼女をあのように苦しめる、もっと深い理由があるのだろうか？　情熱的なさよならのキスはよかったが、その後、彼女のほうから押し離されたのは気に入らなかった。彼女はまだ、何か駆け引きをしているつもりだろうか？　もしそうなら、彼女のほうも、そのゲームをわたし以上に楽しんでいるようには見えなかった。

ルーヴル美術館での約束まで、まだ二時間あったので、わたしはその時間を利用して街の美しさに浸ろうと考えた。カフェインで勢いをつけて、アンヴァリッドの敷地内を速足で歩いた。これはフランス陸軍の建物で、金色の円蓋《えんがい》は太陽が出ていなくても輝いていた。並木道をぶらぶらと歩き、大きな高層の劇場があると思って足を止めたら、それは有名なコメディ・フランセーズだった。約束の時間が近づいていなければ、一日中でもパリの通りをさまよっていられた。ついに〈モナ・リザ〉を見るという、興奮と恐怖のないまぜになった気持ちで、ルーヴル美術館へ向かった。ショードロンが贋作《がんさく》に何を仕込んだのかわかるだろうか、それが見えるだろうか？

ルネサンス絵画のキュレーターであるアラン・ジャンジャンブルは、細い顔で骨ばった体つきをしていて、黒髪と細い顎《あご》ひげがあり、彼自身がエル・グレコによって描かれたようだった。彼はレオナルドの作品について論文を書いている美術史家だというわたしの話を信じていたが、わたしのせいでもっと大事なことができなくなって苛立《いらだ》っているような様子だった。わたしは彼のあとについて美術館の中を歩いた。彼の靴が、大理石の床に当たって響いた。温度管理されている空気は冷たくて希薄な感じで、レモン風味の床のワックスに紛《まぎ》れて、どこかカビくさかった。ヴァンサンがこの場所を墓場と言った理由がわかった。

わたしたちは芸術作品を無視して次々と廊下を進んでいった。わたしは曾祖父が悪名高き罪を犯すために、この同じ廊下を歩いたのだと考えざるをえなかった。

数メートル進むたびに、キュレーターは肩越しにこちらを見て、犬に言うように、「こっちだ」と言った。わたしは吠《ほ》えてやろうかと思った。

ようやくサル・デ・ゼタのギャラリーに着き、そこに彼女が、ヴァンサンが頻繁《ひんぱん》に〃レオナルドのご婦人〃と呼んだ女性がいた。

まず思ったのは、それがとても小さいということだった。それからすぐに、その静かで張り詰めた様子に引きつけられた。とても有名な絵だからだろうか、それとも何年もこの絵に取りつかれてきたからだろうか。

絵に近づいた。髭《ひげ》のある男の暗い顔がガラスを横切り、わたしは震えた。自分の顔が映っているのだと気づくのに、少し時間を要した。深呼吸をして、後ろに下がった。

「絵がガラスに覆《おお》われてるのは残念です」シモーヌのヴァンサンへの言葉が耳元に聞こえたように思いながら言った。

「仕方ないのです！」キュレーターは言った。「その昔、頭のおかしい男が彼女の顔に硫酸をかけたことがありました！　石を投げつけられたことも！　そんなひどいことをするなんて、想像できますか」

わたしはうなずいて、さらに少し近づいた。目の前の女性は絵以上の存在に見えた。美しく、憂いに沈み、実際に呼吸しているようだ。もしこれがショードロンの贋作の一枚だとしたら、すばらしい出来だった。

わたしは照明をつけてもらえないかと頼んだが、ジャンジャンブルは目が慣れるまで待てと言った。自然光のほうがいいという。彼の口調は偉そうだったが、確かにそのとおりだった。一分ほどすると、描かれている肌や垂れ幕の柔らかい折り目などの微妙な細部が、はっきり見えるようになってきた。

　そこからわたしたちは闘いを始めた。どちらがこの絵について知識が豊富であるかを競い合った──モデルの名前、絵が切られたらしいという事実、色が黒ずみ酸化したこと、かつては〈モナ・リザ〉に眉があったが年を経て消えたこと、レオナルドは何年もこの絵を描き続けて、死ぬまで手元においていたこと。

「彼女の微笑《ほほえ》みは、その名前〝ジョコンド〟を示していて、イタリア語で幸せという意味です」ジャンジャンブルは言い、その口元にほんの一瞬笑みを浮かべた。「十九世紀の半ば、象徴主義の画家たちが称賛し始めるまでは、さほど有名ではなかったのはご存じですよね」

　わたしは思わずつけくわえた。「そして一九一一年の盗難がその地位を上げた。それは忘れてはいけないでしょう」

　キュレーターは鼻を鳴らした。「そうかもしれません、でも絵を盗まれて、二年間も行方がわからなかったとはね！」

「さぞかし、この絵がなくなって悲しんだことでしょうね」

「人々を引きつける絵の力を、わたし以上に知っている者はいません！　ルーヴル美術館は世界一の見学者数を誇ります。昨年、一千万人が訪れて、その誰もがこの場所に、レオナルドの名作を見にやってきました」

　感心したとわたしは言い、確かにそのとおりだった。

　彼の話では、レオナルドの没後五百年の記念式典のため、ギャラリーを清掃して塗りなおしたとのこと。それがきっかけになって、わたしは、この絵そのものがいちばん最近掃除されたのはいつかと訊《き》いた。

「この絵については、頻繁に劣化の兆候がないかどうか調べます」彼は言った。「でも古い絵の掃除は、悪いものといっしょにいい部分まで取ってしまう危険性が常にありますから、最低限にしています」

「硫酸をかけられたときは、修復などはしたんですか？」わたしは尋ねた。

彼はびくりと震えてみせた。「はい、でも、裸眼では誰も気づかないでしょう」

「正確には、どこですか？」

「わかりません。わたしがルーヴル美術館で働き始めるより、ずっと前にされたことです」

これは信じられなかった。このルネサンス絵画のキュレーターは、美術館のもっとも有名な絵のどの部分の、どこが修復されたかを正確に知っているはずだ。わたしはさらに押して、一九一一年の盗難のあと、何か修復がなされたかと訊いた。

「いくつかの傷を、水彩絵の具で埋めました」彼は大げさなため息とともに言った。「でもそれもまた遠い昔のことで、どこであるかはわかりません」

そうかもしれない。でも彼は今、重要なことを口にした。この絵は水彩絵の具で修復された。水彩絵の具なら、油絵の表面を傷つけずに簡単に取り去れる。そのうえ、ショードロンが贋作のしるしとして残したものがなんであれ、それを隠すこともできただろう。

「あなたが書こうとしているのは、絵の状態についてなんですか？」彼は訊いた。「毎年、ルーヴル美術館に来て状態にケチをつける者、〈モナ・リザ〉の真偽を問う者さえいます。ばかばかしい」

わたしはちがうと言い、教職のために絵を見たかっただけだと話した。彼は首を傾げ、口元をこわばらせて、真実を言っているのかどうか考えるような様子でわたしを見た。彼が何か言いかけたとき、若い女性がギャラリーに入ってきた。

「お電話です《イリヤ・アナベル・ブル・ヴー》、ムッシュー・ジャンジャンブル？」

彼は女性に、すぐに行くと言い、わたしに顔を向けた。「電話に出なければなりません。充分にご覧になりましたよね？」

「いや」わたしは言った。「この部屋のほかの絵さえ、まだ見ていません」

ジャンジャンブルはため息をつき、若い女性を見た。「マリ、ギュスターヴが起きてるかどうか見て、ここに来させてくれ。ベルトランもだ」

数分後、警備員が二人現われた。一人は若くて不愛想で、もう一人は年寄りでつまらなそうだ。

「彼の監視を頼む《メフィエ・ヴー・ド・ルイ》！」ジャンジャンブルは二人に言った。

「確かに監視してくれるはずですよ」わたしは言った。

キュレーターは驚いた顔をして、わたしが理解したのに苛立った様子だった。

「警備員を手配できるのは三十分だけです」彼は言って、ギャラリーの端で躊躇《ためら》った。明らかに、美術館最高の芸術作品の近くにわたしを残していくことを迷っていたが、とうとう立ち去った。

警備員たちは絵の両側に陣取った。わたしは一歩絵に近づいた。ガラスに映ったわたしの顔が曾祖父にそっくりなので驚いた。反射する光を避けるために体を横にずらし、かすんだ山々や湖を観察した――レオナルドの有名なぼかし画法、文字どおり〝蒸気に変える〟というものだ。薄いリンシード油と顔料を何度も塗り重ねると、やがて端がぼやけ、絵にこの世のものでないようなかすみがかかる。

ほかに何が隠されているのだろう？　ショードロンの印は、年月を経て消えてしまったのだろうか？　わたしはポケットから拡大鏡を出した。両方の警備員が飛び掛かってきた。

「ムッシュー！」

「触ったりしない」わたしは言った。「筆遣いをよく見たいだけです」

警備員は、さっきより近くに立った。わたしは拡大鏡を絵のガラスから数センチのところへ近づけ、ゆっくり表面に沿って動かした――ひびや傷が拡大され、リザ・デル・ジョコンドの髪の房が川や峡谷のように見えた。

「何を探してるんですか？《ク・シェルシェ・ヴー》」年寄りの警備員が訊いた。

「特に何も」わたしは言い、拡大鏡を少しずつ動かした。実際、自分でも何を探しているのかわからなかった――水彩絵の具に隠されたものか、消えてしまったものだろうか？

美術館は暑くて息苦しく、頬《ほお》が火照《ほて》って、拡大鏡を持つ手が震えた。「あれが聞こえましたか？」

わたしは警備員たちに訊いた。

「なんですか？《クワ》」

「なんでもありません」わたしは言ったが、確かに赤ん坊の泣き声、そして何かをねじるようなハンマーとペンチの音が聞こえた。「今日、どこかに大工が仕事に入っていますか？」

警備員たちは、入っていないと答えた。

わたしは絵を見詰めた。全身が熱を帯びた。次の瞬間、視野がぼやけ、部屋が回り始めた。

「ムッシュー、大丈夫ですか？《サ・ヴァ》」年寄りの警備員が言い、若いほうが駆け寄ってきてわたしの背中に手をおいた。

わたしは額の汗を拭《ぬぐ》い、体のバランスを取ろうとしたが、ぐらりと揺らいだ。


外で、わたしは口から猿ぐつわをはずされたかのように、空気を吸いこんだ。倒れる前に警備員が支えてくれたが、まだふらふらしていた。コーヒーを一杯とか、何か気持ちを落ち着けるものが欲しかった。いや、欲しいのはコーヒーではなかった。それはわかっていた。ジョリー・ランチャーの袋をポケットから出した。二つしか残っていなかった。甘いアルコールの代替品を二つとも、口に放りこんだ。キャンディーで血糖値は上がったが、苛立ちはおさまらなかった。

絵に何か手がかりが見つかると、本気で期待していたのだろうか？

ルーヴル美術館を見やった。墓場。静かで、偉大なる芸術作品とその背後にある物語を閉じこめている場所。

確かに、何年ものあいだに、曾祖父が返却したあと、何十人もの管理者がこの有名な絵を検分したにちがいない。何かおかしなことがあれば、発見し、報告するのではないか？

いや、そうだろうか？

この疑問を考えた。もし誰かが絵について不正な点を報告したら、美術館はそれを公表するだろうか？　さっきキュレーターが指摘したとおり、この絵はルーヴル美術館の最高の呼びものだ。これが贋作だと認めたりできるだろうか？　何百万人もの観光客が、複製を見るために行列を作るだろうか？　本物だからこその話では？　もしこの絵が贋作なら、家で、コンピュータで画像を見ればいいということになりかねない。

54

彼は赤い点がルーヴル美術館から出るのを見るが、まだカフェを離れる気にならない。癒しと寛《くつろ》ぎの時間は希少だ。彼はクロワッサンをかじり、コーヒーをすすり、座りなおした。なぜ急がなければいけない？　ここからでも、アメリカ人の行き先はわかる。あとで彼に追いついて、美術館で彼が知ったことを訊《き》き出す。願わくは、お互いが探している答えが得られますように。

55

〈モナ・リザ〉のことを考えずにはいられなかった。あの絵に引きこまれ、気圧《けお》された。マレー地区を歩き、ヴォージュ広場に寄るあいだも、それは頭の中にあった。ここはパリでもっとも古い広場の一つで、大きな庭園と中央の噴水、石の象眼細工のある赤煉瓦《れんが》の建物などがあって、もっとも美しい広場の一つともされている。こんな場所に住みたいが、とても無理だ。わたしは一瞬、このあたりの豪華な家にアレックスと一緒に住むという想像をめぐらせた。ルーヴル美術館で感じたのと同じくらい心をかき乱され続けているこの女性と、いつの日か同棲するというのは、不可能とは言わないがありそうにないことで、それでもわたしはそんな幻想を楽しんだ。

まだ多少ふらつきながら煙草店に入り、キャンディーを探して、賑《にぎ》やかな色とりどりの袋に入った、アルルカンという名前のものを選んだ。個別に包まれているハード・キャンディーで、ちょっと高級なのかと思ったが、実際は人工的なフルーツ味のものすごく甘い飴《あめ》だった。

それを三つ舐《な》め終わるころ、ペルシュ通り六七の、三階建ての古いタウンハウスを見つけた。ライオンの頭部の形をしたブロンズ製のノッカーを持ち上げて、打ち下ろした。

ドアを開けた男は青いサテン地のローブを着ていて、四十代後半で、長身で人目を引く容貌《ようぼう》だった。「なんですか？《ケス・ク・セ》」そっけなく冷たい口調で訊《き》いた。

「エティエンヌ・ショードロンですね？」

彼はうなずいた。

「ルーク・ペローネです。電話で話した――」

わたしが誰かを理解するのに一分ほど要し、理解したとき、彼は嬉しくなさそうだった。「あなたに言うべきことは何一つないと、はっきり言ったでしょう」

「ええ、でもせっかくパリに来たので……」わたしは用意していた台詞を素早く口にした。「ヴィンチェンツォ・ペルージャの日記を読んでいて、あなたの大おじにあたるイヴは、その中で主要な役割を担っています。あなたと話し合いたい、大事なことがあります」

「どんなことですか？」

「中に入っても？　たいして時間はかからないと約束します」

彼は渋々ドアを開け、わたしは彼のあとについて、天井のすぐ下にリボンの装飾的なレリーフのあるホワイエを通り抜けた。そこは見るからに古く、漆喰《しっくい》がひび割れていたが、それでもすてきだった。スーツケースがいくつか並んでいて、わたしは彼に、どこかへ出かけるのかと訊いた。

「短いバカンスですよ――南フランスへね」彼は言い、美しい曲線を描く手すりのついた木製の螺《ら》旋《せん》階段を通り過ぎ、大理石の暖炉やクリスタルのシャンデリアや作りつけの本棚、そして座り心地のよさそうな革張りのソファーが二つある、小さな居間へ案内してくれた。彼は座るように手ぶりしたが、彼自身は立ったままだったので、わたしも立っていた。

「そんなに大事なこととは、なんなんですか?」

「イヴ・ショードロンはわたしの曾祖父であるヴィンチェンツォ・ペルージャと結託して〈モナ・リザ〉を盗んだと、わたしは考えています」

「それで?」

「驚かないんですか?」

「前にも聞いたことがありますよ、何度もね」

「ペルージャの日記には、ルーヴル美術館から〈モナ・リザ〉が消えていた二年間に、あなたの大おじがその贋作《がんさく》を複数枚描いたとはっきり書いてあります」

彼はため息をついた。「毎年のように、悪名高い大おじと、彼が作ったとされる贋作の話を聞きますが、本当に大おじの手によるものだという証拠はない」

「わたしもまさにそれを探しているんです――証拠です。あなたの大おじによる贋作だと見分ける方法です」

エティエンヌ・ショードロンは片手で髪の毛をかきあげ、一拍おいた。「万が一、贋作が存在したとしても、それを証明する方法はありません」

「日記によると、あなたの大おじは絵を取り換えてペルージャに渡した、だからルーヴル美術館に戻ったのは彼による贋作なんです」

「ムッシュー・ペローネ……」ショードロンはかぶりを振り、またため息をついた。「もしそれが真実なら、大変な悪ふざけということになりますが、わたしはそんなことは何も知りません」

「どうしてペルージャが、嘘をでっち上げるというんですか？」

「世界でもっとも有名な絵を盗んだ男について、まじめにそんな質問をしてるんですか？　彼の頭がおかしかった《キレテ・フー》と思ったことはないんですか？」

「正気じゃなかったと？　ええ、それは考えました、でも彼の日記に、そうであったと思わせるものは何一つ見つからなかった」わたしは日記から破り取った一ページを彼に手渡した。

「ペルージャの日記の一ページか」彼は言った。「これが証拠だと？」

なんの一ページか言わなかったのに彼がそれを識別したことに気づくのに、少し時間がかかった。

「イタリア語は得意じゃない」彼は言ったが、そのページをざっと見てからわたしに返した。「それで？」

「日記の残りに書かれていたこと、あなたの大おじが、オリジナルと贋作を見分けるために絵に何をしたか、あなたが知ってるんじゃないかと思って」

「見当もつきません」彼は言い、それ以上の言葉を抑えこんでおくかのように、口をぎゅっと閉じた。「さて、そろそろいいですか、やらなければならないことがあるので」

わたしはそのページを胸ポケットに戻した。彼がこれ以上のことを知っていると感じ、何を言えば、何を訊けば協力させられるかと考えた。「これについて書こうと思ってるんです」

「何についてですか？」

「窃盗《せっとう》について――それと、あなたの大おじが贋作製作に関わったこと」

「それはよくないんじゃないかな」彼は脅《おど》しというより警告のような口調で言い、ホワイエに戻っていった。

わたしはちょっと足を止めて、居間に入るアーチを覗《のぞ》いた。家具の大半にシーツがかけてあるが、短い休暇のためにすることではない。そこで一枚の絵に気づいた。「あれはフェルメールですか?」わたしは訊いて、彼に止められる前に絵に近づいた。ピアノを弾いている女性と、手紙を持っているもう一人の女性、菱《ひし》形が並んだような黒と白の市松模様の床、すべてが有名なフェルメールの光に満ちている。「あなたの大おじの作品ですか?」

「帰ってください」ショードロンは言って、わたしの背中に手をおいた。

そこで気づいた。この絵なら知っている。かつて、ボストンのイザベラ・スチュワート・ガードナー美術館に飾られていたものだ。この絵は——このほか、十二枚の作品とともに——一九九〇年に盗難に遭《あ》い、今なお未解決のまま当局を悩ませている。これはイヴ・ショードロンの贋作か、それともまさか、オリジナルだろうか?

「すごいですね」わたしは言った。

「そうですね」ショードロンはじれったそうに言った。「大おじの作品です。彼が細部まで精確に描く技量を持っていたのがわかるでしょう」

確かにわかった。これが複製であるなら、イヴ・ショードロンが何についても完璧な贋作を作ることができたのは、疑う余地がない。そこでわたしは、イヴ・ショードロンはガードナー美術館の盗難事件よりずっと前に死んでいたことに気づいた。いったいいつ、これほど完璧に複製を描くために絵を見たのだろう？　絵がガードナー美術館に行く前はどこにあったのか調べようと、心の中にメモをした。

「どうやって手に入れたんですか？」わたしは訊いた。

一拍間があって、それからため息。「大おじが死んだとき、遺品の中にありました。大おじには子どもがいなかったので、すべてがわたしの姉のところに行った。さて、もう帰って――」

「あなたのお姉さんは――」

「死にました」

「それはご愁傷《しゅうしょう》さまです。それで、大おじの所持品はあなたのところに来た？」

「そうです。この絵、いくらかの書類――」彼は言葉を切り、うっかりまずいことを言ってしまった子どものように、下唇を噛《か》んだ。

「書類？」

ショードロンは何も言わず、ふたたびわたしを玄関のほうへ向かわせようとした。彼がわたしの背中に手をおいたとき、誰かの声がした。「こんにちは《ボンジュール》！」階段の上にきれいな若い女性がいて、シルクのようなローブの前を引っ張って合わせた。「お客さんがいるとは知らなかったわ《ジュ・ヌ・サヴェ・パ・ク・ヌザヴォン・ド・ラ・コンパニ》」

「今、帰るところだ」ショードロンは言った。

「あなた、アメリカ人《ヴゼット・アメリケン》？」

「当たりです」わたしは言った。

「あれのことで、ここに来たんじゃないの？」彼女は顎《あご》で、フェルメールを指し示した。「セタン・

フォー、偽物よ。エティエンヌの曾祖父は――」

「大おじだ――」ショードロンが言った。

「それは重要じゃないでしょう《スラ・マ・パ・ダンポルタンス》」彼女は言い、滑らかに英語に切り替えた。「どうでもいいことよ」

「ムッシュー・ペローネは、今、帰るところだ」彼はドアを開きながら、また言った。

「おじゃましました、ミセス・ショードロン」

「ミセス・ショードロン？」若い女性はくすくす笑った。「とんでもない《パ・ド・トゥ》！」

「南フランスへの旅を楽しんで」わたしは言った。

「え？《コワ》」若い女性は当惑したような顔をした。「いいえ。メキシコ《メヒコ》よ」女性はくるりと回って向こうを向き、上階の廊下に消えた。すぐに音楽が大音量で鳴り始めた。

「南フランスと言いましたよね」

「聞きまちがいです」エティエンヌ・ショードロンは言い、わたしを玄関のドアから押し出した。

ドアは鈍い音を立てて閉まった。

56

モディリアーニの絵から出てきたような、沈鬱《ちんうつ》な顔をした黒髪の女性が、ペルティエ・エディシオンの机についていた。わたしは自己紹介をし、友人であり、稀少本コレクター仲間でもあるアントニオ・ガグリエルモを知っているかと尋ねた。

「ここに勤めて、長くないんです」女性は言った。

わたしはガグリエルモがこの店で日記を買ったさいの領収書を見せた。

女性は一瞬それを見て、涙をこらえるような様子で、紙ばさみの入った引き出しを探した。ガグリエルモというラベルのついた紙ばさみを出し、わたしによこした。「ご自分で探してください」

わたしは十枚ほどある領収書を見た。すべてがガグリエルモに売った本についてだったが、日記の領収書はなかった。

「すべてのコピーがあるはずです」女性は言った。

わたしは、自分が探している領収書はなかったと言った。彼女は、その紙ばさみごと持っていっていい、店はまもなく閉まる、もはや領収書は必要ないと言った。

「閉まる？」

「そうです。閉店です。父の店でしたが、父は……亡くなったので」

わたしは悔やみの言葉を言い、いつかと訊《き》いた。

「およそ……二ヵ月前です」

「もう一つ訊かせてください、どんなふうに亡くなられたんですか？」

女性は驚いた顔をしたが、答えた。「心臓の病気らしいんですが、はっきりしません。それほど高齢ではなかったし、健康でした。父はここで……この店で」――女性はすすり泣きをこらえた――「床に倒れていました」

「それでは自然な死因だったんですね」

「ええ、言ったとおり――」女性は言葉を切った。今度は不審な目をわたしに向けた。「警察のひとですか？」

「いや、そんなものではありません」

「じゃあ、なんなんですか？　何か隠してることでもあるの？」

「いや」わたしは言った。

女性は涙を拭《ふ》いた。「領収書のコピーがないなら、お役に立てません」

「さぞかし寂しいでしょう」ガグリエルモと関連のある書籍商がまた死んでいたとは、偶然に過ぎると考えながら、わたしは言った。

57

「ブザーを押してもイニュティル――役に立たないよ」髪の毛を一つに結び、ペンキの染みのついたジーンズをはいた、若いフランス人のおしゃれな男性だった。「でも、コレットを探してるなら、彼女はたいてい部屋にいる」

じつのところ、自分が何を探しているのかわからなかったが、ベルヴィルの住所は合っていて、それでわたしはうなずき、おしゃれな男性はわたしを中に入れてくれた。古い建物がまだあって、それを見つけられたことで、わたしは驚いていた。

「コレットはいちばん上だ」男性は言った。「気をつけて《フェット・ザタンシオン》!」

腐って不安定な木の階段をのぼっていきながら、注意の意味を理解した。廊下や階段にはテレビン油のにおいが充満していた。どうやらヴァンサンとシモーヌの古い建物は、いまだに画家たちの住まいであるらしかった。

七階で足を止めて息をつき、アパルトマンのドアをノックした。ひび割れた塗料の下に、十以上もの以前の色が層になってうかがえた。

ドアチェーンのついたドアの隙間《すきま》、数センチほどに顔がのぞいた。年老いて皺《しわ》があり、濃い化粧をしている。ワイン・レッドの口紅とヘンナで染めた髪。

「なんのご用？《ケス・ク・ヴー・ヴレ》」女性は掠《かす》れた声で訊《き》いた。

精いっぱいのフランス語で、わたしはニューヨークから来たと言い、曾祖父がかつてこのアパルトマンに住んでいたことがあり、ぜひ部屋を見たいと説明した。

年老いた女性は耳に手を当てて、すべてを二度繰り返させて、ようやくわたしをホワイエに入れてくれた。そこでフランス語と英語を混ぜて早口で話した。「アメリカ人は大好きよ！《ジャドール・レ・ザメリケン》——わたしはコレット——本当の名前じゃないわ《ス・ネ・パ・モン・ブレ・ノム》、でもわたしが選んだの、コレットってね！　今は一人、ずいぶん前に夫は死んだ《モン・マリ・エ・モー》——子どもはいない——でもエディット・ピアフの言うように、〝何も後悔してないわ！《ジュ・ヌ・ルグレット・リヤン》〟」

わたしは顔に笑みを貼りつかせて、小さなホワイエからアパルトマンの中を見ようとした。

「いらっしゃい《ヴネ》」彼女は言って、わたしを中に招いた。

わたしは自分が見ているものが信じられず、立ち止まった。壁には何度も色を塗った形跡があったが、緑色の葉やピンクの花のついた曲線を描くつる植物の輪郭が見て取れた——シモーヌの作品が、絵の具の層や時間を超えて現われていた。

コレットはわたしの視線に気づいた。「必ず見えてきてしまうの。どうしたらいいのかしら？」

わたしは近づいた。描かれたツタに指先で触れた。諦《あきら》めようとしない、過去の記憶。それは日記に命を与えただけでなく、真実であると確信させてもくれた。

暖房のパイプが鳴り、コレットは騒音と牛乳の値段について不満を言って幽霊を追い払おうとしかけたが、わたしは必死にすがりついた。古い壁に現われているつる植物や葉のペンティメントを、指先で撫《な》でるのをやめられなかった。頭の中にヴァンサンとシモーヌの姿が浮かび上がった。

コレットのあとについて寝室に行った。あらゆる場所——ベッド、戸棚、椅子——に衣類がかけてあったが、わたしは小さな絵に視線を引きつけられた。赤い布の上に配置された果物を描いた静物画で、すべてが暗い藍《あい》色で縁取られている。「あの絵は——」

「ああ《ウィ》、それね、わたしが来たとき、ここにあったの。小さなクローゼットの奥にね。好きだったから、飾ったのよ」

わたしは左下の隅にあるサインと日付を見た。〝V・ペルージャ、一九一〇〟「曾祖父のものです。彼が描いたんです」

「本当に《ブレマン》？」

わたしは構図や技巧を観察し、ペルージャの手や絵筆が小さなカンバスの上を動く様子を想像し、藍色の線ですべてをつなごうと試みたのを見て取った。けっして革命的ではないが、単純な美しさと高潔さがあった。

コレットは関節炎で節の目立つ両手で、壁からその絵を取りはずした。「長いあいだ楽しませてもらったわ、ムッシュー、これはあなたのものよ」

「いいえ、それはできません」

「ぜひ」

わたしは金を払うと言ったが、断わられた。

「だったら、ちょっと待っていてください」わたしは階段を大急ぎで下り、転がり落ちそうになり、少し歩を緩めて建物の出入口に着き、なんとか無事に外に出た。日中の光は翳《かげ》り、霧のような雨であたりはかすんでいた。見た覚えのあった花屋は、まだ開いていた。老人は在庫をしまい始めていたが、二束を一束分の値段で売ろうと持ちかけてきて、自慢げにフランス語でさまざまな花の名前を説明した。わたしは礼を言い、さっきの建物に戻り、今回はもっと慎重に、六階分の壊れかけた階段をのぼった。

コレットに花束を渡した。コレットは花を鼻に近づけ、両目を閉じて香りを嗅《か》ぎ、そして微笑《ほほえ》んだ。

霧雨が小ぬか雨になり、絵を保護するものが何もなくて、わたしはそれを上着の下に入れた。百年前のカンバスを、心臓に押しつけた。

雨がひどくなったので、タクシーを拾った。わたしは絵を見た。厚塗りされている絵の具が年月を経て多少ひび割れていたが、色は鮮やかで生き生きとしていた。ようやく絵を見るのをやめたとき、パリの通りは暗くなっていた。携帯電話を取り出した。二度、通話に出そこなっていた。両方ともエティエンヌ・ショードロンからだった。

58

ふたたび重そうな木製のドアに、ライオンの頭部のノッカーを落とすようにして当てた。二度とも同じだったエティエンヌ・ショードロンのメッセージが、頭の中に流れていた。

〝ぜひ見せたい重要なものがあります。大おじの、細部まで精確に描く技量に関することで……来てください〟

緊迫した口調で、嘆願しているようにも聞こえたので、わたしはタクシーの運転手に、まっすぐ彼の家に行くように頼んだ。

ペルージャの絵をジーンズのウエストバンドに挟《はさ》みこんで、もう一度ノッカーを打った。反応がないので、携帯電話を使ったが、これで三度目の通話はやはりボイスメールにつながった。

「ルーク・ペローネです」わたしは言った。「家の前にいます。今……」——携帯電話で確認をした——「九時になるところです」

あんなに家に来いと言ったのに、なぜいないのだろう？　携帯電話を胸ポケットの、盗み出した日記の一ページの奥に入れ、もう一度ノッカーを使った。

〝ぜひ見せたい重要なものがあります。大おじの、細部まで精確に描く技量に関することで……来てください〟

タウンハウスの階段を下りて、建物を見上げた。いくつかの窓に照明があり、黄色い四角が暗い夜空に映えていた。

また階段をのぼり、ふたたびノッカーを打って、呼んでみた。「エティエンヌ！」

あれは音楽だろうか？　たぶん……音楽のせいで聞こえないのだろうか？　中の音を聞こうとしてドアに寄りかかったら、ドアが軋《きし》みながら開いた。

「エティエンヌ？」少し声を小さくして呼びかけた。「ルーク・ペローネです」誰も聞こえないだろうと思うほど、音楽が大音量でかかっていた。先刻ここに来たとき、女性がかけていたのと同じポピュラー音楽だった。

わたしは一歩、中に入った。

陶器のランプが、影の中のすべてに光を当てていた。壁紙、絨毯《じゅうたん》、アンティークのサイド・テーブル――その上には、何本か煙草の吸い殻の入った灰皿がある。スーツケースはまだ、廊下に並んでいた。

もう一歩入って、声を大きくして呼びかけた。「エティエンヌ！」

歌が終わり、連続再生になっているのか、すぐにまた始まった。上階から聞こえてくる。

さらに数歩進んだところで、ショードロンの恋人が見えた。階段で、いちばん下の段に頭が乗っていて、いっぽうの脚を上のほうに伸ばし、もう片方はありえない角度に曲がっていて、両目は開いたまままったく動かない。

わたしは息をのみ、一分ほど凍りついていた。それから何も考えずに動き、首筋と手首の脈を調べたが、彼女が死んでいるのはほとんど疑う余地がなかった。ナイトガウンが血で濡れていた。震える両手で携帯電話をポケットから出した。電話が女性の血で汚れた。どこにかけたらいいのかわからなかった。フランスでも九一一でいいのだろうか？

ポピュラー音楽が繰り返し流れた。ラジエーターから蒸気が出た。煙草のにおいが、空気中で酸《す》っぱく感じられた。吐き気と闘いながら、血痕を追って階段をのぼった。

エティエンヌ・ショードロンは寝室の外で、床に倒れていた。顔を殴られ、青いローブが血で紫色になっていた。

音楽が鳴り響いていて、わたしの全身に衝撃が伝わった。寝室のドアは半分開いており、わたしはあえて中を見た――室内は荒らされていた。引き出しは落とされ、枕は切り裂かれ、羽毛があちこちに散らかって空中を舞っていた。まだ、起きたばかりのことだろうか？

ショードロンの顔、その残骸から判断するに、殺人者が何を求めていたにしろ、彼は白状しなかったらしい。

〝ぜひ見せたい重要なものがあります。大おじの、細部まで精確に描く技量に関することで……〟

鼓動が速まった。ショードロンの電話は何かに邪魔されたのか――それとも、電話をしたとき彼は頭に銃口をつけられていたのだろうか？　何者かがわたしをここに呼びたかったのか？

警鐘――直感的で生々しい――が頭の中で鳴った。〝ここを出ろ――今すぐだ！〟

後ろ向きに階段を下り、女性の死体につまずきそうになり、彼女の血で汚れた手で携帯電話を握りながら、ずっと考え続けていた。ほかに何を触っただろうか？　ドアノブ、ライオンの頭のノッカー、手すり――あの女性！――ショードロンの携帯電話にはわたしの名前と電話番号、それにメッセージが入っている！

頭ががんがんし、口の渇いた状態で、わたしは下の踊り場まで行き着いて、その場に一瞬立ち尽くし、いっぽうを、そして反対側を見た。頭の中の警鐘は鳴り続け、体は震えていた。居間では、シーツが家具から引きはがされ、クッションは切り裂かれ、陶器類は粉々になって床に散り、戸棚は引き出しが全部開き、テーブルは上下逆さまになっていた。

わたしは音楽と、耳の奥の自分の脈の音に負けじと、頭を働かせようとした。目を上げて、フェルメールの絵を見た。

〝ぜひ見せたい重要なものがあります。大おじの、細部まで精確に描く技量に関することで……〟

さっき、フェルメールの絵の話をしたとき、ショードロンは同じ言葉を使った。

わたしは壁から絵をはずして、ひっくり返した。木製の突っ張り棒に、折りたたまれた紙が挟まれていた。それらを取り出し、開いた……まちがいなくペルージャの日記から取られたものだ。手書きの文字、柔らかい紙、千切られた端。

〝すべてがわたしの姉のところに行った……この絵、いくらかの書類……〟

わたしは読もうとしたが、混乱していて無理だった。あとで読もう。今は、ここを出ることだ！

わたしはそれを上着のポケットに突っこんだ。次の瞬間、何かの気配がして、息をのむ音が聞こえた。

「まさにわたしが探していたものだ」

男がわたしの前にやってきた。手に銃を持っている。「それをいただこう」

考えるまもなく、胸ポケットに手が動いた。男はわたしの手を払いのけ、手をその中に入れた。血のついた紙をつかみだした。それから銃口をわたしのこめかみに押しつけて、撃鉄を起こした。

59

ニューヨーク市

コレクターは切れたスポットライトを取り換え、一つの作品から次へと移動した。モネの海の風景の巧みな筆遣い、マティスの静物画の鮮やかな色彩を眺《なが》め、わずか数日前に手に入れたばかりの絵の前にしばし立っていた。トゥールーズ・ロートレックの、厚紙にガッシュで描かれた絵で、女性がストッキングを引き上げている。シンプルでセクシーだ。彼は画家が、何本かの素早く引かれた線によって人物を描き出しているのに感心した。肩と胸に白い絵の具を塗ることでボリュームを与えて前方へ引き出し、髪ははっきりしたオレンジ色。彼は必ずしもこの作品を必要としてはいなかったし、窃盗《せっとう》を依頼したわけでもない。断わってもよかったのだが、見送るには惜しい機会だった。第一級の芸術作品で、コレクションへのすばらしい追加になった。

ロートレックからレオナルドへ、二人の芸術家の世界はかけ離れているが、両方とも女性の美しさに魅了されている。ロートレックの女性は素朴で現実的、レオナルドの女性はこの世のものでない魅力を持ち、人間の男を超越している。だが彼はちがう。

彼がレオナルドを手に入れてから二十年が経つ。それを彼に売った故買人は、曾祖母が疑わしい来歴の有名な芸術作品を多数所有していた、上流階級のフランスの一族の代理人だと言っていた。この一族はこれほど有名な絵を所有していることを恐れ、たったの五百万ドルで手放すと言い、それでも彼はなお三まで下げさせて、もし本当に本物だったら破格の安値だが、まだ証拠がないのだった。

何度パリのルーヴル美術館に行き、この絵の前に立って類似点と相違点を探し、どちらも見つからなかったことだろう？　彼には優れた贋作《がんさく》について知識があり、持っているものは贋作ばかりの可能性もあった。彼は拡大鏡を手にし、ゆっくり絵の表面に沿って動かした。だが、いったい何を探しているのだろう？　絵が本物かどうか証明できる何かが、ここにあるのだろうか？　彼にはわからなかった。まだ。でもまもなくだ。

60

撃鉄を起こす音に、わたしは反応した。男の脇腹を肘《ひじ》で打ち、男はよろけたが発射した。銃はわたしのすぐそばにあったので、わたしは銃弾が飛んでいくのを感じ、耳が鳴った。だが銃は彼の手から離れて宙を飛び、音を立てて床に落ちた。わたしたちはそれを追いかけ、一緒に倒れて、大柄な男がわたしの上に乗りかかった。わたしは息が詰まり、あばらに鋭い痛みを感じたが、それでももがいて銃に手を伸ばした。

男のほうが早く手が届いた。

彼は銃をつかみ、もういっぽうの腕をわたしの首に回した。わたしはこめかみに、冷たい金属を感じた。また撃鉄が起こされた。祈りの時間もない。

衝撃。銃弾ではない。別の男が部屋を横切って走ってきて、大男の手から銃を叩き落とし、男のみぞおちを蹴った。男はわたしから転がり落ちて、そこへ第二の男が飛び掛かり、二人はわたしのすぐ横で床を転げまわり、その闘いにわたしも参加した――三人で殴り、蹴り、悪態をつき、銃を取ろうとしてもがき、六本の腕と六本の足のある一つの巨大な生き物と化した。誰が銃を手にしたのかわからない、少なくとも自分ではないことしかわからず、発射の音を聞き、悲鳴が上がり、男が立ち上がって、脇腹を押さえながら廊下を走り、正面のドアから出ていった。

わたしはなんとか立ち上がったが、もう一人の男はまだ倒れていた。

「ペローネ！」男は叫んだ。

わたしは状況を把握し、筋を通そうとした——この人物がいる意味を考えた。「いったい……ここで何をしてるんだ？」

「そんなことより」——彼は息をするのも苦しそうだった——「命を助けてくれてありがとうとでも言ったらどうだ？」

「ふん！」わたしは言った。「たぶんこっちが……あんたを助けてやったんだ！」

61

わたしはタウンハウスから警察署に連れていかれて、尋問室に一人でおかれた。冷たい蛍光灯の光。壁の一つが鏡張りになっている。誰かが向こう側から見ているにちがいない。わたしはそこを叩き、「誰かいるか?」と訊《き》いて、映っている自分の顔を見詰めた――乱れた髪の毛と寝不足の目、片方の目は腫《は》れて痙攣《けいれん》していて、すでに顎《あご》に紫色の痣《あざ》ができ始めている。一時間が過ぎた。わたしはまた鏡を叩き、「おおい……もしもし?」と声をかけ、それから弁護士に会いたいと頼んだ。独り言を言っていたほうがましだったかもしれない。

さらに一時間が経ち、ドアが開き、あの男が入ってきた。頬《ほお》に大きな傷があり、片方の目のまわりが黒くなり始めている。彼はブラック・コーヒーの入った発泡スチロールのカップをわたしに手渡した。

わたしは彼の顔を見詰めた。「あんた、何者なんだ?」

彼は椅子を引きずってテーブルに近づけ、煙草に火をつけ、テーブルの上に身分証をおいた――青くて、ラミネート加工されていて、いちばん上にインターポールの文字がある。彼はもう一つ、名刺を出して、「わたしの私用の携帯電話番号だ」と言って、それをわたしのシャツのポケットに突っこんだ。「必要になるはずだ」

「これはなんなんだ、スミス。それがあんたの名前としたらだがな。ジョン・スミス……もっとましな名前を思いつかなかったのか？」

「あんたに偽名を教えたりしていない、そんな必要は……」彼は眼鏡を持ち上げて、わたしと目を合わせた。「パリの警察が、取り調べのためにこの部屋を貸してくれた」

「取り調べ？」

「あんたをつけてたんだよ、ペローネ、そうしていて幸いだった。さもなきゃ、あんたは死んでた」

「前にも言ったが、誰が誰を助けたかは議論の余地がある」

「男は銃口をあんたの頭につけてたんだぞ、ペローネ」

「その後、あんたの頭にもつけてた」わたしは言った。

「乱闘のあと、パンツに何を突っこんだんだ？」

わたしは小さな絵をウエストバンドから取り出し、テーブルにおいた。「パンツの中に、必ず予備を入れておくんだ」

スミスは笑わず、一瞬絵を見詰めた。「誰の絵なんだ？」

わたしのだと言おうかと考えたが、真実を言うことにした。「ペルージャのだ」

「預かっておく」彼は言った。「証拠品だ」

「なんの証拠品だ？」

彼は答えず、その代わり、すでにフィレンツェのわたしのホテルの部屋を調査し、わたしのラップトップも調べたと言い、日記をテーブルの上に投げ出した。

「どうしてこれを持ってるんだ？」

「インターポールの信任状があればなんでもできる。司書にあんたが何を読んでいたか尋ねて、あんたが逮捕されたとほのめかしたら、とても協力的になった。あんたはもう、あそこでは歓迎されないだろうな。あんたがフィレンツェを発《た》つのを見て、日記を手に入れようと考えた。わたしが持っているほうが、はるかに安全だ」

「ああ。わたしはもう、安全な気分になってる」

「いつでも図書館に行けたんだが、あんたを見て、あんたが何をしているのかを知りたかった。今夜、あんたは死ぬところだったんだぞ」スミスは座りなおし、うなじで手を組んで、わたしがフィレンツェにヴィンチェンツォ・ペルージャの日記を読みにきたことを知っていると言った。ルイジ・クアトロッキとの通信を見たと。

わたしは彼を遮《さえぎ》り、クアトロッキに避けられている、彼は行方不明だと言った。

「クアトロッキは死んだ」

「え？」何かがおかしいと感じていたが、それでもショックだった。

「あんたは、自分が誰を相手にしてるかわかってないんだよ、ペローネ。美術品の泥棒とコレクターのネットワークがあって、そいつらは自分たちの身を護《まも》り、欲しいものを手に入れるためなら、なんでも躊躇《ちゅうちょ》なくする。今夜のあの男は、また戻ってくるぞ。あの男が来なくても、ほかの誰かが来る」

「どうしてだ？」

「あえて言うが、彼は――あるいは彼がその下で動いてる連中は――あんたが重要な何かを知ってると思ってる」

「わたしは何も知らない」

彼はテーブルに身を乗り出し、期待に気色《けしき》ばんだ顔をわたしの顔に近づけた。「あんたはクアトロッキと話して、クアトロッキは死んだ。あんたはエティエンヌ・ショードロンを訪ねて、ショードロンは死んだ――」

「それについては何も知らない！」わたしは立ち上がった。座っていた椅子が後ろ向きに倒れた。

「座れ」スミスは言った。

わたしは少し迷ったが、やがて椅子を直して座った。

「フェルメールの絵について、エティエンヌ・ショードロンはなんと言っていた？　居間にあった絵だ」

「彼の大おじが描いたものだと」

「なぜあれを、壁からはずした？」

「あそこに行ったとき、すでにはずれていた。足を止めて、それを見ただけだ」

スミスは冷たい目でわたしを見た。「床に二つの死体が倒れていて、あんたには絵を見る余裕があったというのか？」

わたしはそうだ、絵が好きなんだと答え、彼の目は暗くなり、黒に近い色になった。

「自分が面倒な状況になってるのを、わかってるんだろうな」

わたしはこれに答えず、上着を脱いでシャツの袖をたくし上げ、筋肉と刺青《いれずみ》が見えるようにした——わたしなりに、強さを見せつけた。

スミスもシャツをたくし上げた。刺青はなかったが、筋肉はわたしより大きかった。

スミスの言うことには、フェルメールは研究室に運ばれ、イヴ・ショードロンが描いたものなのか、じつはオリジナルなのかの検査がおこなわれるとのこと。絵の具や溶剤がショードロン以前のものだったら、ガードナー美術館に持ちこんで、さらなる検査をおこなうそうだ。そこで彼はまた、なぜあの絵を壁からはずしたのかと訊いた。わたしが答えずにいると、彼は勢いよく両手をテーブルに打ち下ろし、テーブルはがたがたと揺れた。

わたしは冷静な態度を崩さず、絵はすでに床にあった、もしかしたら悪いやつが暴れたとき落ちたのかもしれないと繰り返した。

彼はわたしを睨《にら》んだ。顎のまわりの筋肉が痙攣していた。なぜエティエンヌ・ショードロンに会いにいったのかと訊き、わたしは真実を答えた——彼の大おじのイヴが美術品の贋作《がんさく》者だと読んだので、彼に会いたかったと。「日記を持っているんだろう」わたしは言った。「だったら、ペルージャが書いたことを知ってるはずだ」

スミスは息をのんだ。暗い目の奥に、意味の読めない何かがあった。「真実には真実をか、ペローネ?」

わたしは待った。頭上で揺らぐ電灯の光が、その瞬間の興奮に動きを与えた。

「一種の取引だ。わたしは日記を持っているが読んでいない。イタリア語が読めないからだ。そのため、通訳が要る」

「インターポールにはいくらでもいるだろうよ」

「確かに」スミスは一拍おいた。「だが口の堅い誰かに頼みたい。あんただ」

わたしは彼の顔を見た。スミスは日記をインターポールに渡すつもりはない。理由はわからなかったが、わたしは彼が欲しているものを持っていた。「なぜ、あんたを助けなくちゃいけない？」

「ゲームは終わったんだよ、ペローネ、あんたは困った状況だ。わたしはあんたの唯一の友人、唯一の望みの綱かもしれない」

わたしは笑った。これがきっかけになった。スミスは手を伸ばしてわたしのシャツをつかんだ。こめかみに血管が浮き上がっていた。「ルイジ・クアトロッキは死んだ！　エティエンヌ・ショードロンと恋人は死んだ！　女の血があんたの電話やシャツや両手についてるんだぞ！」

「それをわたしの仕業《しわざ》にしようというのか？」わたしは彼の手をもぎはなした。「わたしは無関係だとわかっているだろう。ちくしょう、スミス！」

「わたしが知っていてフランス警察に話す内容は、二種類ある。言いたいことはわかるよな、相棒？」

「わたしはあんたの相棒じゃない」

「そのとおりだ」スミスは言った。「インターポールの職員が不利な証言をすれば、あんたは逮捕されて有罪になる」

「ちくしょう」わたしはまた言ったが、その言葉から戦意の大半が消えていた。逮捕と裁判、そして明らかに有罪への道が、目の前に伸びていた。

「わたしに協力しろ、さもないと――あんたは罪人だ。信じてくれていい、フランスの刑務所は合衆国のと同じぐらいすてきで、わたしの知るかぎり、とてもすてきなところとは言えない」

わたしは彼を殴ってやりたい衝動を抑え、大きく息を吸って、考えを巡らせた。スミスはいずれにしても日記から必要な事柄を知る。彼に教えない理由はない。わたしは彼に何を知りたいのかと訊いた。彼は答えた。「すべてだ」

「その代わりにわたしが得るのは？」

「わたしによる保護だ。インターポールによる保護――あんたにはそれが必要だ」

確かにそのとおりだった。彼が来なければ、殺し屋に脳みそを吹き飛ばされていた。わたしは一拍おいてから、わかったと言った。スミスは新たに煙草に火をつけ、座りなおした。わたしは彼に、ヴァルフィエロがわたしの曾祖父をそそのかして絵を盗ませ、ショードロンが複製を作った経緯、二人組が贋作を作って本物として売ろうとした計画を話した。話を終えたとき、彼はまた、なぜエティエンヌ・ショードロンに会いにパリに来たのかと訊いた。

「日記で呼んだことに、何か追加があるかどうか知りたかったからだ」

「ほかに、話していないことがあるだろう」

わたしはそうじゃない、ほかには何もないと言った。

彼はわたしを見詰め、わたしのことは何もかも知っていると言った。わたしの過去、現在、学校の停学処分、押し入り強盗での逮捕。

「昔のことだ」わたしは言った。「誰が問題にする？」

「裁判官と陪審は問題にするだろうな。非行少年だった過去は、殺人事件の裁判では有利に働かないだろう」彼は意地悪そうに笑った。「あんたの指紋はタウンハウスじゅうにあったし、女性の血が携帯電話に――」

「わたしが殺す動機はなんだ？」わたしは不安を隠そうとして腕を組んだ。

「美術品の窃盗《せっとう》というのはどうだ？　あんたの家の伝統だ。あんたは少し前にショードロンの家に行って、フェルメールを見て、これを欲しいと思った、そして盗みに戻った。でもわかってるだろう、ペローネ、そんなことはどうでもいいんだ。あんたのＤＮＡだけで、有罪なんだよ」

わたしは冷静な顔つきを保とうと必死になったが、彼の言うとおりだった。

「あんたには全面的に協力してほしい、それも今だ。まずはエティエンヌ・ショードロンに会いにいった理由、彼から何を聞き出したか」

「もう言っただろう」

「もっとあるはずだ。あんたもわかってるだろうし、わたしもわかってる！」

たぶん、彼ははったりを言っているはずだ。脅迫し、すぐに身を引く態度から、キル・ヴァン・クルのレーダーは彼のことを路上の若者のようだと読んでいた。何かがおかしい。スミスには、わたし同様に秘密がある。

62

わたしは速足で歩いた。背中を丸め、顔を伏せて、特にどこを目指すでもなく。ただ歩き続けなければならなかった。雨は激しくなっていた。髪の毛が濡れ、顔を伝って落ちた。スミスがつけてくるとも、誰かにつけさせているとも思わなかったが、確信はなかったし、彼とのあいだにできるかぎり距離を取りたかった。彼はわたしを、エティエンヌ・ショードロンと恋人の殺人罪で警察に引き渡すという脅《おど》しとともに解放した。彼の脅迫ははったりだとわかっていた。さもなければ、すでにそうしていたはずだ。わたしを解放したことが証拠だった。

通りを横断し、角を曲がり、路地を抜け、常に肩越しに後ろを確認しながら、一つのことだけを考えていた――フェルメールの絵の裏に見つけた日記の一部を読むことだ。わたしは濡れないようにポケットに突っこんだそれに、ずっと手のひらを当てていて、その存在を確認し続けた。銃を持った男を騙《だま》してまちがった紙を持っていかせたのを思い出した――とっさの判断で、わざと胸ポケットに手を動かして、フェルメールの絵の裏に見つけたものではなく、日記から破り取ってパリに持ってきた一ページに注意を引きつけた。あれを破いてきたのには、今でも驚いていた。我ながら、よくやったと思う。

一時間ほど歩いて、濡れそぼって震えていたが、尾行されていないと確信に近いものを得て、どこか休む場所を探した。バーの窓を覗《のぞ》いたが、混みすぎていた。もう一区画歩くと、小さな墓地のある中庭に着き、古びて傾いた墓石があった。死者の上を歩くものじゃないという迷信を信じ、隅のほうを歩くようにした。裏道に出ると、みすぼらしい外観のカフェがあった。ぼろぼろの日除けの下で、わたしは雨を払って髪の毛を撫《な》でつけた。

バーには二人しか客がおらず、どちらも酒を飲んでいた。わたしが入っていっても、客たちは顔を上げなかった。

バーテンダーにテーブルを勧められたが、わたしはまず、化粧室を借りたいと言った。チェーンでぶら下がっている裸電球が、トイレやくぼんだ洗面台、汚い白黒のタイルの床を照らしていた。わたしは紙タオルで顔を拭《ふ》き、かなり苦労して小便やアンモニアのにおいを無視しながら、脇のポケットから紙の束を取り出して開いた。最初のページに目が留まった。それこそ、わたしが探していたものだった。わたしが読んだ最後の文章の続きだ……


……注意深く、リザ・デル・ジョコンドの左手によってできた影の部分を見る。手が本に触れているところだ。二つの小さな印があるはずだ。なんの意味もないように見えるだろう。絵を上下ひっくり返して、見直す必要がある。ここで拡大鏡を使えば、贋作者《がんさく》イヴ・ショードロンが、彼が描いた複製の一枚一枚に描きこんだものを見ることができる。

二つの印。YとCの文字。イヴ・ショードロンの頭文字だ。なんと贋作者は、自分の作品にサインをしたのだ！

これが、贋作を見分けるのに必要な証拠だ。ショードロンの頭文字のないものを見つけたら、レオナルドのオリジナルを見つけたということだ！


わたしは文字を見詰めた。手に持っている紙が震えていた。発見したことが、信じられなかった。ルーヴル美術館に戻ってもう一度絵を見なければならないが、今回は、何を探すべきかわかっている。わたしは急いで残りの部分にも目を通した。ペルージャが刑務所を出てから書かれたものらしかった。わたしはそれらをポケットに戻した。あとで読めばいい。最初のページ、重要なページを、小さな四角に折りたたんだ。ポケットの中に破れた部分があったので、そこから裏地の中にそれを押しこんだ。

洗面台の上の鏡に映った自分の姿を見た。黒い口ひげと顎ひげが伸び、髪の毛は雨に濡れ、乱闘のせいで片目が腫《は》れていて、もういっぽうの目は鏡のひび割れのせいで小さく見えた。わたしは自分の顔を見詰めたが、見詰め返しているのは曾祖父だった。

63

雨は霧雨になり、すべてが濃い霧に覆《おお》い隠された中、わたしは通りを歩いていった。水たまりにごみが浮き、街灯の半分は電球が切れていて、店は閉まり、家々は暗く——夜のこの時間には、好感の持てる地区とは言えない。

ぼろぼろの服を着た男が霧の中から現われて、わたしはたじろいだ。

「すみません《パルドネ・モア》」彼は驚かせたことを謝った。「脅かすつもりじゃありません《ジュ・ヌ・ブレ・パ・ヴー・エフレイエ》」ホームレスの男の驚くほど若い顔は、ぼさぼさに伸びた髭《ひげ》と艶のない髪の毛に半分隠れていた。

わたしはポケットを探し、濡れて皺《しわ》くちゃになったユーロ札をいくらか見つけて、それを男に手渡した。

男は礼を言い、わたしに「幸運を」と言った。

わたしも彼に幸運を祈った。お互いに、それが必要だと思った。わたしは疲れていて、体が痛くて重く、ようやく一日が終わろうとしていた。わたしは途方に暮れていた。

バスの停留所にうずくまり、携帯電話を取り出して、ウーバーで車を呼んだ。上着の裏地に隠した紙の存在を、また手で確認した。頭の中に考えや映像が渦巻いていた――絵に描きこまれたイヴ・ショードロンの頭文字、階段の女性の死体、スミスの脅《おど》し――それで背中に衝撃を受けるまで、何も気づかなかった。驚き、よろめいて、わたしは後ろを見たがまた殴られ、今回は倒れて膝をコンクリートにつき、汚い水が顔や口にかかった。顔を上げると、それはスミスとともに乱闘した男だった。気づくのとほぼ同時に、男に引っ張り上げられて立たされた。男はわたしの首元にナイフを押しつけ、耳元で囁《ささや》いた。

「ほかにも書類があるだろう」

「もう渡した」わたしは言い、なんとか呼吸をし、頭を働かせようとした。

「殺すときが来たようだ」

「いや――待て。言うとおりだ。ほかにもある、だがそれは――ホテルの部屋にあるんだ」

「命をなんとも思っていないらしいな」彼は言い、表情のない無色の目でわたしを見詰め、ナイフをわたしのうなじに回して、皮膚に沿って滑らせた。「おまえしだいだぞ」

わたしは何も考えず、腕を男のみぞおちに突き出した。息を吐き出す音が聞こえ、男が脇腹を押さえてよろめき、倒れた。わたしは通りを全力で走り、ウーバーで呼んだ車が曲がってくるのを見て両手を振り、止まってくれと叫んだ。ドアを開け、「アレ！　アレ！　発車してくれ！」と言い、後部座席に倒れこんだ。息を切らし、ショック状態だった。

後ろを見ると、あの男は路上で立ち上がり、走り去る車を見ていた。

運転手はあんな危険な地区で何をしていたのかと訊《き》いたが、わたしは答えず、上着の裏地を調べて問題の紙片がまだあるかどうか確かめた。うなじに触れると、手に血がついた。そこで手首と手のひらに擦《す》り傷があり、ジーンズの膝が破れて血で汚れているのに気がついた。

わたしは震える手でシャツのポケットから名刺を出した。もはやあまり強気ではいられなかった。

携帯電話を耳に当て、電話をかけた。

64

ホテルのドアを手のひらで叩いた。手首の傷のせいで、拳を握れなかった。

スミスがドアを開けた。ボクサー・パンツとTシャツという姿で、眠そうな目をしている。

「襲われた――」わたしは言い、思わず膝をついた。

彼は片腕でわたしを支え、バスルームに連れていき、トイレの座面を下ろして座れと言った。上着を、それからシャツを脱ぐのを手伝ってくれて、洗面タオルを冷水で濡らし、うなじを拭《ふ》いてくれた。「たいしたことはない、浅い傷だ」彼は言い、戸棚を開けてアルコールの瓶《びん》を出し、わたしのうなじを拭いて、それから立たせてくれた。

わたしは両手を洗い、水が赤色からピンクに変わるのを見た。

スミスはわたしの両手にアルコールをかけ、わたしが顔をしかめるとめそめそするなと言った。

「さて、何があったか話してもらおう」

わたしは説明を試みた。男と会ったこと、乱闘したことなどを断片的に話した。男はどこからともなく現われたと。

「誰だかわかったか？」

「ああ、前に一緒に乱闘したやつだ」

「そいつを殺したか？」

「いいや」

「どうやって逃げた？」

「わたしは強い男だぞ？　過去を知ってるだろう」

「ああ、確かに強いな」彼は言った。「ズボンを脱げ」

「え？」

スミスはわたしの膝を指さした。布地が切れて、血の染みがある。わたしはズボンを下ろし、またトイレに腰かけた。

「そいつは何を欲しがってるんだ？　今度は本当のことを言えよ、ペローネ」

「ぼちぼちルークと呼んでもらう頃合いかな。ほら、ズボンも下ろしたことだしな」

スミスは笑いそうになり、膝を拭くタオルをよこし、ほかにズボンやシャツを持っているのかと訊《き》いた。わたしはホテルの部屋にあると答えた。

「いいだろう」彼は言った。「それであんたが闘った男だが……そいつはその前に、撃たれて怪我《けが》してたかな？」

「脇腹を押さえてたから、たぶんそうだろう、そうでなかったら逃げてこられなかった」

スミスはバスルームからわたしを連れ出して、たった一つある座り心地のいい椅子をわたしに使わせてくれた。わたしは初めて室内を見た。実用的で味気ない、魅力のないビジネスホテルだ。彼は小型の冷蔵庫から小さい酒の瓶を二本出し、持ち上げてみせた。「スコッチか、ウォッカか？」

わたしは酒は飲まないのだと言った。

「そうだったな。忘れてた」彼はわたしに、水の入ったコップをくれた。「さあどうぞ、ラッキー・・・」

わたしは茶化すように笑った。「ジョン・スミスというのは本名なのか？」

「ジョン・ワシントン・スミスだ」

「語呂《ごろ》がいいな」わたしは言った。

「これまでに話していないことを、教えてもらおう」

わたしは水を飲んだ。少しも気が鎮《しず》まらなかった。スコッチが飲みたかった。味さえ感じられた。時間が必要だった。両目を閉じた。そらで覚えている単語を、声に出さずに唱えた。正直――希望――誠実――勇気――高潔――意志――恥――兄弟愛――正義――忍耐――精神性――勤め。意味というよりも、それを言うという行為が救いになった。それからスミスに、準備ができたと言った。

わたしはフェルメールの裏に紙の束を発見し、襲ってきた男を騙《だま》して別のものを持っていかせた経緯を話した。自分の血まみれの膝と赤剥《む》けした手のひらを見て、身動きできない状況だと認めた。ありがたいことにスミスは、いい気味だと言って笑ったりはしなかった。

わたしは彼に、今後どうするのかと訊いた。

「何を探せばいいかわかったんだから、問題の絵を見にいこう」

「ルーヴル美術館のキュレーターが、もう一度、わたしに非公開の閲覧をさせてくれるとは思えない」

「インターポールの職員なら、いくらかの要求はできる」彼は言ったが、以前にも見たことのある、何かを隠しているような表情がその顔をよぎった。

「言ってくれ」わたしは言った。

「何をだ？」

「話してないことがあるだろう。わたしは全部話したぞ。あんたはどうなんだ？」

スミスは窓辺に行き、カーテンを引っ張って外を見た。「言うべきことは何もない」彼は言った。

「あんたはいろいろ隠していた、わたしはちがう」

「わたしはそれを後悔したと言っただろう」

彼は、そんなふうに嫌な思いをさせて悪かったと言った。今後は正直にしてほしい、それはわたしの命がかかっているからだけではないと言った。

「それが要因だ」わたしは言い、約束をした。もうスタンドプレーはしないし、秘密は作らない。手を伸ばし、彼と握手をし、彼が口にしていないことを話してくれるのを待った。

「キル・ヴァン・クル」彼はわたしの腕の刺青《いれずみ》を読んだ。

「十代のころの仲間の名前だ――もう知ってるんだろう？」

「ファイルに写真がある」

「刺青の？」

「ちがう。あんたの友だち、仲間だよ」彼は箱から煙草を出した。「絵の中の頭文字だが……ペルージャの話が真実だと確かめなければならない」

「きっと真実だ」わたしは言った。

「たぶんな。今のところ、懐疑心を持って慎重に進もう」

「確かに、慎重にな」わたしは言って、わたしを二度も襲った男は誰なのか、心当たりはあるかと訊いた。

「さてね。殺し屋だ。他人の汚い仕事をして、その利益を守る手伝いをするために雇われた」彼は肩をすくめた。「絵の具を塗ったカンバス一枚を所有するために、ひとが何をしでかすか、まったく驚かされっぱなしだ」

「絵の具の塗ってあるカンバスなら、なんでもいいわけじゃない」

スミスはうなずいた。それから、わたしへの要求を並べた。もしペルージャが真実を述べているなら、スミスは自分が、百年のときを経て、ルーヴル美術館にある〈モナ・リザ〉が偽物だと暴いたインターポール職員そのひとになりたいという。

わたしはいいだろうと言い、こちらが望むことを並べた。曾祖父の物語を語る権利だ。それはわたしの物語でもあるからだ。

スミスは思案した。「いいだろう。ニュースを公表したら、物語はあんたのものだ。だがわたしたちは一緒に働く。秘密はなしだ」

「一つもね」わたしは言った。

彼はわたしに革の上着と血で汚れたシャツを手渡し、腕時計を見て、わたしにホテルの部屋に戻って数時間眠れと言った。「もう遅い。やらなくてはならないことがたくさんある」

わたしは一日自由にさせてくれと言った。やる必要のあることがあった。

「無駄にできる時間はない」

「会わなければならないひとがいる」わたしは言った。「フィレンツェにな。信用できないなら、一緒に来てくれてもいい」

「パリにいて、ルーヴル美術館に行かなければならない。しばらくここにいるようになる」

「時間はかからない」わたしは言った。「フィレンツェに飛んで、翌朝には戻ってこられる。二十四時間、それだけだ」

スミスは誰に会うのかと訊いた。わたしは友人だ、この件とは無関係だと答えた。

「金髪の女性か？」

「見てたんだな――わたしたちのことを――フィレンツェで」

「ああ。まちがいなく、あの男もな。あの男たちということもありうる」

「彼女に会わなければならないんだ」わたしは言った。「これ以上、嘆願させるつもりか？」

「逃げないだろうな？」

わたしは逃げないと約束した。

彼は一瞬躊躇《ためら》い、考えあぐねていた。

わたしは信用してくれていいと言った。本心だった。

「わかった」ようやく彼は言った。「一日だけだぞ」

彼はわたしの肩越しに、オンラインで予約を取る様子を見ていた。

「わかってるな」彼は言った。「必ず捜し出すぞ。明日戻って来なかったら、インターポールは必ず捜し出す」

65

スミスは歩き回った。明け方にペローネが空港へ向かってから、眠ることも寛《くつろ》ぐこともできなかった。彼を行かせたこと、すべてを彼の望むままにさせたことは、まちがいだったのか？　まずい、甘くなっている。だが彼にはあの男を信じる必要があった。もしペローネが戻らなかったら、彼を追いかけるまでだ。

彼は崖から飛び降りる間際のような気分で、ラップトップの底部を爪の先で叩いた。だが彼は、すでに飛び降りたようなものなのだ。問題は、飛ぶか、落ちるかだ。大きく息を吸った。落ちるのを案じるにはもう遅い。英雄として戻るか、まったく戻らないか。バーレーンに行くなど言語道断だ。

バスルームで顔を洗い、鏡を見た。バルークの公営住宅の、小穴のあるコンクリートの中庭にいる自分が見えた。にわか仕立てのバスケットボール・チームでいちばん小さい子どもだが、ボールを手にしたらどうしたらいいか心得ていた。頭を下げて、ゴールを目指す。今も同じだ。

難なくサインインして、インターポールの電子メールを見た。進行中の美術品の捜査に関するメッセージがいくつかあったが、新しいものや確証的な内容のものはなく、すぐに対応が必要なものもなかった。彼は座りなおし、煙草に火をつけ、吸いこんで喉の痛みを感じ、煙草を揉《も》み消した。ペローネの言い分が正しいことが、一つある——彼は煙草を吸いすぎる。

もういい。彼はラップトップを閉じた。外に出て新鮮な空気を吸い、世間を見る必要がある。

ホテル周辺の通りは賑《にぎ》やかで、フォーブル・モンマルトル通りは曲がりくねっていた。人生の半分をフランスで過ごしたにしては、スミスはパリをほとんど知らず、山出しの気分だった。生まれ育ったマンハッタンのロワー・イースト・サイドを訪れても、同じ気分になるだろう。聞いたところによると、あの地区は今では再開発が進み、ブティックやおしゃれなレストランなど、彼の知らないものが増えたという。狭苦しいキッチンにいる母親を思い描いた。夕食のキャンベルのスープを温めながら心配している。いつでも心配している。請求書のこと、息子のこと。〝ここを離れて、もっとましなことをしなさい〟母親はいつも言っていた。

彼は十軒以上もの安宿を、もっと多くの軽食堂を、それから何軒かのコスチューム店を通り過ぎた。一軒のコスチューム店には出入口の上に派手な道化師のネオンサインがあり、赤い鼻が明滅していた。もしかしたら彼はこれなのか？　道化師、手堅い仕事を手放そうとしている愚か者？　〝ここを離れて、もっとましなことをしなさい〟それこそ彼のしたこと、そしてふたたびしていることだったが、今回は、彼は栄光を夢見て確実な仕事から抜けようとしている。母親はどう思うだろう？母親の早すぎる死から十年、訊《き》くには遅すぎるが、それでよかったのだろう。

レストラン・シャルティエの点滅している看板を見て、スミスは空腹なことを思い出した。メニューを見てから、出入口を通り過ぎて裏の中庭へ行き、退屈そうな顔をしたウェイターに、テーブルに案内された。ゆっくり時間をかけて、外皮の堅い、もしかしたら古い、乾燥したパンに塗られた平凡な田舎風テリーヌを口に入れ、酸《す》っぱい白ワインで飲み下すあいだも、ずっと自分のしていることを考えていた──リスク、賭け、成功したさいの報酬、失敗したさいの恥辱。彼がコーヒーを飲んでいるあいだ、ウェイターはのしかからんばかりに立っていて、早く支払いを済ませて次の客に席を譲らせようと苛々《いらいら》していた。

しばらく、スミスはペローネのことを心配しながら大通りを歩いた。元アルコール依存症で若いころは非行少年だった男を、本当に信用しているのか？　あの男は大人になったかもしれないが、人間というのは変わるものだろうか？　彼はペローネが真実をすべて話していないのではないかと疑っていた。もちろん彼のほうも、真実をすべて話してはいなかった。

66

三時間か、四時間も眠れただろうか、それからパリ発フィレンツェ行きの飛行機に乗った。そして今、アレックスと初めてコーヒーを飲んだカフェにいて、なんと言おうか考えているところへ、彼女が寒さのせいで頬《ほお》をピンクに染めて入ってきた。

「その目――」彼女は言った。「何があったの？」

「つまらない事故だ」

「大丈夫なの？」彼女は奇妙な目つきでわたしを見て、それから頬にキスをし、コートのボタンをはずした。クリーム色のセーターのせいで、肌が真っ白に見えた。わたしは彼女にきれいだよと言い、彼女はわたしにひどい有様だと言った。

「数日パリにいるのかと思った」

「そうだ」わたしは言った。「いや、そのつもりだった。友人に用事ができてね。でもぼくはすぐに戻る」

「あら。いつ？」

「すぐだ。でもその前に、きみに会いたかった」わたしは彼女の手を握ろうとした。

「手首が！」

「同じ、つまらないことの一部だ。恥ずかしいな。歩道の格子細工につまずいた」

「本当に？」

「酒とは関係ないと誓うよ」

「そんなことは少しも考えなかったわ。お友だちはどうなの？　あなたより元気だといいけど」

「彼は」――エティエンヌ・ショードロンの叩き潰《つぶ》された顔が頭の中に浮かんだ――「元気だ」

彼女に、友人というのは古い美術学校時代からの知り合いなのかと訊《き》かれた。以前彼女に、フランス人だという以外になんと言ったのか、思い出せなかった。本当にあったことを話したい衝動に駆られた。真実を話したら彼女は理解してくれるだろう、でも話せなかった。一瞬、二人とも黙りこみ、カフェのブラインド越しに差しこむ光が縞模様を作り、わたしたちを囚人のように見せた。

「何か変よ」アレックスは言った。「わかるの。あなたは本当に怪我《けが》してないの？」

わたしは大丈夫だと言い、彼女に何をしていたのかと訊いた。言わなければならないことを先延ばしにできれば、なんでもよかった。

彼女は少し考えてから、疫病の本は読み終わり、イタリア語で『デカメロン』を読んでいると言った。わたしは感心し、驚いたとも言った。「きみがイタリア語を話せるなんて、知らなかったよ」

「あら、話せないわ、本当はね。でも少し読める――それに、勉強になるから」彼女はわたしの手に触れ、誰かを殴ったみたいだと言った。

「ああ、そうだな」わたしは無理に笑い、それから深呼吸をした。時間だ。言わなければならない。これ以上先延ばしにはできない。「聞いてくれ、しばらく忙しくなりそうで――」

「忙しく？」

「つまり、遠くへ行くんだ」

「どっちなの、忙しいのか、遠くへ行くのか？」彼女の表情は不安から、用心深いものへ変わった。

「両方だ」わたしが言ったとき、ちょうどウェイトレスがコーヒーを持ってきた。ウェイトレスが立ち去るのを待った。「ぼくから連絡がなくても、何かまずいことがあったと思ったりしないように、知らせておきたかった」

「どうして？　どこかに隠れるの？　あなた、スパイか何かなの？」

「もちろん、そんなんじゃない」

「待って……」アレックスは背筋を伸ばし、わたしの手から手を引っこめた。「別れようとしてるの？　わたしたち、本当は――」

「ちがう。もちろんちがうよ」〝わからないのか。きみを安全にしておきたいんだ！〟

「パリに戻って、しばらくそこにいる――友人と会って――そして、いくつか仕事を済ませる」

彼女はどんな仕事かと訊き、わたしが今はまだそれを教えられないと言うと、また秘密主義だと言ってわたしを責め、冷たい口調になった。それでわたしは、友人と一緒に画廊を開こうとしていると言った。嘘は、酸《す》っぱくて苦い味がした。彼女を抱き寄せたくてたまらないのに、逆に退けるのは嫌なものだった。

「いつ」彼女は訊いた。「どこに?」

わたしは嘘を倍加させ、友人が南部に部屋を持っていて、たぶんそこなら安いはずだと話した。

「しばらく行ったり来たりすることになる。だから――」

「そう」彼女は言った。「わかった」

いや、彼女はわかっていなかった。わかりようがあるだろうか? わたしの言うことは、自分の耳にも疑わしかった。「ある時点で戻るよ」

「ある時点で?」

わたしは説明したい、すべてを話してしまいたいと思ったが、教えるということは彼女を危険に晒《さら》すことになる。彼女が内にこもり、引き下がり、遠退《の》いていくのを感じた。叫びたかった。〝ちがう、きみはわかっていない――きみを愛してる!〟それでもわたしは言った。「きみを失いたくない」静かな口調だったが、本気だった。

さまざまな感情が彼女の顔をよぎった――憎しみ、寂しさ、そしてわたしに読めない何か。

「いいわ」彼女は周到に無関心を装って言った。「わたしたちはお互いをほとんど知らない。わたしたちのあいだに起きたことは……たまたま起きた」

「それを残念だと思ってはいない」

「ええ、あなたはそうでしょうね」彼女は言った。「そして今、あなたはどこかに行こうとしてる」怒った口調で言い、その後、意味のわからない目つきでわたしを見た。落ち着いた表情の下に何かが渦巻いていた。だがやがて彼女はため息をつき、それはまるでほっとしたような様子に見えた。

ほっとした？　わたしが彼女を残して、遠くへ行くというのに？「わたしに言えないようなことが、あなたに起きている」彼女は言った。「それはいいわ。あなたの準備ができたとき、もし準備ができるようなことがあるなら、電話してね」――彼女は立ち上がり、コートのボタンをとめた――「そうじゃなかったら、電話しないで」

わたしは彼女の腕をつかみ、正しい言葉を探して言いあぐねた。「戻ったとき電話する」

「ある時点でってこと？」彼女は腕を引き離し、またわたしはそれを見た。怒りが、一種の受容に変化した。でも、なぜ？　どの感情が現実なんだ？

彼女は何か言おうか言うまいか決めかねるように、一瞬わたしを見詰めたが、踵《きびす》を返し、それ以上何も言わずにドアから出ていった。

67

アレックスはワイングラスにワインを注ぎ足し、一口飲んだ。苦い味がした。あるいは口の中が不味《まず》いのは、彼女が口にした嘘のせいだろうか？　彼女は〝すてきな〟アパートメントを見回したが、そこが嫌いだった。ここにいることのすべてが嫌だったが、何よりも自分自身が嫌いだった。ワインを流しに捨て、自分のしたことのすべてにうんざりし、ルークとの会話を思い出した。「忙しい……遠くに行く……友人と美術画廊を開く」

彼が嘘をついていると確信していたし、いつ捨てられるか、わかっていた。そうされて当然だった。

〝きみを失いたくない〟

あれも嘘だったのだろうか？

そう言ったときの彼の表情は、信じられるような気がした。誠実で傷ついていて、彼女にはわからない何かがあった。でも、彼女が言ったことのすべてが嘘であるというのに、彼に真実を期待できるだろうか？

いや、すべてではない。ベッドで唇を重ねたときはちがった。あのときは嘘を言わなかった。計画の一部でもなかった。裸の彼が隣に、体の上に、下にいるところを思い描いた。彼の両手が彼女の体に触れている。目をぎゅっと閉じて彼を見ないようにした。たぶん彼にとってはこの性的行為がすべてで、それを済ませたら先に進むのだろうから。

彼女はバルコニーに出て景色を眺《なが》めた。黄土色やバラ色の建物、テラコッタの屋根、ドゥオモの一部。おとぎ話の本のようだと思った。二人のあいだのロマンスと同じ、作りごと。

彼女はテラスの手すりをつかみ、眼下の小さな中庭を見下ろした。眩暈《めまい》がするほど、身を乗り出した。頭を引っこめて、息をのんだ。ほんの一瞬、そのまま前のめりになって、体が地面に落ちていくのを想像したが、そんなことはできない。母親を一人残していくなんて、考えられない。

まだ眩暈を感じながら、彼女はソファーに寝転がり、天井を見上げた。それから目を閉じてルークを思い出した。彼の腕に抱かれながら、母親の話をした。

あれは現実だったのではないか？　数少ない、彼女が正直になったときだった。

電話が鳴ってはっとした。携帯電話に番号が出ていた。

「はい」彼女はそっけなく言った。

「その挨拶《あいさつ》はなんだ？」

「わたしにできる最高の挨拶よ」

「ああ、お互いに機嫌が悪いようだな」

「お互いに、じゃないわ」

「あの男と会ったか？」

「ええ」

「それで？」

「振られたわ」

「信じない」

「本当よ」

「やつは、なんと言ったんだ？」

「遠くに行くって」

「どこだ？」

「パリに戻るか……どこかしら。はっきり言わなかった」

「嘘をついているのか、それともおまえが嘘をついているのかな？」

「わたしはついていない」

少しの間。「もう一度、あの男に会ってもらわなければならない」

「言ったでしょう、彼はわたしに会いたくないんですって」

「だが、会わなければならない」

「終わったの。お終いよ」

「いいや」彼は言った。静かだが、断固とした口調だった。「終わっていない。おまえには義務がある、そうだろう？」

アレックスは息を吸いこみ、ゆっくり吐き出した。「でも、彼はわたしに会いたくないのよ」

「ああ、アレックス、それは真実じゃないだろう。彼は焦《じ》らしてるだけだ。方法を考えろ」

「どうするの？」

「女性としての勘を働かせろ」

「あなたが嫌いだわ」彼女は言った。

「それはうまくないな、本当はそうじゃないとわかっているはずだ」

アレックスは、それがこの数週間で唯一、彼女が口にした真実だと考えた。携帯電話を見詰め、自分の義務について考えた。何を約束したか、そしてその理由。それからルークについて考えた。どうやって彼を取り戻そうか——もっと嘘をつくか？　もっと誘惑する？　そう考えて、愛しているかもしれない男性に対して嘘をつき続けると思うと虚しく、気分が悪くなった。

68

パラッツォ・スプレンドウルにまだ部屋を借りていたので、そこへ向かった。そのあいだずっと、彼女との会話を思い出し、何十もの言うべきだったことと言わなかったこと、言えなかったことを考えていた。フロントの男はわたしを見て驚き、すでにわかっていることを言った。インターポールの人間がわたしの部屋を捜査したという。彼は興奮している様子で、初めてわたしに興味を示した。わたしは彼に、捜査は誤解だった、残っている所持品は自分で始末すると言って、今夜泊まらせてくれと頼んだ。

スミスは徹底的に部屋を調べたようで、戸棚の引き出しは開き、家から持ってきた新聞記事はなくなっていたが、曾祖父のマグショットは鏡の枠に挟《はさ》みこまれていた。疲れていたが落ち着かず、スミスと初めて会った、隣のカフェに行った。バーの椅子に座った。店内は混んでいて、煙かった。バーテンダーはわたしを覚えていて、うなずいて微笑《ほほえ》み、いつものペレグリノでいいかと言った。わたしはそうじゃないと言い、スコッチを生《き》で頼んだ。グラスを口元に上げ、麝香《じゃこう》の香りを吸いこんだ。それをおいた。飲みたくてたまらなかった。その後一分たっぷり、グラスを見ていた。また持ち上げた。頭の中にいくつもの映像が浮かんだ。キル・ヴァン・クルの仲間と酔ってふらふら歩き、喧嘩《けんか》をしても痛みを感じないくらい麻痺《まひ》していて、意識を失う。

グラスを傾け、温かい酒の味を唇に感じ、考えがくるくる変わり……そうだ――だめだ――そうだ――だめだ！　そこでアレックスのことを思い出した。悪夢にうなされる彼女を両腕で抱いたこと、彼女が母親のことを話す様子。わたしはアルコール依存症のことを話し、彼女は別にかまわないようだった。失いかけている教職のことも考えた。どれほど苦労して今の立場を得たか、そしてそれを失いそうであること。過去に酒が原因で別れたり逃げられたりしたすてきな女性たち、最後に大酒を飲んだのはいつだったか、ごみ容器から這《は》い出したのは？

グラスをおいた。バーテンダーにそれを片づけてくれと言い、腹は空いていなかったがパニーニを頼んだ。危険が過ぎ去ったわけではないとわかっていたから、急いでパニーニを食べて店を出た。外で、タクシーを拾った。聖ジェームズ教会やヴィア・ベルナルド・ルチェッツリがどこなのかわからなかったが、運転手は知っていた。

その部屋は教会の地下だった。それはいつも地下で、この部屋には黒板があり、小学校にあるような、半分の大きさの机のついた木製の椅子が並んでいた。日曜学校に使われる部屋だとわかったが、ミーティングはどこにでもあるようなものだった。ニューヨーク、ボイシ、フィレンツェ。どのAAミーティングも同じようで、唯一のちがいは、ここではイタリア語を話すということだった。十人ぐらいのひと、老人も若者もいた。わたしは座り、一人、また一人と順番に告白をしていくあいだ、心臓が激しく鳴っていた。なんと言おう、なんと言うべきかと考えた――どれほど本気で飲もうとしたか――でも動けず、話ができなかった。ひどいハリウッド映画でも見ているようだった。バーにいる男が二杯目、三杯目、四杯目と酒を飲み、どこへともなく通りをふらふら歩き、起きても何もわからず、二日酔いで自己嫌悪で――その映画の主人公はわたしだ。わたしは震えた。女性が毎年会社で降格させられ、ついには首になったという話をしていて、次の女性は結婚生活が破綻《はたん》したと言って泣いていた。よくある話だ。

わたしは椅子の座面を、それに命がかかっているかのように握りしめた。立ち上がって教会から出て、バーを見つけて飲みたかった。わたしは一人の女性と目を合わせ、女性はわたしにうなずいて、〝あなたならできる、大丈夫〟というように微笑んだ。わたしには確信がなかったが、つかの間の人間的なやりとりで、この瞬間、この部屋、ここにいる理由を思い出すことができた。次はひょろひょろに痩《や》せて頬の落ちくぼんだ男で、五十くらいに見えたが三十八歳だと言った。わたしより一歳年上なだけだ。彼は二十年間酒と薬の依存症だったが、今は二年間両方ともやっていないと言った。みんなが拍手した。わたしも、手が痛くなるほど強く拍手した。

その後、一人の男が〝ビッグ・ブック〟の一節を読んだ。わたしはかつて、それを暗記していたが、イタリア語ででも、記憶を新たにする必要があるようだった。会合のあと、コーヒーが出た。二度離婚したという、五十代の魅力的なイタリア人女性と話した。わたしは結婚する勇気を持てたことがないと言い、彼女はやめておけと言って、家に来るように誘ってきた。別のときなら応じただろうが、もう嫌だった。どうやら払いのけたばかりの女性に対して本気のようだ。もしかしたら一生。

69

わたしはスミスの横をすりぬけて、彼のホテルの部屋に一つだけある座り心地のいい椅子に倒れこんだ。

「やあ、ぼくも会えて嬉しいよ」彼は言った。

「やめてくれ。二十四時間もかけずにパリに行って帰ってきて、ほとんど寝ていない」

「飛んでる時間は一時間だろう」彼は言った。「それにあんたが選んだことだ、わたしじゃない」

「一時間と四十分だ」わたしは言った。繰り返し再生される古いレコードのように、アレックスとの昨日の会話が頭の中でまだ聞こえていた。「仕事をしよう」

「何か食え。ロールパンとチーズとコーヒーがある」

わたしは空腹で疲れていて、精神的にも消耗《しょうもう》しきっていて、スミスが食料を用意していてくれたことに感じ入ったが、それを口に出せなかった。ロールパンを食べてコーヒーを飲んだ。スミスは煙草を吸いながら待っていた。

「なあ、今回のことで、一生の愛を手放したかもしれないんだぞ」わたしは言った。考えるだけで、声に出して言うつもりのなかったことだった。

「誰だって譲歩はする」スミスは言った。「わたしだって、さんざんした」

口論を始めたくなかったが、彼の譲歩は仕事の一部、インターポールでの昇進に関わることだろうと指摘した。わたしの譲歩は個人的なものだ。

スミスはかぶりを振り、煙草を灰皿がひっくり返りそうになるほどの勢いで押しつけた。「これは仕事の一部じゃない」

「どういう意味だ？」

スミスはわたしを見て、よそを向き、また見た。「わたしは犯罪情報分析官、調査員なんだ」彼は言い、そこで黙りこんだ「警察官のようなものじゃない。インターポールには、そういう役職はない。われわれの仕事は、犯罪についての情報を集め、インターポールと連携している国の警察に引き渡すことだ」

「待ってくれ……じゃあ、あんたはここでの権威はないのか？」

彼はゆっくりうなずいた。彼が隠していた秘密、わたしがなんとなく感づいていた秘密だ。

「インターポールは、あんたがしてることを承知してるのか？」

スミスはかぶりを振った。

「じゃあどうして、こんなリスクを冒してるんだ？」

「あんたと同じくらい、この謎を解くのに興味があるからだ」

「もし解決したら、あんたはインターポールで英雄になれるのか？」

スミスは呆《あき》れたように笑った。「この件を解決して、大発見をしたら、わたしを首にしづらくなるだろうって程度だ」

「何か嘘をついていると思ってたんだ」

「ああ。あんたもあらゆることについて嘘をついた。だからお相子《あいこ》だ」彼はため息をついた。「わたしのような男が、インターポールのようなところで昇進するのが容易だと思うか？」

「見当もつかない」わたしは言った。

「この仕事に二十年を捧げてきた。ああ、夢があったんだ。次なるジェームズ・ボンドになるはずだった」彼は鼻を鳴らした。「インターポールに入ったとき、ついにやったと思った。ようやくひとかどの人間になれた、もう計画住宅群出身の父親のいない子どもじゃないとね」彼は首を横に振った。「でも、このとんでもないリスクを負うことで、また再出発できる、またひとかどの人間になれるような気がする」

理解できた。ペルージャもそれを、ひとかどの人間になることを望んでいた。誰もがそれを望む。子どものころに夢見るが、世間はあまりにも現実的で、夢は押しつぶされる。

わたしたちはしばらく黙っていたが、わたしには、スミスがまだ深く考えこんでいるのがわかった。心の中を見ているのだろうか、目の焦点が合っていない。

「なあ」彼は言った。「この二十年で、二人、真剣な関係になりかけた女性がいた。両方とも、まずい結末になった。女性のせいだと思っていたが、わたしだった。いつだって仕事がらみだった——〝とにかく成果を上げろ〟ってね——それで、どうなる？　机に縛られて、どこかに行きたくてたまらなくなる。最初と同じ状態だ」

「時間ならたくさんあるだろう。ところで、いくつなんだ？」

「四十七だ」

「なんだ、まだ人生半分あるじゃないか」

「ああ、年寄りのほうの半分だがな」

わたしは笑ったが、それで自分の人生を顧みた。故郷での仕事は失いかけていて、個展を開く画廊はないし、女性はみんな追い払った——そして今、アレックスも。

「若いときは、いくらでも時間があると思ってる」スミスは言った。「そしてある日、目が覚めて四十七歳になってて思うんだ。いったいどうしたんだ？　ある女性に会ったのは、さほど昔のことじゃない。最後に関係があった女性だ——二年もつきあってた。今じゃ彼女は結婚して、子どもが二人いて、携帯電話で写真を見せてくれた。お祝いを言ったが、わかるかな、なんだか寂しくて、自分がかわいそうになった。すべての時間が無駄遣いだったたってね」

「自分で残念パーティーでも開くか？」

「うるさい」彼は言った。「後悔してるんだ。彼女はいい女だった。失うまで、どれほど貴重かわからないってことがあるだろう」

わたしはカフェでアレックスと向き合って座っていて、それから彼女が出ていくのを見送ったことを思い出した。

「自分以外の誰かを責めてるわけじゃない」スミスは言った。「でも、このしようもない仕事のために、たくさんのことを諦《あきら》めてきた」

「わたしがすごく楽してきたとでも思ってるのか？　待ってくれ、あんたはわたしのこれまでを全部知ってるんだったな」

「ああ、知ってる。容易なものじゃなかったとわかってるよ。気の毒に。ベイヨンは計画住宅群と同じようなものか？」

「コンテストでもするか――わたしの惨めな人生対あんたの惨めな人生」

「うるさい」彼は言った。

「そっちこそ」わたしは言った。

数秒こらえていて、二人して吹き出した。丸々一分笑っていて、止まって、また笑った。スミスは大きな背中を丸めて、笑いも哲学も自己憐憫《れんびん》も、すべてを振り払おうとするかのように体を震わせた。

「ちょっと待て」彼はクローゼットに行き、買い物袋をつかみ、それをわたしによこした。「これを取り戻したいだろうと思ってな」

中には曾祖父の絵があった。それを見たとたん、温もりが全身に広がった。スミスを見た。「ありがとう」心からの言葉だった。

「仕事に戻ろう」彼は言った。「お終いにして、戦略を立てたい」

わたしはなんの戦略だと訊《き》き、スミスは、本物の〈モナ・リザ〉を見つけ出すための――あるいは、少なくとも、贋作《がんさく》の信用を落とすための戦略だと言った。彼はラップトップに戻り、すっかり仕事の態度になり、画面を読んで、現在知られている三つの〈モナ・リザ〉の複製を確認した――ウィーンに一枚、デュッセルドルフに一枚、そしてアントワープの小さな美術館に一枚――すべて、ショードロンが複製を作っていたと思われる時代の日付のものだ。「もう一枚見つけ出したら」彼は言った。「それで四枚になる、ペルージャが正しければ、ショードロンは六枚描いた」彼は贋作についての情報を、電子メールで送り、印字もすると言い、わたしはなぜだと訊いたが、スミスはすでに〝印刷〟をクリックしていて、携帯用コピー機が紙を吐き出していた。

わたしはそれを見やり、ページのいちばん上にインターポールの名前とロゴがあるのに気づいた――オリーヴの枝で囲まれた地球で、その下に正義の秤《はかり》がある。「正確には、インターポールとはどういう意味なんだ？」

「〝国際的《インターナショナル》〟と〝警察《ポリス》〟を足して短縮したものだ」

「あんたたちは警察じゃないんだと思ったが」

「警察じゃない。言ったとおり、インターポールは捜査をおこない、特定の国の個別の警察に引き継いで、逮捕をしてもらう」

わたしはその紙を見た。「これらが、〈モナ・リザ〉の複製を持っている美術館なのか？」

「そうだ」

「その下の名前と住所の一覧はなんだ？」

「インターポールが、盗まれた可能性のある作品や贋作と関連があると考えているコレクターだ。名前の横には、その人物が合法的に所有している作品が書かれているが、このほかに、必ずしも合法であるとはいえない重要な作品を持っているのではないかと疑われている。これは毎年インターポールが編集するデータベースから、わたしが絞りこんだ最終的な一覧だ」

わたしは名前と、その横に描かれた作品、住所、電話番号、略歴に目を通した――ウォール街のCEO、法人の弁護士、引退したジャンクボンドのトレーダー。なぜこれらの人々は逮捕されていないのかと訊くと、スミスは、インターポールは実際の証拠をつかめなかったためだと言った。疑いがあっただけで、それぞれの人物と盗まれた作品や重要な作品とを結びつけるものはなかった。

「全員が金持ちだ」彼は言った。「自分の手を汚すような連中じゃない」彼はいったん言葉を切って、煙草の煙を吐き出した。「一緒に働くんなら、これらの事柄をあんたも知っておくべきだ」

「一緒に働く？　じゃあ、わたしたちは不良仲間か何かになるのか？」

「まじめな話だ」彼はわたしの肩に手をおいた。思いがけず、仲間意識を感じた。キル・ヴァン・クルの仲間たちと共有していたスリルだ。危機感が押し寄せた。「今、わたしたちは一緒にこれに取り組んでいるんだぞ、ペローネ」

「それで、その後は？　どうなるんだ？　通常の生活に戻るのか」それはなんだろう？　自分にとっての通常の生活は、とても遠く感じられた。他人の生活のようで、しかもつまらなそうだった。

「そうだ。わたしはわたしの机上の仕事に戻る」彼は言ったが、わたしは彼がもっといい職を希望しているのを知っていた。「これらのコレクターを追いかける」彼は言った。「このうちの誰かが、ショードロンによる複製か、本物の絵を持っているかもしれない。それを突き止めたいと思わないか？」

わたしは突き止めたいと言い、彼は初めて、心からの笑みを見せた。

「この一覧を、電子メールでも送った」

わたしはうなずき、日記の話、欠けたページに続く部分の話に立ち返った。そこで思い出し、上着を手にし、ポケットから紙の束を取り出して、フェルメールの後ろにあったものだとスミスに説明した。そのページは段落に分けて書かれていて、段落それぞれの最後の文章の下に太い線が引かれ、日付のあるものもないものもあり、でもわたしには最初のページから、それらがペルージャの釈放後に書かれたものだとわかった。わたしは少し時間をかけて、それらが順番どおりに並んでいて、ページから次のページへと、文章がつながっているのを確認した。

スミスは近くに立っていて、新しい煙草に火をつけた。

わたしは煙を払った。「喫煙してると死ぬのはわかってるのか?」

「いつかな」彼は言い、煙草を吸いながら落ち着かない様子で歩き回った。「でもすぐじゃない」

わたしは座れと言った。彼のせいで、不安な気持ちがあおられた。

「なんて書いてある? 読みながら翻訳しろ」

わたしは紙の束をざっと見て、別のことを考えた。「なあ、それには時間がかかる——二人とも頭が変になる」わたしは彼にいったん休憩し、散歩にでも行って、わたしに一人で読む時間を与えてほしい、それから内容を教えると言った。この案は筋が通っていたし、正直言って、わたしは彼と彼がひっきりなしに吸う煙草の煙から少し離れたかった。

「何も包み隠さずにだな」彼は言った。質問の口調ではなかった。

わたしはそうだと言い、一瞬躊躇《ためら》ったのちに彼はうなずき、外へ出ていった。

それから二時間かけて、わたしは読んだ。いくらかメモを取ったが、その必要はなかった。そこに書かれた内容は衝撃的で、忘れられないものだった。読み終わったとき、スミスの携帯電話に電話をかけた。

彼は部屋に戻ってきた。煙草の煙のにおいが有毒なオーラのように彼を取り巻いていたが、わたしは今回は何も言わなかった。彼に、リラックスしてくれ、すべてを詳しく聞きたいのであれば時間がかかると言った。

スミスはソファーの背に寄りかかり、目を閉じた。

「お休み前のお話を聞こうというのか？」

「こうすると、理解しやすい」彼は言った。

「すべてを話す。うまい具合に描写するよう、最善を尽くす」わたしは言い、ペルージャが書いたことのすべてを語り始めた。

70

ヴァンサンはショードロンが贋作《がんさく》を作った直後、ショードロンのアパルトマンを見張って過ごしたいくつもの夜を回想した。配達人が出入りするのを見たが、それはいつも夜で、いつも急いでいる様子だった。

ある夜、そうした配達人の一人が、平らな荷物を腕に抱えて出てきて、ヴァンサンはそのあとをつけた。配達人は長いあいだ歩き、立ち止まりも寄り道もせずに七区まで行った。そこはもっとも裕福なパリ市民が住んでいる地区で、華麗な建物や外国の大使館、そしてあの巨大なカマキリ、エッフェル塔がある。ここで配達人は歩調をゆるめ、一軒一軒すてきな家を見ていき、ようやくシャンドマルスを望める角の建物に入った。白い円柱と露台のある窓、大きな銀色の円蓋《えんがい》のついた、豪華な個人宅だ。

配達人はすぐに出てきた。そのときは何も抱えておらず、ヴァンサンはまたこの男をつけた。今回は小さなバーに入り、彼は男の隣のスツールを選んだ。彼は男が一杯飲み、お代わりをし、嬉しそうに何かを祝い、大きな塊に丸めた紙幣から支払いをするのを待った。ヴァンサンは男に立てと言い、男の胸にナイフを押しつけ、もういっぽうの腕を男の肩に回して、飲みすぎた親友同士のようなふりをした。ヴァンサンは男をバスルームに連れていき、そこで男を壁に叩きつけ、喉元にナイフを押しつけた。彼はショードロンと絵のこと、そして絵の配達先を訊《き》いた。

「なんの話か、まったくわからない！」

「殺すぞ」ヴァンサンは言った。本気だった。配達人を、ナイフでほんの少しつついた。

これで男を喋《しゃべ》らせるのに充分だった。男はショードロンから絵を預かったと認めたが、彼を雇って報酬を支払ったのはヴァルフィエロだと言った。この日の夜より前にショードロンと会ったことはなくて、彼は配達のために雇われただけで、知っているのはそれだけだと。

「わたしと会ったのをショードロンにもヴァルフィエロにも漏らさないと約束するなら、無傷で逃がしてやる」ヴァンサンは言った。「もし漏らしたら、必ずおまえを見つけ出して殺す！」それから彼は、配達人を家まで送っていき、その住所をメモし、その夜会ったことを秘密にしなかったら命はないと、もう一度脅《おど》した。


ヴァンサンは刑務所から出て自由の身になっていて、ショードロンのアパルトマンを見張って配達人を尾行した夜は報われた。

七区の銀色の円蓋のある家を見つけたのは夜が明けるころで、彼は家の正面にある公園のベンチで待つことにした。朝の八時、洗練されたスーツを着こなした長身の男が、しゃれた革製の書類鞄《かばん》を持って出てきた。ヴァンサンは彼を追いかけて数区画歩いて銀行に入り、男がある部屋に入るのを見届けた。近づいて、ドアについている真鍮《しんちゅう》製の銘板を読んだ。〝ジョルジュ・フルニエ、頭取〟女性がヴァンサンの背後に歩み寄り、ムッシュー・フルニエの秘書だと言って、用件を訊いた。彼はなんでもないと答えた。騒ぎを起こすわけにはいかなかった。何を言っても、場違いだと思われるに決まっている。貧しい男対裕福な男。

彼は先刻と同じ公園のベンチに戻り、日が暮れるまで待った。胃が鳴り、口の中が渇いたが、その場を離れなかった。ようやく、銀行頭取が角の向こうから現われた。彼はすぐに立ち上がり、フルニエの玄関へ通じる階段の下へ行った。銀行家が小道をやってくるさい、そこを動かなかった。フルニエは、彼のことを物乞《ものご》いか何かのように見た。憲兵を呼ぶぞと言った、その顔は苛立《いらだ》ちと嫌悪感で満ちていた。

ヴァンサンはたった一言、〝イヴ・ショードロン〟という名前を口にしただけだったが、フルニエは目を見開いた。彼はそれが誰か見当もつかないと言った。それでもヴァンサンは動かなかった。フルニエはふたたび警察を呼ぶと脅したが、ヴァンサンは言った。「そうしてくれ。あなたが最近ショードロンとヴァルフィエロから買った絵について、警察に話すいいチャンスだ」

これを聞いて、フルニエはヴァンサンを家の中に押しこみ、驚いた顔をしている使用人の横を通り過ぎ、立派な階段を上り、廊下を進み、小さな図書室に連れていった――それなのに彼は、ショードロンやヴァルフィエロといった名前の人間は知らないと言い続けた。

「そうだとしたら」ヴァンサンは言った。「どうしてわたしを家に入れたんだ？」フルニエが答えないと、彼はさらに言った。「あなたが買った絵は贋作だ」

「なんの話をしてるんだ？」

「絵だ、あなたの持っている絵、〈モナ・リザ〉は、偽物の公算が高い」

フルニエは冷静さを保とうとしたが、口の端が震え始めた。「あんたは頭がおかしい！」

「わたしはヴィンチェンツォ・ペルージャ、〈モナ・リザ〉を盗み出して有罪になった男だ。それで刑務所に入っていた。わたしのことは、何かで読んだだろう。わたしはヴァルフィエロに頼まれて絵を盗んだ、金を約束されたからだ。長い話で、詳しく話して退屈させたりはしない。でもヴァルフィエロとショードロンは姿を消して、わたしは二人を捜し出さなければならない。それでここに来た」

「それがわたしに、なんの関係があるんだ？」フルニエは必死にごまかそうとして訊いた。

「ショードロンは贋作のそれぞれにあるものを描いた」ヴァンサンは言った。「贋作は一枚だけじゃない。この共謀者二人組に騙《だま》されたのは、あんただけじゃないんだ。絵を見せてくれれば、証明してみせる」

「どんな証拠があるというんだ？」

「ショードロンは贋作に、それとわかる印をつけた」

「どんな印か教えてくれれば、わたしが自分で確かめる」

「じゃあ、絵を持っていると認めるわけだ」

「そんなことは認めない！」

「ムッシュー、それが真実でなければ、とうにわたしを放り出していただろう。お願いだ、時間を無駄にさせないで——あなたの時間でもある——絵を見せてくれ！」

「あんたが絵を盗みたいだけじゃないと、どうしてわかる？　あんたは有罪になった泥棒なんだろう」

「泥棒としての刑期は終えた。今は復讐《ふくしゅう》をしたいだけで、それはあなたに対してじゃない」

フルニエはヴァンサンのポケットの中身を出させ、武器を持っていないか調べた。見つかったのは、ヴァンサンが持参したテレビン油の小さな瓶《びん》と布切れだった。それを持っている理由を訊かれて、ヴァンサンは、今にわかると言った。

フルニエは少し躊躇《ためら》ったが、ヴァンサンを導いてもう一つ階段を上り、長い廊下を歩いた先で、天井から、屋根裏へ行く階段を引き下ろした。彼はヴァンサンに、あとについて階段を上ってくるように言った。

ヴァンサンは、ありふれた埃《ほこり》のたまった屋根裏部屋を予想していた。だがそうではなく、とてもきれいな部屋があった。漆喰《しっくい》塗りの白壁と、つややかな木の床。四つのイーゼルがあり、それぞれに布のかけられた絵がおかれていた。イーゼルの前に椅子が一つ。その横に小さなテーブルがあった。その上に、ブランデーの瓶とクリスタルのグラス、そして吸いかけの葉巻のおかれた灰皿。フルニエ専用の鑑賞室だ！

フルニエは中央の絵から布を取った。彼女がいた。わかっているというような目と、謎めいた笑み。一瞬、ヴァンサンはまちがいを犯したのかと思った。これは本当は、レオナルドのオリジナルなのではないか。彼は絵に近づき、両端を支えて持ち上げた。

「何をするんだ？」フルニエは叫んだ。

「ひっくり返すんだ」ヴァンサンは言い、そのとおりにして、絵を上下逆さまの状態でイーゼルに戻した。それから身を乗り出して、リザ・デル・ジョコンドの両手のすぐ下あたりをじっと見た。「ほら」彼は言った。「二つの印が見えるだろう？」

フルニエは近づいた。「ああ。なんなんだ？」

「頭文字だ。YとC。イヴ・ショードロン。彼は自分の作品にサインをしたんだ！」それから彼はフルニエに、絵のにおいを嗅《か》いでみるように言った。「こんなに古い絵が、まだリンシード油とワニスのにおいを発しているのは奇妙だと思わないか？」彼は答えを待たず、持ってきたテレビン油をきれいな布に数滴落とした。フルニエが制止する間もなく、彼はその布でカンバスの一部をこすった。布を返すと、絵から落ちた顔料がついているのが見えた。「五百年前の絵の具が、こんなに簡単に落ちると思うか？　いいや、ムッシュー、そんなことはない」

フルニエは興奮し、もう一つのイーゼルの絵の布を取り去った。果物と花の静物画だった。「この絵は本物だとわかっている。非常に評判のいい画廊から買った。出所は確かだ」彼はヴァンサンの手からテレビン油のついた布をひったくり、静物画の隅をこすった。布をひっくりかえしたとき、絵の具はついていなかった。

「少なくとも一枚は、本物の絵を持っているということだ」ヴァンサンは言った。

フルニエはしかめ面をして、三枚目の絵の布を取った。ヴェネツィアの風景画だった。「カナレットだ」彼は言った。「同じ画廊で買った。本物だと証明する鑑定書を持っている」彼はこの絵を、テレビン油の布でさっとこすった。今回もまた、布はきれいだった。それから彼は四番目の、最後の絵の布を取った。ヴァンサンは、この絵がすぐにわかった。

「これもムッシュー・ショードロンから買ったものだな」彼は言った。

「どうしてわかる？」

「彼のアトリエで見た。〈セーブルの田舎道〉。オリジナルはルーヴル美術館にある」

フルニエは口元をこわばらせて、濡れた布で風景画を拭《ふ》いた。絵の具がついた。彼は〈モナ・リザ〉に戻り、頭文字をじっと見詰めた。別の隅をもう一度こすると、やはりまた、布は絵の具で汚れた。

「彼女はわたしのものだと思っていた」嫌悪と敗北感のないまぜになった口調で、彼は言った。「なんて愚かだったんだ」

ヴァンサンは同意したかった。この男に対して同情はいっさい感じなかった。でも、この男の助けが必要だった。「わたしたちは二人とも愚かなんだ」

「あいつらを殺してやりたい！」フルニエは言った。

「でもまず、金を取り戻したくないか？」

「あいつらを見つけられるのか？」フルニエは訊いた。

「そうするつもりだ。でも、どこにいるか見当もつかない。どこか、心当たりはないか？」

フルニエはかぶりを振り、ふと止めた。「待て……数ヵ月前に、ヴァルフィエロから別の絵を買ったばかりなんだ」

ヴァンサンはそれを見せてくれと言った。

「売ってしまった」フルニエは言った。「あれもたぶん贋作で、もしそうなら、わたしも犯罪に関わったことになる。でもそれが問題なんじゃない。問題はその絵をどこで、どうやって買ったかだ——フランス南部の、ショードロンのアトリエから届いた」

「そこへ行ったことがあるのか？」

「いや」フルニエは言った。「配達人を頼んだ。絵の銀板写真をもらっていた。半分を前払いし、絵が届いてから残りの半分を支払った」

「誰に支払ったんだ？」

「ヴァルフィエロだ。必ず彼が仲介者だった。商売人だ。わたしはショードロンには会ったことがない」

「配達人というのには、連絡ができるか？」

「その必要はない」フルニエは小さな机に向かい、引き出しを開けた。「ほら」彼は言って、ヴァンサンに小さなカードを手渡した。そこには、〝カフェ・ブリュ〟という名前が書かれていた。「ヴォクリューズ県の、ラコストという村にある店だ。それしか知らない、ヴァルフィエロはそれしか教えてくれなかった。配達人にも、それしか言わなかった」

「配達人はそこへ行ったのか？」

「そうだ。彼はヴァルフィエロとそのカフェで会って、金と引き換えに絵を受け取った」

「それは数ヵ月前のことだというんだな？」

フルニエはうなずいた。

ヴァンサンはカードを手にして、それをポケットに入れた。

「行くつもりか？」フルニエは訊いた。

「ああ。すぐにな」

「一緒に行く。あいつらと直接話がしたい！」フルニエは拳を握って叫んだ。

「ムッシュー、あなたは銀行の頭取だ。評判を傷つけるような危険を冒すつもりか？」

フルニエはゆっくりと息を吸いこみ、ヴァンサンを見て、それから偽物の美人画に目を戻した。

「そうだな、ここはあんたを信用しなくてはなるまい」

それで、二人は協定を結んだ。ヴァンサンが金を取り返したら、大部分をフルニエに戻し、三分の一を報酬としてもらう。

じつのところ、ヴァンサンの計画にはフルニエは含まれていなかった。もしヴァルフィエロとショードロンを見つけて金を手に入れても、それを誰とも分け合うつもりはなかった。金は息子を取り戻すことを意味し、それしか彼の頭にはなかった。フルニエは金を失っても差しつかえない。だが、ヴァンサンはちがった。


カフェ・ブリュはラコストの小さな中世風の村の中心にあった。ヴァンサンは列車の駅から歩いた。列車は苦しい出費だったが、いたしかたなかった。歩くとかなりかかったが、寒くて霧雨が降っていても、壁に囲まれた村は美しくて平和に見えた。カフェはきれいで飾り気がなく、テーブルには青と白の格子模様のクロスがかかっていて、カーテンも同じ柄だった。

ウェイトレスは若い女性で、金髪で美人で、彼を笑顔で迎えた。一瞬、目の錯覚だろうか、彼にはその女性がシモーヌに変身したように見えた。彼はこらえようとしたが我慢できず、大きなため息をついた。

ウェイトレスは彼に、大丈夫かと訊いた。

「ええ、大丈夫。ありがとう。ブランデーをもらえるかな。すごく寒いんでね」彼は両手をこすりあわせた。

「ええ、何日も雨が降って、ひどいものよ。太陽が恋しいわ」

シモーヌがパリの寒い日々についてしょっちゅう言っていたことだと、ヴァンサンは思った。「ここに住んでいるのかい？」

「そうよ。生まれてからずっと」彼女は一瞬、彼を見詰めた。見知らぬ男にそんな情報を与えたことを、不安に思っているのだろう。ヴァンサンは彼女を安心させようとして、微笑《ほほえ》んだ。

「どちらから、ムッシュー？」

ヴァンサンは、どこからでもないと言いそうになった。「パリだ。そこで生まれたわけではないが」

「あら、パリ！　行ったことないけど、行ってみたいわ！　すごくきれいなんでしょう？」女性は憧《あこが》れるような顔をした。

「ああ、とてもきれいだ」ヴァンサンはシモーヌを思い出させるこの女性に、いろいろ話をしたくなった。

「いつか、きっと行くわ」

「ああ、ぜひね。パリはきみを歓迎するよ。美しいものを重んじる街だから」ヴァンサンは言葉を止められなかった。若い女性を歓ばせようとするなんて、ばかな男だ。

「あら――」女性は頬《ほお》を赤くした。「ブランデーですね」女性は慌《あわ》てて立ち去った。スカートが踝《くるぶし》のあたりで広がって、またちがうときのシモーヌを思い出させた。

ヴァンサンは彼女を見詰め、それから無理に視線を逸《そ》らした。上着の下から日記を取り出し、開いてページに書きつけた。〝着いた〟それから〝カフェ・ブリュ〟と書いて、日記を閉じた。細かいことはあとで書き足そう。

女性が戻ってきて、ブランデーのグラスを彼の前においた。「何かお料理はいかが？　ハーブ・オムレツがおいしいわ、それとも――」

「いずれな。これのあとにでも」彼はブランデーのグラスを挙げた。「わたしの友だちを知ってるかな。画家仲間なんだ」

「あなた、画家なの？　すばらしいわ《メルヴェイユー》！　もしかしたら、作家じゃないかと思ったの」彼女は青いカバーの日記を見ながら言った。

「ああ、これか……これは……メモだ、特別なものじゃない」彼はそれを引き寄せた。「わたしの友人、画家のイヴ・ショードロンは、近くに住んでるはずなんだ」

「村の中や近くに住んでる画家は何人かいるわ」

「髭《ひげ》を生やした、背の低い男で――」

「ちょっといいかしら？」五十歳ぐらいの女性が、ウェイトレスの背後に現われた。よそよそしく、疑い深い口調だった。

「母よ《メール》」ウェイトレスの女性は言った。

ヴァンサンは立って、軽く会釈した。母親のほうは笑わず、用心深い目をしていた。

「誰を探しているというの？」彼女は訊いた。

ヴァンサンはもう一度ショードロンの容貌《ようぼう》を説明したが、女性は即座にそっけなく、首を横に振った。

「じゃあ、彼の友人はどうだろう」ヴァンサンは言い、名前は出さずに、ヴァルフィエロを描写した。尖《とが》った鼻や鋭い顔の造作《ぞうさく》から、足を引きずり、銀の杖《つえ》を突いていることまで。

女性の表情が明るくなり、すぐに閉ざされた。「なぜ訊くの？」

「ああ……」ヴァンサンは、精いっぱい気楽な態度を装いながら、片手を振った。「一度、パリで一緒に仕事をしたことがある。ここを通りがかって、彼の家が近いのを思い出した」

女性が彼のことを検分しているのがわかった。色の黒い、外国人の容貌。着古した上着。

「そんな男は知らないわ、ムッシュー」女性は娘に顔を向けた。「ブリジット、ほかにお客さんがいるわよ」

ヴァンサンに見えるかぎりでは二人だけだ。部屋の向こうのテーブルに、二人連れが座っていた。

「はい《ウィ》、ママン」ブリジットは言って、離れていった。

ヴァンサンはブランデーをすすった。あの母親はヴァルフィエロのことを知っていると確信できた。その顔に表われていた。しばらくしてから、彼はブリジットに合図した。

「ブランデーのお代わりかしら、ムッシュー？　そろそろ食べるものはいかが？」

「そうだな。ブランデーをもう一杯と、さっき言っていたオムレツをもらおう」持ち金はほとんどなかったが、空腹だった。もう少しここにいる必要があるし、求めて来た答えを得る必要があった。ヴァルフィエロとショードロンは近くにいる。それが感じられた。

煙草を吸い終わるころ、ブリジットがブランデーのグラスを新しいものと替え、その横にオムレツをおいた。黄金色の卵に緑色のハーブが混じっている。ヴァンサンはフォークですくって一口食べた。「おいしいよ。きみが作ったの？」

「あら、ちがうわ。コックが——母が——作ったのよ」

「すばらしいと伝えてくれ」

「伝えるわ」ブリジットは言った。「母のこと、ごめんなさい。知らないひとには、ちょっとぶっきらぼうになるの」

「よくわかるよ。わたしのほうこそ、失礼だったら謝る」

「とんでもない」ブリジットは言い、もっと何か言いたそうな素振りをした。必要もないのに、塩と胡椒《こしょう》の容器の位置を直すふりをして身をかがめた。「さっき言ってた男のひとだけど」彼女は小声で言った。「杖を突いた、足を引きずって歩く人、ちょっと変わったひとよ。お金を湯水のように使って、ここでもしょっちゅう食事したりお酒を飲んだりする。母はお得意さんを失いたくないの」

「彼にちょっと挨拶《あいさつ》するだけだ。最後に会ってから、ずいぶん経ってる。パリみたいな大都市に住んでいると、古い友人の動向がわからなくなるものだ。寂しいよ。昔はすごく親しかったから、また会いたいんだ」

ブリジットは背後の様子をうかがってから、またかがみこんで囁《ささや》くように言った。「村から三キロぐらい南にのぼったところの、青い鎧戸《よろいど》があって、両側に背の高い常緑樹のある、古い石造りの家に住んでるわ。もう一人の男、あなたが画家と言ってたひとも、そこにいる」

ヴァンサンはブリジットの手を握って、礼を言った。その手をほんの短いあいだだけでも自分の頬に押しつけて、彼女をシモーヌと呼びたかった。

彼女は一瞬、彼をそのままにさせておき、それからそっと手を引っこめた。彼が見上げると、彼女は赤い顔をしていて、急いで離れていった。

外は湿っていて、霧雨はやんでいなかった。ヴァンサンは日記をズボンのウェストバンドに挟《はさ》み、上着をそれにかぶせた。彼は最後にもう一度ブリジットを見ようとして、カフェの窓を覗《のぞ》きこんだ。あんなに若い娘に対する自分の行為に戸惑いながら、村の本通りに並ぶ小さな店を速足で通り過ぎ、やがて古い石の壁に到達した。そこで歩道は終わり、泥道になった。

彼は興奮と怒りの両方を感じた。何ヵ月も抑えこんできた感情だった。今、歩きながら、それを燃料にして奮い立った。貸しを返してもらいたいだけだ。彼はそのために闘う準備をしてきていて、ポケットに入れた飛び出しナイフが、歩くたびに太腿《ふともも》に当たった。

雲が切れ、幾筋もの太陽の光が青い鎧戸のある石造りの家を照らした。その家は斜面に一軒だけ立っていて、ウェイトレスのブリジットが言っていた背の高い常緑樹が、歩哨《ほしょう》のように両側に立っていた。

ヴァンサンは、最後の書きこみをするために日記を取り出した。〝トロヴァッティ！〟彼は書いた。

〝彼らを見つけた！〟

71

「すごいな！」スミスは興奮して、煙草に火をつけた。「それで、どうなった？　彼はパリに行ったのか？　絵を売ったのか？」

「わからない」わたしは言った。「そこまでだ、これが彼の書いた全部だ」

「冗談だろう？　ちくしょう。まあ、少なくともいちばん重要な情報はわかった、〈モナ・リザ〉の贋作《がんさく》の見分け方だ」

そのとおりだった。それを求めて、ここに来たのだ。それなのに胸の奥に虚しさがあり、喪失感に圧倒されそうなのはなぜだろう？

スミスはすでにラップトップの前に座りこみ、キーボードに手をおいていた。「このフルニエという男を調べる必要がある」彼は言った。「おそらくインターポールのデータバンクに何かあるだろう」

「百年も経っているのに？」

「わからないぞ」彼はしばらくキーボードを打っていた。「だめだ、ジョルジュ・フルニエという名前では何も出てこない」さらに何分か打っていて、それからラップトップを回してこちらに見せた。

「これはなんだ?」

「グーグル・マップの、ストリートビューだ」

銀色の円蓋《えんがい》のある立派な外観の家が、画面の大半を占めていた。

「銀行家の家……まだあるのか?」

「ああ」スミスは言った。「明日、見にいこう」

72

「わたしが喋《しゃべ》る」スミスは言い、ノッカーを持ち上げた。ノッカーは大きくて金属製、おそらく鉄だろうか、角のある生物の顔の形をしていて、口に重そうな輪がついている。古そうで高価そうで、この円蓋《えんがい》のある家のすべてがそうだが、どこか威嚇《いかく》的だった。

六十代の女性がドアを開いた。ベージュ色のストレートのスカートとブラウスを着て、優雅でこざっぱりした様子だった。スミスはインターポールの身分証明書を見せ、わたしのことは〝仲間〟だと紹介した。わたしはまた、ギャング仲間よりも前にさかのぼるスリル、原初的な何かを感じた。玩具《おもちゃ》の兵隊で遊ぶのが大好きだった子どものころのものだ。

スミスは女性に、昔に関することだが正式な職務で来たと言い、「深刻なことじゃない《リアン・ド・セリュー》」とつけくわえた。彼のフランス語はわたしの耳にはとても流暢《りゅうちょう》に聞こえたが、女性は英語で答えた。フランス人がよくすることだ。女性は用心深そうな様子で、スミスを疑うように見た。「マダム・ルブロン、この家の現在の持ち主ですか？」

女性はうなずいて、スミスは中に入ってもいいかとたずねた。彼女は躊躇《ためら》い、ドアを開き、わたしたちをホワイエの先、木製の家具があり、品のある家にしては意外なことに、壁に抽象画のかかっている広い居間に案内した。彼女はわたしたちにつややかな革張りのソファーを指さし、自分は背のまっすぐな椅子にそっと腰かけて、不信感も露《あら》わに目を細くした。

スミスはここに長く住んでいるのかと訊《き》き、彼女は言った。「なぜです？」

「ただの質問ですよ、マダム」

「そうですね」彼女は言った。「人生の大半、ここに住んでいます。そもそもは祖父の家で、それから父の家でした」

「誰かと一緒にお住まいですか？」スミスは訊いた。

「いいえ。一人です。こんなこと、本当に必要なの？」

わたしはスミスに、多少は気を遣《つか》えと言いたかった。彼は調査官であり、ひとに質問することに不慣れなのは明らかだった。彼の話の進め方は、とても魅力的とは言えなかった。

スミスは彼女にこれが通例だと言い、また一人で住んでいるのかと訊いた。

「そうです」彼女は言った。「離婚したんです。息子がいるけれど、結婚してサン・ルイ島に住んでいます。それで、なんの話なのかしら？」

「お祖父さんというのは、ジョルジュ・フルニエですか？」

「母の父です。わたしが生まれる前に亡くなりました」

「死因をお訊きしても――」

「ムッシュー」マダム・ルブロンはスミスの言葉を遮《さえぎ》って、立ち上がった。「なぜここに来たのか、どういう用件なのかを説明してくれなければ、質問には答えません」

わたしはスミスの腕を叩いたが、彼は無視した。

「あなたに何か問題があるわけじゃないんです、マダム」

「そう願いたいわ！　祖父のことは何も知りません」

「でも彼の家に住んでいる」

「いけませんか？」

「いいえ、まったく」

「これ以上その話はしたくないわ」彼女は言った。

「心配するようなことではありません」スミスは言った。「いくつか質問するだけです。座ってください」

マダム・ルブロンは座ったが、嬉しそうではなかった。彼女は両親が亡くなったときにこの家を相続したと言った。スミスはその死因を訊き、彼女は躊躇ったのちに答えた。「交通事故です。ずいぶん前です」彼は、彼女の祖父が立派で正直なひとだったのはわかっていると言い、ただ出所の疑わしい絵に関与したかもしれず、またそれを知っていたわけではないだろうと話した。

「最近になって」——わたしは話をでっち上げた——「その絵のことがわかったんです。それで確認をしているんです」

彼女は驚いた顔をしたが、初めて、興味を引かれたようでもあった。「祖父のコレクションはとうになくなっていると思います」彼女は言った。「悪い冗談を除いてね」

「悪い冗談？」わたしは言った。

「見にいきましょう」彼女は言った。

書斎は暗く、明るくて近代的な居間とはまったくちがっていて、本棚は本を詰めこみすぎて歪《ゆが》み、安楽椅子の詰め物は座面の下でぶら下がり、壁紙は継ぎ目のところから剥《は》がれかかっている。でもそのどれも、どうでもいいことだった。わたしの目は、絵に引きつけられた。

「笑えるでしょう？」マダム・ルブロンは言った。「悪い冗談だって、いつも言っているの」

スミスもわたしも、笑わなかった。額なしで、針金でぶら下がっているその絵に魅了されていた。

「よくできてると思うわ」彼女は言った。「複製にしてはね」

わたしは近づいて、その筆遣い、柔らかいぼかし画法《スフマート》を観察した。頭文字も見えた。上下逆さまでも見つけることができた。

「これはお祖父さんのものだったと？」スミスは、落ち着いて冷静な口調を保っていた。

「そうだと思います。子どものころから、ここにぶら下がっていた。ここは祖父の書斎で、それから父の書斎になった。変えたくなかったんです。壁紙も、壁のペンキさえ変えたくなかった。感傷的なことね、でも父が亡くなったとき、すべてをそのまま残そうと決めました」彼女はわたしたちのほうを向いた。「まさか、この絵を見にきたわけじゃないでしょう」

「この絵です」スミスは言った。

彼女は理由を訊いた。彼は、このような偽物がほかにもあり、インターポールはこれらを集めて分類し、オリジナルとして売られないようにしているのだと話した。

マダム・ルブロンは信じていないようだった。「オリジナルがルーヴル美術館にあると誰もが知っているのに、誰がこの絵が本物だと信じるというの？」

「簡単に騙《だま》されるひとがいるんですよ」スミスはさりげない口調を心掛けて言った。

「驚いたわ」彼女は言った。「できるんだったら、何年も前に百万ユーロで売ってたわ！」彼女は初めて笑い、それから真顔になった。「もちろん、冗談ですよ。わたしが引き継いだとき、家に唯一残っていた絵です。知っているかぎりでは、祖父が亡くなったあと、母がコレクションを全部売ってしまいました」

わたしは彼女の祖父がどのように亡くなったのか、訊かずにはいられなかった。

「心臓発作だったと思います」彼女は眉をひそめながら言った。「フランス南部で、休暇中に」

スミスは写真を撮ってもいいかと訊き、すでに携帯電話を出していて、何度か絵の全体と細部を写し、それから、壁から絵を取りはずしてもいいかと言った。

「あら！」彼女は絵の裏を見て言った。偽の染みやルーヴル美術館のシールまで、すべてが再現されていた。「裏を見たことはなかった」彼女は言った。「すごいわね」

スミスは何も言わず、携帯電話で写真を写し続けた。そのあいだ、わたしは別の質問をした。「お祖父さんはフランス南部で亡くなったということですね。村の名前はわかっていますか？」

「ヴォクリューズ県の小さな村です」彼女は言った。「ラコストだったたんじゃないかしら」

ラコスト。

ヴァンサンが描写した中世風の村が、頭の中にあった。多くの、答えのない質問とともに。彼はヴァルフィエロとショードロンを見つけたのか？　貸しを返してもらったのか？　息子とは再会できたのだろうか？

73

彼は公園のベンチに座って体重を移し替えながら、撃たれた場所をつねって、痛みをまた味わう。これで自分は生きていて、まだやるべきことがあるのを確認する。雨が降り始めて、寒くて最悪の気分だ。仲介者に電話をして、二人の男が銀色の円蓋《えんがい》の家に入っていったのを知らせた。その場で待って、そこに誰が住んでいるのかを突き止めろと言われた。

彼は腕時計を見る。二人が中に入ってから、半時間が経った。

アメリカ人と一緒にいたのは、以前に闘った男だとわかった。背が高くて、とても強い。とはいえ彼は、また闘うのを楽しみにしている。闘いに負けるのは好きではないし、めったに負けない。彼の出身地では、闘いでもなんでも、何かに負けるのはありえないことで、罰の対象になりかねない。

頭の中に映像が浮かび上がる。兄が倒れ、血が飛び散り、地面に染みていく。アンドレイ、長身で亜麻色の髪の毛で、一歳年上の十九歳で、彼の親友であり英雄だった——けっして離れないと約束し、その約束を守って、アンドレイは彼に抱かれて死んだ。彼はまわりじゅうで男たちが死ぬのを見る——男ではない——闘う準備のできていない少年たちだ。なんのために？　元ソビエトのリーダーでさえもが〝恥ずべき、血まみれの冒険〟と呼んだ、戦争だ。

あのときだろうか――兄が死んだとき――何かを気にするのをやめたのは？　それとも分離主義者か、あるいは味方によって爆発させられたクラスター爆弾によって死んだ子どもの死体の山を見たときか？　誰にわかる？　彼は目をきつく閉じて、兄を失ったせいで何も感じられなくなったのだと考える。じつをいうと、あの瞬間からこっち、彼が感じていたのは自分も死にたいということだった。

玄関のドアが開き、映像はプロジェクターの中でひっかかって、赤く泡立ちながら溶解する古い映画フィルムのように消える。

二人の男が階段を下りる。彼は帽子を引き下げて顔を隠すが、二人は会話に夢中で、彼のことを見もせずに目の前を通り過ぎていく。アメリカ人が〝ラコスト〟というのが聞こえたが、どういう意味かわからず、調べようと考える。

二人が一区画ほど離れたとき、ロシア人は追跡装置を確認し、赤い点が角を曲がるのを見て、立ち上がって体を伸ばし、欠伸《あくび》をする。観察し、待っているのに疲れている。四十二歳にして、忍耐と自制心が枯れてきたかもしれない。いや、四十一歳だっただろうか、偽造した書類はしょっちゅう変わるので、覚えていない。体を動かすことが必要だ。お楽しみだ。彼は銀色の円蓋のある家の玄関へ行き、ノッカーを持ち上げる。

74

「ルーヴルから電話があった」スミスは煙草を吸いに出ていたが、部屋に戻ってくるなり言った。

「早かったな。あんたが撮ったマダム・ルブロンの〈モナ・リザ〉の写真を送ったばかりだろう」

「もしルーヴルのキュレーターをやってて、もう一枚の〈モナ・リザ〉の写真が送られてきたら、すぐに電話するんじゃないか？」スミスはいったん言葉を切った。「本物の絵を見せてくれるそうだ、インターポールという名前にものをいわせた。だがまずいことがあって……わたし一人で行かなければならない」

「なんだと？　二人一緒に働いてるんだと思ったが。みんなは一人のため、一人はみんなのため。あんたはわたしを〝仲間〟と呼んだ。裏切ったのか、スミス？」

「ちがう。あっちが身元証明にこだわって、あんたには何もないだろう」

「あんたにはあるのか？　長続きしないだろうな」汚いやり方だ、わかっていたが、不愉快だった。わたしもそこに行き、この目で確認したい、発見の場に立ち合いたい――何がわかるにせよ。それだけのことを、してきたはずだ。

「それが約束なんだ、気に入らないなら――」

「あんたのした約束だろう」

「なあ、これ以上、無理は言えない。絵を見せてくれないというなら、こっちが持ってるものを公表すると脅《おど》してやった、でもそれまでだ。脅迫の裏付けはないからな。今夜、閉館後にルーヴルに行く。館長と一緒に、内覧する。そういう約束で、これで決まりなんだ」

そういうことだ。これまでさまざまな出来事があり、さんざんリスクを冒したあとで――締め出しを食らうとは。わたしは長いこと彼を見詰めていて、それから椅子にへたりこんだ。「何かが必要だ。わたしはこれについて書きたい、それは認めたよな」

「あんたが望むなら、それはできるだろう」

「望むかどうかの問題じゃない。仕事がそれにかかってるんだ」わたしは窓の外の、遅い時間の陽光を見た。タイヤから空気が漏れるように、興奮と落胆が、今までしてきたこと、望んだこと、あとに残してきたことのすべてとともに漏れ出していった。この発見について書けないなら、何をすればいいというのか？

「いいか、発見したことをすべて話すと約束する。わたしたちはいい仕事をしたよ。友人だ。まだ終わっていない」

「わたしにとっては終わった」

「そうじゃない、泣き言を言うなよ、ペローネ。格好《かっこう》よくないぞ」

「へえ、ひととしての魅力についてお説教か？　その次は、強い男になれってか？」

「やめろ」スミスは言った。「その点は絶望的だとわかってる」彼は微笑《ほほえ》んだ。わたしは笑わなかった。「なんにせよ、まだ、あんたに渡したコレクターの一覧を捜査する必要がある」

「こんなことになったのに、なぜまだわたしが協力すると思うんだ？」

「わたしと同じくらい、あんたも真実を知りたがっているからだ」

75

彼は震えながら、通りを隔てて、ホテルの古びたレンガ造りのファサードを見上げる。パリはフィレンツェよりも寒い。休暇を取ろうと心に決める。どこか暖かいところ、カリブ海か、いやマイアミ・ビーチか。何年も前にそこへ行き、パステルカラーのホテルや海の波、キューバ料理などは好きだったが、それを楽しむ時間がなかった。仕事が早く進みすぎた——一日目に対象を突き止め、二日目に連れ出し、三日目にはもう出立した。今回は、あのピーチ色のホテルの一つに部屋を取ろう、ルーム・サービスを頼んで売春婦を呼ぼう。フロリダの日向《ひなた》に横になっているところを想像する。青白い肌がピンクになっている。そこへ携帯電話が振動する。彼は耳から離して通話を受けるが、それでも仲介者の、耳障《みみざわ》りな鼻にかかった声はよく聞こえる。

「荷物は受け取った」

「よかった」彼は、絵を壁からはずし、上着の下に隠すところを思い出しながら言う。裕福な女性の高価な香り、二人の男は何を欲しがったのか言えと女性に迫り、女性は二人が絵のことで来たと話し、その絵を彼に見せたのを思い出す。贋作《がんさく》、悪い冗談だと彼女は言い、それから、二人の男たちは写真を撮っていった、インターポールの職員だったとつけくわえた。これを聞いて、彼は驚いた。一人はそうかもしれないが、アメリカ人はちがう、少なくとも、彼はそうは思っていない。

「ボスは喜んでいた」仲介者は言う。

「あんたはどう思った？」

「わたし？　開けなかった。送っただけだ」

彼は、仲介者が嘘をついていると知っている。まちがいなく彼は包みを開け、絵を見たはずだ。この商売では、誰もが嘘つきの詐欺師《さぎ》で、知識は力になる。

「彼らを監視してるのか？」

「そうだ」彼は言う。いまだに裕福な女性の姿がちらついて、気が散る。抗《あらが》う声を聞きながら、彼女が静かになるまで真珠のネックレスをねじったこと。不面目なことだった。ああするつもりではなかった。あの瞬間、我を忘れてしまった。とはいえ常に、自分を守る必要がある。目撃者や、彼だと確認できる人物を残してはいけない。この件について仲介者に話したりはしない。そんな必要はない。彼らの欲しい情報を提供するだけだ。そのうえ絵という贈り物を、ただで与えた。結果が同じであれば、彼が多少楽しんだところで問題はないだろう？　むしろ感謝してほしい。

「もしもし？　聞いてるか？」

「ああ」彼は言って、ホテルの窓を見上げる。白熱電球の光が、パリの夜に輝いている。

「彼らは日記を持っている」仲介者は言う。「ボスは、それを持ってこいと言っている」

ようやくだと、彼は思うが、それで充分だとは思えない。アメリカ人と、もう一人の、インターポールで働いているかもしれない男についてはどうする？　無傷で立ち去らせるわけにはいかない。

76

わたしたちは数区画歩いた。ルーヴル美術館での約束に行く前に、スミスは頭を整理する時間を必要とした。わたしは震え、雪が降っていると指摘した。

「パリでは雪は降らない」彼は言った。

わたしは夜空に向けて両手を上げた。手のひらに雪片がついて溶けた。「これを雪と言うんだよ、スミス。とにかく寒い」

彼は愚痴《ぐち》を言うのはやめろと言って、犬にするようにわたしの頭を叩いた。

わたしは彼の手を払いのけ、上着の前をきつく合わせた。なんとしてでも、ルーヴル美術館に彼と一緒に行きたかった。「起こること、すべてに何か意味があるにちがいない」わたしは言った。

「どうだろうな」スミスは言った。「たまたま起きるってこともある。わたしたちは選択をし、それに従って生きなければならないが、運命を変えることはできない」

「ほう、深い話だな」わたしは彼をからかうように言ったが、そこでわたしの選択と冒したリスク、不確かな未来、ぼんやりと感じられる運命について考えた。

スミスは、曾祖父の物語を追うというのはよくない選択だったと思うかと訊《き》いた。わたしは、わからないと答えた――これは真実だった。

「きっとあんたは、これを燃料にする方法を見つけるにちがいない」彼は言った。「知ったことを、何かに役立てるだろう」

わたしには、それほど確信はなかった。今は、何かが終わるように感じられた。望んでいたような始まりではなかった。両手をさらに深くポケットに入れ、スミスのあとについて小さな公園に入った。ブロンズ製の銘板にカトリーヌ・ラブレ公園とあり、女子修道院があった場所だと説明されていた。

公園はほとんど暗くて、頭上に木やつる植物が天蓋《てんがい》を作り、小さな外灯の光が地面の一部と空《から》のベンチを照らし出していた。

「世界でもっとも有名な美術館に乗りこんで、百八年ごしの秘密を解き明かすかもしれない心の準備はできたか？」

「行くしかないだろう」スミスはコートの内ポケットから煙草の箱を引っ張り出した。わたしは彼に煙草をやめろと言い、彼はいずれはやめると約束した。

彼がライターをぱちんと言わせ、彼の顔がかぼちゃの提灯のように照らされたとき、わたしは蹴られて息が詰まり、その場に倒れた。暗い男の影が見えた。男は片手に棍棒《こんぼう》、もういっぽうの手には何か光っている金属製のものを持ち、それでスミスの顔を切りつけ、二人は乱闘を始めた。わたしはスミスの応援に入ろうとしたが、棍棒で耳の上を殴られた――痛みを白い光のように感じ、後ろによろめいた。スミスが腕を振り回して男を殴り、棍棒が地面に転がるのが見えたが、男は腕を突き出して切る動作を繰り返し、途切れ途切れに進む映画のフィルムのような動きが見えたあと、スミスは倒れ、わたしは男の背中に飛びついて、首を絞めようとし、倒そうとして、どこか遠くから「やめろ《アレ》！　やめろ《アレ》！」という声が聞こえて、それがだんだん大きくなり、警笛が鳴り響き、男は離れて走っていった。

「ルーク……」スミスはわたしの名前を小声で呼んだ。

わたしはかがみこんだ。頭上のスポットライトの一つがわたしたちを、ステージ上にいるかのように劇的に照らしていた。彼の頭の下に手を入れると、彼が息をのむのが聞こえた。「しっかりしろ」わたしは言った。「世界一有名な女性とデートの約束がある、そうだろう？」

スミスは辛《つら》そうに微笑《ほほえ》み、わたしの手を握った。警笛と叫び声が大きくなって、人影が現実になった。

77

七区の警察署は、目もくらむような蛍光灯が照っていた。わたしは目を細くした。目が焼けるようだった。耳の上の傷に触れると、痛かった。けたたましい警笛、人影は制服警察官に姿を変え、彼らがスミスを救急車に乗せこむのを見てから警察の車に乗ったが、その間ずっと頭がガンガンしていた。

わたしは白い部屋に入れられた。冷たい蛍光灯に交じってスポットライトがあり、その一つがわたしに当てられていた。

フランスの警察官は、ハードボイルドの探偵小説から出てきたようだった。二人いて、一人は若くて意地悪そうで、肌が荒れていて爬《は》虫類のようで、もう一人は中年で皺《しわ》があり、感じのいいふりをしているが本心ではない、コロンボ刑事を思わせた。二人はありきたりの質問を繰り返し、わたしは十回以上もそんな質問に答えて、もう飽き飽きしていた。

爬虫類のほうが顔を寄せてきて、また訊《き》いた。「なぜあの公園《ブルコワ・エティエ・ヴー・ダン・ル・パルク》にいたんだ?」

わたしは意味がわからないかのように、彼を見返した。

コロンボが言った。「そんなに迫るな」それから嘘臭い笑みを浮かべた。彼がわたしを弄《もてあそ》んでいるのがわかった。これで何度目だろう、わたしはスミスと一緒に公園で散歩をしていたのだと言った。ルーヴル美術館のことは何も言わなかった。彼らには無関係だと考えた。

爬虫類は言った。「ラ・ネージュ——雪の中でか？」

わたしは答えた。「そうだ、雪だるまを作りたかった」警察官はわたしの肩をつかんで引き寄せた。室内の空気が薄くなり、緊迫した。

コロンボは爬虫類に焦《あせ》るなと言い、わたしと向き合って座り、煙草に火をつけ、わたしにも勧めた。わたしは首を横に振った。「散歩していたんだ」わたしは繰り返した。「散歩はフランスじゃ違法なのか、ケチャップみたいに？　どうして襲ってきた男を追わず、あんたやわたしの時間を浪費してるんだ？」

「落ち着け」コロンボは言った。

「ナイフを振り回し、棍棒《こんぼう》で打ってくる暴漢に襲われたのに、落ち着けというのか？　それだけしか、してくれないのか？」

「どこに行くところだった？」爬虫類がまた訊いた。

「家ってことにしようか？」わたしは言った。「逮捕されないんだったらな」

爬虫類はニンニク臭い息がかかるほど近くまで、顔を寄せてきた。またわたしの肩をつかんだ。お互い、相手を殴りそうになった——わたしはそのつもりだった——そのとき、ドアが開いた。

その視察官は四十がらみで、ヘンナで染めた髪を短く切り揃え、灰色のスーツは腰回りがきつそうで、襟《えり》にバッジをつけていた。〃ダニエル・カベナル、総会《ジェネラル・アセンブリー》、リヨン、フランス〃この女性は軽くうなずいて警察官たちを立ち退《の》かせ、座り、テーブルに両手をおいた。爪は短くてきれいに磨かれていて、マニキュアは塗っていない。

「リヨンからわざわざ？」わたしは訊いた。

「飛行機ならすぐです」彼女は、歯切れのいい英語で答えた。

「今、何時かな？　訳がわからない、わたしの携帯電話はどうしたんだろう」

「朝ですよ」彼女は、午前十時近いと言った。「気の毒なことでした」

わたしは多少の怪我《けが》をしただけで、大丈夫だと言った。

「分析官のスミスのことよ」

「彼がどうしたんだ？」

「深刻な容態です。もしかしたら、だめかもしれない」

わたしは全身が熱くなり、すぐに寒気に襲われた。勢いよく立ち上がり、頭に血がのぼって、椅子につかまって体を支えた。「ありえない……確かに切られて傷を負ったが――」

「思ったよりひどい傷だったようです」カベナルは、スフィンクスのような顔つきで言った。「内部出血、大量の失血――」

「でもわたしはその場にいた。彼は微笑《ほほえ》んだんだ。よくなるに決まってる」

「医師によると、ちがいます。気の毒に」彼女はまた言ったが、とても本心とは思えなかったし、気の毒に思っているようにも見えなかった。

「どこにいるんだ、どの病院に？　会いにいきたい」

「それは無理です。集中治療室にいます。たぶん無事にそこから出ることはないでしょうし、会っても意思疎通《そつう》はできないはずです」

「大丈夫かどうかさえ、教えてくれないのか？」

カベナルは、口から出したくない言葉が溢《あふ》れそうになるのを抑えるかのように、唇をきつく結んだ。それから言った。「もしスミス分析官が助かっても、彼は解雇されます――彼はすでに解雇されました、容認できない行為をしたからです――今後、あなたはいっさい彼とは連絡をしないでください。わかりましたか？」彼女はわたしを見詰めて、答えを待った。

「取引しよう。もし――」

「取引などはしません、ミスター・ペローネ」

「もし彼が元気になったら教えてくれ、わたしが望むのはそれだけだ。そうでなければ」――わたしは彼女と目を合わせた――「自力でそれを突き止める、あんたたちには止められないだろう」

カベナル視察官は目を細くした。「止められますよ、ミスター・ペローネ、必ずね。でもいいでしょう、もし彼が元気になったら、それを教えます。でも彼と接触はしない。それが約束です。いいですか？」

わたしはほとんどわからないくらいにうなずいた。

「では、いいでしょう」カベナルはテーブルの上で手を組んだ。実務的な態度だった。彼女は、スミスのコンピュータとメモをすべて見たと言った。「あなたが彼に協力していたのはわかっています、市民を巻きこむのはまちがいです――しかも、それだけではなかった。彼にはこんなことをする権威はなかったんです」

「何をするって？」わたしは無邪気な顔をつくろった。

視察官は眉毛を上げた。彼女の顔で、唯一動いた場所だった。「隠さなくていいんですよ、ミスター・ペローネ。彼が何を追っていたか、彼がルーヴル美術館に行こうとしていたのもわかっています。彼はあなたに、そのような仕事をする権威があると言っていたんですか？」

「いいや。じつのところ、それはない、彼は一人で動いてると教えてくれていた」

「インターポールはそのように動きません」カベナルはぴしゃりと言った。ちょっと間をおき、冷静な顔つきに戻すと、体にぴったりの上着を手で撫《な》でた。「それだけでも、解雇されていいでしょう」

「インターポールのことは何も知らない」わたしは言った。「でもこれだけは言える、スミスはいい男で、仕事熱心だ」

「この件はインターポールが引き継ぎ、パリ警察と一緒に進めます。それが正式なやり方です。あなたを襲った男と、スミス分析官に対して、赤の通知書が出ています」

カベナルは、襲ってきた男はどんなだったかと訊いた。わたしが外見を描写し始めると、彼女はそれを止めて部屋を出て、似顔絵画家を連れてきた。スケッチブックに木炭で絵を描く、古いタイプの画家だった。その画家はわたしと二人きりにしてくれと、カベナルに頼んだ。

「目撃者と二人きりになったほうが、うまく描ける」彼は言った。

カベナルは躊躇《ためら》い、口元をこわばらせたが、部屋を出ていった。

わたしはその男と一緒に座った。ネイト・ロドリゲスという名前のアメリカ人で、話すわけにはいかない大事件のために、パリ警察へ出向してきているという。わたしと同じくらいの年齢で、生《き》真面目《まじめ》そうだが好感の持てる雰囲気で、ニューヨークっ子だと聞いてわたしは故郷を恋しく思い、寛《くつろ》いで口数が多くなった。わたしは問題の男の様子を説明した。ロドリゲスは何度かわたしの話を止めて確認をした――男の顔の輪郭は――〝丸い……いや、角ばっていて幅が広い〟――男の鼻は――〝低かった、潰《つぶ》されたみたいだった〟――そして目は――〝落ちくぼんでいて、薄い色で、青か灰色か、無色のようだった〟。

わたしは画家が消しゴムを使って、男の目の色の大半を消すのを見た。絵の格好《かっこう》がついてきた。

「上手だな」わたしは言った。

「長くやってるのでね」彼は言った。

「歯なんだが」男のせせら笑う顔を思い出しながら言った。「短くて、変色していた」

「視覚的な記憶がいいですね」ロドリゲスは言い、わたしが思い出すままに細部を描写すると、彼の手と木炭が紙の上を動いた。しばらくしてから、彼は紙を回転させて、わたしによく見えるようにした。

「もう少しだな」わたしは言い、顎《あご》の幅を広くし、眉毛の位置を下げ、唇は薄いままで口を大きくするように指示した。彼はわたしの説明を聞いて、消しては描き、二人で調子を合わせた。それから十五分、いや二十分して、彼はまた紙を回転させた。

した。

「すごい。あいつだ。よく描けたな」

「あなたが描いたんですよ」ロドリゲスは言った。「わたしは指示に従っただけです」

「それはわからない」わたしは言い、絵を見詰めた。達成感とともに、あることに気づいてぞっとした。

カベナル視察官は絵を眺《なが》め、インターポールが独自のデータバンクからこれを広め、パリの全署にファクスで送ると言った。

「この男は何人かを殺しているかもしれない」わたしは言った。若い修道士とクアトロッキのことが頭の中にあった。

「供述書を書いてもらう必要があります。起きたこと、覚えていることを全部書いてください」カベナルは言った。

わたしは彼女の質問に全部、それも一度ならず答えたと思い、そのように言った。

「全部ではありません」彼女は言った。「ラップトップと、ペンと紙と、どちらがいいですか？」

わたしはラップトップを選び、長い時間をかけて文章を打った。クアトロッキから電子メールをもらってフィレンツェに行って、図書館を初めて訪れた日、日記を開いて読み始めたときの興奮などを、詳細に書いた。フランチェスコ修道士の警告――ア・ウン・アミコ・ア・フィレンツェ？――と、それが彼の死因だったのかもしれないという疑惑。フィレンツェとパリの古書店を探したことと、その店主たちの不審な死。エティエンヌ・ショードロンと恋人、二人の血まみれの顔と死体が頭に蘇り、それをそのまま書いた。フェルメールの絵の裏になくなっていた日記のページを見つけ、ショードロンの頭文字のことを知った経緯を、すべて、こと細かに書いた。家を出てからあった出来事をすべて書いた。キーを打ちながら、これを世界に向けて発表したいと考えていた――死ではなく、発見した事実をだ。それなのに、これは、数人のインターポールの職員が読む以外、誰の目にも触れない警察の報告書だ。

唯一――たった一人――アレックスのことは書かなかった。彼女は消えた。

発見したいと思っていたこと、それで得た知識をもってしたいと思っていたことが、すべて消えた。愚行、それもとんでもない愚行のように感じられた。

キーを打つ手を止め、書いたものをスクロールした。書くことのない本の企画書のように見えた。わたしは先刻の画家が描いた似顔絵をもう一度見た。エティエンヌ・ショードロンの家と、霧雨のパリの通りでわたしを襲い、そしてふたたび公園でスミスに切りつけた男を見た――激動する恐怖映画、その映像が一つの思いとともに頭の中に刻みこまれていた。まちがいなくこの男は、ふたたびわたしを襲ってくる。

カベナルはわたしの供述書を読み、ときどき読むのを中断してわたしを見た。そののち、供述書を印刷し、わたしはそれにサインをした。彼女はわたしの携帯電話をよこし、これで自由の身だと言った。

わたしは考えた。自由になって、どこへ行くんだ？　まだ家に帰る気持ちにはなれなかった。未解決の多くのことを残し、スミスと別れ、存続の怪しい教職や契約画廊のない状況に向き合う準備はできていない。

外に出る途中で、巡査の待機所と思われる部屋に立ち寄った。制服を着た警察官が机にいて、電話を切るとすぐに鳴り、いかにも大変そうだった。パリの犯罪対策に大忙しの朝というわけだ。電話の合間に、わたしは精いっぱいのフランス語で彼をねぎらった。ちょっと軽口を言って仲間のような雰囲気をかもしだし、なにげなく、わたしの〝相棒〟のジョン・スミスはどこに連れていかれたのかと訊いた。忙しさに紛《まぎ》れてわたしが何者か訊かれなければいいと思い、そのとおり、訊かれなかった。警察官はまた電話を取り、机の上に山積みになっている書類をめくって、「サン・ジャック病院だ」と言って、電話に戻った。

パリの空は暗い雲がたちこめていて、わたしは速足で通りを進み、角を曲がり、ベンチを見つけて電話をかけた。「患者で、アメリカ人のジョン・スミスを探しています」電話は長いこと保留になっていて、ふたたび声が聞こえたときは驚いた。女性の声で、親戚か何かかと訊かれ、こちらがそうだと即答できなかったら、何も教えられないと言われた。

「彼が大丈夫なのかどうか、知りたいだけなんですが?」

静寂があった。「お話しできるのは、ミスター・スミスはもう集中治療室にはいないということだけです」

「じゃあ、よくなったんですか?」

「すみません、それだけです」女性は言って、電話を切った。

カベナルに電話したら、ボイスメールにつながった。スミスの容態を訊くメッセージを残した。

スミスが元気になったら教えるという約束を、確認しておいた。彼女から電話が返ってくるのを待って、二十分ほどベンチに座っていた。それから二時間、パリの通りを歩いたが、電話は鳴らず、それがどういう意味かはわかった。

その晩どこに泊まるか定かでなかったが、欲しいものははっきりしていた。見つけるのに、難しくはないはずだった。

78

何軒のバーに行っただろう？

一件目は覚えている。サンジェルマン・デ・プレにあるホテルの中のバーで、五つ星ではなくて、そこで女性を拾い、あるいは女性に拾われたのか、その女性は結婚していて、夫は〝ろくでなし〟だと言った。わたしは自分だってろくでなしだと言い、それが最高におもしろいコメントであるかのように二人で笑い、ウィスキーを飲みながら誘惑しあい、それはけっしてうるわしい光景ではなかっただろう。ある時点でそこを出たらしい、なぜなら別のバーに行き、ここは一軒目よりも数段階レベルが下の店で、三杯、いや四杯飲んだあとで、バーテンダーにもうこれ以上酒を出さないと言われた。わたしはその店を出た――実際はバーテンダーに連れ出され、そのさいさんざん悪態をついた――ばか野郎《コナール》！――おまえは卑怯者《サロー》だ！――あっちへ行け《ヴァ・チュ・フェール・フートル》！――最高の出来栄えではなかったが、こうしたフランス語の悪口を知ってるのを自慢に思ったのを覚えている。三軒目がゲイバーだと気づくのが遅すぎて、すごい人気者になったのかもしれない――革の服を着たどこかの男に顔を舐《な》められたのを、ぼんやり覚えている。その後のことは、たいして覚えていない。吐いたのは確かだが、その記憶はなくて、ただ吐物の悪臭という証拠物が残っているだけだ。

わたしは警察官に、ブーツであばらをけっして優しくなく突かれて、起こされた。なんとか立ち上がったが、頭はガンガンし、体は重く、まだ吐き気がして、すっかり嫌気がさしていた——自分自身にだ。

どうしても宿泊していたホテルの名前を思い出せず、特徴のないキー・カードはなんの手がかりにもならなかった。小さなしゃれたホテルにチェックインしようとしたが、フロントの女性は受け入れようとせず、ウィンドーに映った自分の姿を見て、嘔吐物のようなにおいを発していると気づいたら、自分でもそれを責められなかった。

最終的に、わたしの見かけを気にしない三流のモーテルに落ち着き、丸一日眠っていて、目を覚ましてバスルームの蛇口から四リットルもの水を飲み、また何時間かわからないが長いこと眠り、ようやく起きて、シャワーを浴びて、バーの一軒に衣類の入った鞄《かばん》をおいてきたことに気づいた。

シャツをごみ入れに捨て、ジーンズにこびりついた嘔吐物を洗い、革の上着を着て、中にシャツを着ていないのを隠すために首元までファスナーを閉めた。驚いたことに、まだ財布があった。ファスナー付きの内ポケットのあるジーンズの製造会社に、無言で感謝した。

古着の店を見つけ、シャツの棚をかき回し、清潔そうで、あまり醜悪な柄でないものを選んだ。安いサングラスも買った。目が痛かったからだが、それ以上に、身を隠したい気持ちもあった。その後、インターネット・カフェを見つけて、そこでブラック・コーヒーを数杯飲み、そこのコンピュータを使って最寄りのＡＡミーティングの場所を調べた。アンヴァリッドの近くのアメリカ教会にあった。この教会は外国にいるアメリカ人のためのもので、ミーティングは英語でおこなわれ、二十人ぐらいが集まっていた。若い女性が、夫が小さい子どもたち二人の親権を取ったことについて話した。それから英文学の教授だという、スーツにネクタイをした男性が、職場で酔っぱらって、まるで記憶がないのに三件の性的嫌がらせで訴えられていると語った。だがそれはもうどうでもいいそうだ。というのは、彼は終身在職権《テニュア》を持っていたにもかかわらず、すでに解雇されたからだ――わたしには格好《かっこう》の教訓だ。

その後、話が途切れて、誰も告白をしようとしないようだった。わたしは発言したり弁明したりするつもりはなかったのだが、気がつくと立ち上がって自己紹介をしていた。「こんにちは。ルークと言います、アルコール依存症です」

自分の名前が響いて聞こえ、それは慰めであり、苦痛でもあった。十年も禁酒していたあとで、ここにいるのが信じられなかった。

わたしは両目を閉じた。室内にいるひとたちを見たくなかった。とはいえ彼らの誰もがこの道を通っていて、わたしを審査するわけではないとわかってはいた。頭の中にクアトロッキやブラザー・フランチェスコの顔が浮かんだが、彼らについて何を言えばいいのかわからなかった。スミスに腕をまわし、死にかけているというのに彼が弱々しく微笑《ほほえ》むのを思い描いた。それまでだった、涙をこらえられなかった。わたしは鼻をすすり、瞬《まばた》きをして唾をのんだが、役に立たなかった。

十以上の声が、大丈夫だと、吐き出してしまえと言った。わたしは頬《ほお》を拭《ぬぐ》い、冷静さを取り戻そうと必死になった。「あるひとを失った」わたしは言った。「友人だ。わたしのせいじゃないが――」

ここで言葉を切った。〝わたしのせいではなかっただろう？〟わたしを追いかけたのはスミスのアイディアであって、わたしのではない。〝でもそもそもわたしが日記を探したりしなければ、彼はまだ……〟こんなことを考えるのをやめなければならない。役にも立たず、助けにもならず、もう遅すぎる。

〝麻疹《はしか》や水ぼうそうのような病気でしょう〟アレックスの言葉だ。

アレックスが近くにいなくて、こんな姿を見られずに済むのが嬉しかった。とはいえ彼女に会いたかったが、会えるかどうかわからなかった。

「感じるのは――」〝何を感じているんだ？〟まるですべてを失ったようだが、わたしはこれだけ言った。「またきれいに、素面《しらふ》になりたい」誰もがうなずいた。その後、人々が近づいてきてわたしの背中を叩き、ここに来たことを祝福した。わたしはまた泣きそうになり、一生懸命にこらえた。また泣き始めたら、止まらないかもしれないと思ったからだ。

79

ニューヨーク市

保管室のコンクリートの床の上、別バージョンのもののすぐ下に、その絵はあった。一時間以上も、彼は二枚を交互に見ていた。二組の目、唇、同じように組まれた手。絵は、絵の具のひび割れに至るまで同じに見えた。だがそれが——どちらが——本物なのか、こんなに長く彼が取りつかれてきた疑問の答えを、どうやって知ることができるのだろう？

彼は肖像画を見詰めて、囁《ささや》いた。「教えてくれ、リザ」もちろん彼女の物語はよく知っている。リザ・デル・ジョコンドについて知るために、あらゆるものを読んだ。絹商人の妻で、一四七九年に有名なゲラルディーニ家の分家に生まれ、十五歳で結婚し、五人も子どもがいて、夫のフランチェスコ・デル・ジョコンドよりも長く生きた。レオナルドに金がなかったとき、フランチェスコが肖像画を依頼した。まもなくたくさんの依頼が入り始めて状況が変わり、絵は完成されず、依頼主に届けられることはなかった。

「あなたが彼女なのか?」彼は一組の目から、もう一組へ視線を動かしながら問いかけた。

彼は金のプラットナー・チェアに、どさりと背を預けた。

アメリカ人を監視し始めたとき、彼が欲しいのは情報だけだった。決定的に、最終的に、彼の絵がオリジナルなのか贋作《がんさく》なのかを判別できる何かだ。これだけ長いあいだ彼が欲し、知る必要のあった何か。彼が世界一有名な絵を所有しているのだという事実。彼の勝算は二倍になった。もちろん、誰にもわからない、両方とも彼の負けなのかもしれない――悪くすれば、つかまる――とはいえ、そうはさせない。

また一枚の〈モナ・リザ〉からもう一枚に目を移したとき、彼はすでに携帯電話を耳に当てていた。

「おまえの、あの男だが。彼を解雇してもらう必要がある」この絵を送ってきたことはすばらしいと認めざるをえなかったが、それ以外は、あの男の行動は常軌を逸《いっ》している。彼が指示したものではなく、危険すぎる。不必要な面倒を招く。

「わかりました。彼は立ち去らせます」

「どこにも行かせるな」

「わかりました」一拍。「始末させましょう」

「・・・おまえに始末してほしい。ほかの誰でもない、わかったか?」

「でもそれはわたしの――」仲介者は言葉を切った。「もちろんです」

「実証が要る。何かの書類、写真。それらを手に入れる方法を探せ。もちろん、安全にだ」

コレクターは電話を切り、二枚の絵に一歩近づいた。二枚を交互に見ている。「おお、リザ」彼は言った。「あなたのためにすることだ」

80

ニューヨークに戻ってから一週間。最初の数日は大酒を飲んだことから立ち直るのに費やし、悲しみと疲労と恥辱をなんとかしようとした。ＡＡミーティングに参加する以外は家にいて、ベッドから寝椅子へ、それからようやくバワリーのアトリエの絵の具のついた椅子に移動し、そこで何時間も、何年も前に曾祖父のために作った間に合わせの祭壇を見詰めていた。それは以前とはちがい、危険と悲劇に彩られていた。それを壊してしまおうと思い、二度やり始めたが、空虚な落胆と未完遂の仕事を思ってやめた。学期間の休暇があと二日で終わる。教室に戻ることになるが、学科長に会うのと、終身在職権《テニュア》委員会への対処が気がかりだった。彼らになんと言おう？　何を見せたらいいだろう？

起きたことのすべて、特にスミスの死を忘れたかった。だが彼の幽霊が諦《あきら》めなかった。そして何よりも、アレックスを忘れたかった。無理だった。彼女のことを考えるのをやめられなかった――彼女は何者なのか、どこにいるのか。彼女の携帯電話に二度電話をし、もはや使われていない番号だというメッセージを聞いた。フェイスブック、ツイッター、インスタグラムを調べ、ブルックリン・フレンズ・スクールに電話をし、アレクサンドラ・グリーンという名前の学生がいたことはないと言われた。

彼女はすべてについて嘘をついていたのか？

わたしだってかなりの嘘をついたが、名前についてはつかなかった。

彼女を探し出せるだろうか、彼女から何か言ってくるだろうか？　そもそも彼女は存在したのか？　気にしないふりをしながら、毎日彼女のことを思い、夜はたいてい彼女の夢を見た。彼女はわたしのことを考えるのだろうか、そもそもわたしのことを好きだったのだろうか？

母親から電話があって会いにきてくれと言われたとき、行くと答えたのは、主に罪悪感からだった——いちばん最近会ったのは六ヵ月前だった。ポート・オーソリティーからバスに乗り、持ってきていたラップトップで大学の仕事をしようとしたが、頭の中にはいろいろなことが渦巻いていて、それどころではなかった。


ベイヨンの西六番ストリートは変わっておらず、あいにくの雲の多い天気だった。灰色の空、灰色の家々、灰色の葉のない木々、塗りなおす必要のある我が懐かしい家の灰色の下見板。玄関に着く前から、わたしはもう逃げ出すことを考えていた。

中は覚えているよりも小さくて、天井は低く、ビニールで覆《おお》われた家具がたてこみ、ラミネートフィルムの張られた木製のダイニング・テーブルには造花が飾ってあって、室内の空気は陰鬱《いんうつ》でかび臭かった。母は夕食を用意して、それは悪いものではなくて、わたしが子どものころに大好きだったポップアップ・オーヴン・ロールまで作ってあって、それは今でも好きだった。母は数年前に飲酒をやめ、それでだいぶよくなったのだが、実際の五十八歳よりも十年は老けていて、それを見てわたしは悲しくなった。同じ歳の父は八十歳に見え、それも元気な八十ではなく、血走った目の下に袋ができていて、頬《ほお》と鼻に赤い斑点がある。食事のときは離れていて、半ダースパックのビールを飲み干し、その後青い光を放つテレビの前に崩れ落ちた。

母親とわたしはキッチンのテーブルに留まってお喋《しゃべ》りをした。珍しいことだ。生まれてこのかたずっと物静かだと思っていた女性は、いつになく饒舌《じょうぜつ》で、初めてわたしは彼女を母親ではなく、一人の人間として見て、彼女が寂しいのだと気づいた。ある時点で、彼女はわたしを、わたしの成し遂げたことを自慢に思うと言い、スクラップブックを持ち出してきた。そこにはわたしの大学卒業や学位取得のときの写真、展覧会の記事や絵や評論、インタビュー記事が二つ、ラミネート加工されておさめられていて、本当に驚いた。わたしは母親にほとんど会わなかったことを悪かったと思い、今夜は泊まって朝食を一緒に摂《と》ろうと言われたとき、そうすると答えた。

わたしの昔使っていた部屋は博物館のように保管されていたが、なんのためなのかはよくわからなかった。〝優良な〟高校生が寝室に飾るような、スポーツ関係の旗やトロフィーなどはいっさいない。わたしの部屋には、ジューダス・プリーストのアルバム〈ペインキラー〉のポスター、アイアン・メイデンのポスター、GGアリンとマーダー・ジャンキーズの最後の公演で手に入れたチラシがまだあった。十三歳のときすごく格好《かっこう》いいと思ったラバランプが、まだ三冊の本とともにナイトスタンドにあった。三冊の本というのは『ヨーロッパの芸術家たち』『ファイト・クラブ』『アメリカの大学』だ。大学の本をめくってみると、二十年前に折り目をつけたページと丸をつけた場所がわかった。すべてが美術学校だった。

しばらく『ヨーロッパの芸術家たち』を見ていて、それからいくつか電子メールを受信した。眠ろうとしたが、眠れず、古いベッドは狭すぎて柔らかすぎた。ルーヴル美術館が近く予定されているレオナルドの展覧会とともに公開するという、ヴァーチャル・リアリティー計画についてのユーチューブの動画を見た。七分間、〈モナ・リザ〉の中へ入りこみ、見る者はレオナルドの主要な手法やリザ・デル・ジョコンドの人生などとともに簡単な美術史を学び、最後にレオナルドの飛行機の一つに仮想的に乗り、それが実際に作られたかのように、絵に描かれた夢のような風景の中を飛び回る。

心の一部ではそれに乗ってみたいと思った――そうしたらショードロンの頭文字が見えるかもしれない。とはいえ頭文字があったら、ルーヴル美術館はそれを公表はしないはずだ。この体験は楽しくて気楽なものだと思った。何もせずに座って、おもしろがっていればいい。何も悪いことはない。そうではないか？　本当に、絵の風景の中を想像で飛ぶことが必要だろうか？　芸術作品をただ見ているだけではだめなのか？　それで充分ではないか？　わたしが本当に気になっているのは、美術館に行って絵に近づく必要もなく、ただ仮想現実のプラットフォームに接続すればいいという点だった。ほうら《ヴォワラ》！　唯一ないのは、実際の絵だ。

〝常に新しいものが求められる〟と考えながら、わたしはユーチューブの動画を消した。それが怖いのだろうか――古風な絵という概念が脅《おびや》かされているのか？　〝古風〟、わたしはそうなってしまったのか？　ヴァンサンがキュビストを嘲笑《あざわら》うのが聞こえ、彼がピカソのアトリエを飛び出し、未来から安全な過去へと逃げていく姿が見えた。保守的とか郷愁とかいう考えは嫌いだった。どの画家も直面しなければならないものだ。どれほどわたしたちは、前進しながらも過去を保持したがるものか。

時間は遅く、わたしはふたたび眠ろうとしたが、考えるのをやめられなかった。わたしの気持ちは過去やヴァンサンの頭の中から離れられず、怒りと無力さと危険を感じていた。とうとうそれが起きた——誰も現実のものを必要とせず、美術や芸術家は時代遅れになりつつある。

でもわたしは、別のことも知っていた。現実の絵のために、たとえ贋作《がんさく》であっても〈モナ・リザ〉のために、殺しをするような人間がいる。

そういうことだ。わたしは興奮していた。とても寝ていられなかった。

屋根裏部屋は以前よりひどい状態に見えた。回転草《タンブルウィード》のような埃《ほこり》、吊り橋のようなクモの巣。ここを最後に掃除したのは十四歳のわたしだと思われたが、当時のわたしはあまりいい仕事をしていなかった。スティーマー・トランクはまだそこにあり、わたしが開いて以来、新たな埃の層が何層も積もっていた。今、もう一度それを開いた。さらに埃、白カビのにおい。ライフル銃があると思ったが、それをキル・ヴァン・クルの仲間に見せるために持ち出したのを忘れていた。その後、三十ドルでアンティーク銃のコンヴェンションで売ったのだった。

トランクの中身を調べたことはなかった——ライフル銃と写真を発見しただけで充分だった——

だが今、調べることにした。虫食いのあるシャツやズボン、茶色いブーツは革が乾いてひび割れている。木製の箱。中にはビロードが張られていて、かつて何か宝石類が入っていたとしても、それはなかった。潰《つぶ》れかけたボール箱が二つあり、一つには古風なズボン下、もう一つには繊細な女性用の手袋が二組と、フォーマルな服装をした男性と女性のセピア色の小さな写真があった。祖父とその妻だろうか？　トランクの内張が裂けて、一隅が剥《は》がれていて、何かが飛び出していた——封筒だ。切手や消印はなくて、今や見慣れた文字で名前だけが書かれている。〝シモン・ペルージャ〟。中には折りたたまれた紙があった。薄くて黄ばんでいるが、いい状態だった。それらを読み始めたが、照明が悪く、屋根裏は息苦しかった。

寝室のほうがましで、クモの巣もなかったが、狭いベッドは居心地が悪かった。結局、ベッドに頭をもたせかけるようにして、床に寝転がった。

可愛いシモン。

日記の中に、わたしの犯した罪のことを書いた。なぜしたか。どうやってしたか。あの日記はとうになくしてしまった。おまえに何があったのかを知っておいてもらいたいから、その一部をここにもう一度書くことにする。おまえの父親について、真実を知っておいてもらいたいからだ。

十二枚ものページがあった。最初のほうのいくつかは、わたしが知っていること、以前に読んだ

ことだった——シモーヌの死、ヴァルフィエロに会ったこと、〈モナ・リザ〉を盗んだこと、ショードロンの贋作、そして銀行頭取のフルニエ——その大半は、ヴァンサンがとても急いで書いたかのように要約されていた。その後、ヴァンサンはフランス南部に行く計画について書き、これもまた知っていたことだったので、わたしは流すように読んだ。でも、その先を読み始めたとき、速度をゆるめた。

81

ヴァルフィエロとショードロンを見つけ出すと決意して、ラコストの村から歩いた。そして見つけた。青い鎧戸《よろいど》のある家が、常緑樹の並ぶ坂の上にあった。ウェイトレスのブリジットが描写したとおりだった。ロレーヌ・ディートリッヒが一台、家の前に止まっていた。贋作《がんさく》を売って得た金で買ったにちがいない、高級自動車だ。茂みや木々のあいだを抜けて、その家に向かった。身をかがめた。窓に少しずつ近づいた。中を覗《のぞ》いた。木製のテーブルの上に大きなパレットがあった。絵の具のチューブと絵筆。壁には絵がかかっている。ショードロンのアトリエだ！　イーゼルが二つ、並んで立っていた。両方に、〈モナ・リザ〉が乗っている！　一枚は完璧に描かれた完成品。もう一枚は半分しか描けていない。彼らは全部の複製を売ったと言っていた。でも、さらに作っていたのだ！

家に沿って、ちがう窓へ移動した。ビロード張りの寝椅子など、贅沢《ぜいたく》な家具のある部屋を覗きこんだ。金の縁取りのある鏡。床一面のペルシャ絨毯《じゅうたん》。すべてが、二人組の悪辣《あくらつ》な商売の成果にちがいない。蓄音機の調子のいい音が聞こえた。部屋の向こうのテーブルに、ヴァルフィエロとショードロンが見えた。二人ともワイン・グラスを持っている。ヴァルフィエロは南アメリカの有力者のように、葉巻を吸っている。ショードロンは絵の具で汚れたスモックを着ていて、音楽に合わせて歌っているようだ。

わたしはポケットからナイフを取り出した。刃を出した。怒りを募《つの》らせた。それから玄関に走っていった。勢いよくドアを開けた！　部屋に飛びこんだ！　ショードロンの椅子を蹴り、彼が床に倒れるのを見た！　ヴァルフィエロに腕を回した。ナイフをその喉に押しつけた。ショードロンは立ち上がろうとしたが、わたしは彼のみぞおちにブーツを押しつけた。

ヴァルフィエロはわたしを〝ディア・ボーイ〟と呼んだ。わたしに連絡をしようと思っていたところだと言った。

わたしは彼を嘘つきと呼んだ。もちろん、そうなのだ。彼は冷静に振る舞っていたが、わたしには彼が焦《あせ》っているのがわかった。下手な芝居を続けた。ディア・ボーイがなんとか、ディア・ボーイがかんとか。わたしのための金があると言い、ショードロンに、それを取ってくるように言った。

わたしはショードロンのあとについて、寝室へ行った。ヴァルフィエロの首にナイフを押しつけていた。

ショードロンは大きな木製のチェストを開いた。わたしは彼を押しのけた。チェストに近づいた。その中を見ようとした。

ヴァルフィエロは、全部その中にあると言った。毛布の下に隠してあると。

わたしはチェストにかがみこんだ。ショードロンが蹴りを入れてきた。わたしはひっくり返りそうになり、そこへヴァルフィエロが、かつての南アメリカの貧しい町の少年の名残を発揮した。わたしに激しい肘《ひじ》鉄をして、体を離した。ショードロンがわたしの振り回している腕を捕えようとし、ヴァルフィエロはチェストの中をかき回して銃を取り出した。わたしを狙った。ここには金はないと言った。

わたしは彼を殺すと言った。二人とも殺してやると。

ヴァルフィエロは笑った。わたしを、もう一度〝ディア・ボーイ〟と呼んだ。わたしに銃口を向け、そのあいだにショードロンが、わたしの手からナイフを奪った。

わたしは、彼らに何もかも盗まれたと叫んだ。わたしに貸しがあるはずだと。だがそんなことをしても無意味だった。

ショードロンはわたしの両腕を背後に回し、ロープで縛った。わたしはもがいたが、ヴァルフィエロに、こめかみに銃口を押しつけられた。彼はわたしを殺したがったが、ショードロンが、もう少し待ってからにしたほうがいいと言った。家の裏で。暗くなってから。ヴァルフィエロは賛成した。彼はわたしをからかった。嘲笑《あざわら》った。移住者で泥棒だと言った。いなくなっても、誰にも恋しく思われないだろうと言った。

わたしの体を調べた。別のナイフを見つけた。ウェストバンドから日記を取った。ショードロンはページをめくった。それをヴァルフィエロに手渡し、彼も同じように読んだ。二人は、わたしが彼らについて書いたものを見た。ショックを受け、おもしろがった。それを取っておいて、あとで読もうと言った。それでショードロンが、それを上着のポケットに入れた。

彼らに、椅子に座らされた。手首と足首を縛りつけられた。

わたしは彼らに、わたしによこしたのは贋作だとわかっていると言った。ショードロンのアトリエにある完成している〈モナ・リザ〉がオリジナルなのかと訊《き》いた。彼らは答えるのを拒否した。

ヴァルフィエロはクモのような指でわたしの頬《ほお》を撫《な》で、わたしは彼の顔に唾を吐いた。ショードロンは油絵の具のついた布をわたしの顔の下半分に巻いた。それを口の中に押しこんだ。

それから二人はワインを飲み、葉巻を吸った。わたしに対してグラスを挙げて、乾杯をした。笑った。

わたしはそれを見ていた。縛られ、猿ぐつわをかまされて。無力な怒りで、はらわたが煮えくり返った。

必死に考えた。わたしのナイフはテーブルの上、ヴァルフィエロの銃のすぐ横にある。椅子を動かせるだろうか？　だが両手を縛られているから、それをつかめない。

二人はひどく酔った。ショードロンは蓄音機を巻いて、レコードをかけた。酔いに任せて小《こ》躍《おど》りをし、ヴァルフィエロが拍手した。

窓が暗くなった。わたしを外に連れ出して殺す頃合いになった。

そのとき玄関のドアが開いた。ジョルジュ・フルニエが戸口に立っていた。手に銃を持っている。

ショードロンはテーブルの上の銃をつかもうとした。フルニエはそれを床に落とした。彼は二人の男に銃を向けた。わたしを自由にしろと命じた。

猿ぐつわがはずれるとすぐ、わたしは咳《せ》きこんで悪態をついた。

銀行頭取はヴァルフィエロとショードロンに、金を返せと命じた。ヴァルフィエロはまったく無邪気な態度だった。フルニエに、買ったものが気に入らなかったのかと訊いた。

フルニエは、あれが贋作だとわかっていると言った。

ヴァルフィエロは否定した。あれはレオナルドの名作だと言った。

わたしは彼が嘘をついていると叫んだ。だがフルニエはすでにそれを知っていた。証拠を見ていた。彼は銃でヴァルフィエロの顔を殴り、ヴァルフィエロはよろめいて倒れた。ショードロンは友人の血まみれの唇に、リネンのナプキンを押し当てた。そして飛び上がった。乱暴な男だ！　彼はフルニエに飛びついた。フルニエの手から銃を叩き落とした。銃は床を転がっていった。わたしはそれを取ろうとしたが、ヴァルフィエロのほうが早かった。彼は銃を振り上げて、わたしたちに後ろに下がれと命じた。だがもう遅かった。わたしはすでに体を動かしていて、彼に飛びついた。

石造りの家じゅうに、銃声が響いた。

ショードロンが倒れた。

ヴァルフィエロは両手と両膝をついて、友人に近寄った。ショードロンは自分のスモックについている血を見た。ヴァルフィエロは傷を見た。肩を撃たれただけで、たいした傷ではないと請け合った。

わたしは急いで銃に駆け寄った。フルニエも。ヴァルフィエロもだった。三人が銃を取り合ってもがいた。もう一度、銃声が鳴った。

フルニエの体が後ろに揺らいだ。首に両手を当てた。血がほとばしり出た。それから彼は床に倒れた。わたしはシャツの縁を裂いて彼の首に巻いた。すぐに血が染みた。フルニエはわたしに片腕を回して引き寄せた。ここでの出来事を誰にも知られてはならないと囁《ささや》いた。それから彼の腕は落ちた。体から力が抜けた。

そのときようやく、ヴァルフィエロとショードロンが逃げたのに気づいた。血のついた足跡が玄関に続いていた。わたしは二人を追った。だが遅かった。ロレーヌ・ディートリッヒは、すでに道路のかなたに消えようとしていた。

わたしは家に戻って、フルニエの命のない体を見た。こんなつもりではなかった。こんなことを望んでいたのではない。だが、後悔するにはもう遅い。

家の裏に出た。ショベルがあった。掘り始めた。雲の多い夜に感謝した。わたしの恐ろしい仕事を照らすような、月も星もない。わたしはひたすら掘った。息子への想いがあったから、体を動かせた。穴が充分に大きくなったところで、ペルシャ絨毯を使ってフルニエの遺体を外に運んだ。彼のポケットを調べた。紙入れに百フラン以上があった。

彼の体を墓の中に入れた。絨毯でそれを覆《おお》った。土を戻し入れた。石や小石、折れた枝などを集めて、新しい土の上に広げて隠した。

家の中に戻った。床や壁の血を掃除した。手を洗い、流しをきれいにした。それから家の中で金を探した。彼らが持ち去る時間はなかったはずだ。木製のチェストや寝室の兄弟の引き出しを、すべて調べた。クローゼットやベッドの下。マットレスを切り開いた。キッチンの戸棚をかき回した。グラスや陶磁器を床に落とした。だるまストーブや冷蔵庫を壁から動かした。床板を乱暴に踏んでみた。どこもはずれなかった。

また外に行った。もしかしたら、金を埋めたのかもしれない。ショベルを持ち上げた。どこから始める？　見当もつかなかった。冷たい土の上に座りこんで、両手で顔を覆った。体から力が抜け、疲れ果てていた。頭の中にシモーヌの顔が浮かんだ。わたしの名前を呼ぶのが聞こえた。でもそれは、慰めよりも同情に聞こえた。

ショードロンのアトリエを調べた。ペイント・テーブルの下の引き出し。小さなクローゼット。ここでも、床板を調べた。何もなかった。

彼の贋作を観察した。オランダの静物画。イギリスの風景画。中世風の聖母子像。ショードロンは巧みに絵を古びさせ、絵の具にひびを入れた。ほかの場所で見たら、きっと本物だと思うだろう。完成した〈モナ・リザ〉をイーゼルから持ち上げた。夢のような風景をじっと見た。肌の微妙な色使い。リザ・デル・ジョコンドの美しく表現された両手。その下の部分に、頭文字を探した。なかった。ショードロンが、まだ描き入れていないのか。それともこれがオリジナルなのか！

わたしは絵をひっくり返した。染みや印や、ルーヴル美術館のスタンプがあった。でも以前にショードロンがこれらの要素を複写しているのを見ていたので、なんの証明にもならなかった。表面のにおいを嗅《か》いだ。だがアトリエには油やテレビン油のにおいが満ちていて、それがほかのにおいをすべて圧倒していた。テレビン油で絵の具を試してもよかったが、もう、本物かどうかなどどうでもよくなった。ある考えが、頭の中に浮かんだ。ある計画だ。フルニエのような教養のある人物が、偽物に騙《だま》された。ほかにもいるはずだ。これがオリジナルの〈モナ・リザ〉なのかもしれない。ショードロンによる贋作の一つなのかもしれない。それはどうでもいいことだった。

わたしは絵を布で包み、撚糸《よりいと》で縛った。頭の中で、筋書きを繰り返した。贋作をルーヴル美術館に返したと言おう。実際、そうしたじゃないか！　それから、刑務所から出所したあとのために、オリジナルを隠しておいたのだと話す。そして今、それを売りたいと。

信頼できる話だ。真実である可能性さえある。うまくいくとわかっている計画。ショードロンのアトリエから、コレクターやディーラーのところへ行く配達人を追った。そうした買い手のところへ行こう。彼らが買った絵は贋作だと話す。わたしの持っているのが本物だと。あながち嘘ではないのかもしれない。わたしはすでに、世界一有名な絵を盗み出すという不可能な仕事をやってのけた。世界一有名な美術館からだ。それを売ることなど、簡単だろう。

わたしは服を脱いだ。寝室のクローゼットで、体に合う服を見つけた。日記を探した。ヴァルフィエロとショードロンに持っていかれたことを思い出した。

血で汚れた服を焼いた。灰を撒いた。ここを出る準備をした。でもショードロンの贋作が、頭の中に閃《ひらめ》いた。胸が悪くなった。これらの偽物をこの世から消し去りたかった。あの忌まわしいものたち。あの、偽の美しい作品！

描きかけの〈モナ・リザ〉をイーゼルから取って、蹴って穴を開けた。オランダの静物画をつかみ、同じようにした。イギリスの風景画を釘からはずした。一瞬、贋作者の巧みな筆遣いを眺《なが》めたあとで、パレット・ナイフでカンバスを切り裂き、絵は切れ切れになって枠からぶら下がった。聖母子像を床に投げ捨てて、踏みつけた。足元で、木っ端が散らばった。それから一歩下がって、惨状を見た。ラ・パズの缶をポケットから出した。煙草を巻いた。火をつけた。マッチを振って消した。それを床に捨てた。そうして、踵《きびす》を返して立ち去ろうとした。

そのとき、赤いものが小さく閃くのに気づいた。マッチだ。まだ消えていなかった。絡《から》まり合った油の染みたぼろきれの上。わたしは重たいブーツでそれを踏んだ。だが火花が起きて、散った。炎がショードロンのパレットのあるテーブルのほうへ揺らめいた。油の瓶《びん》のほうへ。テレビン油の、蓋《ふた》の開いた缶。両手で火を消そうとした。手のひらが火傷した。後ろに下がった。炎がうねり、回転するのを見た。催眠術にかかりそうだった。その場に横たわり、自ら炎に飲みこまれるのは、簡単なことだっただろう。シモーヌのところへ行ける。肺に煙が入った。息苦しくなるのを感じた。

すると、おまえの顔だよ、シモン、生まれたばかりの息子の姿が、頭の中に炎より明るく見えたんだ。生きなければならないと思った。アトリエから飛び出した。玄関から外に出た。冷たい夜の空気を、思い切り深く吸いこんだ。

フルニエから取った現金をポケットに入れていた。絵を、銀行頭取のベリエの後部座席においた。これで準備完了だ。

両手が震えていたが、わたしは自動車を動かした。ほとんど運転の経験はなかったが、エンジンの振動を感じ、自然に運転できた。ベリエを操って、幹線道路に入った。自動車の鏡に、うごめく赤い炎が見えた。木が燃えて弾《はじ》ける音が、自動車のエンジンの轟《とどろき》と競った。わたしは後ろを見なかった。

道路から目を離さなかった。パリを目指し、北へ向かった。絵を売っておまえを取り戻す、それだけだった。それだけを考えていた。

数週間でそれを成し遂げた。絵を売った！

けっして本物の〈モナ・リザ〉だとは言わなかった。言う必要もなかった。わたしが偉大なるルーヴル美術館からそれを盗み出した泥棒だという事実が、充分すぎるくらいの証拠だった。売買は故買人によっておこなわれた。わたしは買い手に会わなかった。彼らはわたしがつけた五十万フランという値段に応じ、わたしにとってはそれだけでよかった。

もう一度、わたしはベリエを運転して泥道を走った。このときおまえの祖母は、トゥールーズの小さな家に住んでいた。おまえの母親のシモーヌと、一度だけ訪れたことのある場所だ。町のはずれに着くまでにパリから二日かかり、到着したときは遅い時間だった。わたしは宿屋に泊まった。一人で食事し、酒を飲んだ。誰とも話さなかった。

その晩は、シモーヌとわたしが愛する息子とともに広いアパルトマンに住んでいる夢を見た。わたしたちは有名な画家になっていた。尊敬され、批評家の評判もよかった。目に涙をためて目覚めた。でもわたしは幸せだった。この夢は、おまえを取り戻せる予兆だと信じた。

朝、わたしは時間をかけて準備した。ごしごしと顔を洗った。丁寧に髭《ひげ》を剃《そ》った。口ひげを切り揃えた。ポマードをつけて髪の毛をきちんと分けた。パリで買った、新しい服と靴を身に着けた。最高のいでたちをする必要があった。裕福に見える必要があった。フランを隠してあった、古いコートの裏地を破いた。取り出したフランを、金入れのついたベルトに慎重に入れた。ベルトを腰に巻いた。その上からかさばるウールのベストを着て、襟《えり》までボタンを留めた。

宿屋を出て、狭い田舎の道に沿って車を進めた。シモーヌのことを考えた。何年も前に一緒にここを訪れたときのことだ。気持ちのいい夏の日。シモーヌは白いワンピース姿で、輝いていた。金髪が顔のまわりで躍っていた。

家は覚えていたとおりだった。古びた黄色い鎧戸のある、小さな石造りの田舎家。わたしはベリエを止めた。

おまえのお祖母さんが出てきて、ポーチに立った。毛布にくるんだ赤ん坊を抱いていた。わたしが誰なのかわからないようだった。明るい冬の太陽で目が眩《くら》んでいたのか、高級車やおしゃれな新品の衣類のせいか。そこで気づいた。彼女の顔がこわばった。何をしに来たのかと訊いた。わたしは、話がしたいと言った。家に入れてくれと言った。静かで優しい口調を心掛けた。

彼女は長いこと、わたしを見ていた。高級車。高そうな服。永遠とも思える時間が経って、ようやく彼女はいいと言った。

家は散らかっていて、もので溢《あふ》れていた。ベビーベッドが居間の半分を占めていた。濡れたおむつが、椅子の背にかかっていた。

わたしはおまえを見せてくれと頼んだ。

マルゲリートは躊躇《ためら》い、それから毛布をずらして、おまえの明るい金色の髪や、母親と同じ色の目を縁取る、長い睫《まつげ》を見せた。わたしの胸は、愛と寂しさでいっぱいになった。

わたしはおまえのお祖母さんに、たくさんの金を作ったと話した。彼女は何も言わなかった。でもその表情が多少やわらぎ、興味を持ったことがうかがえた。

わたしはおまえを抱かせてもらえるかと訊いた。

また躊躇ってから、彼女はおまえをわたしに渡した。おまえの頭が、わたしの首元におさまった。こんな歓びは感じたことがなかった。涙が溢れた。

マルゲリートはキッチン・テーブルの横の椅子に座った。歳を取って、疲れているようだった。

彼女に、おまえを何と名づけたのか訊いた。彼女はシモンだと答え、わたしはそれを何度も繰り返し、その都度おまえの頬に唇が触れた。シモン。シモン。

わたしはマルゲリートに、まだわたしを憎んでいるかと訊いた。彼女は、ひとを憎むには歳を取りすぎたと言った。そして疲れすぎたと。

それからわたしたちはキッチン・テーブルについて、コーヒーを飲んで話をした。わたしは彼女に、パリで絵を売って大成功をしたと話した。わたしの絵だ。マルゲリートがわたしの嘘を信じたのかどうかは確信がない。でも彼女は何も言わなかった。彼女にはわたしの助けが必要だとわかった。そしてわたしを信じたがっていることもわかった。

わたしは彼女に手を貸して立ち上がらせた。火に薪《たきぎ》をくべた。マルゲリートは料理をし、豆を潰《つぶ》し、わたしがそれをおまえに食べさせた。おまえが泣くと、わたしがおまえを抱いて歩き、眠らせた。ベビーベッドに寝かせた。

それからマルゲリートの待っていたテーブルに戻った。彼女はわたしに、金はいくらあるのかと訊いた。わたしはたくさんだと答えた。みんなにとって充分なほどだと。そのすべてが、わたしの絵を売って得たものだと。彼女は、どのように金を得たのかは問題じゃないと言った。彼女は疲れて、独りぼっちで、もはや若くない。そして赤ん坊は気難しい。でも彼女は、赤ん坊を手放したくはなかった。赤ん坊は、唯一の娘の形見なのだ。

わたしは彼女の目を見詰めた。そして、わたしにとっても、あの子は唯一のシモーヌの形見だと言った。

彼女は通りの先に、売出中の家があると言った。簡素な石造りの家だ。頑丈《がんじょう》だ。彼女の家の二倍の広さがある。

わたしは、三人で住めるのであれば、そこを買うと言った。彼女はそうねと言った。そして彼女は泣いた。

82

わたしは床の上で目覚めた。体を丸めていて、痛かった。朝の陽光がベイヨンの寝室の窓から差しこんでいた。最初に思ったこと。〝スミスに電話しなくては。ペルージャに何があったか、彼に知らせるんだ〟そこで現実を思い出し、それでも言った。「わかったぞ、スミス、物語のお終いがな」

父はまちがいなく二日酔いで、まだ眠っていた。わたしは母と朝食を摂《と》った。彼女はよく眠れたかと訊《き》き、わたしは眠れたと答えた。嘘だ。でもちょっと気分がよくて、家に来てから感じていなかったような満足感があった。ヴァンサンが息子と一緒になれたとわかったからだ。母はスクランブルド・エッグとイチゴのパンケーキを作り、わたしはログ・キャビンのシロップを瓶《びん》の半分も使って残さず食べ、そのあいだに母は教職について訊き（「順調だよ」）、画家としてのキャリアはどうかと言い（「順調だよ」）、母の大好きな話題を持ち出して誰かとデートしてるかと訊き（「特別な相手はいない」）、わたしはまた一つ嘘をついたが、本当は嘘ではない、もうアレックスと会ってはいないんだから。

街に戻り、視察官のカベナルに電話をし、ボイスメールに質問を残した。スミスを襲った男を見つけたか、そして誰かがショードロンの贋作《がんさく》を追っているのかどうか？　返答があるかどうか疑わしかったが、やはりなかった。このままほったらかしにして、ルーヴル美術館やスミスの疑わしいアート・ディーラーを追わずにおくことができるものだろうか。それでわたしは自分が持っている書類を見直したが、一覧は見つからなかった。スミスが電子メールで送ったのを思い出し、携帯電話の受信箱に見つけて、それを印刷した。

マンハッタンの住所のある名前が四つあった。それらを見詰め、なぜ印刷したのだろう、自分に何ができるのだろうと考えた。電話をして、〝やあ、面識はないけれど、たまたま盗まれた美術品を持っていたりはしませんか？　たとえば〈モナ・リザ〉の贋作とか？　あるいは本物を持っていたりして？〟などと言うのだろうか？

滑稽《こっけい》なことだ。

そこでスミスを思い、彼に何か借りがあるような気がした。少なくとも、わたしは彼のインターポールでの汚名をそそぐことができるのではないか。貸し借りとか、義務などの話ではないにしろ。もっと立派でない何かに関わるものだ。復讐《ふくしゅう》だ。わたし自身のイメージ。マールボロの箱を、刺青《いれずみ》の腕のTシャツの袖口に差しこみ、仲間とつるんで狩りに出て、おもしろくないと思った誰かに仕返しをする。自分たちが常に正しいわけじゃないが、それでもやめない。おかしなものだ、長い道のりを進んできたつもりなのに。以前の自分を置き去るなんてことはあるのだろうか？

こんな哲学的な問題を考えるのに長い時間を費やしはしなかった。スミスの一覧に最初にある名前、ジョナサン・タイフェルを確認し、その横の作品名を書き留め、すぐに計画を立てた。彼の秘書に、画家ティツィアーノについての記事を書こうとしている美術史家だと言い、ミスター・タイフェルがその作品を持っているかどうか、もし持っていたら見せてもらえるだろうかと言った。これはすべてその場で、理性的に考えてやめる前にでっち上げたことだった。

秘書は事務的だが感じがよくて、上司は会議中だが、伝言を伝えると言った。わたしは落胆と安《あん》堵《ど》の両方を感じながら電話を切った。ここでやめずに、次の電話をかけた。また秘書だった。記事を書いているという、同じ話をした。今回は、上司は旅行中で、一月《ひとつき》は戻らないという。わたしは名前の横にクエスチョン・マークをつけた。まだ僅《わず》かに残っている興奮にかきたてられて、一覧の次の名前の電話をかけた。今回は弁護士で、補助職員によると裁判でロサンゼルスに行っていて、数週間は戻らない。また名前の横にクエスチョン・マークをつけた。あと、かけるべき名前は一つだ。

「レンブラントですか？」個人秘書は友好的でお喋《しゃべ》りで、わたしが言った画家の名前を繰り返して言った。「ミスター・ベインは美術品を集めていて、何枚かをオフィスに飾っていますが、わたしの知っているかぎり、レンブラントはありません。もしかしたら家にあるかもしれませんが、確かじゃありません」彼女は言った。「ミスター・ベインは不在ですが、伝言をお伝えします」

やった。電話をした。これで充分だった。スミスは自慢に思ってくれるだろう。さて、これらの電話から何か結果が出るかどうか、待ってみよう。疑わしいとは思っていたが。

83

金融地区は閉まり、午前二時にはすべてが静かだ。

ロシア人は約束の場所に向かってウォーター・ストリートを進みながら、煙草を吸いこむ。

仲介者が会いたいと言ってきた。会わずに二回仕事をしたのに、なぜだろう？　罠《わな》だろうか？

もしかしたらそうだ。彼は仕事を済ませ、今や彼らにとっては用済みの存在だ。これまでもそのような相手に対処したことがあり、用意もできていたが、まずは仲介者から情報を聞き出したい。誰のために働いているのか。攻撃性の強いハチの巣のように、頭の中で復讐《ふくしゅう》の念がざわついている。

この界隈《かいわい》、夜のこの時間は事実上人気《ひとけ》がないが、ロシア人の研《と》ぎ澄まされたレーダーは、ごみ収集車の軋《きし》るような音や遠くのサイレン、革の霧笛などを拾う。彼はいっぽうに目をやり、また別に目を向けて、片手でポケットの中のナイフをいじる。

ブロード・ストリートで、川に向かって東に曲がる。

〝ストリート・エンジェルというバーだ、あのあたりで、夜通し開いているのはこの店だけだから、すぐにわかる〟

確かにある。暗闇の中に、バーのネオンサインが警報のように点滅している。

ロシア人が半ブロックほど手前まで行くと、どこからともなく二人の男が現われる。一人は前から、もう一人は背後から近づいてきて、彼を小道に連れこむ。襲われるのは覚悟していたが、予想外なことに、首に刺激を感じて、体が痙攣《けいれん》する。それでも彼は男の手からテーザーを叩き落とす。もう一人の男が銃を持っている。筋肉が痙攣しているが、彼はサイレンサーの長い銃身をつかむ。男が発砲し、銃弾がロシア人の手のひらの端をかする。それでもロシア人は手を放さず、ポケットからナイフを出して男のみぞおちに突き刺す。もう一人の、テーザーを持っているほうの男が、起き上がる。ロシア人はその男を殴り、襲い掛かって、百十キロを超える体重で男を地面に倒す。この殺し屋の上に乗って、銃をつかみ、それを男のこめかみに押しつける。「じゃあ……わたしは……ずっと……おまえから……命令を受けていたのか」

下敷きになっている男は呻《うめ》く。「ちがう……おれはあいつに雇われた——」男は顎《あご》でもう一人の男を指し示す。刺されて倒れている男だ。「おれは何も知らない！　何者でもない！」

「そうか」ロシア人は言い、男の頭に銃弾を撃ちこみ、転がるように男から降りて立ち上がる。まだ筋肉が痙攣しているが、その銃を、地面に倒れて、ナイフで刺された傷の血を止めようとしている男に向ける。

「おまえは誰の下で働いている？　誰に、わたしを殺せと言われた？」

「わたしはただ……言われたことをやるだけ……おまえみたいにな。指示に従うだけだ」

ロシア人はにやりとして、短くて変色した歯をむきだしにする。「選ばせてやるよ。五秒ごとに、足と手の指を一本ずつ撃っていく。わたしの知りたいことを言えば、わたしは立ち去る」

男は目を上げる。その目が、消えそうな電球のように揺れている。「何を……知りたいんだ?」

「おまえのボスだ。そいつの名前だ」

「それは……知らない。ずっと知らない。会ったことがない。そういうものだと、知ってるだろう」

男は両手を腹部に押し当てていた。指のあいだから血がにじみ出ていた。

「じゃあ、電話番号だ」

「彼は、わたしを殺させるだろう」

ロシア人は身をかがめ、仲介者のポケットから携帯電話を取り出す。「心配するな」彼は言って、銃の撃鉄を起こす。「その必要はない」ロシア人は念を入れて、男を二度撃つ。それから地面に落ちていた帽子を取り、コートを裏返して血を隠し、小道を出る。

誰もいない通りを歩きながら、仲介者の携帯電話をスクロールする。頭の中にはたった一つのことしかない。彼を殺せと命じて殺し屋を差し向けてきた男を見つけ出す。

84

たった一日待たされただけで、ジョナサン・タイフェルの秘書から電話があり、上司が会うと言われた。わたしは驚いた。行かないことも考えたが、やはり行くことにした。

五十なにがしの、髪を後ろに撫《な》でつけた額の広いタイフェルは、縞模様のサスペンダーに親指を引っ掛けていた。「なぜわたしが、このティツィアーノを持っていると考えるのか、もう一度教えてもらいたい」

「キュレーターの友人がいます」わたしは言った。「彼がヨーロッパで、ティツィアーノを持っていると思われるコレクターと絵の一覧を教えてくれました」

「お友だちはまちがっている。わたしはいくらか美術品を持っているが、ティツィアーノの絵はない」タイフェルは壁に並ぶ窓を見た。窓から室内に、明るい朝の陽光が差しこみ、ハドソン川や自由の女神、ニュージャージー州の海岸線が見えた。「お友だちはどこの美術館で働いているとおっしゃったかな？」

それは言っていなかったが、今、言うことにした。「ルーヴル美術館です」

「ほう？　なんという名前かな？」

「ジャンジャンブルです」わたしは、彼がルーヴル美術館のキュレーターを調べたりはしないだろうと思いながら言った。盗んだ美術品に関わっているなら、なおさらだ。

「ふん、お友だちのせいで、時間を浪費したようだな」

もしそうなら、なぜタイフェルはわざわざわたしと会うことにしたのかが気になった。わたしは、それはかまわない、時間ならたくさんあると答えた。

彼は狼のような笑みを見せた。「秘書から、あなたは美術史家で、ティツィアーノについて書いていると聞いた」

「ルネサンス美術全般についてです」

「なるほど。出版社はどことおっしゃった？」

これも言っていなかった。「学術誌です」わたしは言った。「ティツィアーノでなければ、何を集めているんですか？」

「あれやこれや、ルネサンス期のもの、コンテンポラリーのもの」

「ルネサンス期の画家は、誰を？」

「ラファエロとジョルジョーネ。もちろん、素描画だけだ。絵となると、わたしには手が出せない」

わたしは彼の広大な角部屋のオフィスを見た。立派なものだった。少し下調べをして、タイフェルが投資会社の創立パートナーであることは知っていた。この街でもっとも大きくて威信のある会社の一つだ。手が出せないことはないだろう。彼の手首で、金色のものが陽光を反射した。

「腕時計を見ているようだな。ヴァシュロン・コンスタンタン……トラディショナル……万年カレンダー……透かし細工」彼は一つ一つの単語をはっきり発音して、袖口を持ち上げて見せびらかした。それは日時計のようだった。実際四つの小型の日時計で、内部の機械がすべて見えていた。

「ローズ・ゴールドのケースとサファイアのクリスタル・ガラスだ」彼は言って、腕をわたしの顔のほうに上げた。「二百七十六の部品。三十六の宝石。曜日、四十八ヵ月のカレンダー、うるう年にも対応、そしてもちろん月の満ち欠けも」

「なるほど」柑橘《かんきつ》系のオーデコロンが、鼻をくすぐった。

「これがないとどうにもできない。きみも持つべきだ」

「そうですね」彼にからかわれていると、わかっていた。「タイメックスを手放すことにします」

彼は大きすぎる笑い声をあげた。

彼の言ったラファエロとジョルジョーネの絵を見せてもらえるかと訊《き》いた。彼は言った。「あちこちの家にある――パーク・アヴェニュー、パーム・ビーチ、アスペン――オフィスにはない。きみは美術品泥棒じゃないんだろうね？」また大きすぎる笑い。

わたしも笑った。「ちがいます。ただの、美術史の准教授です」

「その、准なんとかという仕事はどこで？　コミュニティー・カレッジか何かかな？」

わたしは喜んで、自分のいる立派な大学、もうすぐ解雇されるかもしれない大学の名前を口にしてもよかったのだが、タイフェルはすでにわたしがどこで教えているか、わたしについて何もかも知っているような気がした。

「けっこうなことだ」彼は言った。「この街に住んでいるのかな?」

「バワリーです」

「バワリー? 本当かね? 以前は貧しい地区だったバワリーが、住むのに望ましい場所とは思えないが、どうやら事情が変わったらしい。あそこで安心していられるのかね?」

わたしは彼に、昨今はまったく問題がないと答えた。

「そうか」タイフェルは言った。「でもわからないんじゃないか? 何があるか——どこでもね」

彼はわたしを脅《おど》しているのだろうか? 「ドアには閂《かんぬき》をつけています」わたしは言った。

「窓に格子は?」

「上階のほうなので。スパイダーマンでもないかぎり——」

「大好きなスーパーヒーローだ」タイフェルは言った。

「本当に? ウルヴァリンかと思いましたが」

タイフェルは、ウルヴァリンのような笑い声を立てた。「お世辞だな」

とんでもない。わたしたちはそれから数分ほど、彼が集めているコンテンポラリーの作品——ウォーホル、バスキア、クーンズ——について話したが、タイフェルは飽きてきたようだ。おそらく知りたいことを聞き出し、わたしはたいした脅威ではないと感じたのだろう。彼はわたしをオフィスのドアのほうへ導き、握手を求めた。

「わたしだったら、バワリーの窓に格子をつける」彼は言って、わたしの手を強く握りしめた。「いつスパイダーマンが現われるか、わからないからな」彼はまた、大声で笑った。

「いやいや」わたしは言い、彼の手を握り返した。「ピーター・パーカーを怖いと思ったことはありません」

「ウルヴァリンはどうだ?」彼は言いながら手を放して、わたしを外に出し、ドアをぴしゃりと閉めた。

85

家で、わたしはカベナル視察官の名刺を引っぱり出した。わたしから連絡が行って彼女が喜ばないのはわかっていたが、タイフェルのことを話したかった。彼の名前を彼女に聞かせて、何か意味があるかどうかを見たかった。

彼女が電話に出たので、驚いた。そして、思ったとおり、彼女はわたしからの連絡を喜ばなかった。わたしはジョナサン・タイフェルのことを訊《き》いた。その名前は、彼女にとっては何も意味しなかった。

「スミスのコレクターの一覧にあった。彼が捜査しようと――」

「あなたはその男に会ったんですか？」

わたしは会ったと答えた。

少し間があり、それから彼女は厳しい口調で言った。「ミスター・ペローネ！　この件に関わり続けるつもりなら、地元の当局に連絡をして逮捕してもらわざるをえません。わ・か・り・ま・し・た・か？」

わたしは彼女に、勝手にしろと言いたかったが、何も言わないでおいた。

「もしもし？　聞いてますか？」

「聞いてる」

「スミス分析官が何を捜査していたにしろ、もうあなたの問題ではありません。もう、彼の問題でもない。彼のここでの仕事は終わりました。理解してますか？」

「完璧にね」わたしは言って、電話を切った。

わたしは怒りを鎮《しず》めようとして、ロフトの掃除をした。インターポールはこの悪辣《あくらつ》な美術品のコレクターについて気にしていないのか、それともスミスに関連のあることはなんでも信用できないとみなされ、退けられるのか？

〝スミス分析官が何を捜査していたにしろ、もうあなたの問題ではありません。もう、彼の問題でもない〟

書類を丸め、ペンや鉛筆を入れ物におさめ、机の整理をするふりをしながら、カベナルの言葉が頭の中に聞こえていた。

〝彼のここでの仕事は終わりました〟それはそうだろう、彼は死んだんだ。

そこではっとして、窓の外の近隣の建物を見るともなしに見て、カベナルの言葉を繰り返した。何かがおかしい、変な言い回しだ――〝もう、彼の問題でもない〟――〝彼のここでの仕事は終わりました〟あれは、どこかよそでは終わっていないということを意味しているのだろうか？　たった今彼女はわたしに、スミスは生きていると言ったのではないか？

パリの病院に電話をしたときの会話を思い出した。

〝ミスター・スミスはもう集中治療室にはいない〟

あのとき、てっきり彼が死んだものと思いこみ、カベナルがスミスが助かったかどうか教えてくれなかったことでさらに確信を強めた。それが約束だったからだ。だが、わたしとの約束など、彼女が気にするだろうか？　彼女にとってわたしの件は終わっていて、スミスも同様だった──死のうと助かろうと。

もう一度彼女に電話をした。今回はボイスメールにつながった。メッセージを残したりしなかった。フランスのリヨンの国際オペレーターを捕まえて、ジョン・ワシントン・スミスを頼んだ。その名前はないと言われた。だがどこかに、スミスの番号があったはずだ。それには確信があった、名刺をもらったのを覚えていた。名刺をもらったのではない、彼がわたしのシャツのポケットに突っこんだのだ。あれをどうしたっけ？　少し考えて、彼に電話したことを思い出し、携帯電話の通話履歴をスクロールしてみたが、該当しそうなものはなかった。どこから彼に電話したのだろう？　タクシーだ──襲われたあと。そうだ。

わたしは財布を出し、中を調べた。そこにあった。ユーロ札とドル札のあいだに、小さな白い名刺が突っこまれていた。

呼び出し音が三回、四回、五回と鳴るのに耳を澄ませた。わたしは頭がおかしいのかもしれない、スミスは死んだのかもしれない。そこでボイスメールにつながった。「メッセージをどうぞ」それだけで、名前を言ったりはしなかったが、確かに彼の声だった。古い録音だろうか？　彼が死んでいても、携帯電話は使えるのだろうか？　そうなのかもしれない。

「スミス」わたしは言った。「ルーク・ペローネだ。話したいことがある。電話してくれ、ええと、まだ生きているならだ――」

電話を切った。すぐに携帯電話が鳴った。

「ペローネ」

「なんだよ！　あんた、生きてたのか！」

「どうして番号がわかった？」

「あんたが教えてくれたんだ、覚えてないか？　ああ、今までずっと、あんたが死んだと思ってたんだぞ」

「死んだも同然かもしれない」

「自己憐憫《れんびん》は似合わないぞ、スミス」

「ちくしょう、ペローネ」

「そっちこそだ。教えてくれ、無事でいるのか？」

「フットボールよりたくさん縫い目ができたが、元気だ」

「カベナルは、あんたが死んだと言った。正確にはそうじゃない。あんたが助かる見込みはほとんどないと言った。内臓が破裂したとかなんとかってさ」

「しばらく危ない状態だった。カベナルはわたしが死ななくて残念だっただろう――死ねば、彼女もインターポールも気まずい思いから逃げられた。わたしは仕事を失い、脾《ひ》臓を失ったが、どうやら脾臓ってのは必要ないらしい。それ以外は、まったく無事だよ」

「驚いたな。あの女に電話して、とっちめてやろう」

彼は、やめてくれ、お互い面倒なことになるだけだと言った。

「あの女は、あんたが死んだものと思いこませたんだぞ、スミス。それでわたしがどうしたかわかるか？」

「赤ん坊のように泣いたか？」

初めて、彼の声にからかうような調子がうかがえた。「もっと悪いことだ」わたしは言ったが、詳しい話は始めなかった。彼のコレクターの一覧を見つけ出し、電話をしたこと、タイフェルの脅迫について話した。

「頭がおかしいんじゃないか？」彼は言った。

「あんたほどじゃない」

「なあ、もう遅い。わたしは首になって、消された。存在しなかったようなものだ」

「どこにいるんだ？」

「しみったれたリヨンのアパートメントだよ、ほかにどこがあるっていうんだ？　だが、もうここを離れるつもりだ」

「どこへ行く？」

「まだわからない。仕事も見通しも何もない四十七歳の男が、どこへ行けばいい？」

「民間部門か？」

「それでどうする、どこか郊外の銀行の警備員にでもなるのか?」

「わたしが、あんたが正しかったと証明したらどうなる?」

「何を言ってるんだ?」

「これらのコレクターたちを追いかけたら、何かがわかるかもしれない。あんたが重大なことを手掛けていたと、インターポールに示せる何かだ。あんたの汚名をそそぐ手段になる」

「わたしの汚名? なんだよ、ペローネ、ロマンチックなことを。何を言ったって、インターポールは揺らがない。もう遅いと言っただろう――それに危険すぎる」

わたしは、〝あんたはもっと報われていい、それだけのことをした〟と言いたかったが、彼の言うとおりだとわかっていた。わたしは彼を救えなかった、自分のことさえ、かろうじて救えたようなものだ。

「今やってることから手を引け」彼は言った。「お願いじゃない、命令だ。やめろ。わかったか?」

「わかった」

彼のため息は、電話を通じて嵐のように響いた。「なあ、ありがたいと思うが、しょうがない、危険は冒せない。どんなことになりうるか、わかってるだろう?」

わたしにはわかっていた。

「諦《あきら》めると約束しろ」

約束した。

86

その夜、わたしはなかなか眠れなかった。ようやくうとうとしたら、ひどい夢を見た。スミスがパリの通りで死んでいて、ジョナサン・タイフェルの高級時計がダリの絵のように溶けていて、〈モナ・リザ〉が上下逆さまで浮いている。朝、わたしはスミスが生きていることをあらためて思い出し、悲嘆して酒を飲んだことに腹が立った。カベナル視察官に電話をして罵《ののし》りたかったが、スミスの言うとおり、面倒を起こすだけだとわかっていた。タイフェルのこと、彼のウルヴァリンのような笑いと脅《おど》しを考えた。これについても、スミスの言うとおりだ。あの男たちを調べるのは危険だ、やめなければならない。ばかなことから手を引いて、自分の問題に意識を集中しよう。わたしの人生、わたしの仕事だ。終身在職権委員会《テニュア》になんというか考えて、創作活動に戻るのだ。

ラップトップを開き、スミスの美術品コレクターの一覧を見つけ、それを消去した。それから印刷した一覧を丸めて、ごみ入れに放りこんだ。

次に、あの祭壇を取り除き、ファイル・キャビネットを空にした――ペルージャの通った道筋を記したルーヴル美術館の地図、わたしの書状、二十年以上かけて集めた窃盗《せっとう》に関するエッセイや仮説、すべてを捨てた。唯一取っておいたのはマグショットだったが、わたしは髭《ひげ》を剃《そ》って、髪を短くしたので、もう写真とあまり似ていないと思った。

何もかもを捨てて気分がよかった。新しい一日であるだけでなく、新しい始まりだ。

何週間も前に未完のまま置き去りにした絵を持ち出し、壁に立てかけた。絵筆と絵の具を用意した。時間をかけて、パレットのまわりに順番に絵の具を配置した。美術学校にいたころのやり方で、アース・トーンの隣に黄色、その隣に赤、紫、青と並べて、両側に黒と白の太いチューブをおいた。人生の大半が制御不能になったと感じるような経験をしたあとで、規則正しいことをしたかった。

何枚もの未完の絵を見た。

〝力強く色彩豊か、作品をありふれた抽象画以上のものにする精神的ロジックがあり、おおいに期待できる〟四年前、最後の個展のときに、〈ニューヨーク・タイムズ〉にはこう書かれた。あの期待はどこに行ってしまったのだろう？

窓の下枠においた小さなカンバスを見やった——ペルージャの静物画だ。赤い布地の上に果物が並び、すべてが濃紺で縁取られている。

何分かのち、わたしは壁に釘を打ち、まっさらなカンバスをかけた——わたしはイーゼルは使ったことがない——それからパレットに絵の具を絞り出し、ミネラル・スピリットと展色剤を広口瓶《びん》に入れた。

何時間も経ってから、ようやく手を止めて、一歩下がって自分のしたことを見た。

その絵は——アトリエの窓の向こうに広がる風景が基になっている——たっぷりの絵の具を塗り

つけてあり、抽象的だが、長く見ていると都市の景観だとわかる。醜いが美しく、今まで描いたものとはちがっている。絵の具は分厚く塗られていて、乾くのに何週間もかかるだろう。描かれたものは、絵筆の背面で切るように周縁の絵の具が仕切られていて、黒に近い青色で縁取られている。

わたしはカンバスを見詰め、他者が描いたもののように評価してみた。もしかしたらそれは、わたしが描いた中でもっとも正直で説得力のある絵かもしれなかった。感情から、その場にいることから作り出された画像だった。ここ何年もで初めて、このまま描き続けたいと思った。

あらためて壁に釘を打ち、もう一枚、まっさらなカンバスを掛けた。今回は絵の具で直接描き、絵筆に任せて、それに導かれるままに手を動かした。一時間が過ぎ、絵は大まかなもので全体の形が取れてはいないが、生命力に満ちていた。顔のない裸体。何度か顔を描こうとしたが、その都度布で拭《ふ》き取り、胸と首の上に絵の具の染みが残っていた。だがわたしには、そこに誰を捉《とら》えたいのか、正確にわかっていた――現実では捉えられなかった女性だ。わたしが捨てた女性――それとも、彼女がわたしを捨てたのか？

絵筆をミネラル・スピリットに浸け、アトリエ用の服を着替え、両手から絵の具を落としながらも、ずっとアレックスのことが頭の中にあった。一分後、わたしは携帯電話を使っていた。スペンス。ダルトン。ブリアリー。マンハッタンの上流の私立学校だ。どこも、アレクサンドラ・グリーンという名前に聞き覚えはないと言った。

描きかけの裸体の絵を見た。わたしはそれを感じた。アレックスはここに、この街のどこかにいる。それはわかっていた。

87

彼は通りの両方向を見る。色のない目で、新しい建物と古い建物を見渡す。金属製の構造物は〝新しい美術館〟とだけ認識されていて、歩道には大勢が動き回っている。彼はじっと立っている人物を探し、最初は携帯電話を見ている青年に目をつけ、それから角にいるだらしのない格好《かっこう》の男を見る――ホームレスか、あるいは何かを演じているだけか？　普通はプロの人間を見抜けるが、マンハッタンでは難しい。バワリーと呼ばれる、奇妙で多種多様な通りには――あまりにもさまざまな種類の人間がいる。洗練された者や浮浪者、アメリカ人、アジア人やヨーロッパ人、毛皮で着飾っている者もいれば、ぼろぼろの服で凍《こご》えている者もいる。二つの大きな川からの湿った風が、街を吹き抜ける。

彼は追跡装置を確認する。赤い点は動かず、アメリカ人は家にいる。自分のいる場所から、道路五本分上の位置だ。フィレンツェとパリでともに過ごした時間を思い出し、互いの奇妙なつながりを考える。アメリカ人は、彼が追っている男、彼を殺させようとした男との伝《つて》だ。その男はアメリカ人のことも殺したがっていて、監視させているのではないか。彼はアメリカ人の携帯電話や電子メールをスクロールする。重要かどうかはわからないが、いずれにしても確かめるつもりだ。

手で持っている装置がピンと鳴る。アメリカ人が動いたという合図。数分後、ロシア人は目を上げる。確かに彼が、建物から出てくる。ロシア人は体の向きを変えるが、装置から目を離すことはなく、装置では赤い点が動いていて、彼は肩越しにそっと振り向き、アメリカ人が地下鉄の駅に姿を消すのを見る。

一分もかからずに、彼は玄関の錠を開け、古い金属製の階段を五階まで上がる。

アメリカ人のロフトへ入るためのドアも、簡単にピッキングできる。

彼は中に入り、不揃いな木の床と錫《すず》の天井、安物の家具、本がぎっしり並んでいる大きな壁、さらに低い木製のコーヒー・テーブルにも本があるのを見渡す。テーブルの山のいちばん上には、フィレンツェの美術館で見て好きだった画家、カラヴァッジォに関する本がある。彼はそれをめくり、一面にメデゥーサの頭部が印刷されているページで止まり、それを破り取る。細い円筒に丸めて、胸ポケットに入れる。

廊下を歩いて別の部屋へ行く。こちらのほうが広くて、壁にカンバスがかかり、床には絵の具が散っていて、油やテレビン油のにおいがたちこめている。彼は絵に近づき、触れる。指先に絵の具がつき、絵の表面にかすかなへこみが残る。彼は絵筆をとり、それを使って指紋を消す。絵筆の柄の部分を布で拭《ふ》き、同じ布を使って指もきれいにし、その布を、内側が外になるように折り、後ろのポケットに突っこむ。一瞬足を止めて、顔のない裸体の絵を眺《なが》め、アメリカ人にメモ書きを残したい衝動を抑える。〝この絵は好きだ——完成させろ！〟

長い木製の作業台の上にラップトップがあり、その横に請求書の山、小切手帳、読めないメモ書きが数枚。アメリカ人の手書きの、判読できない殴り書きだ。テーブルの横のごみ入れは小さくて、中身が溢《あふ》れている。彼はかがんで一枚の皺《しわ》くちゃになった紙を拾い上げ、そこにある青い地球の印に目を引かれ、テーブルの上で皺を伸ばす。インターポールのロゴと、名前の一覧がある。円蓋《えんがい》のある家の上品な女性が、男たちはインターポールから来たと言っていたのを思い出す。アメリカ人はインターポールの職員なのか、あるいはこの紙はもう一人の、彼が殺したほうが持っていたものか？　いずれにしても、インターポールの一覧にある名前は、調べる必要がある。彼は紙をポケットの、細く巻いたカラヴァッジォの絵の奥に入れた。それから彼は、きちんと積まれた請求書の山、封筒、それに小切手帳を持ち上げ、テーブルの反対側へ移動させる。獲物が尾行されているのに気づかないのはつまらない。

88

わたしはダルトンから始めた。またもや作り話。今回は、ニューヨークで〝最高の私立学校〟について記事を書いていることにした。女性校長は協力的だった。わたしは下調べをしてあり、その有名な卒業生、クレア・デインズ、アンダーソン・クーパー、チェヴィー・チェイスなどといっしょにアレクサンドラ・グリーンという名前を出した。「有名な美術史家です」わたしは言ったが、校長は聞いたことがないと言った。携帯電話の写真、ホテルのベッドで寝ているところの写真から切り取って作った、控え目な顔写真を見せた。女性校長は、見覚えがないと言った。もう一度見せた。やはり知らないと言い、わたしはそれを信じた。おかしな様子や躊躇《ためら》いはなかった。

スペンスでも同じだった。

マンハッタン最高の〝汚点のない〟女子ばかりの学校、ブリアリーに行くところには諦《あきら》めかけていた。「十年ほど前のことかもしれません」わたしは女性校長に言った。映画のエキストラにいそうな、髪をきっちりお団子にまとめた寮母のような人物だった。

この女性は、現職に就いて約三十年だが、アレクサンドラ・グリーンという学生に覚えはないと言った。「学生たちに関する記憶は、とてもいいんです。そうした情報を勝手に公表していいわけではありませんが」

わたしは携帯電話の写真を彼女に見せた。

「あら」彼女は言った。「いいえ。誰だか見当もつかないわ」

だがわたしは感じた。彼女の目が一瞬意味ありげに輝き、間があって、口調が変わった。もっと押してみたかったが、どうしようもなかった。女性はすでにさようならと言い、記事がうまく書けますようにと励ましたうえで、わたしをオフィスの外に連れ出した。

家に戻り、すぐにそれを感じた。侵入者の存在、フィレンツェのホテルの部屋で感じたのと同じ、空気が乱されたような感覚。そして同じ、饐《す》えた煙草のにおい。広い表の部屋を通り抜けてバスルームへ行き、悲鳴を上げるノーマン・ベイツを半ば期待しながらシャワー・カーテンを開いた。アトリエで、絵の具の棚のあいだを覗《のぞ》きこみ、長い作業台の上や下を見た。何もなくなっていないようだった。それでも何かがおかしい、ラップトップの左横にある書類と封筒は、右側にあったにちがいない――いや、そうだろうか？

わたしは調べ続けたが、何もおかしいところはなかった。過去数週間に悩まされた妄想症が、永久的に身についてしまったのだろうか？　それともジョナサン・タイフェルの、隠そうともしない脅《おど》しのせいだろうか。〝バワリーで安心していられるのかね？〟

窓を調べ、その一つを開けた。さまざまなにおいが流れこんできた。酒、ごみ、ガソリン。

もう一度ロフト中を調べたが、何もなかった。それで思い過ごしだということにした。ほかにどうしようがある？

ようやくコンピュータの前に座り、帰ってきたときにするつもりだった検索をした。ブリアリー年鑑と打ちこみ、計算をして、二〇〇八年と二〇〇九年と打った。

二〇〇八年の年鑑で、時間をかけて上級生を調べた。学生それぞれがページを持っていた。だがアレックスはいなかった。二〇〇九年についても同じようにした。やはり、なかった。二〇一〇年も試すことにして、アルファベット順に並んでいる写真を見ていき、Gで止まった。グリーンはない。がっかりして作業を進めていくうちに、ある写真のページを見て凍りついた。アレクシス・ヴェルデ。

つながりを理解するのに、一分もかからなかった。アレクサンドラ・グリーン。アレクシス・ヴェルデ。

ヴェルデ。イタリア語で緑《グリーン》という意味だ。

フェイスブックを開いて、アレクシス・ヴェルデと打った。彼女がいた。見まちがえようのない、小さな写真。だがもっと見るには〝友だち〟になるしかなくて、それも考えたが、まずいことだと承知していた。

さらに調べて、インターネットの電話帳《ホワイトページ》で以下のようなことがわかった。アレクシス・ヴェルデ、ニューヨーク市、年齢二十四から三十。

インテリウスの検索に九・九九ドルを投資しようか迷ったが、これほど明らかに彼女のほうが見つかりたがっていないのに、本当に見つけていいだろうか？
アレックス／アレクシス。彼女は名前と学校に行った場所について嘘をついた。
ほかに、何について嘘をついているのだろう？　そして、なぜ？

89

リチャード・ベイン・ジュニアは六十代半ばに見えて、わたしと同じくらいの背で、豊かな髪は真っ白だった。

彼の助手から電話があり、わたしの伝言を伝えたところ、彼女の上司は喜んで会うと言っていると聞いたとき、わたしは考えた。〝だめだ、もう諦《あきら》めると、スミスと約束した〟それからざっとグーグルでベインについて検索をしたが、ウォール街でもっとも成功した投資会社の一つを創立したという事実以外、なんの背景も出てこなかった。わたしは興味を引かれた。

約束も決意も知ったことじゃない。

今わたしは、三十八階のオフィスに立っていた。真っ白な壁に古い巨匠による版画が何枚か飾られていて、クライスラー・ビルディングとエンパイアステート・ビルディングと、ハドソン川が大きく見えた。

ベインは大理石の天板の机の向こうに立っていた。机の上にはコンピュータだけがあり、紙や紙ばさみや鉛筆といった、基本的にオフィスにあるものはいっさいない。反対側の壁にある大きなスクリーンに市場の情報が流れているが、音はしていない。

「独立独行《どっこう》のかたのようですね」わたしは言った。

「どうしてそんなことを言う？」彼は気さくに微笑《ほほえ》みながら訊《き》いた。

「あなたの背景について、ほとんど情報がありません。まるでウォール街で生まれたようです」

「そうとも言えない」ベインは真っ白な歯を見せて笑った。「それでは、いくらか調査をしてきたということか」

「昨今、誰もがするでしょう？」

「わたしはちがう」彼は言った。「わたしは、直接会うまで相手のことを何も知らない時代の人間だ。そのほうがよかった」

わたしは謝った。ベインはかまわないというように手を振り、半分引退した身だと説明した。「週に一日か二日オフィスに来るだけだ。パートナーたちを苛立《いらだ》たせにね」

わたしは版画の一枚を観察した。複雑に書きこまれた手の習作だった。「デューラーですか？」

「よくご存じだ」

「美術史を教えてますから……」わたしは肩をすくめた。「古い巨匠の作品を集めているんですか？」

「昔はね、もうしていない。ほとんど全部を寄付してしまった」

「もっと欲しいとは思わなくなった？」

「ある年齢になると、もはや欲望を感じないものだ」ベインはその版画に顔を寄せた。「美しいじゃないか、この繊細なクロスハッチング。デューラーの版画は長いこと持っていた、それにほかのものも——秘書が、あなたが訊いていたと言っていたレンブラントだな。感傷的な理由があって手放したくなかった。個人的に気に入っていた作品だが、本気でコレクションする日々は終わった。コレクションは自分勝手なゲームだと思うようになった」彼は真顔でわたしを見て、わたしに、芸術作品を集めているのかと訊いた。

わたしはそんな金はないが、ときどき画家の友人と作品を交換すると答えた。

「じゃあ、あなたは画家なのか」

「ええ、そのようなものです」

「謙遜《けんそん》することはない、お若いの。わたしは謙遜することで、今の地位を得たわけじゃない」彼はわたしの肩を叩いた。「もののわかっているひとと美術の話をするのは大好きだ。わたしはビジネスを学んだ、だからコレクションを始めるまで、美術について何も知らなかった」

「手放して残念じゃないですか？」

「そうでもない。何枚か残してあって、それで充分だ」彼はまた微笑んだ。「それで、あなたはレンブラントについて書いていると？」

「学術的な美術雑誌——ええと、〈アポロ〉です。ロンドンに拠点がある、小さな雑誌です。ご存じないでしょう」知らないでいてほしかった。

彼は知らないと言い、レンブラントについて書いていると聞いて驚いた、いくら彼の名前が美術の代名詞だとしても、もう大半の人々はレンブラントのことなど気にしないと言った。

「わたしはまだレンブラントを偉大な画家と考えている者の一人です」

「だとしたらわたしのレンブラントの版画を見てもらわずにはおけないな。一杯飲んで、きみが書いている記事について話をしてもらおう――」そこで彼は言葉を切って謝った。明後日にロンドンへ発つのを忘れていたと言った。

わたしはかまわない、彼が帰国するまで待つと言ったが、彼はそれではいけないと言った。

「数週間、もしかしたら一ヵ月も戻らないかもしれない。明日の夜、六時半に来なさい。旅行の準備を済ませて、なんの用事もなくして家にいる」

「お邪魔じゃないですか」わたしは言った。

「ばかを言うな」ベインは言い、住所の書いてある名刺を差し出した。

90

アメリカ人が建物を出る。ロシア人は後ろに下がり、男女入り交じった人混みに紛《まぎ》れこむ。人混みはみんな裕福そうに見えて、彼はその人々のようになりたいのか、その人々を殺したいのか決められない。彼はアメリカ人が、ロフトから取ってきた一覧にあった人物の一人に会ってきたことを知っている——彼はホワイトページのアプリで電話番号を再確認した。グーグル検索もして、この男がもう一人のタイフェルと同じく、経済界の有力者であると知っている。タイフェル——彼はこの前、アメリカ人が帰ったあと、この男をオフィスから家まで尾行し、パーク・アヴェニューの建物に入っていくのを見た。建物には数人のドアマンがいて、全員が会釈をしていた。

彼はタイフェルがどこで働き、どこに住んでいるかを知っているし、今このベインという男がどこで働いているかも知っている。住まいを見つけ出すのも、難しいことではないはずだ。

彼は赤い点が動くのを見る。とりあえずアメリカ人を好きに動かして、地下鉄の駅まで追いかけ、地下鉄に乗り、安全な距離を保ちながら、十人以上のつり革につかまる人々のあいだからアメリカ人を見る。彼は目を閉じる。またアメリカ人のロフトを思い出す。広々としたアトリエと、絵の具の塗られたカンバス。彼自身のものとはまったくちがう生活。とはいえ彼はときどき、自分の生活が現実とは思えないことがある。横にいる若い女性、女の子と言ってもいいような、目のまわりを黒く塗り、髪の毛に紫色の筋を入れ、鼻ピアスをしている女性が、電車が止まって揺れるたびに彼にもたれかかる。

その女性は戦争後の最初の仕事を思い出させる。若い娘たちを商売人に売った。最近では人道主義者や国際的な機関が憤慨し、とてもできないことだ。彼らに何がわかるというのか？　あの娘たちは家にいても、いいことはなかった。隣の女性の鼻のリングに指を引っ掛けて電車から下ろし、奴隷《どれい》にしてやりたいという衝動を抑えつける。彼は女性に微笑《ほほえ》みかけるが、女性のほうはまっすぐ前を見詰めるばかりだ。イヤホンが周囲の音をすっかり消しているのだろう、無表情で、彼には昆虫の鳴き声のように聞こえるばかげた音楽に聞き入っている。

彼は女性の向こう、人混みの先を見て、アメリカ人がまだいるのを確認する。彼は帽子を額に下げ、胸ポケットを叩き、本から破り取った絵を丸めた円筒に触れてみる。〈メデューサ〉の絵を思い描く。蠢《うごめ》く蛇、切断された首、血まみれで、純粋な恐怖の表情。どの仕事でも何かを学ぶ。今回は、カラヴァッジォだ。どうやら気が合いそうだ。

91

八ドルをかけて、オンラインの公的記録の検索エンジンであるインテリウスで、東三十二番街の住所を入手できた。予想していたのとは、まったくちがった。わたしはずっと、アレックスは川の見える、ドアマンが二、三人はいるような、おしゃれなアッパー・イースト・サイドのアパートメントに住んでいると想像していた。手ごろな貸し部屋を求めて学生や若者が集まる地区である、マリーヒルではなかった。

わたしはもう一度住所を確認してから、赤煉瓦《れんが》の中型の建物へと向かった。ドアマンはいたが、一人きりだった。アレクシス・ヴェルデに会いたいと言い、外出中だと言われたとき、わたしは携帯電話を見るふりをして、約束の時間をまちがえたらしいと言って、踵《きびす》を返してそこを離れた。心の一部でほっとしていた。もし在宅していたらなんと言うか、考えていなかった。角で立ち止まり、待った。

十分が経った。二十分。逃げ出したい気持ちもあったが、彼女と会って、彼女が何者なのか、なぜ嘘をついたのかを知らなければならなかった。

なぜ彼女を愛しているのか、あるいは愛していると思ったのか、頭の中で数え上げ始めた。彼女の外観、頭の良さ、ウィット、声、物腰、触れ方、わたしをわかってくれるようなところ。すべてが嘘だった可能性がある。唯一確かなのは、自分が、知っていると思っていたがまったく知らない女性に夢中になっているということだった。

わたしはいっぽうに歩き、引き返し、何を言うか練習するが集中できず、すっかり混乱していた。角のあたりや通りの先に目を配り、彼女に会いたいと思う反面、それを恐れてもいた。

半時間後、まだ話し始めの言葉をいろいろ試しているとき、彼女が通りを歩いてくるのが見えた。一メートルぐらいのところまで来るのを待って、暗がりから踏み出た。

「ルーク――」彼女はあえぐようにわたしの名前を言い、一瞬凍りつき、それからわたしを迂回《う》するようにして通り過ぎ、住まいのある建物へ向かって走っていった。わたしはずっと話しかけながら、その横をついていった。

「どうして嘘をついたんだ？　理解したいんだ……ぼくはてっきり……自分が何を考えたのかわからない……話をしてくれ、頼む……説明を――」

「帰って！」彼女は言い、建物に向かって急いだ。

「そうはいかない」わたしは彼女の後ろから呼びかけた。「説明してくれてもいいだろう」

ドアマンがわたしの行く手を塞《ふさ》いだ。若いラテン系の男で、エドウィンという名札をつけていて、胸と腕が盛り上がって制服がきつそうだ。彼はわたしの胸に手を当てた。「警察を呼ばせないでください」

「エドウィン」わたしは彼の名前を、懇願《こんがん》するように呼んだ。「恋したことはあるか?」

彼はわたしを憐《あわ》れむように見て、家に帰って一杯やれと言った。ほかのときなら、この皮肉に笑っただろう。わたしはもう一度アレックスの名前を大声で叫んでから、体の向きを変えて帰ろうとした。エントランスから一メートルほど離れたとき、わたしの名前をそっと呼ぶ彼女の声が聞こえた。

わたしたちはエレベーターの中に並んで立ち、何も喋《しゃべ》らず、彼女の部屋に行った。何か言うべきことを考えたが、何も浮かばなかった。アパートメントは、これまた想像していたのとはちがった――広くて風通しがいいが、古い開き窓があり、ダイニング・テーブルのまわりには不揃いの椅子があり、多少使い古したソファー、磨く必要のある木の床――これが、まだ台詞を覚えていない二人の役者のための舞台セットだった。

「アレックス……アレクシス……きみをなんと呼べばいいのかな」

「これはよくないことよ、ルーク」

「どの部分が? ぼくがここにいることとか、きみのついた嘘か?」

「あなたはどうなの? あなたのついた嘘は?」

「ぼくは……きみを守ろうとしていた」

「何から?」

「きみが傷つくのは嫌だった」

「わからない……」彼女は、困惑そのものという顔をして言った。「わたしのほうこそ、あなたを守ろうとしていたのよ」

「ぼくを守る？」

「こんなふうになるはずじゃなかった。わたしはけっして……」彼女は目を閉じ、息をのみ、頰《ほお》を涙が伝った。わたしは彼女を抱き寄せ、彼女が抗《あらが》う前に唇を重ねた。彼女もキスを返したが、すぐに身を引き、帰ってくれと言った。

「事情を話してくれなければ帰らない。きみがぼくについて知りたいことを、なんでも話すよ。何がどうなっているのかを教えてくれたらね」

「もう手遅れよ」彼女は言った。

「何がだ？」

「これよ。わたしたちのことよ」彼女は顔をそむけた。窓からの光で、色が失せた。「仕事だったの――あなたがしていることを突き止める――フィレンツェでね」

正確に聞こえたのかどうか確信がなかった。仕事？　彼女はわたしを秘かに探っていたのか？それは、なぜ？　「ペルージャの日記に関わることなのか？」

彼女は、ようやく聞こえる程度の小さな声でそうだと言った。彼女の肩をつかみ、自分のほうを向かせ、もう一度なぜだと訊《き》いた。懇願し、怒り、声が震えていた。

「言えないの」彼女は言い、わたしの手から逃れようとしたが、わたしはそうはさせなかった。

「言えないのか――言うつもりがないのか？」

「どうでもいいでしょう。今はだめ。こんなことがあったのを忘れて。わたしを忘れて」

わたしは彼女の体を揺さぶりたかった。「ぼくときみだけの問題じゃないんだぞ、アレックス。死んだひとがいる。わかってるのか？　忘れてしまいたいが、できない。きみが話しても話さなくても、ぼくは突き止める。名前の一覧がある。アート・コレクターの——」

アレックスはもがくのをやめ、期待と不安の混じった様子で、わたしに顔を寄せた。「アート・コレクター？　どういう意味なの？」

わたしは彼女にスミスの一覧にあった、盗まれた美術品のコレクターについて、彼らに連絡を取り始めたと話した。

「なんですって？　やめて。今すぐ！」彼女は嘆願するように言った。声が震えている。「聞いて、この日記——あなたが相手にしてる人たち——は危険よ。あなたが想像する以上に危険なのよ」

「きみはそいつらのために働いているのか、危険な連中のために？」

「わたしは……もう関係ない。とにかくやめて」

「もう遅い。すでに何人かと会った」

「誰？　なんていうひと？　名前を教えて」

「ジョナサン・タイフェルとリチャード・ベインだ。聞き覚えがあるか？」

彼女は息をのんだ。「いいえ——」彼女は言いかけて、言葉を切った。

「まだ嘘をつくのか？」

彼女はわたしから離れ、アパートメントのドアを開き、わたしの背中に手をおいた。「帰って！」

彼女は言い、この言葉を最後にわたしを押し出してドアを閉め、錠を回した。

92

通りの先で、高い建物の日除けの下に身を隠し、ロシア人も待っている。柔らかいウールのトップコートを買ったので、自分も街のいたるところにいる身なりのいいニューヨーカーの一人になった気分だ。人生でこれほどの金を衣類に使ったことはなかったが、このコートはクリスマス後のセールで半額で買えた。とてもやわらかくて、つい触ってしまう。「百パーセント、カシミアです」店員は言った。帽子もセールになっていた。灰色のフェルトの中折れ帽を、血のついた古いものと替えた。「泥の染みだ」彼は言った。新しいサングラスも買った。金属製で、反射するもので、彼からは外が見えるが、誰にも中は見えない。

サングラスと新しい帽子の縁に隠れて、彼はずっと見ていた。アメリカ人と金髪が、二人で赤煉《れん》瓦《が》の建物に入っていくのを見た。

彼は近づいている。それが感じられる。彼の直感は常に鋭い。それは彼のような仕事には貴重なことだが、彼は疲れていた。休みが必要だ。砂浜、パステル・カラーのホテル。

だがまず、自分を殺そうとした男を見つけ出して返報をし、できれば苦しめてやる。

93

アレックスはルークがドアを叩き、彼女の名前を呼ぶのを聞いた。両手を両耳にかぶせ、寝室に行き、ベッドの端に座って、彼がやめるまで、窓の外のぼやけた空を見ていた。

信じられなかった。彼に見つけられるとは。それこそ望んでいたことだった。恐れていたことだった。彼女は泣き、叫び、部屋の中で暴れたい気分だったが、じっと黙って座ったまま、どうしようか考えていた。

選択肢はない。何がどうあれ彼は発見すると気づいて、彼女は携帯電話を手にして番号を打ちこんだ。

「アレクシスじゃないか」男が言った。「おまえの電話を待っていた」

94

わたしは二枚のシャツを持ち上げた。青いものと、白いもの。どちらでもよかった。アレックスのところを去ってきてから、何にも気持ちを集中できなかった。そもそもどうでもいいレンブラントの版画を見にいくのに、何を着るのかなど考えられなかった。

彼女を見つけた。アレクサンドラ・グリーン。アレクシス・ヴェルデ。

彼女はわたしのことを探っていた。

とんでもないことだ。考えるのをやめられないこの女性、今でさえ愛していると思うこの女性は、わたしを監視するために雇われた人間だった。

わたしは意味もなく青いシャツを選んだ。頭の中はアレックスだけ——彼女が何者で、まだ嘘をついているのかどうか。もちろんついている。彼女の顔を見ればわかった。だが、何について嘘をついているのだろう？　それになぜ、もっと前に嘘に気づかなかったのだろうか？　彼女に眩惑《げんわく》され、何も見えなくなっていたからだ。もしかしたらそれだ、眩惑されただけで、愛ではないのかもしれない。

答えを、そして説明を求めて、必死に頭を回転させていた。知らなければならない。ここで諦《あきら》めて彼女と別れる気にはなれない。

自動操縦モードで服を着て、レンブラントを見たあと彼女のアパートメントに行き、必要とあれば一日中でも一晩中でも外に立っていようと決めた。どれほどでもかまわない。わたしを信用して、すべてを話すように説得しなければならない。わたしは彼女を信用していなくてもだ。

95

リヴァービュー・テラスは東五十九番通りの外れの袋小路にある、六連続きの優雅なタウンハウスだった。サットン・スクエアから北へ向かって私道が伸びていて、その正面に豪華な四角い庭があり、錠のある門があり、イースト川と、空に浮かぶ彫刻のようなクイーンボロ橋のすばらしい景色が見える——これまで見たことのない街の部分だった。世紀がちがうように見えた。確かにそうだった。交通の喧騒《けんそう》はない。車やバスが通り過ぎることもなく、波の寄せる音と、ときどき霧笛が聞こえるだけだ。

鉄製の門がブザーとともに開き、ベインの声がインターコムを通して虚ろに響き、彼の家の見つけ方を説明した。複雑な彫刻の施された木製のドアだという。

使用人が出るものと思ったが、ベインだった。紺色のセーターとスラックスを身に着け、トップ・サイダーのデッキシューズを履いていて、優雅で寛《くつろ》いだ様子だった。

わたしはダークウッドと大理石の床のホワイエに入った。「こんな地区があることとさえ知りませんでした」

「十回以上通り過ぎても、ここに気づかないこともある」ベインは言った。「世間からは完全に隔離されている、だから好きなんだ」

誰でもそうだろう。わたしは目の前にある広い曲線を描く階段を見た。オーク材の手すりがあり、分厚い絨毯《じゅうたん》が敷かれている。「きれいなお宅ですね」

「ありがとう」彼は言い、わたしの先に立って、支柱に乗った装飾的に塗られた陶器が並ぶ廊下を歩いていった。

「ギリシャのものですか？」

「よくわかったな。八世紀半ばのものだ。幾何学的様式の後期だ」

「それでは、まだコレクションをしているんですね」

「ああ、これらは何世紀も持ってる。ダジャレじゃないが」ベインは微笑《ほほえ》んだ。「さあ。レンブラントはこっちだ」

彼は小さな書斎へ入った。ここもダークウッドで、詰め物のある椅子、作りつけの本棚、そして血の色の敷物。「これだ」彼は言って、アンティークの机の上で壁に立てかけてある、重そうな額に入った版画を指さした。「飲み物を用意するから、ゆっくり見てくれ」彼は、ワインと蒸留酒の瓶《びん》や、いくつかの形や大きさのクリスタルのグラスの乗ったカートのほうへ歩いていった。

「壁にかけないんですか？」わたしは版画に近づきながら訊《き》いた。

「しまってあったんだ。きみのために持ち出した」

そんな手間をかけなくてよかったのにと言うと、彼は手間ではなかったと言った。

「ワインかね？」彼は訊いた。「それとももっと強いものがいいか？　いいシングル・モルトのスコッチがある」

「いいですね」わたしは言った。「でも酒はやらないんです」

「気を変えたくなるかもしれない」ベインは瓶を持ち上げた。「マッカラン二五、二十五年ものだ。どうかね？」

「せっかくですが、けっこうです。水をください」

「残念だ」ベインは言い、自分にスコッチを、わたしにはペリエを注いだ。「芸術に」彼は言って、自分のグラスをわたしのグラスに当てた。それから象牙《ぞうげ》の柄のついた大きな拡大鏡を机から取り上げ、わたしに持たせて、細部まで見るように言った。

わたしは版画の上で拡大鏡を動かした。奇妙な既視感を覚えながら、〈モナ・リザ〉でしたのと同じようにした。木々や雲の中に人物が隠されていて、驚くべき美しさだった。わたしはその絵を知っているかのように、直接見るほうがずっといいと言った。

「なんでもそうだろう？　昨今、ひとはなんでもコンピュータ画面で見ることができて、それで知ったつもりになっている。だがそれでは作品や芸術家の手、風合いや絵の具を見ることはできない……失礼、語ってしまって」

わたしは美術について熱弁を振るうひとの話を聞くのが好きだと言った。「学生の中には、ラップトップで複製を見るほうがいいと言う者もいます。そのほうが簡単だし都合がいい——人混みも騒音もないから」

「人混みや騒音については同意見だね。もう美術館に行くのはやめてしまった。肩越しに見たり、他人の意見を聞いたりするのは嫌だ。作品を味わうことができない」彼は言った。わたしのすぐ横に立ち、二人でレンブラントを鑑賞した。「この版画は、今日《こんにち》、世界に存在している三枚のうちの一枚だ。買ったときは知らなかったがね。レンブラントの仕事のすべてが、この一枚にこめられている」彼はわたしを見た。「きみの記事の話をしてくれ」

わたしはレンブラントの仕事の仕方についての論理を説明し始めた——インターネットで拾ったものだ——そのとき、ドアを閉める小さな音がした。

「妻かな」ベインは言って、部屋を出ていった。

わたしは版画を見続けたが、声に気を逸《そ》らされた。二つの声が聞き取れた。ベインと女性だ。遠く離れていて、分厚い壁や絨毯のせいで、声はくぐもっている。五分か十分ほど続いた。さらに十分が経ち、わたしは待てなくなって、廊下を見た。

二人の声はやはり不明瞭だが、廊下では少し大きくなり、言い争っているようだとわかった。

「彼を巻きこまないで」女性が言った。

「悪いね」ベインは言った。「それはできない」

夫婦の口論に立ち入りたくなかったが、二人の声に何かを感じて、わたしは前に進んだ。廊下をさらに数歩進んだとき、女性の「お願い」という声が聞こえた。たった一言だったが、その哀願するような声を聞いて、わたしは全身に寒気が走った。

96

わたしが部屋に入っていくと、彼女は顔を上げ、言葉の途中で口を開いたまま止めた。「どうして――」それから彼女は、自分が目にしているものが現実だと確認するかのように、ゆっくり瞬《まばた》きをした。

わたしのほうも事態を理解しようとした。非現実的な瞬間。二人の中心人物の後ろで、部屋がぼやけた。考えをまとめて声にするのに、時間を要した。「きみはこの男のために働いていたのか？」

「あなたにはわからない」アレックスは言った。「わかっているつもりでしょうけど、そうじゃないの」

「さて」ベインが言った。「その点が片づいたようだから、もう少し居心地のよくない場面に移ろう」彼は机の引き出しを開き、小さな銃を出した。

耳鳴りとともに、彼の言葉が途切れ途切れに聞こえた。エド・ブラウン・コンパクト……反動がない……手に馴染《なじ》む……三千ドルしなかった。

彼は銃をわたしに向けた。

「用件を済ませようか？　あることで、協力してもらう必要がある」

わたしはまだ、何をどう考えればいいのかわからなかった。ベインの銃、アレックスの顔など、何もかもが際《きわ》立って見え、頭の中はまとまらない思考と映像の万華《まんげ》鏡だった――破れた日記のページ、担架《たんか》に乗せられたブラザー・フランチェスコ、死んだ古書店の店主。そのすべてについて、リチャード・ベインに責任があるということがありうるだろうか？

「お願い」

「めそめそするのはやめろ」ベインは言った。「おまえらしくない、情けないぞ」

「うるさいわね！」彼女は言った。

「アレックス」わたしは言った。「どういうことなのか教えてくれ」

「わたしが答えを得たとき、きみも答えを得ることができる」ベインは銃をわたしの背中につけ、アレックスとわたしを前に歩かせた。

「頭がおかしいわ」アレックスは彼に言った。

「いいから。悪態をつくんじゃない」ベインはわたしたちを廊下に連れ出し、階段を下りた。下まで行き、オフィスに入り、鍵の場所と、本棚を開けて保管室を開く方法をわたしに教えた。それが開くと、わたしたちに中に入れと命じ、スイッチを入れた。部屋に光が溢《あふ》れた。わたしの横にアレックスがいて、二人揃ってあえいだ。わたしは一つの絵から次の絵へと視線を移し、それから二枚の〈モナ・リザ〉を見た。一枚は壁にかかっていて、もう一枚はその下にある。

「驚いた」アレックスは言った。「ここには――」

「そう、おまえは来たことがない」ベインは言った。「ここはわたしだけの場所だ」

わたしはすぐに、床の上の〈モナ・リザ〉に頭文字を見つけた。ショードロンの贋作《がんさく》にちがいない。

「すべてが盗まれたものなのか？」わたしは訊《き》いた。

「全部ではない」ベインは言った。「交換したものもあるし、きみには想像できないほど高かったものもある」

「いや、想像はつく」わたしはまた、ブラザー・フランチェスコ、クアトロッキ、そして古書店の店主のことを考えて言った。「それで、これらを手に入れて幸せですか？」

「どれほど幸せか、見当もつかないだろうな」ベインは言い、悪意ある微笑《ほほえ》みが顔一面に広がった。

「ずいぶん目が利くようですね」わたしは言った。彼に話を続けさせて、うまい瞬間を待とう。

「そうだな」彼は言った。「だが雑談はもういい。知る必要がある。二枚の〈モナ・リザ〉の、どちらがオリジナルなのか？」

「その答えを知っていたら」わたしは言った。「大金持ちになってますよ」

「だが知っているはずだ。ペルージャの日記の、ショードロンの秘密の書いてある部分を持っているだろう」

「いいえ」わたしは言った。「思いちがいです。そのページは破り取られていた、わたしが破いたんじゃない。わたしを見張らせていたのなら、わかっているでしょう」

「やめろ——嘘をつくな！」ベインは吐き出すように言った。銃をわたしに向けている。

「撃てばいい」わたしは言った。「でも撃ったら、あなたは答えを得られない」

「待っているんだぞ」彼は言い、目を細くした。銃はわたしの心臓を狙っていた。

「わたしを殺しても、何も変わりませんよ」わたしは言いながら、状況を判断しようとした。殺されずに、彼に飛びつけるだろうか？

ベインは銃を動かした。「彼女を殺すとしたらどうだ？　それで何かが変わるかな？」

「彼に何も教えないで」アレックスは言った。「わたしを殺すはずはない」

「この男がおまえをどれほど愛しているか、見てみよう」ベインは言った。「テストしようじゃないか。彼はわたしを愛してる、彼はわたしを愛していない」

「嫌なひとね」アレックスは言った。

「この男と寝たのはわたしじゃないぞ」ベインは言った。「それも、金のためにだなんて」

「やめて！」彼女は叫んだ。それから静かな口調でわたしに言った。「そんなんじゃなかったのよ――」

「だったらなんだったんだ？」わたしは、二人きりでいるような様子で訊いた。

「あなたにはわからないわ、ルーク。わたし――」

「おいおい」ベインは言った。「昼間のメロドラマはけっこうだ」彼はアレックスの頭から心臓へと、小さな弧を描いて銃を動かした。「彼はわたしを愛してる、彼はわたしを愛していない。どっちなんだ、ルーク？　そろそろ我慢の限界だ」

「彼はわたしを愛してないわ」アレックスはベインに向かって言った。わたしに聞かせたいことを伝えるかのように――あなたはわたしを愛していない！

「美人を、美人と」ベインは言って、アレックスから二枚の〈モナ・リザ〉に目を移した。「まっとうな取引だ」

「彼は応じないわ」アレックスは言った。「本当よ。彼は応じない」

「どうなるかな」ベインは言った。

「じゃあ、どうぞ」彼女は言った。「やりなさいよ」

ベインは銃を彼女の胸に近づけたが、彼の顔には何かが見て取れた——疑いか？　恐怖か？——彼の手は震えていた。

一瞬で気持ちを決め、体を丸めて、飛び掛かろうと身構えた。

97

「そこから動くな！」ベインは撃鉄を起こした。「こんなことをさせないでくれ」

わたしは凍りついた。充分な時間はなかった。ベインを見て、それからアレックスを見た。二人のあいだに交わされた視線は危険をはらんでいたが、そこにはそれ以上の何かがあった。

「やりなさいよ」アレックスはベインに言い、彼に挑むように胸を張った。

「ああ、アレクシス、今さらなんだというんだ？　わたしはとうの昔に、おまえを失った」

「そうよ」彼女は言った。「そのとおりよ」

「彼女はまだ、あの正気でない女と離婚したことで、わたしのことを責めている」ベインは言った。

「ばかな話だ。彼女の母親は不思議の国の帽子屋のようにいかれているのに」

アレックスの平手打ちは、素早く強烈だった。ベインはびくりともしなかったが、その頬《ほお》が赤く染まった。

「きみの父親なのか？」わたしは言った。

「理解しづらいことだろうな」ベインは肩をすくめた。「まったく、この親と子の問題、細胞と遺伝子の集まりとはなんなんだろうな？　どんなにばかな女でも子どもは産める」

「じゃあ、やりなさい！」アレックスは言った。「撃ちなさいよ！　二人とも撃てば！」彼女は金切り声で言った。全身が震えていた。「それが望みなんでしょう、わたしたち二人があなたの小さな保管室で、死んだ画家や死んだ作品と一緒に朽ちていく。いいからやりなさい。撃ちなさいよ！」

ベインはため息をつき、かぶりを振った。「美と不死について、まるでわかってないな、アレクシス。おまえがわたしの娘だとは信じがたい。あんなにかわいかったのに、ニコニコ笑って、金髪の巻き毛を長くして、楽しむのが大好きで」彼はわたしを見た。「もちろん、今だってそうだ。ただしわたしに対してじゃない、金のことがないかぎりな。おまえは見たんだろう、ルーク、この子がどれほど楽しむのが好きで、そのためならなんだってすることを。すごくうまかったんじゃないか？」

アレックスがわたしのほうを向いた。涙が頬を伝い落ちている。わたしは飛び出して、ベインの手から銃を奪い取ろうとした。彼は銃をわたしの顔に打ちつけた。わたしは頬を手で押さえて、後ろによろめいた。

アレックスが悲鳴を上げた。

ベインは叫んだ。「気をつけろ！　絵に血をつけるなよ！」

わたしは指先を見た。血がついて赤くなっている。そこで思いついた。彼にとって意味のあるもの。絵だ。わたしは血のついた手を、エドゥアール・マネの海の風景になすりつけた。

「やめろ！」ベインが叫んだ。

わたしはその絵を壁からはずし、床に投げ、その上数センチほどのところで足を浮かせた。「絵か、アレックスか」わたしは言い、彼に挑んだ。〝部屋いっぱいの美術品のために、自分の子どもを殺そうとするだろうか？〟彼が何も言わなかったので、わたしは足を下ろし、カンバスを踏みにじった。苦しげだったベインの顔が、冷徹な表情に変わった。だがアレックスの心臓から銃を下ろそうとはしなかった。

「この世にマネはたくさんある」彼はわざとらしい冷静さを装って言ったが、彼の手は震えていた。

「もういい。今すぐ答えが欲しい。どちらの〈モナ・リザ〉がオリジナルなんだ？」彼は、アレックスが悲鳴を上げるほど強く、銃を押しつけた。

「待て――」わたしは言った。「教えよう」わたしは二枚の絵のあいだを素早く動き、見比べるふりをした。

ベインは待っていたが苛立《いらだ》っていて、銃を持つ手が痙攣《けいれん》していた。

「待ってくれ」わたしは言った。「ここに、あるものを見つけようとしてる」

「どこだ？」ベインは少し近づいた。

「美術品の贋作《がんさく》者、イヴ・ショードロンが複製に描きこんだものだ」わたしは下の絵を見ようとしてかがみこみ、その表面をじっと見た。「ああ。あった」

「なんだ……どこだ？」

「待って……」わたしは目を上げて、上の絵を見た。「ちくしょう。こっちにもある！」

ベインの目が、二枚の絵のあいだを動いた。

「言いづらいな」わたしは言った。「でも、二枚とも偽物だ」

「まさか！　どうしてわかる？　教えてくれ」

「こっちのほうが見やすい」わたしは言って、かがみこみ、リザ・デル・ジョコンドの手の下を指さした。「自分で見てみろ」

ベインはアレックスに銃を向けたまま、かがみこんで、わたしが指さしたものを見ようとした。その瞬間、わたしは体を起こし、彼の顎《あご》に頭突きした。ベインは後ろに倒れ、銃が火を噴いたとき、保管室の出入口いっぱいに大きな人影が現われた。

98

侵入者の影ははっきりと形を取った。公園でスミスとわたしを襲った男だった。「門のピッキングは簡単だった」彼は銃を手にして言った。「金持ちの隣人たちに注意しておいたほうがいい」

ベインは体を起こして、顎《あご》をさすった。エド・ブラウン・コンパクトは発射したあと手から飛んで、死んだふりをしている小動物のように、保管室の隅に落ちていた。

アレックスは壁に寄りかかり、踏みにじられたマネの絵を、盾《たて》のように胸に抱えていた。

「大丈夫か？」わたしが訊《き》くと、彼女はうなずいたが、青白く、動揺した顔だった。

侵入者は二枚の〈モナ・リザ〉に視線を投げ、それからベインを見た。「二枚目を送ったのはわたしだ。わたしはあんたのために、あるいはあんたの仲介者のために働いていた。あの、あんたがわたしを殺すために差し向けたばか野郎のことだよ」

「なんの話をしているのかわからない」ベインは言った。

侵入者は微笑《ほほえ》んだ。唇がめくれて、短くて変色した歯が見えた。「仲介者は死んだ。だがわたしはあいつの携帯電話を持っていて、そこにあんたの番号があった。わたしを相手に、おふざけはしたくないだろう」

ベインは退屈したように肩をすくめた。「いくら欲しい？」

「金じゃない」侵入者は言った。

「ほかになんだ？　絵か？」

「あんたの命をもらいに来た」侵入者は一歩踏み出して、銃でベインの腹部を打った。すごい勢いで、ベインは体を二つに折った。

その瞬間、わたしはエド・ブラウンのほうに飛び出し、銃を拾い上げて侵入者に向けた。

「あんたがわたしを撃つ、わたしはこいつを撃つ」彼は武器をベインに向けたまま言った。「だがわたしは撃つのに慣れていて、あんたは慣れていない。わたしはもう一発撃って、あんたも死ぬ」

わたしは撃鉄を起こした。

アレックスが叫んだ。「ルーク……やめて！」

侵入者は銃の狙いを定めた。

ベインが飛び上がり、侵入者の腕をつかんだ。腕をつかんだままもがいたが、男は一度、二度と発砲し、ベインが倒れた。だが男の銃も落ちて、ぎりぎりわたしが撃てるだけの隙《すき》ができ、わたしは何度も何度も、銃弾がなくなるまで撃った。

それから、ようやく時間が正常に戻り、何が起きたのか見ることができた。ベインが隅で肩を押さえていて、侵入者は床に倒れ、頭と胸から血を流している。アレックスは壁に寄りかかり、目をきつく閉じている。一瞬後、彼女はマネの絵を落として前のめりに倒れた。わたしは駆け寄って、彼女を抱きとめた。

このとき見えた。銃弾が彼女のセーターを裂いていて、暗い茶色の染みが広がっている。

「ああ！　とんでもないことだ！」ベインが叫んで、彼女のほうへ這《は》ってきた。

「これは……あなたの銃弾だった」彼女は言った。「あなたが……わたしを殺すのよ、父さん」

「いや……ちがう……そんなことは絶対にしない……脅《おど》しただけ……駆け引きだったんだ」

「駆け引き？」アレックスは笑った。口元に血の泡が噴き出した。「とんでも……ないわ」

ベインは隅で体を丸め、肩を抱いてすすり泣いた。

わたしはアレックスに両腕を回し、そこで初めて自分も撃たれていることに気づいた。青いシャツの袖に血の筋がついていたが、ほとんど何も感じず、どうでもよかった。アレックスを抱き、話すな、大丈夫だと声をかけた。

彼女はわたしの名前をつぶやいた。「ルーク」抱いてくれ、何か話してくれという。「なんでもいいから話して」彼女は言った。

わたしは彼女をきつく抱き、話し始めた。「いつも図書館の司書に静かにしろと注意されたのを覚えてるかい、夜の照明を浴びたドゥオモはきれいだった……」わたしは言葉を切り、しゃくりあげ、何も考えられなくなった。

「お願い……やめない……で……」彼女はわたしの腕をつかんだ。

「頑張れ」わたしは言った。「大丈夫だから」

「お願い」彼女は言った。「話し……続けて」

「わかった」わたしは言い、彼女が読んでいた疫病の本について冗談を言い、ポケットから携帯電話を出して九一一にかけ、どこにいるかを連絡したとき、別の映像が頭に浮かんだ。ヴァンサンがタクシーの後部座席でシモーヌを抱いて歌っている。彼女は吐血し、でも歌をやめないでと頼んでいる。

アレックスの顔が真っ白になり、唇が紫色になった。わたしは話し続けた——初めて二人でコーヒーを飲んだカフェ、初めて夜をともにした高級ホテル——だがそのころ、アレックスの手から力が抜け、わたしの腕の中でぐったりとして、もう彼女にはわたしの声が聞こえていないのがわかった。

99

その日は肌寒かったが、希望に満ちた春の兆しがあった。木々は芽吹き始め、クロッカスの芽が土から顔をのぞかせ、空は鮮やかなセルリアン・ブルーで、強い陽光が降り注いでいる。まだ一時間以上あり、散歩でもして考えたかった。かなりの時間が経ち、わたしはまだ物事の意味と、自分の感情を整理しようとしていた。バワリーから北へ向かってクーパー・ユニオンを通り過ぎた。この古い建物は新しい近代的な建物と対照的で、それはわたしが最近よく考えていたことだった——過去と現在。通りの両側に建造物があり、住宅地区へ向かいながら、頭の中の騒音がさらに大きくなった。けっきょくわたしは早めに着いた。

昼食時を過ぎたところで、カフェは半分ほどが空いていた。店の奥のブース席を選んでコーヒーを頼み、携帯電話を見て時間をつぶした。電子メールを読んだり読みなおしたりしていて、アレックスに「こんにちは」と言われたとき、わたしは驚いて顔を上げて彼女を見た。

彼女は向かいの席に座り、シルクのスカーフを取って上着のボタンをはずした。

「元気そうだね」わたしは言葉を選びながら言った。本当は、きれいだねと言いたかった。彼女はきれいだった。だが何かが変わった、どこか訳のわかっているような開放的な表情をしていて、わたしは初めて本当のアレックスを見ているような気がした。

彼女は紅茶を頼み、ウェイトレスが立ち去るのを待った。「髭《ひげ》を剃《そ》ったのね」彼女は言った。「顔が見えるようになった」

「いいことかな?」

「ええ」彼女は言って、それから視線を下げた。

彼女とは、およそ四ヵ月前に彼女が撃たれた夜以来、会っていなかった。毎日病院に電話をしたし、三回ほど病院に足を運んだが、彼女は今までわたしと会うことを拒否してきた。

わたしは彼女に、調子はどうだと訊《き》いた。

「今はよくなったわ」彼女は言った。「銃弾が肺をかすっていたの、それは知ってるわよね。傷は、実際よりずっとひどく見えた」彼女は話しながら胸に手を当て、それから、その仕草が親しすぎたかのように目を逸《そ》らした。「外科医に、幸運だったと言われたわ……」そこで間をあけて、わたしに病院に行ったことの礼を言い、腕の具合を訊いた。腕の傷はすっかり治っていた。それから彼女は言った。「会わなくて、会えなくてごめんなさい、でも――」

「きみが元気でいることが嬉しいよ」わたしは言った。

彼女はもう一度礼を言い、息を吐き出した。「ごめんなさいと言いたかったの、わたし……」彼女はかぶりを振り、言葉を使い尽くしたか、何かを言おうとしたが考えなおしたかのように黙りこみ、それから笑みを浮かべた。「わたしのことはもういいわ。あなたは、どうしていたの?」

「ああ、そうだった」わたしは言った。「きみは知らないんだったな」

「なんのこと？」

「返したんだよ――〈モナ・リザ〉をね」

「え？」彼女はわたしのほうへ身を乗り出した。

わたしも乗り出した。彼女の顔に触れ、キスをしたかったが、その気持ちを押しとどめ、強《し》いて感情を抑えながら経緯を話した。

「公にはしないことだとわかってくれるね。絶対に、ほかに話さないでくれ」わたしは言って、約束を求めた。

「ええ、約束する」

わたしは彼女を信用することにした。じつは、彼女に話したくてたまらなかったのだ。「パリに行った――ルーヴル美術館にだ――すべてを説明し、証拠を見せ、オリジナルを返却した。これが短縮版だ。実際はもう少し込み入っている。インターポールを通じて動いて、分析官と視察官が同伴した。別の機会に全部話す」〝別の機会〟という言葉が頭の中に響いた。そんな機会があればいいと、願っていた。「友人のスミス分析官にとっては、とてもうまい具合にいったんだ。彼は復職し、すごい昇進までした、でもそれはまた別の話だ」

「インターポールに友だちがいるのね？　あなたがスパイだって、ずっとわかってたわ」彼女は言って、笑い、真顔になった。「じゃあ、オリジナルの絵を見つけ出して、それをルーヴル美術館に返したということね。ずっと美術館にあった〈モナ・リザ〉は偽物だったの？」

わたしはうなずいた。

「オリジナルは――どこにあったの？　どうやって見つけたの？」

「それは……」わたしは間をあけて、思わずこの瞬間を引き延ばした。「きみのお父さんの保管室の壁にかかっていた」

「え？　待って……あの日、嘘をついたの？」

わたしはまた、うなずいた。

「驚いたわ」彼女は言い、一瞬黙りこみ、それから、「約束してほしいことがあるの」

「なんでもいいぞ」

「父には、オリジナルを持っていたことを知らせないで。それで喜ばせたりしたくない」

「ぼくの口からは、聞かないだろう」

「わたしの口からもよ」彼女は言い、かぶりを振りながら座りなおした。「あなたはこの大発見の功績を得られないのね？」

「そうだ」わたしは言った。「美術館と約束をした。真実を知っているのは、ルーヴル美術館とインターポールだけだ。書類も何もかも、封印する。わたしの知るかぎり、細断された」

「驚いたわ」彼女はまた言った。「ああ、これについては一言も漏らさないわ」

「そうしてくれ。お父さんの裁判でもね」

「約束する」彼女は言った。「だけど、裁判はないでしょうね」

「どういう意味だ？　なぜないんだ？」

「父はもしかしたら、一日ぐらい留置されるかもしれない。きっと保釈されるでしょうけど、本当のところはわからない。ぜんぜん話してないし、今後も話すつもりはない」彼女は息を吸いこみ、ゆっくり吐き出した。

話しづらいようなら無理に話さなくていいと言ったが、彼女はかまわない、話したいと言った。

「それで、どうして裁判がないんだ?」わたしは訊いた。

「そんなことがおこわれる前に、とうにどこかに行っちゃってるわ」

「足首に何かつけさせられるんじゃないのか?」

「きっと、今ごろ誰かを雇って、それを代わりにつけさせてるわ。世界中の秘密の口座にお金を隠し持っているのよ。とにかく、消えてしまうわ」

「少なくとも、彼の持っていた盗まれた絵は、全部返却された」

「ええ」彼女は言った。「それは意味のあることね」

わたしたちは二人とも黙りこんだ。

わたしはどれほど彼女を愛しているか言いたかった、彼女に、わたしを愛しているかどうか訊きたかった。でも答えを聞くのが怖くて、どちらも口に出さなかった。その代わりに訊いた。「お母さんの具合はどうだ?」

アレックスは少し考えた。「母が、わたしがこんなことをした理由だった……それはわかっているわよね?」

わたしはうなずいた。それは理解していた。

「父――ベインは、ひどい州立の施設に母を入れると脅《おど》して……」彼女は息を吸い、一瞬そのままにしていた。「なんの言い訳にもならない、わかってる。でもベインからもらったお金は、全部母の世話のための口座に入れた。この先二年間の施設代を前払いした、これは意味のあることだわ。その後は……まあ、考える時間はある」

「すばらしいことだ」わたしは言い、彼女はうなずいて、ロケットのついているチェーンに指を引っ掛けた。細い金線が、クリーム色の肌に映えていた。わたしが描いていた彼女の絵のようだった。

「どうしてヴェルデなんだ？」わたしは訊いた。

「母の旧姓よ。父はわたしが子どものころにいなくなった。父の名前を使う理由はない――」そこで彼女は言葉を切り、それから小声で言った。「ねえ、これを言わないといけなかったわ。ごめんなさい、ルーク。なにもかも。まさか、想像もしなかった――」

わたしも済まなかったと思っていて、だからそのように言った。この瞬間を十回以上も練習した。言いたいことがあった。でももうそれはどうでもよくて、済まなかったという言葉で充分だった。

アレックスはうなずいて、多少明るい顔になり、ほかにわたしに何があったのかと訊いた。わたしは自分のことを話すのはあまり興味がなかったが、彼女をその場に引き留めておきたかったので、ふたたび絵を描き始めたこと、その作品が以前のものとまったくちがうことなどを話した。「何人かディーラーに来てもらって、そのうちの一人が、作品がたまったら個展をしてもいいと言ってる。少し時間がかかるかもしれないが――」

「ほらね」彼女は言った。「いつか、あなたは何も心配しなくていい、きっと別の画廊が見つかるって言ったでしょう?」

わたしは覚えてると言い、あのときでさえ、彼女はわたしを信じているように見えて、それがとても力になったのを思い出した。「確か、きみは魔法使いか何かかと訊いたような気がする」

「コメントは控えるわ」彼女は言ったが、微笑《ほほえ》んで、わたしがまた絵を描き始めて嬉しいと言った。

わたしは彼女に、新しい何かを始めたような気分で、絵を描き続けて、その先どうなるか見てみたいと話した。彼女は身を乗り出して、本気で聞いているのがわかった。彼女に新しい絵のことをすべて話したかった。彼女に尊敬され、自慢に思ってほしかった。若いころ、一生懸命に何かを得ようとしてもたいてい失敗した時代にはなかった思いだった。ペルージャのことを考えた。シモーヌは、ほかの誰も認めなかったときにペルージャとその作品を信じ、彼女が死んだときその信用も消えて、その喪失感が彼を嘘と盗みに駆り立てた。「ある友だちに、何がきっかけでまた描き始めるか、何が燃料になるかわからないと言われた」スミスが言っていたことだ。忘れかけていたが、彼の言うとおりだった。

「すごいわね」アレックスは言った。「教職にも戻ったの?」

「ああ、そっちもいい感じだ」これは真実だった。わたしは教えることを楽しんでいた。テーマについて本当に知っていて、その場にいたいと思った。「おかしいんだ」わたしは言った。「今では美術史に謎を見出して、そのいくらかを学生たちに伝えているように思える」

「講座の題名にいいのがあるわ。〝美術史の謎《ミステリー・イン・アート・ヒストリー》〟。韻《いん》さえ踏んでる」

わたしは微笑んで黙りこみ、彼女も同じようにした。話したいことがたくさんあって、実際言葉が喉に詰まっているような気さえしたが、アレックスがそれを聞きたいかどうか確信がなかった。

「うまくやっているようで、嬉しいわ」ようやく彼女が言った。

「きみのほうは？」

「整理しなくてはならないことがたくさんある」

「そうだろうな」わたしは言った。

彼女は礼を言って立ち上がりかけた。わたしは言った。「行かないでくれ、頼む」もはや、必死な口調になろうとかまわなかった。

彼女は躊躇《ためら》いがちに座った。「遠くへ行こうと思ってるの」

「え？　どれぐらい？」

「傷が……治るまで」

「治ったんじゃないのか」

「肺の話じゃない。もっと……時間が要るの。母のことがあるから、あまり長くじゃないわ」

それを聞いて嬉しかったが、わたしは言いたかった。〝ぼくのことはどうなんだ？〟〝ぼくたちのことは？〟

アレックスは立った。

「待ってくれ――」切羽《せっぱ》詰まった口調を、どうにもできなかった。「言っておきたい……ことがある」

彼女はまた座ったが、すぐにも逃げ出しそうな、浅い座り方だった。

「悪いことじゃない」わたしは言った。「ずっと考えていたことだ」

「何かしら」彼女は言い、わたしが非難めいたひどいことを言うと思っているかのように、下唇を嚙《か》んだ。

一瞬、頭が真っ白になって、すべての考え、練習してきた文章が消えた。その代わり頭の中に疑問が浮かんだ。家に戻って以来、ずっと考えてきたことだった。「過去は現在に影響を及ぼすか、それとも現在が過去に影響を及ぼすのかな？　つまり、過去についてぼくたちが発見したことは、ぼくたちの現在、今のぼくたちが何者であるかに影響を及ぼすのだろうか？　それともその逆かな？」

「ずいぶん哲学的ね」彼女は言った。心配そうな表情はやわらいだ。顎《あご》を指先で叩いた。「少しずつ、両方ともだと思うわ」彼女は一瞬黙って、遠くを見て、それからわたしを見た。「わたしも考えていたことがある、あなたに頼みたいことよ」

わたしは待った。人生でもっとも長い数秒間。

「過去を忘れることはできるかしら？　何を言われ、何をしたか。それをやり過ごす。乗り越えることは？」

「できる」わたしは言った。ほっとして、彼女の手のほうに手を伸ばした。「ぼくは、できると知ってる」

アレックスは何も言わなかった。長いあいだ息を止めていたかのように、ふうっと息を吐き出した。それから、そっとわたしの手を指で包みこんだ。

フランス南部

今年は夏が早く来た。五月の半ば、空は青く靄《もや》がかかり、強烈な陽光は暑かった。シモンは背の高い紫色のアヤメや、作り物のような緑色の新しい葉のあいだを抜けて這《は》い進んだ。ヴァンサンはそれを見守った。顔や腕に汗をかき、シャツの背中も湿っている。彼とマルゲリートと息子とが使う場所を広げるために、彼自ら作った小屋に、家から薪《たきぎ》を運び終わったところだった。

今、彼はあと三ヵ月で三歳の誕生日を迎える少年が、意識を集中させて芝地を横切っていく様子を見ていて、何がこの幼児の注意を引いたのかに気づいた。カエルだ。少年が捕まえようとして手を伸ばすたび、カエルは飛びのく。少年は毎回失敗しては横向きに倒れ、くすぐったそうに笑う。ヴァンサンも笑った。

なんとか、彼は悲しみを乗り越えた。シモーヌを忘れたことはない――忘れるはずもなく、忘れられもせず、忘れたいとも思わない――だが彼は前進した。

彼はまたシモンがカエルに飛びつき、また失敗して転がって笑い、また飛びついてつかむ様子を見た。今度はカエルを捕まえた。カエルは彼の手の中でもがいている。「わあ！」シモンは叫んでヴァンサンのほうを振り返った。獲物を見せびらかすように腕を伸ばした。「見て！」

「うまく捕まえたな」ヴァンサンは言った。

シモンは嬉しそうに笑い、陽光が頬《ほお》を赤く染め、髪の毛を金色に輝かせる。それから、意識的にゆっくりと、シモンは手を開いて、カエルが跳んで逃げるのを見守った。

「お行き、カエルちゃん」彼は言った。「お行き」

ヴァンサンはうなずいて、微笑《ほほえ》んだ。「いい子だ」彼は言いながら、すべては追跡と捕獲というゲームの中のことだったと考える。刑務所内にいた時間を考えた。その記憶は、他人に起きたことのように、薄れ始めていた。彼のした約束のことも考えた。特にシモーヌとの約束だ。彼女のところにあの絵を持ってくるという、もう問題にならないばかげた約束。問題なのは最後の約束だ——幸せになること——彼はそれを守った。

回転しているシモーヌを思い描いた。広いスカートの裾が踝《くるぶし》の上まで上がり、顔を輝かせて笑うシモーヌ。

シモンは時間をかけて立ち上がった。どこか不安定で、両手を上に伸ばして。ヴァンサンは草地からシモンを抱き上げ、シモンは彼女の顔、シモーヌにそっくりの顔でヴァンサンを見上げた。少年はヴァンサンの首に両手を回した。「パパ」少年は言い、ヴァンサンは心が開放され、胸が張り裂けてしまうのではないかと思った。彼は胸元に少年を抱きしめた。その金髪の向こうに、自分が買って改装した石造りの家を見た。彼が植えた茂みや低木に、ようやく花が開き始めた。彼はもう移住者、漂流者、身元のない男ではない。彼は息子のいる男であり、今、家にいる。

著者の覚書

あなたが読み終えた物語は、実話に基づいている。

以下のことは事実だ。

ヴァンサン・ペルージャ、一時ルーヴル美術館の職員だったことのあるこの男性が、一九一一年八月二十一日に美術館から〈モナ・リザ〉を盗み出した。盗みの詳細は冒頭の場面に再現されている――ペルージャが美術館のクローゼットで夜を過ごし、壁から絵をはずし、額縁と彼自身が作った箱を廊下に残した――これらはすべて、犯罪の報告書に基づいたものだ。

窃盗に関する新聞記事の文章は、実際の記事から取った。

ペルージャがアパルトマンで特別な造りのトランクに絵を隠したこと、ウフィツィ美術館でイタリア政府に絵を渡そうとしたこと、そこで彼は逮捕され、イタリアはフィレンツェの、ムラーテ刑務所に入れられたことも事実だ。

窃盗のあと、ルーヴル美術館は一週間閉鎖され、六十人の警察官が捜査に当たった。

小説の中で言及した懸賞金はすべて真実だ。ルーヴル美術館は二万五千フランの懸賞金を出すと発表し、二つの新聞も、〈ル・マタン〉は五千フラン、〈イリュストラシオン〉は四万フランを提示した。

芸術家のパブロ・ピカソは、詩人であり美術評論家のギヨーム・アポリネールとともにこの犯罪の容疑をかけられ、窃盗について質疑するために呼び出され、尋問を受け、裁判にまでなったが、やがて無罪放免となった。

エデュアルド・ドゥ・ヴァルフィエロ侯爵と美術贋作者のイヴ・ショードロンは実在の人物で、二人ともこの犯罪に関与したと疑われたが、それは証明されなかった。二人の晩年については、ほとんど知られていない。

心無い者が実際に〈モナ・リザ〉に硫酸をかけ、石を投げた者もいた。両方の事件は一九五六年に起き、深刻なものではなかったが、絵にいくらかの損傷を与えた。

レオナルドの〈モナ・リザ〉には、多くの贋作（〝変化形《バリエーション》〟と呼ぶ者もいるかもしれない）が存在する。

悪名高き窃盗の際に取り換えられて、ルーヴル美術館にあるレオナルドの〈モナ・リザ〉が贋作かもしれないと推測する美術史家は、一人だけではない（あるいは74ページの記事にあるようにその前に取り換えられていたとしたら、ヴァンサン・ペルージャは贋作を盗み出して別の贋作と取り換えただけだったということになる）。こうした憶測や疑惑から着想を得て、この物語は生まれた。

謝辞

モリー・ワックスマン、カーステン・ウェナム、才能ある美術部門、そして非凡なソースブックス・ランドマークのチームの皆さんとともに、シャーナ・ドレース、彼女の信念と機敏な編集、そしてその気楽さに感謝する。

友人のS・J・ローザン、ジャニス・ディーナー、トルガ・オーネック、ジョイス・キャロル・オーツの感想に。

必要なときに美しい避難所を提供してくれた、スーザン・クライル、ジェーン・リヴキンとマーゴ・アレクサンダーに。

フィレンツェに戻る旅をするように勧めてくれて、毎日わたしを励まし、鼓舞してくれた、娘のドリアに。ジャッド・タリー、すばらしい仲間であるだけでなくわたしをムラーテ刑務所に入れてもくれたロレンツォ・ペッツァティーニと、フィレンツェのムラーテ・プロゲッティ・アルテ・コンテンポラネアの館長であるヴァレンティナ・ジェンシーニの二人を紹介してくれたことに。

わたしの個人的なイタリア語の翻訳者でいてくれるヴィット・ラカネッリに。

本書のいくつかの部分はNYCのライターズ・ルームとヤドーで書いた（そして書き直した）が、ここはどんな芸術家にとっても、望みうる最高の場所だ。

そしてエージェントであり疲れ知らずの編集者、ジェーン・フォン・メーレンに、特別な謝辞と感謝を。

訳者あとがき

フランスのパリに行ったら、ぜひともルーヴル美術館を訪れたいと思う。世界最大級の規模を誇るフランスの国立美術館で、十二世紀に城塞として建造されたという歴史的な建物に、古代から現代までの幅広い芸術作品が収蔵されている。

さまざまな収蔵品の中でも人々を惹きつけるのが、絵画部門の〈モナ・リザ〉――イタリアの巨匠レオナルド・ダ・ヴィンチによる一五〇三年の作品だ。幻想的な風景を背景にして、穏やかで謎めいた微笑みを浮かべる女性の肖像画。縦横がそれぞれ一メートルもない小さな作品だが、見る者を夢中にさせ、その世界に引きこむような、不思議な魅力を持っている。

この絵はとても有名な作品だから、多くのひとがルーヴル美術館を訪れる前に、すでにテレビや雑誌などで見て、どのような絵なのかを知っていることだろう。そして実際に美術館を訪れて絵の前に立ったとき、絵がすばらしいと思うのはもちろんのこと、ついに画像や印刷物ではなく実物を見たという事実にも感動するのではないだろうか。そんなとき誰も、目の前にある〈モナ・リザ〉がはたして本物なのかどうかなどと、疑問を持ったりはしない。そう……いや、まさか？

〈モナ・リザ〉はあまりにも有名な絵であるが故に、思いも寄らない危険にさらされてきた。過去に何度か破壊行為に遭い、美術館から盗み出されたこともあった。

本作品は〈著者の覚書〉にも書かれているとおり、一九一一年に実際に起きた盗難事件に基づいている。

一九一一年八月二十一日、ルーヴル美術館の元職員、ヴァンサン・ペルージャが〈モナ・リザ〉を盗み出した。もちろん大変な騒ぎとなり、必死の捜査がおこなわれて懸賞金まで出されたが、約二年間、この絵は行方不明のままだった。事件の直後にはピカソとアポリネールが容疑をかけられて尋問を受けた。二年後の一九一三年、犯人のペルージャが〈モナ・リザ〉を故郷に返すとしてフィレンツェのウフィツィ美術館に連絡したことで、事件は急展開して解決に至る。ペルージャは逮捕され、〈モナ・リザ〉は無事にルーヴル美術館に戻った。

事実はこのとおりなのだが、一連の出来事には謎の部分も残されている。二年間の空白期間はなんだったのか？　こんな大それた事件を起こしたペルージャとは、どんな人物だったのか？　ペルージャ一人の犯行だったのか、共犯者はいなかったのか？　本作品に登場するヴァルフィエロ侯爵と贋作者イヴ・ショードロンは実在し、当時、事件への関与が疑われたのだが、証明はされなかった。

そしてそもそも、今現在、ルーヴル美術館にある〈モナ・リザ〉は本物なのだろうか？

さまざまな噂や憶測が飛び交って、わたしたちの興味をかきたてる。こうした事実をふまえて、著者のジョナサン・サントロファーが豊かな想像力をもって創り出した物語が、本作品『最後のモナ・リザ』だ。一枚の名画に人生を狂わされる人々。さまざまな思惑が交錯し、壮絶なドラマが生まれる。甘く切ないロマンス、絵をめぐる恐ろしいまでの欲望と駆け引き……著者が画家でもあり、美術界に詳しいだけに、その作品世界はリアルで説得力がある。

ジョナサン・サントロファーは、一九四六年にアメリカのニューヨークで生まれた。子どものころから絵を描くのが好きで、大学と大学院で美術を修め、ハドソン川をはさんでマンハッタンと向き合うホーボーケンにアトリエを持って、まずは画家として活動を始めた。〝エキセントリック・アブストラクション〟というグループの一員として、アメリカ国内のみならず世界各地で個展を開くほどの成功をおさめた。

ところが画廊の火事で約十年分の作品を失うという不幸に見舞われ、これを機にサントロファーはいったん創作活動を休止した。そして絵から離れていたこの時期に、執筆活動を始めた。

二〇〇二年、初めての長篇『デス・アーティスト』で、作家としてデビューする。ニューヨークの美術界を舞台に、死体で名画を再現する連続殺人犯〝デス・アーティスト〟の恐怖を描き、画家ならではの視点を生かした作品は高い評価を受けた。その後、『Color Blind』（二〇〇四年）と『The Killing Art』（二〇〇五年）という二作品を発表するうち、彼自身、絵を描くのと同じくらい、執筆活動が好きなことに気づいたという。

火事から約五年後にはニューヨークの美術界に復帰したが、画家としての活動と並行して執筆活動も続けられた。『赤と黒の肖像』（二〇〇七年、ネロ・ウルフ賞受賞）、『The Murder Notebook』（二〇〇九年）というあらたな長篇を発表するとともに、多くのアンソロジーの編集に携わり、エラリー・クイーンズ・マガジンやストランド・マガジンにも作品を寄せている。また、犯罪小説に特化したクライム・フィクション・アカデミーのセンター・フォー・フィクション創設に関わり、MOMAなどの美術館や大学で講演をするといった活動をおこなっている。

二〇二一年に発表された本作品『最後のモナ・リザ』は六作目の長篇で、現代の美術界の内情に詳しい著者による、読み応えのある〝アート・ミステリ〟の新作として好評を得た。

サントロファーは、読者に作品を〝見て〟もらいたいのだと言っている。絵を描くのと執筆活動はまったく別の行為だとのこと。執筆のためには、すべてを頭の中に保持しておかなければならない。書こうとするものが頭の中に見えれば、それをページに表わすことによって執筆は順調に進むという。

自分の作品が視覚的だと言われるのが、とても嬉しいというサントロファー。確かに本作品でも、ニューヨークやフィレンツェ、そして過去と現代のパリなど、舞台となる街の光景が臨場感たっぷりに描かれていて、登場人物を追いかけていくうちに、知らぬ間に作品世界に引きこまれている。

画家と作家の〝二刀流〟で精力的な活動を続けるジョナサン・サントロファーの、今後の活躍に期待したい。

最後になるが、この作品の訳出についてお世話になった多くの方々に、この場を借りて心からの感謝を申し上げたい。ありがとうございました。

二〇二三年二月

ジョナサン・サントロファー *Jonathan Santlofer*

1946年アメリカ・ニューヨーク生まれ。画家として成功し、世界各地で個展を開催。作品はメトロポリタン美術館、シカゴ美術館、東京都現代美術館など多くの美術館に収蔵されている。シカゴの画廊の火事でおよそ十年分の作品を失い、美術創作を休止して執筆活動をスタート。2002年発表のデビュー作『デス・アーティスト』は、22カ国で翻訳されるなど世界的なヒットとなる。火事から5年後に美術界に復帰し、執筆活動も継続。『赤と黒の肖像』でネロ・ウルフ賞（最優秀犯罪小説賞）受賞。犯罪小説に特化したクライム・フィクション・アカデミーのディレクターを務め、美術館や大学で講演をするなど現在も活躍中。2021年に発表された本作は6作目の長篇。

●訳者

髙山祥子 *Shoko Takayama*

東京生まれ。成城大学文芸学部卒。翻訳家。主な訳書に『マーロー殺人クラブ』（ロバート・ソログッド）、『宿命の法廷』（マーシャ・クラーク）、『ヒロシマを暴いた男』（レスリー・ブルーム）、『あの図書館の彼女たち』（ジャネット・スケスリン・チャールズ）、『56日間』（キャサリン・ライアン・ハワード）、『デス・アーティスト』（ジョナサン・サントロファー）ほか、多数。

最後《さいご》のモナ・リザ

2023年 12月25日　第一刷発行

著　者◎ジョナサン・サントロファー
訳　者◎髙山祥子《たかやましょうこ》

発行者◎林 雪梅
発行所◎株式会社アストラハウス
〒107-0061
東京都港区北青山3−6−7　青山パラシオタワー11階
電話 03-5464-8738（代表）

印　刷◎株式会社 光邦

DTP◎蛭田典子
編集◎和田千春

ISBN978-4-908184-48-2 C0097